谈画日记

梁生智 著

上海文艺出版社
Shanghai Literature & Art Publishing House

图书在版编目（CIP）数据

谈画日记 / 梁生智著 . -- 上海：上海文艺出版社，
2024. -- (忻州书香 / 梁生智主编). -- ISBN 978-7
-5321-9112-3

Ⅰ. I267

中国国家版本馆 CIP 数据核字第 2024FU3500 号

发 行 人：毕　胜
策 划 人：杨　婷
责任编辑：李　平　韩静雯
封面设计：悟阅文化
图文制作：悟阅文化

书　　名：谈画日记
作　　者：梁生智
出　　版：上海世纪出版集团　上海文艺出版社
地　　址：上海市闵行区号景路 159 弄 A 座 2 楼
发　　行：上海文艺出版社发行中心发行
　　　　　上海市闵行区号景路 159 弄 A 座 2 楼 206 室　201101　www.ewen.co
印　　刷：成都市兴雅致印务有限责任公司
开　　本：880×1230　1/32
印　　张：95
字　　数：2280 千
印　　次：2025 年 7 月第 1 版　2025 年 7 月第 1 次印刷
Ｉ Ｓ Ｂ Ｎ：978-7-5321-9112-3/I.7164
定　　价：398.00 元（全 10 册）

告读者：如发现本书有质量问题请与印刷厂质量科联系　T：028-83181689

目录

CONTENTS

2015年

9月23日

"书画"过去应该不是一种职业,也不是为换银子。是一种心境,一种素养,一种生活。书画时,心会很静,那时,只有笔墨意趣,只有笔下的自然山水,花鸟鱼虫,心会走入其中,感受风声云意,感受草动石止,感受生命的一呼一吸,可入禅可入修……

画山水很过瘾,但勾墨稿是大工程,既要考虑整体布局,山、石、树、房等的穿插呼应,还得注意墨线的笔韵、气势……苦中有乐。我是听着古琴音乐下墨的,恍惚穿越千年……

9月24日

晨起,继续勾墨,起叶。叶是全局重点,看似随意简单,实则不易,关系成败。

同一树种,同一树,叶形相同,但同中求变。无大小则呆,无交错则板,无疏密则死,而且要看整体动势,不易。

七八株树竟耗时两小时,想想这画画的事还真是"劳动",难怪可以换巨额银子。呵呵,一笑也……

开始时最怕给墨稿着色,因为着色不好会前功尽弃,为此请教过几个朋友，朋友都毫无保留授技。为了调匀色，专门跑市场买了两个饭店用的大盘。但是，下笔时还得自己揣摩。有朋友讲要注意把笔尖上的色调匀，以免画面上留下重痕，开始很小心，后来发现，有重痕并非坏事，有时出自然效果，干脆不再特别留意，反倒有感觉。过去，总看一些朋友作画，或自己拿一块废的宣纸，或有人拿着宣纸在刚下笔的画面处沾吸一下，是为了吸去余的墨色，现在自己下笔几次后才知大有必要。

中国画的无穷魄力其实就是与所用工具、材料密切相关，是工具和材料决定了中国画"意料之外"的气韵、神味，这是西方绘画永不可比的。所以，我以为西画理论、技法对中国画弊大于利。

完成一幅作品真是不易，勾墨稿，处理细节，着色，还得配合适的诗文，最后钤印章。这次偷懒，抄录一朋友胡宝珍写的《云山隐士》："伞松蔽隙月，迷雾覆苍穹。旷谷簌声静，崟山烛火融。云烟浩渺处，茅舍翠微中。促膝金樽奕，青梅论世雄。"印是自己刻的，一方为"智者乐水"。虽还不尽如人意，但画完有种快感，可曰"心里美"……

9月25日

古人云"计当留白"，此言之理并不难理解，但是落到纸上、行到笔下并非易事。初时落笔总会若孩童，看到喜欢的东西会哭着嚷着占有，吃多了反而难受，故绘画若做人，贪不得。但是，"白"留不好则显"穷"，穷者，少气缺质差势，此乃历代高家追求"神韵""意境"之要意吧！

看我学画，不少朋友讲应学黄宾虹、李苦染、李大千诸人。朋友之意自然不差，但说实话，黄宾虹"山水册"早有之，翻看数遍一直无感觉，喜欢不起来。私下觉得，此老笔下有山水，无

"居意"，缺"可入"。古人画山水，其实非画山水，而是表现此山可居，此水可近，养性情，温智慧，可修得禅，可入得道，邀一二知己对山成影，举酒当歌，或携棋抚风，品茗围道，或止语静思，要的就是一种沉静怡然的心境，若只是写出"自然"之态，有山水无"居意"，如此山水则只是一幅画，观得入不得，我以为远不如宋元山水，甚至明清山水。时下学院派教授的山水，也多是画，尽管上面画得热闹，有山有水有房有人，但多数时，观画的人只是看别人的山水，看别人的生活，激不起自己"入山去"的兴致，"观得来""入得去"才为山水！

完成一幅作品不是件容易的事，需考虑许多因素，最后都未必尽意。

中国书画的"神韵""意境"并非简单可以理解，更非轻易就可表现，更绝不是掌握了表现技法就能达到。

9月27日

中国画的奥秘在于"笔墨"，笔墨的控制是表现的第一要义，要想控制好笔墨，必须掌握笔、纸、水、墨的特性，下笔的轻重、缓急均需掌握好，而且要随形而走，依格局布置而动，实则是一项大工程。看似简单随意的点画勾抹，其实需要用心体悟良久。尤其是刚蘸水墨后，掌握不好，极容易形成死笔死墨，往往使开始表达尚可的东西前功尽弃。

晨课，即因为墨度，力度没控制好，出现二处呆笔。中国书画不易也！

9月28日

晨课"山水"。

主要想练树，山水之画真妙境取决于"势"，除山势之局外，树很重要，树中尤取松为主。有"势"则有"意"，有"意"则出"神"。

练习之初，众人皆言需学习书法，画方可入境，自己平时也和初学者如此言之。今学画，长久以来的一个想法再次突显：练书法无非是掌握"线性笔意"，我一直认为靠时间练固然重要，但好像不是最重要的，否则岂不是练好书道即可为画家？事实上，从古至今也未见多少大家是如此走来的，只能说书画之相通，有"相辅相承"之效。事实上，无论"书"还是"画"，皆要随心就势，用什么样的"线"全凭"心势"而定，心"恐怖"则下笔必有"挂碍"，画面必无生机之势。

9月29日

中国画的灵魂是与中国的传统思维模式和中国传统哲学认知一脉相承的，画画要有"佛性"，有"禅悟"，通过画中一切折射出对自然万物"灵性"的理解。艺术首先是"美感"，让人情不自禁愉悦，让人情不自禁去喜爱，让人情不自禁想拥有。许多人一味强调"独特"，其实是错把"怪异"当个性，弄出一些无美感的东西硬当艺术，实不敢苟同。

中国书画要悟"经营"笔墨之道，完成一幅作品实非易事。

9月30日

我学画几无规律，亦无步骤。我以为，万法归一，不论何种题材，不论何种类型，不论何种画法，无非是表现我们内心的"判断"，内心的"审美"，内心的"情绪"，心怀敬畏，将万物的生命集于笔下，无功利，无挂碍，亦无须在意任何标准，更无视对错，写自己所思，录自己所想，方有快意。

晨起，完成"佛莲"四条屏，听着的却是骆玉笙老先生的京韵大鼓《丑末寅初》，感受的是世间百姓之态，歌词最后几句是"牧牛童儿不住地连声唱，我只见他头戴着斗笠，身披着蓑笠，下穿水裤，足下蹬着草鞋，腕挂藤鞭，倒骑牛背，口横短笛，吹的是自在逍遥，吹出来的这个山歌儿是野调无腔，这不绕过了小溪旁"。笔下着色，耳中是先生不急不缓，但起伏有致，水流婉转的声腔，心中想象着樵夫、山僧、农夫、学生、绣房佳人……各自的情态，不由会矢笑。

秋雨，没有了夏天急暴的节奏，但连绵，连续两天断断续续，天意也因此凉了许多。

整理完《五台山》杂志第十一期稿件，感天地秋意，随着笔习画"四君子"。梅、兰、竹、菊本自然界之物，皆因"个性"明显，被历代文人所喜爱，咏之歌之画之书之，以"君子"称之，无非颂其于风中、于幽谷、于秋寒、于严冬等极致环境中的生命风骨，娇姿风韵。

"四君子"寻常人也喜，故今画之者甚众，范本也极多。要表现其"风骨"实难，难不在形，在"势"，无势则"媚"则"软"，难以夺人眼目。其中，兰更不易，兰笔墨不易多，几片叶，一二枝花，交错呼应一点布局不好则失之生动。

我一直对中国画分之为"山水""花鸟""人物"耿耿于怀，我以为这是无法分的。所以，我习之，兴之所至，都想尝试。反正我也不是"名家"，错也不怕人耻笑，自己有快意则好。

10月1日

晨课"未见蟹黄只见花浓"。画花不易得"势"，原因较多，今作此画得悟，花易略大，叶为配，叶少不得的，但叶大叶多则喧宾夺主，神韵减弱，少了"精神"。"菊花"之势重在花瓣之穿插交错，大小相合呼应。花与花亦此，虽各自为政，但需顾盼承应。否则会散而无序无神。

绘画应该是有规律无定法。用表现菊花的方法表现荷花肯定失败，虽然同样是花，但表现荷花，荷叶更为重要，正所谓"好花需要绿叶配"，现实中的荷花就是荷叶更为突出，团团片片，连绵遮空。花倒是点缀，所以画荷花需要经营好荷叶。叶因为要用大块墨，最易死呆。

这与文学作品一样，文学语言艺术风格并不是固定的，小说、散文、诗歌、评论的语言艺术风格绝不能相同，即使是同一个作者也不会相同，语言风格由所写的内容所决定，离开所写的内容的语言一定无艺术。我们可以从鲁迅先生的作品中窥见此规律！

画一整幅四开横式山水，构图需考虑主体与呼应部分，实际上就是山与树、树与房宇的穿插安排。山水画中，树的重要性不只是其本身所表现出的态势和神韵，还有另外一个重要原因是在一些部位可以起"转承作用"，用"树"的枝叶走势可以在二部分山石，或其他物事之间起到"补位"作用，所以选取树型时就要考虑用哪一种树合适，所以，必须对各种树木加以观察，进行取舍。

在大画幅中，每一种事物的布置配合是很重要的，有主有次，但又不能过分强调主部位，其他部位的细节同样重要，只有这样，画面才不会散而无主，也不会太过平均。

绘画是一门"经营"的学问。

10月2日

晨起，继续勾墨。因为此画乃为高中同学所画，她现在是歌唱家，总得表现点儿"高山流水"之意才好，所以加几人物，真中一书童携"琴"而随，自是去随之人去赴"雅集"。想五六友人抚琴品茗，看云听松，论古说今，或可放怀狂歌，或可酩酊大醉，岂不快哉！

"墨"乃中国人独有，数千年的传承，墨早非书写用品，而是成为一种深厚的文化。尤其是在中国书画中，墨即是核心用品，同时亦是书画之道追求的至高境界。"笔墨"是见之于形、发之于心、落之于纸的综合审美感觉，无"笔墨"之作品则无价值。

所以，探就书画之道的人务当敬"墨"。刻一方小印"敬墨"，以做警示。

"经营"一幅画确非易事，许多人看别人作画，也就是勾勾画画、涂涂抹抹，好象不费什么事，所以常有人认为"就那样几下还要那么多钱"，实不知这样的创作并不是简单涂抹的事。任何一幅作品均是不可复制的，哪怕有败笔。书画艺术是最综合的"劳动"，其所蕴含的艺术价值不是银子可衡量的。"知者"可分文不取，"轻者"则拒绝予之，或者必须收费。

"高山流水"，所谓知音是也。

此画用了今日所刻"敬墨"和"智可观心"印章。

10月3日

昨晚今晨，仿张大千之作，有所悟。其一，传统永远是根，大千之作乃写黄山，但构图、笔墨，乃至其上人物皆由古而来；

其二，一般说临仿学艺入门之法，但我以为乃终生之道，人均想立己，但谈何容易，学他人之长为己所用乃道法之一。由此，想想那些复制出"山寨版"名家大作的人实属不易，要做得一模一样，那得费大功夫！我仿此作，不求一模一样，一是体悟其整体布局，一是练习笔墨色韵，难达其神韵十之一也。其原作题款非此也，我改为"山上水下，你坐我立"，呵……

天地至理盖从几方面所得：一得于天地自然之道，此乃需上观天际风云，下察蝼蚁微尘，省得四季轮回，随得冷暖节气，生长收藏，烟云流沙，正所谓"道可道非常道，名可名非常名……"。二得于先贤诸子，读"经典"，悟"史论"，甲骨金石，钟鼎竹笺，皇家园林，百姓草屋，市井俚语，戏文野史……三得于时下生活，观时事，评近闻，亲朋相聚，知己相投，酒桌也好，茶案也罢，用得心，睁得眼，动得脑，总会有所悟，有所得，有所用。

书画艺术之道同理也。只是去掌握表现技法永难进入佳境。仿名家之作实际上不是要"对"，而是要"错"，然后去比较，去总结，"我"与"他"的距离在哪儿，"他"为何如此表现，"我"为何做不到。我在仿中如果出"错"常常会引错就势，自己在错处改动，反正我不是仿了换银子，只为自己悟道。完了，我会想，其实这些名家也应该和我一样，我就不信他们没出过错。何况我不识得他，他也不识得我，他肯定不会训斥我"为什么把我的画画错"，这应该也是学画一悟，更是一乐。

这幅画我自己题款"拄杖登顶喘口气，猛然观得好景致"，你乐了吗？我自己乐……

我在子夜画他们看太阳落山，想那夕光染得远山近峰灿然怡人，松不再摇涛声，水不再喧浪波，鸟要归巢，虫始振翅，路远也好近也罢，管他做啥，此时只管赏景悦心……

中国画古来并不讲究西方式的透视，明暗，一切都在笔墨中，一树可见林，一石可见山，山深水远，花谢花开，由你意会神思，若思想不得只能怪自己入不得山，近不得水，为形所困，未得开悟也。

中国画之妙尽在取舍得意，实乃抽象到极致，哪是西方所谓的"抽象主义"可比的，那种解构式的"抽象"实则困于概念，解不了"马非白马"之玄机也！

谁在子夜与我看"太阳就要落下"……呵呵。

10月4日

禹王，史称大禹，帝禹，乃吾华夏先祖黄帝玄孙。远古，天地苍茫，宇宙洪荒，黎民倍受海浸水淹之苦，尧帝启用禹父鲧治洪，鲧逢洪筑坝，遇水垒坝，九年水患不息，被诛杀于羽山。禹受王命继续治水，禹始于冀州，遍察九州，决定"引势疏导"治洪。禹于涂山娶涂山氏为妻，婚后四天治水而去，离家十三载，"三次过家门而不入"，终降服肆虐洪水。舜因其居功伟傲禅让其帝位。

系舟山，乃秀容境内之山，传禹王治水于此，舟系山下，宿山腰之洞。故有山名洞冠。传至今日已为神迹。

今写系舟山禹王洞印象之一，谋篇布局时，深感作画与疏洪导荒好一比，同样需要取舍组合，疏密有致，气通意达方好。

作完想落款，吾对古体一窍不通，拟出"济苍生宿洞开山，留英明系舟引水"，求教于谙此道之宝珍，果然谬以千里，宝珍据其意撰写"宿洞开山平水患，系舟留证忆王公"，工整而高意，遂落此款。

起始学画，诸多不懂，生熟宣不辨，寻得大小几支笔，懂者告知多为化纤笔头，又无乘手盘碟，前几日购得盛菜盘，今又买一和面盘用来充笔洗，盖因正宗笔洗近百元，这一盘方15元可，反正洗得了笔，窃喜。故用之试洗，画得一条屏山水，布石种树，盖屋起宇，飞得瀑布，看得飞花，听得书声，有趣有乐。

画画需要成本也，画得多，材料转瞬即逝，好在挂在了墙上，可看着发呆也。

只待落款，虽数笔则可，但收尾工程，马虎不得。晚上，朋友赋良请酒，整衣前往，回来盖印吧！

学艺处处皆学问，中国书画艺术形成综合的审美标准应该也是在不断地发展传承中才逐渐明晰的。最早时大约没有"诗书画印"的讲究，在发展过程中，不断有"高人"去探究，才有了更综合的艺术元素。但能做到"诗书画印"皆出己手，确实并非易事。

一直对古体诗确少学习，加上普通话不过关，前后鼻音不分，卷舌不卷舌难辨，平仄总记不清，故不敢涉猎古体。今作书画，需题款，又不愿意总抄录古人诗句，逼着自己学"平仄"，只好翻字典，一个个查核。画面题款虽然可用简化字，但我以为繁体更佳，只是不少繁体字识得写不得，落笔时总犹豫对错，常常通过"百度"搜索，或者用电脑转换，免得贻笑大方。

此画题款"瀑跌千丈落地归海，山长万峋穿云入穹"。也不知是否合乎规格。

10月5日

又是子夜，画得一翁拄杖而行，书童抱琴前行，是往是归？

我也不知，随你去想。山水之妙就在于此，不同于"花鸟"，观之品之则可，虽可姿态万千，情境各异，终归是它们的生活。亦不同于"人物"，或悲或喜，老少妇孺，设得宴，上得河，大抵也是规定了的情节，至多由此及彼，引动内心一些同感。"山水"则既可观，又可想，山可是你的山，水可是你的水，路上行得人，树下歇得荫，可观瀑可看云，山高水长，四季风雨，凉亭中看鸟飞，楼阁上抚得琴，有知己可对酒当歌，无挚友可独思。天之人之，山水之妙也。

子夜，谁来听琴……

整一题画款不比作一幅画容易，既不能平铺直叙毫无意趣，又要与画面统一和谐，还得有点哲理思辨，最后要合得平仄，对于我这样不爱遵守规则，平仄难分的人尤难。大早上，翻着词典才凑二十个字，还不知是否正确，你说容易吗？

"花香十里不为悦人耳目，雅韵万年只醉知己身心。"就它了……

四条屏之三，画一飞瀑跌峰而下，自感快意。为题款，翻了半天词典，拟"汲溪煮香茗三五好友，论古听瀑飞四时春秋"。

作画的时候，突然想到，中国画的意境与诗歌是相通的，谋篇布局要能跳得开、想得广，但落笔时的取舍表现又要有高度，还要有和内在的联系，要有看不到，但能扑面感受到的"灵魂"。中国画要想给人阅读的感动和震撼，仅有"文人气"不够，还要有"士"的狂放气，"文"中现"野"方才能打动人，否则就只是一幅画。

中国画山水画的"高古"之意并不是把山画高，人画古即为高古，实则立意取像皆要意韵通达，在"神韵境界"中折射"高古"才可。

作画时，要平心静气，该放则放，该收则收，差不得。有时画针叶，下笔一乱则笔墨定杂，哄不得自己。其他也一样，费半天劲，翻词典，对平仄，想规律，而且要写得有点味道，好不容易凑出"天生桥下烟云过，杏花溪边幽谷深"一款，写的时候却写成了"杏花溪边谷幽深"，虽然不影响意思，但规格却有误。

10月6日

晨起，画小品，古人。"寄情山水"这是许多人内心永存的心结，可惜我们离山水越来越远，只在节假日走马观花而已，且近得山水却人比树多，依旧喧闹，了无古人那种虽空寂，但人却闻得琴音的"仙境"般的感觉。许多时候，一条在过去再平常不过的山沟，几株老树，一丝流水就让人欣喜不已，而且还到处可见成堆吃吃喝喝后随手丢弃的废物。可怜可悲可叹……

无法体味古人"神"一般的自得，画在纸上也算"望梅止渴"，好玩有趣……

现在名家书画均论"平尺价"，故越大银子越多。我刚起步，自然换不了银子，所以大小无所谓，倒是练得笔墨，找得情趣，愉得心境，悟得艺道，也自不错。

其实，对于艺术来讲，并无大小之分。有不少作品看似浩然，细察之间空洞苍白，了无意境，反倒浪费了观者的时间。有的作品尺寸之间，盈手之握，观之却妙趣横溢，喜怒哀乐尽在其间。所以，关键不在于尺幅，而在于"神韵"。从艺术来讲，越小越不易，越小难度越大，尺寸之间摄人心魄岂会容易？

当"书画"变成职业，变成谋生的手段，变成可由一个机构成批"生产"时，书画的本质必然发生变化。书画家成了工厂，书画成为产品，那种随心所欲、发之于情、动之于心的状态必然为"需要"所束缚。而且还有一点就是，我们面对的多数朋友都是以"捧"为主的，一些同道又会根据各自的理解提出见解，对于初学者来说，保持本心本性并不容易，结果可能被众多"高手"调教成"四不像"。我学画，什么都看，什么都听，但我保持我心，心不动，我亦不为所动。我以为不要把自己定性，要触类旁通，兼收并蓄，化为己有才好，打动不了自己又如何打动别人。

10月7日

晨起，突发奇想，拟画一"问天石"与"天生桥"配，此"石"既要有奇伟高险之势，又不能显得孤峰耸立，故在下方布置数株松，又以淡墨点染出烟笼雾锁之远树效果，并在其右侧布置一瀑，"石"上耸一松，若振臂抚天状。

拟一款"凌云问穹心中志，俯地吟歌梦里情"，本想用"放歌"或"啸歌"，但好像与上面韵律不符，不过这样也好，上下句一阳刚，一阴柔，也是一味。

宗亲梁清正，陕西宝鸡名大夫，喜好书画，观我习作颇认可，特约拙作。

"太白山"乃天下名山，位于宝鸡境内，为秦岭山脉最为峻奇伟丽之地，传为太乙真人修练之地，有金星之精坠于终南圭峰之西，精化白石若美玉，有紫气覆之，可见此为造化之地。

将此画命为"紫气东来"，愿清正好运！

"师法自然"，这是我们听得最多的道理，但实际上，多数人对此并没真正理解，或者停在表象上。尤其是对中国书画来讲，多数人对"师法自然"的理解甚至连"入学"都不够。

在书画艺术中，"自然"绝不是指事物本体的自然状态，而是指可以自由发挥，可以任由创作者重新取舍、重新组织的一种"状态"。我们不可能把自然美景看遍，但是我们可以放开心去想。

10月9日

沈东云乃三十余载老朋友，特约为其作四尺横幅山水。东云亦"遗山诗社"老会员，有诗情，乐交友，思维活络，故构思时多夸张之处，横石、高松、幽山草舍，只是勾墨稿时发现，靠左边竖立山峰及峰下小屋画好后，左幅空处太大，如无"奇思"整幅画可能会受到影响，突然想到南方许多地方有的风雨廊桥，何不设此景，让"它"横跨一下，既可解决左边问题，又可和右下方横穿之石呼应，使整个画面更"生动"。果然，此桥一现，颇感得意，如不是已答应东云，他明日即返京，真想自己收藏起来。

由此想到，艺术缺少的永远不是技术，而是超乎平常的奇思妙想。要敢想别人不敢想之事，敢下别人不敢下之笔，画中物事要"似是而非"，正所谓"马非白马"也……

拟一联"雪松有意高千丈，草舍无忧乐万年"，结果下笔时漏写"高"字，琢磨半天"千丈"，将"千"改为"高"，这才出现现在的题款，虽是小误，勉强说得过去，否则悔死！

10月10日

古人讲"师法自然"，是言艺术要以自然存在为"师"，此为至理也。然古人所言并非简单照搬自然，其实有几层意思在其中，一为"师"，即"学习、领悟、借鉴"，二为"法"，讲"方法，规律，道理"，三为"自然"，乃"客观，存在，实际"。在艺术表现时，中国书画落在纸上的并非客观的自然实际存在，而是经过创作者"领悟"后的审美和表现，其中的"自然"之物事多只取形意，并不要求写实，所以观画时，如若与"自然"比对，就会发现画中谬误百出，毫不在理。故，艺术作品要的不是"真"，而是"意"即"神"。

古人"师法自然"大约不会携带工具到处"写生"，更没有相机可带，他们至多也就是赶考途中有支秃笔。他们的创作应该是回家后凭"意象"而生的。"写生"重要，但简单理解必有谬，这实在是一条值得反思的道理！这也是诸多人写了半天"生"，就是"熟"不了的一个原因。艺术在于"悟"，在于"思"，在于笔下有"情理之中，意料之外"之表现。否则，乃庸作！

近二日，看到装裱好的作品，突然悟出一个道理，我开始学画，完全是学明清前的大家表现手法，构图、色彩等均如此，所以裱出来的作品所有人都觉得有"古意"。在练习过程中，请教一些书画界朋友，他们告诉一些染色"规律"，结果尝试之后发现"色"是有了变化，但我想要的"古意"顿时弱了许多。反思时，突然想到，朋友们多已"西化"，被时下"主流"传染，有了"通病"，唉！

"中国画"之所以独立于世，盖因为先贤追求"简单"中的"丰富"，所谓"墨分五色"，绝不是现在放着十多种颜色来选择。一墨分五色，这才是中国画之高妙和精髓，岂是西方绘画可比的！

10月12日

家兄喜欢我画的带有"古意"的山水，前段时间侄女收到我寄去的四条屏，家兄铺展于客厅地面上，良久端察，久不愿收起，隔几日特来电话"命令"我给他画"山水"，而且点名要四条屏。我的哥呀，四条屏就是二整张四开呀！但家兄如父，此命难违也。

我家乡在定襄，定襄古有八景，但多已无迹，倒是近年南庄乡的东峪一条沟谷延绵，峰奇水秀，民纯风朴。此谷乃太行山系，虽无天下独一景象，但步移足转间，令人称奇道妙之处甚多。秋深时满沟叶红叶黄，整条沟如同五彩七色染过一般，正是景不醉人人自醉，归家梦里犹在游。沟里柿树、黑枣颇多，这时，橘黄的柿子挂在枝间，枝条披垂，叶绿柿黄，煞是好看，已成东峪一景。

10月13日

今天与朋友一起喝酒论艺，自然感受颇多。但有一点是我反复在思考的，那就是"法"从何而来，"道"从何循，"技"从何而学，于是想到一命题"鸡生蛋还是蛋生鸡"。我以为，对于我们来讲，这根本不是问题，对于我们来说，鸡就是鸡，蛋就是蛋，它们的从属问题实在是"扯淡"！就像我们自己，如果没有了历史，没有了前人，难道我们就不能"创作"？恐怕不是这个道理，所以对于我们来讲，前人和客观存在只是参照，只是提示，如果只是把前人和存在学得再好也没有多少价值，要想有价值，归根到底还是要回到自己"内心"对世界万物理解的本源，思考如何能让更多的人看到我们的创作"心向往之""足前往之"，如果看完后觉得只是一幅画，对于我们生命和生活的影响可有可无，那这样的创作一定不可能产生感动和"时光"，因此画也好，观画也好，一定要本于心，其他只能是补充。

为家兄画的四条屏之一选取定襄七岩山之数景进行组合，其他均凭空想象。定襄境内松柏稀少，偶才见之。七岩山乃定襄古景之一，儿时记得我们称其为"老松台"，想其旧时应该有松才是，于是画中见数松。至于其他与"实际"不符者，我均明白。艺术的真实并不在于相同，而在于相似。悟此道者，才谓初窥门径也。

我老家叫师家湾村，原来叫大队，隶属神山乡，原来叫公社。我小说中的"湾湾村"就是我们村，我家住的街叫康和街，从我们街出去，往北上个坡再下个坡就是神山，走着也就十多分钟。小的时候割草拾粪常就到了神山，赶会看戏看电影也常去。虽是两个村，但说不定谁家闺女嫁到这个村，哪家后生娶了另一个村的闺女，所以村与村之间连亲带故是最正常的事。从小就记得神山村有一个塔，站在我村的坡上就能看到塔，那时不关心这是啥塔，只觉得好看，有种说不出来的古旧感。

我们乡的村子都在滹沱河、牧马河流域，记忆中，我们村子外有两条渠，有一条人工渠叫己巳渠，是季节性的。村里田野也纵纵横横许多小渠，所以我们小时候就见得了水。尤其是己巳渠水下来的时候，一村的小孩儿都会在渠里的"水头"前跑，和水比谁快，常是跑着跑着水就把我们逼上岸，渠里的水便眼看着涨了上来，再过不了人。这水一直要到冬天才没有。所以，小时候我们钓得了鱼，溜得了冰。秋收后，近冬的时候要浇地，村里的地水汪汪一片，这时就会飞来叫不出名的各种鸟。慢慢地，一队队大雁便从村子上空飞过，它们那有点孤高苍凉的叫声是每天秋天的音乐。动听的还有小渠的蛙鸣，草丛里蛐蛐、蝈蝈的叫声，村子的夜晚格外黑，星星是贼亮的。一村的人睡了，村子安静得能听到虫子振翅的声音……

那时候，哪儿不是景？不像现在，池塘没了，河流没了，连个麻雀都少见，更不用说有燕子衔泥在屋檐下筑巢。我就常常想，我们的童年虽然物质匮乏，但我们拥有整个自然。用土块打仗，光着屁股游泳，不像现在的孩子可怜得没有童年。许多人连条水渠都没见过，专门花钱坐飞机赶火车去外地看，美其名曰"旅游"。

后来知道了神山有塔的那地儿叫遗山寺，应该是与大诗人元遗山有关，元遗山的姥姥家是定襄的。据说那地方有一汪叫"捞儿池"的水，每年庙会时，总有不少人去"捞儿"，大约是从水里捞取一石子带家去，果然，不少一直不生的人家便生了孩子，去"捞儿"的就始终不绝。近两年，有热心人士出钱出力重修了寺，画梁彩栋，虽不大却可观，庙会时去的人更多。

此处乃定襄古八景之一！

10月15日

再画宁武芦芽山，感谢老友金熙军赠送的由他摄影、由中国摄影出版社出版的《中国芦芽山》影集。画面非常震撼，我希望画出来，但摄影与绘画有区别，而且我想画条屏，构图也迥异，自己从未接受过这方面的系统培训，所以一切靠自己想象。心里想着史上大家们的构图，自己发挥。山的画法、染色也是结合照片自己琢磨，尽量画出原作的韵势。画中的"水"为宁武天池，天池实际上离芦芽山很远，这与实际不符，但我还是"艺术"了一把，自己感觉尚可。实际上，中国画的构图多数是不会按照现实存在表现的。

10月18日

从北京延庆返忻，补课，将去京前的一幅画画完。只是两天没画，竟然有手生的感觉。可见书画的"功夫"需要勤悟勤练。

作品中的景象同样取材于金熙军先生的摄影作品集《中国芦芽山》，竖幅画面比较容易表现芦芽山的气势。

画二斗方，山水画除了构图的虚实、呼应外，树、石的形要"奇"才能让画顿生"势"。但"奇"不可过分夸张，否则会"丑"。松树是山水画中最常见的树种，所以一直在尝试用各种线画松叶。

10月19日

画宁武系列之三。这次是将烽火台、支锅奇石、悬空村构思于同一幅画面内。过程中，一直在想"写生"与"创作"的关系，我其实认为写生很重要，但并非"艺术"必须，艺术更重要的应该是超乎常理、出乎常情的想象和创造！

有一种更普遍的现象可以说明此道理，经常会有许多人同一时间共同面对同一景象，但是即使用同样的设备同时按下快门，也很难拍出同样具有艺术效果的照片。其实，这就在于拍摄的人的艺术感觉，艺术家总是具有一种超乎寻常的想象力和创造力，在最恰当的时候让自己的内心与所面对的物事吻合，找到打动自己内心的东西。多数人面对一块普通的石头会无动于衷，但艺术家会发现它的美。

所以，"写生"如果不具备艺术的想象和创造基本上是"写"而不"生"！

10月20日

必须感谢薄春光！春光是老友，浸染书画艺术多年，但为人甚低调，无张扬之风。从我开始学国画晒照片，他就一直关注，但无言。但昨晚突然郑重发声，与我讲到"写生"与"临摹"的问题，告诫我多"临摹"少"写生"，我本没有去"写生"，春光何故讲这个问题？反思之，突然惊出一身冷汗！我一直是临摹古人先贤之笔意墨法，好多人喜欢这种"古意"的东西，近几日，得金熙军先生所赠《中国芦芽山》摄影集，其中作品颇摄入眼，取其照片重新构思，创作"宁武系列"四条屏，但因为自己其实并没有完全懂古人之法，所以不自觉按照片的效果画，这其实近于西方的表现手法，虽然我用的是国画材料。我想春光一定是发现了此点才断然大喝！

这一喝让我突然更清晰了一点，那就是"临摹"是要"临"古人作品，而不是"临"照片，"临"照片与对着实景"写生"无异。因为交通条件，因为没有拍照摄像工具，也无法带大量写生用材料，古人之"写生"应该是远观近察，然后"腹"中用"功"，回到屋里落笔纸上时，自然万物之形色一定已非原本之态之色，而是"减"掉了许多无关紧要的东西，只留久不能忘的"形色"，所以最后的作品一定是以"势"、以"神"、以"韵"打动自己，影响别人，而非西方艺术那样，以"形"、以"色"、以"理"来表现。所以，从古至今，中国先贤圣哲的思维是由复杂的讲不清的"混沌"模式归于简单之"唯心"，而西方人是从复杂的讲不清的"辩证"模式归于复杂的"解构"。现代化的工具、条件越发达，人类自我意识，自我判断和自我表达能力就越衰退。

感谢春光！

去买颜料，突然又想到一句耳熟能详的话——"艺术无价"，艺术怎么会无价？其实这句话讲的是艺术的价值，而非价格。真正的艺术创作与艺术作品是无法用固定的标准衡量的，更无法用价格衡量。对于艺术创作者来说，创作首先需要时间成本，任何一件艺术品均需要时间，时间用来搞艺术就没有时间做其他，画画也一样。没有时间做其他，生活就会陷入困境，尤其是初学者。齐白石老先生是明白人，画画就是为了生活，所以你掏半条虾的银子，他绝不画整条虾，所以老头儿生活滋润，艺术有创意。其次，需要材料成本，如果说时间的逝去不容易看得见，材料的消耗是看得见的，眨眼就没有，必须掏银子去买，这是看得见、实打实的成本，只出不进，是会饿死的。所以，不要以为画就是一张纸，几种颜料的事。

张建新先生讲，你要尊重自己的作品。我想，搞艺术的人皆应如此，要尊重自己的时间成本、作品材料成本，对于不懂得尊重，或者轻视，或者忽略者，皆应客气提醒，别为了面子"饿"自己，艺术家是人，首先是俗人，谈银子不俗，不谈未必不俗。

"艺术无价"还有另一层意思，那就是艺术家多性情中人，对于知己、同道，压根儿不会想什么成本，爱赠多少是多少，根本是"无价"，这当另说！

艺术不好衡量价值，但用价格衡量其成本实际上就是一种尊重！

10月21日

仿明代王蒙笔意。原作为竖幅作品，我绘为斗方。画中树木多，整体布局颇有意思。值得学习，还未题款。

"山，大物也。"其形欲耸拔，欲偃蹇，欲轩豁，欲箕踞，欲盘礴，欲浑厚，欲雄豪，欲精神，欲严重，欲顾盼，欲朝揖，欲上有盖，欲下有乘，欲前有据，欲后有倚，欲下瞰而若临观，欲下游而若指麾，此山之大体也。

"水，活物也，其形欲深静，欲柔滑，欲汪洋，欲回环，欲肥腻，欲喷薄，欲激射，欲多泉，欲远流，欲瀑布插天，欲溅扑入地，欲渔钓怡怡，欲草木欣欣，欲挟烟云而秀媚，欲照溪谷而光辉，此水之活体也。

"山以水为血脉，以草木为毛发，以烟云为神采，故山得水而活，得草木而华，得烟云而秀媚。水以山为面，以亭榭为眉目，以渔钓为精神，故水得山而媚，得亭榭而明快，得渔钓而旷落，此山水之布置也。"

三十多年前，曾看过郭熙的《山水训》，印象颇深，只是一直未作国画，更未写山水，今再读此文，深感其领悟之深，表述之精，难怪其成为传世大家也。

10月22日

写意花鸟同样在于"势"，在有限的笔墨中表现出意趣，让人体悟到生命的灿烂与美好！

"任尔东西南北风"，画一墨竹戏笔！

艺术创作须有"任尔东西南北风"之心境，数千年来，无数先人大家传承众多感悟、法则，今人更是"公婆"之理，都有道理，皆无定理，唯坚守内心之"境意"，在"东西南北风"中依然挺得直腰方好！

秋雨，不大不急，但连绵。无法外出，故一天看"古人"，学"古人"，中间画几幅写意花鸟。

仿五代关仝笔意，画的过程中，突然发现，五代、宋元许多名家的传世之作的墨稿勾完后，效果其实极似西方的素描。只是，我们的先人完全是按照中国人的意识，写自己心中山水，抒自己心中情怀，而且因为中国画所用材料的特质，呈现出来的是完全有"异"于素描的意韵。所以，坚持传统，真正领悟传统，继承传统，永远是中国书画之根本。所谓"西为中用"只是看见形式，忽视本质的一种东西。

回到中国传统中去，尽量多欣赏前人创作，可以发现，我们的先人已经解决了几乎所有问题，只是我们能否真正获得"真味"！

10月25日

在太原南宫，见到老友赵泽亭，在他的"宝"店里待几个小时，喝茶，聊书画，收获不小。泽亭骨子里浸染诗人、艺术家之血脉，很早开始涉及文玩收藏，藏品颇丰。

回来继续作画，完成仿五代关仝笔意之墨稿的染色。想起与顺民的几句对话，是关于"墨"的，古人讲"墨"分"五色"，皆因为墨与水的多寡而呈现的五种状态。我以为"五色"的每一色会因笔触线条的粗细、疏密，笔线用力的轻重、快慢等因素，呈现出更多变化，故对古人之"理论"及"实践"要入得进去，同时要出得来，不能死搬硬套。

艺术有法，但法本无法，呈现即法。入得你眼，未必入得他人之眼。艺无境！

10月26日

近来，反复研究古人传世之作，虽然都是各个时期的精品佳作，但是还是有许多并不喜欢，观之没有太大感觉的作品，由此悟到，一个艺术家和其创作永远不可能让所有人喜欢，甚至真正喜欢的人会很少。所以，艺术创作也不需要去满足多数人，更不能去满足所有同道的"审美"，尤其是不要去满足所谓"评论家"的口味。我之前写过许多评论，多是借作者及其作品讲我自己对书画艺术的理解。等到自己创作，更是发现多数纯搞"理论"的人写的东西实则大多"花而不实"，有的更是"离题万里"。

创作一定需要多看，多悟，多动手，别无他法！

10月27日

清·华翼纶《画说》百言："论色必于墨本求工，墨本不佳，从而设之，是涂附也。墨本不足，从而设之，是工匠之流也。"此言甚是，中国画的根本是由纸、墨、水、笔所决定的，万千变化皆因墨色与运笔的可控和不可控的因素而生，其中"墨为本"，墨稿定，作品定，这与西方油画脱胎于素描同理，即使是大写意也一样，须在笔迹笔韵上下功夫。功夫不够下笔必浮！

我一直认为中国画最大的魅力在于其"不确定性"，中国画的审美根基是"神似"，所以并不讲究十分准确。关键是中国画所用材料决定了其独特的表现存在。"墨"分"五色"，所谓"五色"本来也无定说，一说指"焦、浓、重、淡、清"，一说"浓、淡、干、湿、黑"，其实标准很难确定。就说"浓"与"重"，如何区分？"淡"与"清"又如何确定？墨的变化与加水多寡有关，但从来没有哪位大师规定哪种变化要加几滴水，全凭感觉和一种直觉上的主观判断。这有点儿像中国菜谱里的"少许"，何为"少许"，不知道，所以会把老外弄晕乎。其他也一样，画面中多一棵树少一棵树，树上多几片叶子少几片叶子是无标准的，但却有"审美"，这种"审美"由艺术家掌控！中国画是在掌控中创造"不确定性"，这两种因素造就了中国画永久的、不可复制的魅力！

10月28日

移山导水，植树造屋，修桥开路……中国山水画是一项庞大的工程，三开也好，二方也好，四尺，六尺，甚至丈二，其实难度是一样的。要想经营好一幅作品，需要从整体大局，局部细节等诸多因素考虑，而且要在过程中不断调整，突出该强调的"韵味"和"神势"……

在学习的过程中，我反复在想一个问题，即是否应该复刻先贤大家们所采用的表现手法。我以为，我们现在强调学习的各种勾、皴、擦、染之法其实在发展过程中原本从未固定为"标准"和"规则"，而是一直在变化着，现在传承的诸法都是一些不愿墨守成规者根据自己对艺术的审美，探索更具特色的表现形式而做的创造和突破，如果没有这种创造和突破，中国画的魅力与价值将无法闪耀永久的光辉！

《芥子园画谱》导语有言："山水中点景人物诸式，不可太工，亦不可太无势，全要与山水有顾盼。人似看山，山亦似俯而看人。琴须听月，月亦似静而听琴，方使观者有恨不跃入其内，与画中人争座位。不尔，则山自山、人自人，反不如倪幻霞空山无人之为妙矣。画山水中人物，须清如鹤、望如仙，不可带半点市井气，致为烟霞之玷。"前人法之高、悟之深，实则今人难以望其项背也。现在许多"山水画"成了"风景"，可观而无入之欲望，已非艺术家心中山水，只成了布景、道具，我以为是失败的！

10月29日

今天没"移山导水，植树造屋，修桥筑路"，而是"拈花惹草"。其实，"山水画"是山"石"放大，以石、水为核心，并非无草无花无人；"花鸟画"是将花草放大，以花、草为核心，并非无石无水无人；"人物画"亦然，所以，学画之人不能专攻其一，去成就某一类之"家"，更不应该刻意成为什么"王"，我以为那样脱不了"匠气"。

艺术当无边无境！

10月30日

完成兰、竹，梅、兰、竹、菊画好均不易，尤以兰甚。如若画斗方、三尺尚好，如画对开，兰之布局需费苦心。因为兰草只是几叶，又无劲干穿天，无上势，故尺幅间不好安排。还是布石为阵，幽兰生上吧。此石非山，所以虽占极大面积，但种兰于上，一植石顶，一生石根，立破石为主之势，石成配角。正所谓"王者之香"！竹主要以"叶势"定其风姿！

11月1日

今天刻意练习"解索皴"，此乃国画传统"皴"法之一，可能是笔线若解开的绳索，故有此叫法。但是，画的过程中，突然想到如何理解写意。

写意是国画的一种画法，指画的时候用笔不苛求工细，重在神态的表现和抒发作者的情趣，是一种形简而意丰的表现手法。这个概念想来大家都能理解，但是在创作中可能会存在诸多问题。主工笔者许多人以求笔线之"工细"为主，忽略了"意趣"，虽表现细到极致，但因为缺少"意"，作品常显呆板无神；而主写意者以为无须"工细"，放任笔墨，结果作品无形无神，涣散无主，亦不可取。所以，我以为"写意"不应该简单解为"方法"，而是中国画要想折射神韵的必须要求，无论"工笔""写意"均应将此作为核心标准！

写意尤应注重细节，用细节的处理构成整幅作品的视觉点和神韵点，没有细节的写意一定无神！

11月7日

艺术实际上是在不断地重复，所有的要素皆然，我们已经很难创新，即使是有创新也是用重复将已经存在的各种要素进行组合，而且不可能完全没有重复。但是，这种重复又不可能完全一模一样，即使是历代临摹高手都绝不可能复制出丝毫不差的作品，甚至原创者自己也不可能。而这也正是艺术，尤其是中国书画艺术呈现出来的魅力。所以，重复和不可完全复制是值得中国书画艺术追求者认真思考的问题。如果一个艺术创作者的作品最后成了"复制品"就意味着他已失去创造力。

这有点儿如同人生，人生就是一条不可回头、也不可复制的单行线，多数时候，我们都在做同样的事，我们和别人做的事也相差无几，但是却又绝不相同，这才构成我们各自的人生。如果一个人完全按照别人的人生复制自己，那么他的存在无法精彩。

今天"复制"昨天四尺斗方，虽然刻意相一样，但完成后也只是基本相同，实则是两幅作品。故有所感！

11月10日

创作六尺山水。画的时候才知道，不只是尺寸上的区别，因为尺幅的变化，带来的是整体谋篇布局的变化，并不是简单地将山石多大，树木变高，而是在将所有要素放大的同时，考虑所有物事之间形成的结构、呼应、转承，而且必须考虑到完成后的势与韵，如果不能将势与韵营造出来，必然会大而无神。

因为整个尺幅的变大，在四尺、四尺斗方、四尺三开上习惯了的皴、勾、染等方法亦需随之变化，否则会使笔墨局促，影响势的营造。故，法和技是一个永远动态的要素，必须随心而动。

11月11日

画完六尺山水再画四尺三开，顿觉容易一些，因为四尺三开的尺幅只有六尺的一角，整幅下来也只是六尺上面的一块石、一棵树的面积，这样布置起来在物事的转合呼应上相对好安排，只是所有的笔墨要细致许多。不过，大与小只是尺幅，要体现神韵难度相等。这样交叉练习更有意义。

11月12日

学习中国传世山水大家之"道"发现一现象，许多历代大家除为书画大家外，均涉猎颇广，有的在仕途上也颇有建树，宋之前，书画有传承，但并没有很正规的机构，宋时有了画院，但好像也不同于现在的教学机构。传统的书画对创作者书画外的综合素养要求颇高，只有具有深厚文化素养的人才可能自成气象，如果只是局限于书画本身是很难有高度的。时下，书画学习是批量生产，其中多数是文化基础差，以所谓"专业"取胜进入院校接受教育的，可以说连传统文化皮毛都未接触到，故而除了掌握一些技术外，离"道"很远，所以，往往用一些所谓的新，或者西方舶来的东西唬人，实在不知道是幸还是不幸！

中国书画艺术之光辉永存于中国传统之道！

11月13日

仿宋范宽笔意。范宽的《雪景寒林图》因为成为某名人肖像画的背景，被更多的人知道，虽然这幅画有人认为并非范宽作品，但依然体现了宋代画风。宋是中国画发展过程中最重要的时期，宋人作品均意境深远，笔墨讲究，必须认真研学。

此幅四尺山水仿范宽《溪山行旅图》，但在一些细节上进行了处理。无论如何，现在我们是无法知道范宽老先生是如何画的，参考资料也非原作，只是16开本大小的印刷品，所以只能是仿其大意，尽量从照片上学习其勾、皴之法，不过收获还是不小的。在我看来，范宽等前辈大师只是活在数百年前，但他们的艺术之道从未过时！

11月16日

艺术实际上是一种内心的坚守，尤其是完全属于个人创作的书画艺术。这种坚守不是指时间的持续，而是对艺术审美、意趣、境界、价值的坚守。在成长的过程中，学习、借鉴是必不可少的，尤其是听取"同道"的心得和建议，但是绝不能人云亦云，听什么就学什么，听什么就改什么跟什么，而是一定要坚守自己内心的方向。

近三个月的学习中，我发现一个很有趣的现象。凡是我们所说的"内行"总是会说应该如何如何，应该学谁学谁，而我们认为的"外行"总是直观地说这个好看，这个漂亮，也会说"这幅不如那幅"，所以我在想，什么是内行，什么是外行？我在没有动手画前也是纯粹的外行，即使我给近百人写过书画评论，但我知道我是"外行"，因为我从没有学过书画理论，对于书体也只是能区别出篆、隶、楷、行、草，至于大家的风格更是一头雾水，我写评论只是借朋友的作品写我内心的认知，说白了也像多数外行一样重在看这幅作品是否让我心动，那些内行看重的技术性的东西在我看来并不是最重要的。即使现在我自己动手，我也重在是否让自己觉得有意趣，至于下笔的技术，我觉得并非一定要学谁，我以为只要出效果即对。不管我用何种勾，何种皴，何种染，你不能说这不是山，这不是水，这不是树吗？只要是，难道不对吗？

此四尺横幅乃为亚太旅游联合会秘书长唐先生作，纵横山水，静守山水，皆为"游"也！

11月19日

中国画之审美价值在于用中国传统的笔、墨、色、水、纸营造出独特的意韵、境界，不仅重视画面中物事之间的起承转合，也重视根据不同事物本身的特点使用更能体现这些事物特质的表现方法，比如山石，就会因为不同的勾、皴呈现出不同的质地，可谓千变万化。

山水画，树是极其重要的。不仅仅因为树本身是山水画必不可少的构成，更因为，树在山水画构图中的重要位置。树不仅可起到"点睛"作用，更是有着"连接"的妙用。在构图上，如果有不好处理的地方，往往可以用树来弥补，立刻可以让画面"风生水起"。

11月25日

本来是画一四尺，结果不小心将墨洒在正画的树上，因为不是泼墨画法，只好作废。但又舍不得浪费纸，一分为三，正好可留一四尺斗方，另一块可为四尺三开，一变二，也好。这样整个构图只能调整，不过这正是一种考验。中国画的妙处就在于控制中的"多变",意料之外,情理之中方为妙!呵呵,先完成四尺斗方,三开随后……

11月27日

中国传统山水画其实一直也从写实来,但在落笔时的取舍完全在于每个人的审美,表现的是其内心的山水,其间着重表现的是创作者对生活、生命与山水的看法,而非突出山水的景致,这一点其实极其重要,可以说决定了传统山水画之价值,但是现在的不少画家似乎并未将之当成核心,所以许多作品成了风景画。"风景"必有"山水",但"山水"并非"风景"!

11月30日

给太原一位朋友画幅斗方。近日又看有关论说某画家关于素描对中国画产生的影响的观点和关于陈传席对中国书画界的评论,其实我以为,任何评论观点只是一家之言,从一个角度而言,并不能代表全部,也不能改变什么,重要的是创作者本身的审美观和价值观,如众人云亦云则永无建树。没有任何一个艺术家可以完美,也没有哪个评论家可以左右艺术。就像素描,虽然是西方绘画之重要基础手法,但是在中国画的传统手法里无处不现,勾、皴、染的实现就是此的具体表现,没有什么新鲜的,只是过去一直没有人这样想,这样提。我没有画国画时也没意识到这一点,不断实践才想到此。

12月2日

经营"画境"如同规划人生,需在"加减"上下功夫。初始为画总在"对错"上劳神,同时纠结于画什么、如何画,下笔布局时总是想要合理、要呼应……但不管如何,开始的画总是

"减"多于"加",不是不想"加",而是不敢"加",等慢慢上"道",略通"经营",则画面会不自觉地"加",尽量想要"丰富",这样则可能会减弱"空间",少了画外的意境延展。这个时候则需要停一下,静一下,重新来审视,做一做"减法"。这样反复"加减",方可让画面语言做到"精"。艺术需要随意,但不可随便;需要写意,但不可任意。好的作品不论虚实,总是耐看的!

12月3日

山水画的核心在于营造意境,通过山、树、水等的形,以及它们之间的关系来实现。在谋篇布局时要有奇思妙想,但又不能太过怪异,要有出人意料之神来之笔,但又不能完全背离自然存在。我以为笔墨要尽量避免"杂驳""散乱",用色应忌"腻、甜、浮、轻",完成的作品不论简、繁,一定要耐看,让不同的人有各自不同的感觉,要让人有急于置身其中之冲动,而不是只是站在外面欣赏……

12月4日

山水画是情怀,是心志,是哲学,并非把山画出来,把水画出来,把树画出来就是山水画。一幅好的画若诗若文,里面是有故事,有人文,有悲欢,有风云,有岁月的;一幅好的画若史若道,里面是有历史,有生活,有思辨,有理想的。若把山水画成风景肯定是有缺少的,山水画考量的是创作者心智的厚度,而不是技术的优劣。

12月6日

数百年来,关于"笔墨"是否是中国画的根基就一直争论不休，而发言者无不是拥有"话语权"的人，可以影响整个书画界的权威。他们的言论自然都有道理，可自圆其说，然而反对者也总是能讲出诸多道理进行反驳。尤其是近现代以来，随着西学泛滥，这个主题的争论更近白热化。我以为，不论站在哪个角度都是以偏概全，恐怕永远讲不清。中国画的"笔墨"是根基没有错，但多强调的还是技法，而任何技法都不是最终的作品，不是其最终的价值。运用"笔墨"最终是要创作出极具意境和情趣的作品，否则，不管何种理论、何种技法又有何用！

12月8日

人类早期尚未学会盖屋结庐时，是择洞而居，自然与山亲近得很。生命离不开水，故后来筑房围院又循水而行，与水的关系自然也密不可分。在中国的传统哲学概念中，山与水早已不再是自然之物，而是被赋予人的精神内涵和情感寄托的意象。"仁者乐山，智者乐水"，山与水是中国人追求的大境界！

中国人，尤其是文人的内心有几个传承数千年的情结，一是知音情结，希望在自己的人生中能有心灵相通，肝胆相照的朋友；一是修身情结，修身即修心，让自己能成为有德行、有智慧、有抱负的人，即"修身齐家治国平天下"；一是"神仙"情结，希望自己能具有非凡能力，无所不知无所不能，超脱尘世，长生不老……诸多情结其实均是对自身修为的要求。这种情结在中国的山水画中一直存在，不断传承，只是近现代式微，但这种心理情结恐怕不会消失……

12月10日

琴棋书画乃中国人传统素养之必须，此四艺无不蕴涵天地至理，深含人生哲学。黑白之间行谋略，七丝弦上抚天籁，水墨道中寄情怀。在传承不断的历史中，琴棋书画本非谋生的手段，也非挣钱的职业。常常是好友亲朋欢聚交流时的雅事。山水之间，松荫茅屋，或微风或花香，或淡茶或浓酒，或狂歌或曼舞，春也可秋也可，想想都是一种神仙般的境界，是心灵的居处。不知今人拥有越来越多的物质究竟要把心安放何处？

12月11日

进步一定与"重复"有关，无论是构图布局，还是取形赋义，勾皴擦染，都是在重复中越来越成熟。但是，重复不能是机械的复制，而是要不断进行调整、取舍、重构。山也好，水也好，树也好，人也好，就是要在其形、其势、其意上进行变化，尝试不同的组合。同样的景，可以有不同情境中的人，画面的意境自然会因此而不同。但不论如何，应追求意境之高古脱俗，忌流于平淡无趣，不能乍看热闹，再看苍白……

12月12日

一位朋友说"看了你的画，我想穿越回古代去"，我不敢说我画得多好，但我是在经营"心境"，想要表达中国历代先贤们推荐的"逍遥""悠然""乐山乐水"的心境，当然不是现代人"到此一游"的事，而是追求内心的宽远与平静。

昨天看报纸，上面有一报道说让孩子读书就是为了让他们"走出大山"，我无法否定这种提法，因为我当年也是因为高考走出农村的，而且曾"北漂"十几年，在小城市、大城市的生活中，一直没有平静的心境，虽然我是朋友们中公认比较能静下心来的，但是因为城市的工作和生活使我连最应该做的"尽孝"都没做到，此生一憾。

现在的人生活越来越复杂，有了汽车、火车、飞机，古人曾经盼望的"速度"实现了，但我们好像离心越来越远。所以，一幅画如果能让人有所思，能让人顿生平静，我觉得已经有意义……

12月13日

试着画一幅"清供"。清供，清雅的供品，旧时凡节日、祭祀之时，用清香、鲜花、清疏等物作为供品。国画之"清供"主要表现室内放置在案头作为观赏的物品摆设，表现对象主要是各种盆景、插花、时令果蔬、奇石古玩，文具等，历代画家均有佳作。

清供之意在于"雅"，而"雅"实则中国画艺术所追求的致境之一，要将这些常见，体块相对小的物事布置在一起，营造出"雅"趣实非易事。散则无魂，粗则无神，艳则无雅……

12月15日

仿白石老人笔意。白石老人的作品看上去不复杂，但"韵味"足，细致处即细，不易。如同八大山人的作品一样，那看似简单的写意中所渗透的"情绪"极难临摹，不是技法的问题……

创作必须先临学先贤前辈，其技法，其神韵，其哲思……但是，临学其实很不易，往往会顾此失彼。前人早讲清，下笔前要多看多悟，即使这样也可能难以企及原作之高度。今天临二位大师之作，一齐白石，一潘天寿。白石翁之作的构图、神韵很不易达到。画完后发现构图的表现有问题，二枝荷基本平齐，造成刻板；而白石老则是50%的构图。另外，蜻蜓的体块比翠鸟大了太多，此失误够大也。仿潘翁一幅尚可，有几分味道，但，在整体表现的有序性上尚须努力……

12月16日

三十多年前，偶然看到潘天寿先生的作品，感觉很是新奇，从其作品透射着吸引力。现在想想，这就是中国画的"神韵"之妙。这几天与朋友聊天，我爱讲好画应该是有"性格"的。看大家们的作品，所有的元素无不体现"性格"。作品中物、色、墨皆如此，如果一幅作品中规中矩，四平八稳，唯独缺少"性格"，不能说有问题，但终归难于动人，也难于传世。仿潘翁笔意，颇有淋漓之感。

此皆为四尺六开的小幅。众多朋友都讲多画小幅，因为现代居室不宜大幅，四尺整开就已不小，而且宜横幅，如果竖幅再按传统式装裱，许多人家都无处展挂。由此想到，现在不少的画家的作品常常就是为了参加展览，获个奖，然后加入协会，以企能让作品有个好价。我曾参加过不少书画展，多数是开展当日热闹，而且都是"圈内"人，随后几天则门可罗雀，实乃怪现象也。

12月17日

这二日仿潘天寿先生笔意。潘翁擅指画，且佳作迭出。指与笔具有完全不同的"质"，要用指来表现出中国画的特质一定是极具考验的。潘翁正是在此方面独树一帜，创作出别具韵味的作品。其作品中奇拙的线和醒目的点苔等正是运指而成的特色。

我非用指，还是用笔，而用笔来表现出潘翁指画的味道，同样意趣横生……

12月18日

以前画的时候会根据不同的物体和笔线的变化换不同的笔，

这两天只用一支勾线用的"花枝俏",此笔本是画衣纹、须发等极细致线条时用的,但用来画石、画树枝干、树叶、画鸟均有不错的效果,既省事又可练笔的不同运用,可谓意想不到的收获。

可见法无定法,一切皆法,艺术需师承,但核心是自悟!

12月21日

这两天一直在整理制作一个PPT,因为要把一年来的文艺界的工作及成绩梳理一遍,然后再选出照片,并且分类,许多没有照片的要现拍或者网上搜索,而且不少照片需要重新剪裁,工作量很大。累了后则画画,依然是仿潘天寿先生笔意。潘翁喜巨制,掌、指为笔,使其别具风韵,而且潘翁一直对将西方绘画理论及基础拿来作为中国画基础持否定态度,同时又不墨守成规,所以其作品有着传统神韵,又不完全传统,此正好是所有后来者应该思考的核心。我是在小幅上用传统的笔仿潘翁之意,也是一趣!

12月25日

画几幅小品,依然仿潘翁笔意。潘翁笔下之物事多有夸张,奇拙,一石为山,一树遮天,一花满目……依然用勾线之"花枝俏"下笔,中峰、侧峰求线之变化。墨之干、浓,线之粗细表现"鸟",颇有意思。再次想到艺术表现的"控制",心志、情趣、意境其实全在于行笔下墨勾染之控制中,失控之作必会散乱无神!

12月26日

很早以前看到潘天寿先生的作品,印象极深的是一幅"映日荷花别样红"的作品,夸张的荷花、荷叶、荷梗,极富空间感的构图，率性但讲究的墨色，让整个画面充满生机，神韵飞动。今仿潘翁笔意能得其百分之一即可也。仿潘翁笔意下笔时总有"快意"，我用纸虽小，喜用小笔而作，但行笔渲色痛快淋漓。这也应该是潘翁艺术的一大特质……

12月27日

一口气画几幅荷，"荷"因其"质"历来受人喜爱，更因一篇《爱莲说》被赋予诸多"人文"情趣，历代画家均有表现。现实中的荷花在团团片片的荷叶中芳姿卓越，其花瓣看上去柔弱娇嫩，但实际上变化并不大，只有风来时，摇曳中有不同。在画家笔下，因为画家内心感悟的不同，心境情绪的差别才出现了被夸张变形的叶瓣，这种变化又使荷承载了不同的意境，这恰恰是艺术表现与现实存在的区别！

艺术之妙皆因其"情理之中意料之外"的"意象""情境"，让人通过画面联想、思考、沉醉……所以，在对表现之物的取形、布局上要下功夫方有"妙境"。

12月29日

中午，忻府区文艺界朋友小聚，喝几口老白汾，未大醉，但正好有酒兴，画一幅荷花，感觉甚好。我向来不认为一个人真的喝醉能创作出艺术佳品，所谓"李白斗酒诗百篇"和"颠张醉素"中所指怀素均是一种夸张之言。但是，在酒态下，人的思维一定或多或少会脱离理性，有一份神游在内，这其实是值得从事艺术的人所思考的，也就是说，在日常的创作中就一定要培养这种"若即若离"的状态，既在掌控之中，又要"随性随意"而为，否则会一直停留在"匠"之层面，在这一点上，书画创作者一定要多接触！

12月30日

艺术若人生，越简单越难。要在寥寥数笔中突显心境、宣泄情仇、表露人生实非易事，观千年来，独八大山人之境难有人出其右，其笔墨看似随意实则讲究到极点。想人生本日食三餐，着三尺布，卧三尺床，却日渐贪欲横涨，看着别人的豪奢，能让自己归于简单也很不易！

12月31日

作为现代人自然所见多是现代人的作品，"北漂"时常参加各种展览，也为不少朋友写过书画评论，但是一回到"古代"人的作品，就会被一种"莫名"的东西牵引，总感觉不是在欣赏画作，而是感应那些山山水水中的"生活"，静谧的、悠然的、散淡的生活。总感觉他们的阳光都与现在不同……纵观现代人的作品，似乎总是少些什么。按公历算，明天是新一年的开始，现在正是"子夜"时分，仿"八大山人"笔意作山水，希望新一年所有朋友有"山水"之境，入"山水"之情！

仁者乐山，智者乐水也！

2016年

1月3日

将本来雄奇的山石画出雄奇，将本来瑰丽的树木画出瑰丽，将本来平实的景致画出平实，这应该还处于"非艺术"状态，也就是说创作者还没有能将自己的审美意趣、艺术判断、思维情绪渗透进"表现"中，没有进行"取舍"和艺术"经营"，这样的作品往往是无法长久审视的，很难产生"绕梁三日"的艺术效果！

艺术一定是重思考、重认知、重取舍的，然后是恰当的表现。从事艺术的人应该都知道"深入生活"这个提法，但我以为这不是核心，不是主要的，试想，我们哪个人脱离过生活？哪个人不是在自己熟知的生活中泡着？但，这就能成就艺术、成就艺术家吗？显然不能！所以，认知生活，思考生活更重要，只有建立在认知和思考的基础上，才可能触摸到本质，才可能表现得尽量靠近艺术！

1月6日

一幅画中也就几棵树，几块石，但是要将它们布置出韵味来并不是易事，前期学习期间面对白纸总是不知从何处下手，即使已经掌握了一定技法也一样。从前辈大家的作品中我们可以发现，他们确实下了功夫，总结出了各种构图方法、各种表现技巧，均是为了更好地体现自己内心的审美情趣。就像八大山人，其笔下山水多呈秋冬之景，但其往往能于肃杀中折射出浓烈的美，哪怕寥寥几笔，都能得到痛快表达……

1月12日

这几日事情多，只能在晚上画几笔。今日早晨与义勇兄交流山水画心得，再次谈到传承与技巧的问题。我以为中国画一定要回到中国历代传统中去寻找根本，方能得中国画之神韵。古人多讲"境"，今人多追"技"，这不是一个层面的问题，无论是线，还是墨，还是色，也不论是形，还是光，如果没有营造出"境"，不能有"神韵"，再高明的技法又有何用？

1月19日

这几天除了画山水外，一直琢磨画荷花。荷花历来受文人墨客喜爱，许多大家均有佳作。荷之风采核心在荷花，但花之姿、之势不好掌握，要画出其卓越之韵一定需自己内心悟其"神"，才能有所表现。其次是叶，叶其实也不是衬，也需当其为主体，要让其与花相映相衬，能听到荷风，闻得荷香……

1月21日

以前自己不动手画，欣赏过很多人的作品，也知道不少人追求自己的风格，其中就有不少人专注某一类型，甚至只画某一种题材。因为"专"，自然只有此类内容的作品，要不被别人捧为"第一"，要不自己封"王"，而我看真正在历史上留有传承，并能够称得上"家"的并不如此局限，而是任何题材均涉猎，任何画法都尝试，即使是有了自己的明显风格，也不断在变化画法。我一直认为采取什么样的技法，用何种勾皴、何种渲染、何种着色并不应该是固定，而应该根据所要表现的事物所具有的特质、精神来决定！无风格而皆风格难道不是更大的"家"吗？

1月24日

仿张大千笔意。张大千是中国画史上极具代表性之人物，其完全从传统入"道"，其早期所临前人作品可乱真，曾用大量时间临敦煌壁画，研其精髓，可见其传统功底之厚。后先生遍游天下，观天下山水，察天地神韵，且于"西画"中窥其色彩之要旨，终有"泼墨泼彩"之法，成自我气象。因没有掌握其"泼"法，所以只是用笔仿其笔意，但从其构图悟其"雄奇阔达"之境，有益也！

1月27日

笔、墨、纸、色除了质量上的不同外，在作用上是不变的，但是创作出的作品却是千变万化，究其原因，一定是因为物事本身，因为情感变化，因为认知不同，因为审美差异等导致了创作者在运用这些相同的工具时呈现出了不同的状态，这本就是艺术的魅力和价值。"不同"一定是因为因素不同，如果面对任何物事、任何情感、任何认知、任何审美总是用基本不变的手法表现，此生难逃"匠"也！

1月31日

"写意"被单独列为中国画的一种表现形式自然有其道理，"意"实则任何艺术形式的终极，只是"写意"更强调形之外的"境"，但是并非不讲究形，而是对"形"的要求更高，必须以"神"去控制之，这对取舍的要求甚高！

2月2日

尝试各种风格的表现，依然觉得古人表现山水更走"心"，他们是画心中山水，即使有实际参照，但最好表现出来的一定是形而上的。古人是一定知道"绿"对于山水、对于树草的意义，但少见他们在画中用绿色，反复比较后发现，绿色多了，山水必俗。今人之山水不少人讲究"大"，讲究"雄"，但是，古人在空灵悠远中难道不是隐喻着更"大"的"势"吗？

新刻一方"三晋布衣"闲章，觉得配散淡悠然之意为好，故再画一幅"大音希声"，仿傅抱石笔意。想想坐旷野，抚天籁，目之所及，苍远宽远。天地之大，唯我唯心，快意也……

2月3日

学习阶段，我总是在古人和近现代画家之间不断交换，重复学习，理解他们不同的表现和审美意趣，分析领悟他们相同的追求，以企能走近他们……艺术无头无尾，无边无涯，但是该有的不能无，该无的不能有，此理不难懂，但要做到往往是"鬼使神差"般方可，故理性思维，感性表达，"融"才能入"境"……

2月10日

中国画的艺术魅力无法用语言简单概括，更不是一些"理论"家自以为是的总结，更不是能用西方绘画理论来分析的。在历史的传承中，我相信，中国的先哲前贤未必不清楚所谓的"透视""明暗""色彩""造型"等的存在和关系，只是他们不屑用，因为他们追求的是形而上的、内心存在的、超越于现实形态的、寄予了自我审美情感和意趣的境界！虽初涉此行，不断在传统、现代，古人、今人之作之道中摸索，但每次回到传统的表现时，总是感觉要比现代的表现更有意思，更具韵味……

2月17日

"学习"其实必须是一种主动思维。我学国画从不去先看"视频"，而是看作品。比如，学傅抱石先生，我就是看其作品，而且都是印刷品或网上的图。所以，我不可能知道先生如何下笔，如何用墨，如何用色，只是去思考，如何能实现其笔墨意趣，然后按这个思路去下笔，在画的过程中不断去调整。先生创作应该是极其淋漓的，其笔触飞动，墨色神奇，常常满幅面作画，但总有"气孔"，充满生命活力。我一开始学画，常有"死"墨，过去就会认为此画废也，但从学傅先生笔意过程中，悟出可以处理这些地方的方法，"淋漓下笔，细心收拾"。傅先生是大家，应该是一气呵成的，我还未上道，感觉这样应该也是可行的……

2月19日

不知何人，也不知确切时间，有人按表现手法将中国画分为"工笔"和"写意"，"写意"是指在创作时用笔不苟求工细，注重神态的表现和抒发作者的情趣，"形简而意丰"。似乎这并不难理解，但实际上这是一种非常模糊的解释，即使是创作者本身也很难说清这种"意"究竟是什么标准，如何就是写意的"形简"，可以肯定不是少画几笔；也很不好判断什么是"意丰"。如果自己不创作，只是纯粹的"理论"者所言就更是一种生命力僵化的"概念"，在我看来，形与意应该永远是同步的，形驭意，意寓形，简则皆简，丰则皆丰，任何概念式的"隔离"皆不可取……

在中国画材料中，"水"并不只是一种介质，而本身就是极其重要的组成。所谓"墨"分"五色"，其实就是因为"水"在其中所占比例不同而形成的不同状态。在整个创作中，创作者就要能够充分掌握"水"所起到的作用。这是同一幅画，只是一张是"水"还未完全干透时拍的，另一张是在"水"完全干透时拍的，但呈现出来的"质感"却不同，这其实正是中国"水墨"艺术的特质！

2月22日

因为应邀赴晋城司徒小镇采风，故有两天未画，今天从一回来就抽空"补课"。绘画乃实实在在"纸上谈兵"，勾皴渲染，成山布水，植树铺草。想得云飞听得风响，或亭台楼阁，或风花雪月，有老翁论古，有雅士抚琴，一丝悲半缕喜，苍凉也好，郁葱也好，意随笔落，情由墨舞，长歌当哭，斯人独叹……想历代大家哪里是画画，分明是画命……

2月23日

问天问地问自己，乐山乐水乐情怀。"抱石皴"是傅抱石先生山水画的笔法。初学时，感觉就是"纷乱"，好像无从下手，现在渐渐悟出其妙。心中有山水，下笔时只需按山势水形去纵横勾涂，待整体"形"出现后，再以焦墨处理细节，如此画法甚是痛快淋漓。

2月24日

常有朋友会问"画的什么意思"，也有人会说"看不懂"，但会说好看或不好看，我就说你感觉好看不好看就可以了。其实，创作和欣赏是完全不同"频道"的事，创作者要表达的和其表达出来的并不是一回事，创作者表达出来的和欣赏者看到的或感受到的更不是一回事，任何一幅作品即使有明确的指向，但欣赏者的理解也会风马牛不相及，但并不能说谁的理解有问题，艺术作品提供的其实正是其丰富性，多角度的审美空间和审美指向，如果一幅作品只有一个概念化的理解，实际上只能算实用美术，而非艺术作品……

2月25日

在"八大山人"和"傅抱石"的笔墨中发现了异同的东西。同样率性而为，看似"纷乱"的勾迹皴痕，但均是随心随意而成，绝不是无章法的乱涂。故二人的作品均给人以"特别"的感觉，初看，再看，久看，若饮陈年佳酿，味浓意醇。不同之处是，傅先生的作品或多或少喜欢强调现实山水之形趣，而八大山人作品中的山水则完全为心中山水，其山形水态更强调"意趣""情绪"。虽然二人均是中国画史上难以企及的"高峰"，但是八大山人的"心境""神韵"可能永远是后人无法接近的……

2月26日

在欣赏和学习创作中，"古"与"今"永远是分不开的。在自己不创作的时候，对于"古今"作品，更多的是感性认知，这种感性认识不能说有什么对错但是当自己学习创作的时候，才越来越发现，我们很多自以为是的感性认知可能只是个"笑话"。每次我摹仿近现代人创作的作品和摹仿古人创作的作品，不只是我自己总感觉古人的表现更具有艺术本质，以及审美的延展性，而且朋友在这些作品选取的也多是倾向于我摹仿古人表现时的作品。这令我想到另一个问题，那就是我们涉及某一方面的东西多，但并不能说我们就会成为"权威"，比如，我一直写诗，充其量有些浅薄认知，并不能说是个诗人，更不是权威。许多时候还是"慎言"好，最好不去"为师"……

2月27日

人类的生存早已超出了自然生存状态，从对自然的恐惧、敬畏，到和谐，从对自然的索取、改造，到凌驾，人类越来越将自然当成存在的资源，而不是存在的根本，也因此，人类的思考，艺术也越来越少了对自然的敬畏，缺少了"天人合一"的哲学思辨，"行看流水坐看云"只成为一些人内心中的窃想，在更多人眼中甚至是笑话。不能如此，以画羡之也……

3月1日

"文艺作品中反映出来的生活却可以而且应该比普通的实际生活更高，更强烈，更有集中性，更典型，更理想，因此就更带普遍性。"对此论述，仅从字面来讲似乎并不难，但实际上，如何理解"更"，并非易事，不仅是非从事艺术工作的人，即使是从事文艺工作的人也未必能够真正理解并运用。任何从事艺术的人也均知道艺术"源于生活"，但想要做到"高于生活"却很难，其中原因很多，但根本的是从事艺术的人必须具有"高"的综合素养和认知，内心要有对"生活"所有物事本质上的思考模式，将生命的情感、价值、审美融入艺术的表现中，如果只停留在简单的对"生活"物象的再现上，即使是运用了一些表现手法和技巧，均难成为"艺术"！

山水画即表现的主体对象为山为水。常有朋友问为什么不画水，我会问"没有画水的模样你知不知道这是水？"朋友会回答"知道"。其实，这正是中国画的特质！用山体的形及走势留白即可体现出或水或云，并不是一定要把云和水画出来，取"意"取"势"即可，反之亦然。宋时名家马远有"水图"十二段，专门画水，除个别幅有极少岩岸之外，其他没有任何别的景色，完全通过对水的不同姿态的描写，表现出种种不同的意境。但是，看着这浩渺的水，我们完全可以想到水尽头或岸或壁，可以想到"水拍云崖""惊涛拍岸"……也正是因为这种特质，画什么，如何画，不画什么，但却能让人想到这没画出来的东西，正是需要创作者用心"经营"的！

3月2日

苏轼《赤壁赋》有言："白露横江，水光接天。纵一苇之所如，凌万顷之茫然。浩浩乎如冯虚御风，而不知其所止；飘飘乎如遗世独立，羽化而登仙。"既是用文字画出一幅山水，也用文字表达了一种心境，而用绘画形式来表现其文字则需要达到另一种情境，至少要在艺术本质上能相通。另画四条屏之一，尚未完成，今日休息……

3月3日

"条屏"因为尺幅因素，实际在表现上有难度，因为既不像整幅纸那样除了有高度，也有宽度，也不像斗方那样，宽度和高度相同，这信给画面布局提供了相对合理的空间，而"条屏"则是高度明显大于宽度，虽然也有自己的比例，但是相对于创作者来讲，这种比例显然极具挑战，因为要将山石、树木、亭宇、水瀑等合理布置在这狭长的空间，各种物事之间的呼应、穿插等就很重要，表现不好就会像"零件"的拼凑，有物无气，有形无势，有态无境，有事无神……

3月6日

完成了山水四条屏，此四条屏是应侄女要求所作的，她希望能在普陀山示人。普陀乃佛教圣地之一，有灵气仙韵，故要尽量避俗，同时要传统味道浓。

3月7日

云南大理，洱源境内，茈碧湖，一处山水胜地，可怡性，可醉人。湖边闻鸟鸣或看日出日落，或只是望着蓝天白云发呆，一任时光流逝。要不就邀三五友人或茶或酒或歌，可吟诗可激辩，雅事妙会，想来均可令人忘归。儿子要在此湖边经营酒店，嘱我画一些"小品"置于酒店里，自当支持。"小"只是尺幅小，但我以为依然应该画大境界、大神韵。要让入住酒店的朋友从自然山水间归来，又能进入艺术山水。中国的"山水画"不是点缀性的"风景画"，而应该与酒店，与人的心境是一体的，可怡人悦心……

3月8日

有一个很值得思考的现象，我在学习的过程中，一直是在传统和近现代的表现手法中反复揣摩，两种状态的作品均画不少，但是，在挑选自己喜欢的作品时，多数朋友会选择"传统"表现手法的作品，可能朋友讲不出什么本质上的认知，但都是认为，体现"古"意的作品更有意思。

3月10日

刻了三枚小章，一厘米大小。石小刀大，不好刻！知道现在可以用机器刻，很快，容易控制，但刻出来的字没"灵魂"，缺少"气韵"，我以为不可用！自己动手，虽然可能"走刀"，但大"势"不会受损，依然可显"手刻"之特质。"印"乃中国画不可或缺之组成，偷不得懒，省不得时，必须"用心"！

3月11日

继续为儿子的酒店作画。人常言"风景如画"，其实，画与风景还是不同的。风景是客观存在的，许多时候，本是"风景"的物事会因审美不同，而不被看成"画"，我们许多久经岁月的"东西"被毁就是如此。"画"一定是经过创作者"选择"和"概括"后的表现，是"高于"客观的，加入了审美，渗入了情绪，所以虽然客观存在更丰富多彩，但"画"因为其艺术性永远具有特殊的价值。想看风景的去茈碧湖，想看画的去湖边酒店……

画小幅镜心"翎毛"，此类画讲究情趣，除了"鸟"要细致、传神外，其他东西也要讲究呼应，既不能喧宾夺主，又不能成为简单的搭配，而是同为主体，是整个画面的有机组成部分。因为尺幅极小，所以画鸟的时候，尤需注意"控制"，要将极细微处处理出来……

3月12日

如果单纯理解"写意"画才强调"意"肯定是片面的，其实无论"工笔"还是"写意"均首先要强调"意"，只是表现手法上的区别，如果因为一味强调"工细"而放弃"意韵"作品就一定失去"神"。这也是"匠气"形成的主要原因，许多人用了很多年的时间都无法真正理解这一点，虽然很用功，但不用心，如何能入艺术门槛？

3月13日

佛曰："一花一世界，一木一浮生，一草一天堂，一叶一如来，一砂一极乐，一方一净土，一笑一尘缘，一念一清静。"大千世界，芸芸众生，东西南北，你来我往，人多易着"色"，所谓"空"之境界恐怕也多是奢望，能在满足"眼耳鼻身"之乐之时，坐于山脚水边，看花开云起，也属难得。回得屋去，洗去风尘，望着淡淡墨韵水痕，闭目静心亦算有趣。艺术养眼养性养心，一花一世界，一念一清静⋯⋯

有什么，想要什么，要什么，要到什么，这是人生的哲学命题，也是从事艺术的人必须搞清的本质关系。"有什么"是客观存在，人人可见的，是不以人的意志为转移的大千世界。艺术创作中，任何人都不可能将自然存在全部表达出来，只能是看自己"想要什么"，许多人从来就不知道自己想要什么，比如昨天参加摄影比赛的评选，不少作品一看就说明创作者在按下快门的时候并没想清楚自己想要什么，所以虽然也拍出了照片，却完全没有艺术性。但是，仅仅清楚自己"想要什么"还不够，必须清楚自己"要什么"。许多人和其他人用一样的工具，面对同样的事物，同时进行创作，但作品相差甚远，这是因为没有搞清"要什么"，总是在关键处慢半拍，差一点。"想要什么"是想法、是观念，但要实现"要什么"必须具有更加综合的控制能力，审美能力，表现能力，只有真正从本质上认识到自然存在和艺术存在的区别，才能最后实现"要到什么"。"要到什么"是从"想要什么""要什么"而来，是综合艺术能力的瞬间体现。这让我想到一则"公案"。五祖弘忍让弟子作偈，大弟子神秀做曰"身是菩提树，心如明镜台，时时勤拂拭，莫使惹尘埃"，很显然，神秀是知道"想要什么"的，但是，他对"要什么"悟得不彻底。所以，当不被人看重的慧能做出"菩提本无树，明镜亦非台，本来无一物，何处惹尘埃"时，就注定弘忍大师会将衣钵传承给慧能。"艺术"就是要实现"要到什么"！

3月14日

宝灯兄推荐清皇室后裔溥心畲作品，观其创作笔墨简洁，但韵味悠长。其构图讲究空灵感，整个画面空间感大，读之令人心旷神怡。仿其笔意作几幅"小片"……

为儿子即将开业的酒店画的40幅小幅的"镜心"终于完成，以"山水"为主，有部分"花鸟"，但实际上我一直以为，这些是统一的，是兼而有之的，只是在主体上有一些区别，但在"经营"上是一样的，要想达到好的"境界"并非易事。这半年多，不断在前人的"道"中摸索，现在刚有一点感觉，敢"自由"下笔着色，这似乎很像一学步的孩子一样，能蹒跚起步了，是有所喜悦的……

3月15日

画四条屏，重新仿宋郭熙笔意。记得很小的时候不知从哪里得到一本介绍郭熙的书，立刻被其作品迷住了，觉得其山水里有一种很吸引人的力量，只是说不清楚，就是喜欢，但那时从来没想过自己也要学这个，更没想过要模仿。四十多年过去了，自己却开始模仿其作品，看来这是一种宿命！宋时期是中国历史上极特殊的一段历史，这一时期的艺术成就也极其特殊，尤其是中国画创作，可以说达到了巅峰，直至现在也难以企及。每次重新看宋时艺术均会被其"气质"吸引！与刚开始学画时不同，现在也仿，但下笔运笔均不是完全机械式的临摹，而是自由了许多，这应该是一种进步吧！师古人，师自然，得掌控之道，乃根本也。

3月16日

条屏之二墨稿。中国传世"山水画"作品，不少山有具体参照，画的是某处之景，但更多的其实并无实指，而是概括了自然界中的山水特征，通过创作者的主观"审美"构思后的重新表现，虽然不是具体的某座山，某处水，但任何人欣赏都会知道这就是山水，而且因为体现了创作者的"情绪"也会令观者动情。这正是艺术存在与自然存在的区别！

条屏墨稿之三。认真看了郭熙的作品，从其众多作品中体会其特质。郭十分讲究布局，而且其树木的画法姿态多变，或俊逸或苍劲或纤媚，但又不会成为画面中突兀的表现，而是在整个画面中十分协调。仿其笔意再一次想到一个问题就是所谓的"素描"，学画必学"素描"似乎已经成为所有培训机构的共识，而且美术系考试也视之为标准，但是，我以为古人，尤其是郭熙、范宽等宋代大家的艺术手法早解决了这个问题。中国画传统的勾、皴所达到的艺术境界是"素描"，但超于素描，因为，"素描"还是"技"，但"勾皴"却因为有了情绪，有了不同的审美，不单单是"技"！所以，学中国画轻视传统实在是歧途……

3月18日

条屏之四墨稿。此稿费神最大，因为已属于"界画"，二处楼阁耗时最多，不仅仅是要考虑到楼阁的形、比例，还要考虑到在整个画面中的布局，以及与其他物事、人物的呼应，所以难度相对大，而且我不喜欢借助其他工具，只是一支毛笔勾线，需要心沉气稳手劲，很考验人。作此画想到另一个问题：人与环境。人是依山筑巢，循水而居，所以山水是人之根本，人也从山水学来生命之本，所谓"仁者乐山，智者乐水"是也。

3月19日

"人与青山已有约，兴随流水去无穷。"儿子酒店大堂所需四条屏完成。"静墨碧湖"，一个好名，诗意禅境，内含儿媳和孙女名中字，可见有心。酒店经营是生意，其实劳心劳神，不过在一湖边，遥看远山，近观碧水，闻得鸟鸣，听得云起，心自旷远，情亦疏朗，亦神亦仙……

上海朋友从尔约定要一幅莲蓬。"果实是花朵的最终姿态"，比花朵更久远，承载着花的生命。我并不知道莲蓬应该如何画，只是对莲蓬深褐色的质感印象很深，想象应如何能够画出莲蓬的效果，同时又符合国画的特质。毛笔在洗墨水中蘸一下，然后调赭石色，赭石色不能太浓，以灰为主然后下笔，用几笔画出莲蓬之形，然后用笔再调赭石，在几处用赭石加渲，趁整个色未干时，用淡墨、浓墨将"莲子"处勾出，这样就基本上可以。最后是收拾细节和题款……

3月20日

横幅四尺对开。与纵幅四尺对开不同，横幅的画面考虑的中心与左右的关系，既不能两边都虚，也不能以中心为视觉点。中国画中物事之间的关系并非像西方绘画那样强调透视关系，也就是绝不取自然实体存在关系，而是更讲究物事之间"意"与"势"的呼应关系，意通则气通，气通则神到，神到则境高。经常能听到有人在评判一些作品时讲："功夫还不够。"我一直在想这个"功夫"究竟是个什么玩意儿？有不少人一辈子从事一件事，最后可能也没进入境界，有人可能一出手就直达本质，所以，很显然，功夫应该与时间关系不大，或者不是必须关系。我以为，功夫应该是能够表现任何事本质特征，能够在这种本质特征的表现中注入生命力，不仅长久打动自己，而且也能长久打动他人的综合审美能力和表现能力，只要能达到此境界，就是"功夫"，与技术上的成熟不成熟无关。拿技术说事容易，因为有标准，但拿"境界"说事难，因为标准不好定。

3月21日

答应太原朋友预定六尺对开横幅，因为"静墨碧湖"的创作一直无暇动手，今终于可以开始勾墨稿。依然是仿传统笔意，现在很难说是仿谁，只是在行笔时感觉这里应该如此。最初画松的时候，画松叶时总是会很小心，现在要大胆不少，而且可以用几种方式行笔，让几株松可以呈现不同的风姿，这或许就是别人讲的"功夫"？古人画山画水总是要画出点儿"异味"的，不动声色地吸引人。现在不少山水作品，看着热闹，色彩艳丽，但多是张风景片子，耐不得看，不知道为什么创作者对此如此麻木？

3月22日

六尺对开横幅。

颇费神，仅是画树就得上千笔吧？这样的尺幅必须考虑画面的整体协调感，因为长度足够长，而高度要小得多，所以绝不能使画面成为景物在纸面上的排列，远近、疏密、高度、轻重……均要考虑到，更重要的是让画面有"情绪"，有"呼吸"，慢慢看去，久久驻足……画完感觉尚可，有点儿想自己收着……

3月24日

按计划今天应该完成一幅画，但下午到晚上都有朋友约谈事，所以推迟，回来后还是决定完成墨稿。

在拿起笔的时候又想到下午和晚上与朋友商量事时的一个现象，对于一个人，一件事究竟如何才能真正看清本质？突然发现，很难！

情、理、法，这是整个社会，所有人必须面对的，但是，许多人就是在这三者间徘徊，始终做着一个聪明的糊涂人。我们的普遍认知是"法大于天"，这似乎没错。比如，有人杀了人，他肯定是违法的，首先要绳之以法。这就是"法"，所有人都必须适用。但是，在审理过程中，一定要调查其杀人的动机，根据动机，在量刑上可能会从死刑变成无期，这就是"理"。但是，不管是死刑，还是无期都不可能准确判断杀人者在动手杀人时瞬间的真实情况，一定会有人同情之，这即是"情"。如果从一般判断来说，法代表大众，是代表多数人利益。但是，从另一个角度看，每一个人都是大众，都可能只从一个角度看问题，所以其范围可能更大。这就引出一个问题：情、理、法究竟哪个大，究竟应该遵循什么？我以为，上升到理性与感性结合的高度是三者皆考虑，如果或理性、或感性则不是倾向于"理"，就是倾向于"法"，永远各执一面。艺术同样如此，循"理"循"法"都没错，但忽视了"情"，永远无法企及艺术的高度。

明天上色……

3月25日

六尺对开横幅。画一处楼阁，费神，画时有一处比例明显不协调，又不愿意废弃，则因误就误，根据笔势又连出一亭栏，看上去还不错，所以，再次认识到控制的重要性。书画最终要体现的状态，创作者一定要清楚，如果失去控制就可能满盘皆输。细节处尤是……

今天一天断断续续完成的墨稿，四尺对开横幅，界画。我学画有个特点，喜欢就一种形式或方法集中时间和精力去琢磨，直到基本掌握其精神，当发现某一细节可能会经常用到，而且能出效果时，我会特别留心。我以为，我们不可能比前人聪明多少，传承其实就是一种有选择的复制，为我所用，但一定是吸引我内心的东西。任何东西都创新其实是胡扯，没有创造力的创新毫无意义……

3月26日

四尺对开整幅和局部。与墨稿比是有变化的，因为在染色时发现有一处太空，所以增加两株树，我以为这是一种没有办法的办法。不知道前人是不是也干过这样的事。此处的空不是指整体构图上原本考虑好的虚的空间，而应该指感觉上不舒服的地方。一幅好的画，必须重"气"、重"神"、重"势"、重"韵"，如果感觉上不舒服则应该是有问题。现在自己学画慢慢悟到，画首先一定要好看，如果不好看，一味去完成所谓学术上的探索，我不知道有何意义，或者意义有多大？好看的标准可能很多，但不管什么人群，什么层次的人都觉得好看，应该是一个标准！

3月27日

第一次画雪景。古人画雪景与今人不同，今人的雪景越来越强调与现实中雪景的"同"，运用了许多新的技巧，而且形成了表现冰雪的画派，人数不少。而古人表现雪景还是重在"意"，即使是采用"工"的表现手法，也不是刻意强调雪的质感。古人画雪应该多是留白，这就需要一开始就考虑好什么地方要"白"，然后用墨色等将雪意显出来。此幅仿宋名家巨然笔意，并掌握了另一种形态的松树的画法……

3月28日

仿宋大家郭熙。再一次体会到宋时艺术家们的典雅、高贵之风。郭熙作品中的树木都极其讲究，古拙、奇丽、严谨，给人以一种奇妙的感受。整个创作，最费神的就是这些树木，必须凝神静气来画。这很显然是需要耐心，需要对艺术的尊重。这样的创作不像现在众多的表现，美之名曰创新，实则偷懒，盖是因为，时下之人多是将"画"作为手段，去谋各种"画"之外的利益。这也是不断出现一些以"表演"混迹艺术家队伍之人之事的一个原因。不过，有些人可能要的就是当下轰动的效果，以此混得盆满钵盈则可，其他人家是不管的。

我以为，艺术就是艺术，必须追求"更高"！

3月29日

从没见过宋人真品，只是看一些印刷品，所以仿作时只能凭想象猜测。用墨用色完全是自己手中的事，但根本上是力求仿到宋人风骨，一定要好看，这应该是中国画最低也是最高标准。中国画发展到宋时达到的高度是世所公认的，多仿多学盖不会错……

3月30日

继续仿古。因为每次认真看古人的作品都会有新收获，当然，并不是所有古人的作品我都喜欢，有不少也觉得不耐看，味道不足。五代、宋人作品大多精细，但与清人的繁复不同，宋人更追求扎实的画工中的意境。许多作品很像宋词给人的感觉，长短相间，节奏转合，或深沉，或婉转，或明丽，或豪迈，或壮阔……而且，宋人不少喜画秋、冬之景，但作品并无苍凉荒芜之感，而是让人依然感受着自然万物生长收藏的生命律动。艺术该如是，永远展示美，永远传递希望……

4月1日

画一幅四尺对开横幅。山水画永远会涉及生命存在的命题，"人与自然"一个永久的哲学思考。今天在参加"知美咖啡读书会"活动时我讲到一点认识，那就是相对于整个世界和历史而言，我们可能永远无知，永远断章取义，永远用既定的概念解释无穷的永远变化中的事物。与现在人穿越空间的速度，人可以去很远，去很多地方，甚至太空，但是我们似乎越来越走马观花，越来越粗糙不堪。与古人慢悠悠的走法相比，我们很少再有察的举动，所以，我们实际上错过了无数的本质和精彩，我们并看不到"马非白马"的思辨，更难理解"山何仁，水何智"的大道之道。放慢脚步，清空心灵，可乎？

4月2日

对于一幅作品来讲，画一笔和画上千笔的难度其实是一样的，甚至画一笔更难。想一想，不管在多大尺幅的纸上，我以为一笔成画那一定得是"神来之笔"，至少我认为自己做不到，其实我一直对一些刻意变形，美曰"写意"的创作不以为然，因为不少人其实缺少那种造型的能力，所以只能草率为之。这令我想到文学创作的规律，我曾讲过，如果从形式来看，小说最大，散文次之，诗歌最小，但是如果从综合艺术表现力来看，诗歌最大，散文次之，小说最小。所以，做"减法"的功夫很难，就像人生，我们其实是因为想要的太多而身心疲惫，如果让自己的人生"减"点儿，一定轻松。不过，人生也好，艺术也好，"减法"好难……

4月3日

给儿子酒店画的作品在抵达云南洱源后被他朋友"劫持"部分，要求再补画，而且有一朋友专门要画"狗"的作品。反正是学习阶段，多画总不会错。画的过程中体会到，中国画要想一丝不差地复制是不可能的，每次画总会有变化，这其实正是水墨的神奇之处。比如两幅《心经图》，尽管是一个形象，但相差甚远，也颇有趣。狗是仿刘继卣先生笔意，下笔时好像考虑了一下位置，结果画的过程中发现，狗的整体比例小了，画面左侧空间太大，只好补一石，这样看上去也说得过去。

4月5日

感谢邢补生先生！

补生兄研习书道已久，其勤学博览，持笔不辍，已是大家之风。昨日特别私下指出我为曹明生兄之画所题款中的"里"字有误。"里"在表示"里程"时其实就是"里"，并无繁体之说，只有表示"表里、里外"时，繁体和简体才有区别，补生兄意思是为严谨应重题。

想想后决定不重题，重题是可以的，无非是让裱画师多一道工序，但总归是"补丁"。如果不重题，可以时刻提醒自己不敢自以为是，任何时候都不要说满，学问方面其实差之千里也。

我们注定不能成为"六祖"式的人，甚至连"神秀"都远不及，所以更得时时"勤拂拭"……再次感谢补生先生！

4月6日

我知道画工笔很需要时间，如果画大幅的更需要耗时很久，所以一直没有敢动手，只是画几幅"镜心"，也不严格按工笔程序画。于是仿唐寅笔意小试，画的过程中不由不佩服古人之才情。

唐寅之仕女画往往不仅用笔细腻工整，更重要的是在其笔下的人物是有气质的，要做到这一点不易！我只能仿其形，离其神远之又远。人物画不同于山水，山水的气质更多可以通过不同事物的组合、呼应，以及事物不同的形状表现，但人物的核心就是人本体，只能通过真神态来表现，如果没有极细致的观察和对人内心世界的把握是很难出"神"的。此所谓"艺术无涯"也！

4月10日

不知道为什么形成一种习惯，在摹仿其他人风格几天后，总喜欢返回头再摹仿八大山人的风格。想想应该还是我现在需要不断在简与繁之间切换、体悟，寻找山水画的灵魂。许多人的作品和风格，包括一些大家都是交代的较"多"，总是要去安排每一物象之间的呼应、转合，而八大山人的作品总是乍看上去很随意，尤其是他笔下的树木，多是以"苍"意为主的，但是，就是造型简单，朴实的石、树在"随意"中却会被他布置出一种"神秘"的力量，吸引着人。他的作品其实并不是悲怆、哀怨的，而是在脱尽繁华中凸显着生命的不可凋亡，在寂寥中孕育着更为寂寥的情怀与长歌。所以，体悟"八大山人"的艺术气质，融合其他风格，会是一种启示，不是单纯技术性的，而是精神性的……

4月11日

仿古人画水。

山水画，水应该是主体，但是，往往在画面中水并不需要画，而是直接留白，通过布置山体、石头，或者房宇、树木等体现出水的存在，有时则是用舟船来体现水。像宋时马远那样专画水的实在是少之又少。近现代以来，尤其是一些人学西方绘画之技法与理论后，画水之作渐多，但表现手法和传统手法大相径庭。古人画水是与中国画的整体精神一致的，强调"概括"，并不是要与真实的水一样。也就是说，不管如何表现，依然强调"意"。这倒真与老子《道德经》中对水的论述同出一辙。

4月18日

这几天因为要参加诗剧《事犹未了》的排练，同时策划和组织"直通车艺术公社"的"诗意的栖居朗诵会"，还要编辑《五台山》的稿件，感觉时间不够用。但是，每天还是坚持画几笔的。今晚去录《事犹未了》的配音，结束后和姚凯大姐、建平聊天，自然又聊到诗歌和绘画。姚大姐问我一些朋友的诗歌，我讲到，这些朋友都在认真地写诗，从形式看是诗，但是在整体上还缺少诗的特质，姚大姐自然问如何理解诗的特质？其实这个很难讲清楚，正如古人的"马非白马"之说。

正像绘画一样，同样是画"瀑布"，画飘逸的瀑布和画激湍的瀑布一定是不一样的，画松树和枫树也一定是不一样的，这种不一样就是特质……

4月19日

几幅荷花。再一次意识到画好叶比花难，虽然花必须要体现其逸然出水，仙骨卓然的风姿，要画得很"撩人"并非易事。因为，荷花一定要忌艳忌妖忌媚。高洁、孤傲，又要若风若烟，但是，如果叶的处理不到位，则再有风韵的花都会凋零……"好花全靠绿叶扶"，先人们传下来的都一定是总结过无数次的经验之谈，马虎不得，而且需要不断实践、体悟才能有所得……

4月20日

画四尺对开横墨稿。画的过程中，突然想到一个问题，古人画树是十分讲究的，并不只是讲究其形，而是极其讲究通过其形、其势，以及在整体画面中的位置，与其他事物的呼应显出其"性格"，每种树的特质都是古人所重视的，他们是强调树之生命意义的，而不是像现在许多人，把树只是看成"风景"的点缀。

有"性格"的树才会给作品以生命……

4月26日

这几天总有朋友问为什么没有发画，是不是没有画？

其实不管有多少事，我基本上每天都会画几笔，或者是去看古人作品。还是我一贯的思路，隔几天就会尝试不同风格。在这个过程中，我意识到，不能将任何风格、任何人当成标准！只应该是融汇、交叉、叠加，然后再剔除、凝练。"无标准"其实是中国画的独特特质，只有真正理解了这一点才能于"神"的境界上不断提高。"标准"其实是生命力的终结。美术院校招生之所以以素描和色彩为基础，是因为其标准，是技术层面上的考量，这不能说错，但与中国画其实关系不大。中国画一旦形成标准，对于创作者来说未必是好事……

此为我自己所悟，与别人无关。

4月27日

完成一六尺对开，只剩题款。

忙里偷闲勾另一幅六尺对开的墨稿。其实近几天还在思考另一个问题，宣纸是中国画的核心要素之一，其特点决定和形成了中国画特有的品质，这是公认的一点，也是我一直以来对中国画特质的认知，但是，突然想到，我们现在能看到的许多中国画传世之作其实是画在绢上的，绢的材料性质与宣纸是不同的，所以在上面形成的"笔墨色"也应该不同才对。但是，我们发现，虽然在不同时期会呈现出整体风格上的一些变化，中国画所特有的"质"变化不大，也就是说，在传统传承中，历代的优秀作品并不受材料的影响，也很少在材料上下太大功夫，"合意""传神"才是主要的。

5月7日

今天裁了几张四尺，裁出不同尺幅，顺手在二张四尺八开上练手，画一莲蓬，画几株崖边上的树。画的时候再一次深信，表现不同"质"的物，所用的"语言"一定会因质而不同。是客观的事物的"质"决定了主观的表现。但是，主观的审美和创作者内心的情感反过来决定了创作者对客观事物的取舍，在表现某种情绪和审美认知时，创作者所选取的物的形、质、意、势、趣等等都一定是排他的，这即"马非白马"的道理……

5月11日

好多朋友问"你怎么不画了"，其实不是不画，每天都要画几笔。只是因为要做"文艺直通车"讲座课件，常常需要想其他问题，找一些资料。我是愿意把这个准备充分的，要讲给大家，得有责任感，何况也是自己对艺术思考的过程。思考这些反过来会对"画道"有作用，各类艺术总是在核心上是相通的。正像赵州禅师对新来的人讲"吃茶去"，对已追随他很久的人讲"吃茶去"，对很不理解地问他怎么对新人对老生都只讲"吃茶去"的人也说"吃茶去"一样，当内心的"灯"点亮后，"禅"就是"吃茶去"。又回到老子所言"道可道，非常道。名可名，非常名"。夜深了，不吃茶，睡觉去……

5月14日

四尺对开，其实就是一张纸一分为二，因为一分为二就多出一个"世界"。

忽然想到这好像是一个哲学命题，许多时候，我们的人生不就是因为一点点变化带来了不可预知的发展吗？在一张四尺整幅上创作，考虑的是这一整幅的构图、造型、取意、势韵，不管安排多少物事，均在这一幅中，所能体现的必是相互呼应转承的，不入画面的可以自己去想象延展。但一分为二后，虽然尺幅还是那样大，但在每一幅中可以表现完全不同的物事，甚至表现的技法、风格都大相径庭，风马牛不相及，完全可以说是两个世界，欣赏时也可以补充延展出另外两个不同的世界。故大也小也？常常可能是小则大，大则小。

这又让我想起，我总和一些文学爱好者讲的，一般来说，从规模来说，小说是大的，诗歌是小的。但从概括性来讲，诗歌是大的，小说是的。艺术的大小即如此，表现手法越概括，可能涵盖的东西会越多。中国画的写意和工笔是从表现手法来分，但实际上也包含了概括性，写意一般来说，用笔要少，但概括性，延展性要大。如果一幅工笔具有了概括性和延展性，一定了不起。因为延展性往往是"意"的范畴！

大要气势，小要涵盖，此乃一规律吧！

5月15日

突然觉得用山水中的勾皴，尤其是"抱石皴"可以"乱"涂牡丹，于是，试了三幅斗方，肯定不如意，但觉得值得尝试。

一直以来不画牡丹，因为不敢。我曾经在为本家兄梁义勇写的评论中写道："在我看来，多数以牡丹为题材的创作无论是表现手法，还是表现出来的意趣基本上都是一副面孔，甚至有许多很'艳俗'。因为长期以来，牡丹在中国传统文化意识里被赋予'富贵吉祥、繁荣昌盛'之意，所以在表现牡丹时，多数创作者往往尽可能突出其花朵硕大、端庄大方、雍容华贵、富丽堂皇、绚丽多彩、姿态优美、花团锦簇的特征。所以，在表现形式上，无论是色彩、笔墨、构图等均都被这种习惯形成的意识所左右。所以，形成了以牡丹为主要表现题材的国画作品多数缺少变化，一是缺少自然牡丹转变为艺术牡丹之变化，二是缺少表现手法上的艺术个性。多数'牡丹'作品都是眼看着热门，却很难让人眼前一亮，心中一动。"

我一直觉得"牡丹"一定有"富贵""华丽"之外的东西。她的花型看去是有"富态"的，但那每一瓣其实均有纤嫩娇俏之感，常常是纷繁的花瓣绽簇出独特的风姿。我觉得这种"乱皴"有点意思……呵呵，自夸也是美德……

5月30日

好多朋友以为我这一段时间不画了，其实每天都会动手。

近段时间发现四尺对开很顺手，而且这个尺幅也适合家里客厅沙发处挂。画荷叶要用大片的墨，画的时候心里想着叶子应该有的形状，然后用侧锋扫或中锋拖，顺手画荷梗。现在画荷梗时用笔总是一笔下来，不像刚开始时那样会犹豫一下。最令自己高兴的是，现在不管画山水还是画花鸟，不再需要翻看别人的作品体会构图等，而是可以自己想象着画，画自己想要的"形"和"势"。

这种感觉很爽……

5月31日

随心所欲地画山画水，看着整个布局在纸上渐成是一种快乐。现在不再局限于某一种方法和风格，而是感觉"如此"画出来应该好看，有味道。一直以来，许多朋友说让我去写生，我则以为山水只要用心欣赏则可，忽然的一次远行，偶尔的一次外出，总会有山有水有树有花，如果眼里没有，心里没有，"写生"何用。写生解决的多是形和局，但落在纸上的"形"和"局"其实和真实的存在是不一样的。"纸"上的，也就是艺术的形和局必须是创作者自己心中山水，应该和自然中的山水有关系，但关系不大。如果总不能摆脱"写生"，又如何能入"神"？所以，我以为只要用心，不"写生"亦可！

6月6日

忙中偷闲着笔墨，得"忻州四景"，分别取意于禹王洞、陀罗山、桃桃山、岩峰村，前二处曾去过，有印象，后二处均没有去过，只是看友人提供的照片。四幅下笔时均无犹豫，不像半年前，眼前有前人的作品为范，依然小心翼翼，皆因心中无底，加上手下功夫浅，所以画起来生涩不堪。现在，差不多一年了，不管好坏总画了不少，对纸墨笔砚的习性有了了解，对水色墨味也相对熟悉，各种布局营构也有了基础，不再参考前人，下笔勾擦皴染，随心出大局，小心收细节，画完后常有快意……

很想将忻州市所辖14县的胜景选出来，创作每县的"四条屏"，想想也算个不小的工程。

不过，行动则有！

画山水之余，偶尔也画几笔花鸟。"花鸟"在布局上与山水有区别，但是，我理解中的"花鸟"依然是以"势"，以"意"为高。一定要画出"言外之意"，也就是让欣赏者会根据自己的心境有所思，有所感。至于欣赏者所思所感是什么，其实与我画时所想无关，只要他能被触动，有感动即好。如果没有做到这一点，技法再好，又有何意义？

6月7日

早上起来先画竹画荷。

发现开始时，总画风从左吹竹向右倒"势"已顺手了，再画风从右往左吹的"势"开始反而不顺，画好一会儿才会有感觉，可见习惯有时会形成一种桎梏，要不断突破习惯。

画荷其实重要的是荷叶的形和布局，如果这点解决了，整个画面才有"韵味"。我在画荷花的时候，有意安排花的位置，有时专门画在最下方或某一角，而且花不画整朵，只画半朵或几叶，自己感觉很有意思，荷花那种特殊的气质通过这样有了强调。学前人只是一种必要的参考，如果自己不思考终究不会有意义有价值……

6月10日

晨课，继续画荷。

一取意"悠然自乐"，一取意"独醉"，尝试从各种角度把荷叶画出"意思"，不仅好看，好玩，还要有所思。一幅画里没有了文学，没有了哲学，没有了创造，没有了灵魂，只剩下"笔墨"，笔墨技法再好又有何意义和价值。观当下之书画界，打着"创新""笔墨"的东西太多，喧嚣的苍白，可怜的繁华……

6月11日

今日画"山水"，琢磨"水""云"之表现。

一直记得宋郭熙《山水训》中所论，只是过去没有实践，只觉得老前辈讲得透。其曰："山，大物也，其形欲耸拔，欲偃蹇，欲轩豁，欲箕踞，欲盘礴，欲浑厚，欲雄豪，欲精神，欲严重，欲顾盼，欲朝揖，欲上有盖，欲下有乘，欲前有据，欲后有倚，欲下瞰而若临观，欲下游而若指麾，此山之大体也。水，活物也，其形欲深静，欲柔滑，欲汪洋，欲回环，欲肥腻，欲喷薄，欲激射，欲多泉，欲远流，欲瀑布插天，欲溅扑入地，欲渔钓怡怡，欲草木欣欣，欲挟烟云而秀媚，欲照溪谷而光辉，此水之活体也。山以水为血脉，以草木为毛发，以烟云为神采，故山得水而活，得草木而华，得烟云而秀媚。水以山为面，以亭榭为眉目，以渔钓为精神，故水得山而媚，得亭榭而明快，得渔钓而旷落，此山水之布置也。山有高有下，高者血脉在下，其肩股开张，基脚壮厚，峦岫冈势培拥相勾连，映带不绝，此高山也。故如是高山谓之不孤，谓之不仆。下者血脉在上，其颠半落，项领相攀，根基庞大，堆阜臃肿，直下深插，莫测其浅深，此浅山也。故如是浅山谓之不薄，谓之不泄。高山而孤，体干有仆之理，浅山而薄，神气有泄之理，此山水之体裁也。石者，天地之骨也，骨贵坚深而不浅露。水者，天地之血也，血贵周流而不凝滞。山无烟云如春无花草。山无云则不秀，无水则不媚，无道路则不活，无林木则不生，无深远则浅，无平远则近，无高远则下。"

可见，"山水"需能表现云水。但是，要想将"云水"之态、之势、之意、之韵表现好，需要下功夫……

6月12日

从三幅作品中体会不同的认知。

第一幅山水主要想练以树为主体的"山水"，整个构图凭空想象，三株松树在中心，但树干有意向左倾斜，这样可避免平均分配画面的"死局"。在最左边加一株树顶在画外的树，其意自不必说。松树下加二株其他树，其中之一的叶子用曙红调藤黄染，可以使整个画面有质感。第二幅开始画山体时没有具体参照，只是走山形石形，中途突然想到偏关老牛湾，于是整体上有点"老牛湾"的意思，但又不想完全画成"老牛湾"的样子，而且，主要想练习左下角呈现树的画法。所以，有了现在最终落在纸上的样子。现在特别喜欢傅抱石先生的画风，整体上淋漓纵横，看去杂乱，但细处精细收拾，结果出人意料且生动。我以为非有大境界、大胸怀不可为。第三幅依然练习荷叶荷花的布局与意趣，每一次变化其实都是需要用心琢磨的。

重复是任何劳动的实质行为，但变化是重复产生价值与意义的核心，没有变化的重复也不会有艺术性。

6月15日

为朋友孩子成婚画一并蒂莲。另一幅为朋友生日所作，朋友特别喜欢那一小群红鱼。也不知道别人如何画此，我用锋尖一笔画成鱼形，再点墨点为睛，画时注意每条鱼的方向，有时画出来的鱼形有意想不到的"态"，很让人兴奋。

中国画的特质其实有一点非常重要，那就是"神来之笔"绝非事先想好，而是随性而得，但这样的表现常常最有"气"，有活力，有价值。

中国画最忌刻板，看着花花哨哨，色彩纷呈，但就是感觉不到生命律动，这样的画实在非艺术也！

6月19日

突然想尝试画梅。

梅一向是被画家喜爱的题材，但我觉得要画好不容易，因为人们赋予它太多的精神和品质，所画之梅至少要能折射出这样的质。

也看过不少人画的梅，许多作品缺少"匠"，总感觉太注重形，没传达意。所以一直不敢画，就怕画出来的只是一幅画，没有生命。突然想画是想到"动感"，我尝试让枝条有动的态势，用笔在纸上看似随意地走动，但有意地布置疏密、交错，让枝条形成想要的"局"，然后添花朵。花朵也是在自己以为的地方点，浓淡疏密大小不一，也不刻意画梅花的形，只取大意，一直到感觉可以了就停止。然后在一些地方添加花蕊，点苔点。这样画出来，觉得还是有活力的……

"我看到了风。"一位朋友看到我画的竹子如是说。

我很高兴，朋友没说这竹子看不见竿，叶子也不像人家那样画得规整清楚，说是"看到风"，这才是我要的。风来时，竹摇叶动，正是这样一种势态！也是因此，此幅梅我刻意强调其枝干叙疏之势，听从了上海从尔建议，左边花的密度增大，成繁盛之态，但我在右边和下方点缀少量花，让画面有呼应对比。山水一幅在构图上有意安排左右下方以树为核心，中间是瀑潭。右上安排一院落，并画塔，这样的意境应该还是说得过去的。

总之，我喜欢画面里渗透入精神与灵魂去，不是为画一幅画而画……

6月21日

浙江本家梁远隆定1.8cm×1.2cm的巨幅山水。幸亏世伟兄送我的案子够大，否则又得卷起一半来画。起笔时并没有明确的构思，当笔在纸上留下痕迹时，随着不断皴、擦形成的墨痕，大致的想法越来越清晰，一口气将整幅纸画出基本态势，然后静下心来观察已经形成的基础，开始认真想如何布置其他物事，无非是水树楼阁、云烟花草。处理好细节才能让画面"活"起来，有了精神和品质。山水画绝不能画成"风景画"！

还得继续补充细节……

6月27日

六尺山水。好几个朋友喜欢，但此画是浙江本家梁远隆所定。前几天已基本上画好墨稿，因赴晋城国学馆讲座，回来才继续完成。此乃完全创作作品，对傅抱石先生所谓"细处需用心处理"有了更深认识。

我一直认为中国画的神韵依然必须回到传统去找根，但并不排斥近现代一些大家的探索。只是并不去简单接受和学习，只是领会他们的心得，我喜欢自己琢磨，从不管什么南派北派，也不死学哪种皴法，觉得审美上很舒服，很有韵味的就用心揣摩，否则再有名的人的作品也只是看看则已。

6月29日

画一斗方。构图仿宋人山水。

宋人山水构图颇讲究，往往满，但一定有"气口"，也就是一定会有"虚处"呼应，让画面实但无喘不上气之感。并非今人那种要尽量交代许多东西之"满"。中国画之简并非易事，越简越不容易表现，表现不好就会苍白。但一满则容易"呆"，所以如何处理构图的虚实是中国画神韵之核心。今之画，不少人的作品有形无神，有态无思。久看不得，这个很要命，不可学。

6月30日

另一斗方，依然仿宋人笔意。

一位朋友说"耐看"。我以为这是最有意义的看法。"耐看"就是经得起反复看。如果一幅作品乍看不错，再看乏味，又看无味还什么意义？我画的时候都是自己要觉得耐看，整体布局也好，局部也好，都希望尽可能完美。但是中国的"完美"不仅仅，或者根本就不是表现在技巧上，连内在的神韵都一样！

7月5日

四尺横，整幅。

这一幅没有画多少树，所以山形石状就显重要。有时会觉得表现有问题，需要静下心观察一会儿。二处房子、石阶、山路都是如此增加的。艺术的意趣和意义即此，总要有意料之外的欣喜，并非要完全"合理"。

中国画需要一种"形断意不断"的境界……

7月7日

三幅斗方，这次均画了人。

这几天在看《雪洞》，是讲英国一位女子22年在高山洞穴中独自修行，终得正悟的经历。由此想到，每个人的生命形式其实都是一样的，均是一天天地重复，但这种重复的本质不同，多数人的重复一万年可能只是一天，有的人却可能一天会是一万年，其中的区别就在于"悟"。正如"画",要想进步,必须重复,同样的方法,同样的题材,同样的意趣,一定需要不断重复,但如果只是一成不变,从不重新领悟思考,只是简单复制是毫无意义的。这也是有不少人可以以假乱真临摹出别人的作品,却终不能自成一家的原因。守规矩,但不死守;遵章法,但不盲从;承传统,但不刻板;重创造,但不离奇……艺术的传承、意义和价值必须首先重视其综合表现出来的审美、情感、情绪,任何技术均是为此服务的,脱离了艺术意义的创作是没有生命力的。

7月9日

尝试画一月夜中的梅。荷则有意将花隐起来,不去突出,但实际却更吸引人注意。我认为画画一定要有自己的想法,也因此再一次思考评论与画画的关系。

以前自己不画,总以为自己写的评论还可以,朋友们也认为不错,但自己动手画时才发现,根本是两回事。评论可以尽管按自己的想法写,但画画要考虑的因素就多了,不是简单传统或者现代,也不是形式和技巧就可解决。一定是更综合的艺术审美和认知……

"古意"其实很难有准确标准,何为古,从什么时候起为古?表面上看就是近现代之前均可谓古,但实际上,并不能如此简单划分。

关于中国画的古意,并不是近现代人的认知,如果从"时间"的概念看,"古"已有之。元大家赵孟頫就说:"作画贵有古意,若无古意,虽工无益。"元至今不可谓不古,但那时,赵孟頫已强调"古意",想见他指的"古意"要更久远。所以,"古意"不是一个时间概念,而是审美概念,指的是作品所传达出的意趣、情绪、韵味、气质。也不是简单地模拟其表现手法、技巧，而是捕捉前人在作品中渗透的精神。正如清代边寿民所言："画不可拾前人，而要得前人意。"我以为前人画山水从来就不是为表现风景，而是表现情志。就是用石头、树木、云水等的不同意趣表现人的内心情感。"山水"里包含的是前人朴素的哲学思想，人生态度，生活观念，此乃"古意"也。古人的山水不为宣传什么，也不为获奖参展，只为悬挂于厅堂，朝看暮观，抬头低头心有所归所属。

故画山水定需"胸中有丘壑，动静皆风云"……

7月11日

张晓鹏（大鸟）在接受采访时谈到古琴对他的影响，谈到绘画中的"音乐节奏"。

想起几年前给演员、画家梁丽写的评论，我就讲到其绘画作品中让人感觉的"声音"。现在想来，绘画的谋篇布局，所有的表现手法其实都应该是表现"节奏"的，表现这种由"节奏"产生的"韵律"。一幅好的作品一定是有流动的"音乐"，是有生命的……

7月12日

绘画对于我应该是一种宿命。

很小的时候就喜欢与造型艺术有关的事，那时无处可学，也无人教。看姐姐她们这年的剪纸，看母亲捏面人，后来是看驻军在墙上画人像，最奢侈的是有连环画可看。上初中后，残缺不断地看过"四大名著"的连环画，真是好，永生难忘。后来照着临摹。家里穷，买不起好的颜料，广告色，白报纸就是好的，那时就是找张年画临，画得最多的是老虎。记不清从哪儿得到的戏曲照片，特别喜欢临画旦角形象，感觉那服饰美极了，尤其是戴翎子的角儿。后来还画过玻璃画，炕围画，现在想想就是胆壮，没有师承，更没有章法，就敢出手。

要说学，也就是1981年高考后，在等开学的时候参加过定襄县首届书画培训班，而且是中途而退，只学了几天素描、色彩（主要是水彩），其他一概未学。上忻州师专后，临画过几幅国画，其实不得要领。分配到忻州一中后，画过几幅油画，也是自己琢磨着画。1995年以后再没画过。

近一年，从北京回到忻州后才开始画国画，这一画就像自己的灵魂找到安放的地方，现在每天不画几笔好像欠下自己什么。我从没想着当什么画家，许多事于我就是一种必须，既然做就去原点，去找质，广泛吸收，但不会盲从，最终一定用自己的思考发声，我以为这才是对的……

7月13日

除了工笔肖像外，画中所表现的对象总是会因创作者的审美考虑有所改变，即使是"工笔"，优秀的创作者也会渗透入自己的艺术特质。但是，我一直不喜欢刻意将物事的"形"变扭曲、变丑怪的表现。艺术允许奇，但最好不怪；允许粗，但最好不陋；允许野，但最好不蛮。艺术的基本感觉应该是舒服、好看，耐看，引人，而且经得起反复看。不仅仅要能让人驻足，更要让人想身临其境其意……

7月20日

我有一习惯，对一些喜欢的名家的东西总会过一段再返回来学习，主要是思考其"品质"，整体布局，在临仿时会加进从其他名家处学到的东西。

这算是一种"转基因"式的方法。我以为，后人的前进该当如此！我们就是站在当下，接受历史，传承历史。这种接受和传承一定是有"过滤"，有"修正"，有"增加"的。对于中国画来说，就是一定要固守其"工具"特性带来的艺术特质，应该拒绝任何非本质的东西。

艺术的价值一定在于其"纯粹"！

8月1日

山西省文联组织庆祝中国共产党成立书画展，单位要求我送作品，此为任务。我本不想参加展览，我不愿意画一幅只能在特定场合、特定时间展出的作品，所以很是纠结。最后决定依然不刻意显现"主题"，取形取意，显现一种"精神"特质则可。于是想到一句诗："山，刺破青天锷未残。"整体构思上，突出一剑锋一样的山形，在用笔时，尽量突出"锋刃"之感。画完后题款，总想着这是一剑，结果本应该是题"刺破青天锷未残"，却写成了"刺破青天剑"，如果重新画，时间来不及，所以，想一想这样也好，不用原字，反倒与我创作时的初衷吻合，不去直接体现什么，但能显现出一种"意"，足也。

8月2日

学习就是不断地重复。重复相同的素材，相同的方法，相同的立意……

但是，这种重复不应该是一种简单的复制。重复时应该是不断巩固规律、巩固必须、巩固长处，去校正偏差，校正谬误，校正弱点。这样才能进步。但是，在这个过程中，可能在表现时恰恰相反，原本应保留的，好的可能出错；原来有问题的，要校正的可能偏偏出现"奇迹"，引出一种新的表现。这其实正是中国画的特质：尽在掌握，出其不意！

所以，中国画的魅力也在此！

8月12日

画画基本成为每天功课。

现在感觉画具有综合性。节奏、韵律，叙述、抒情，构图、裁剪……各种艺术表现均可用在画里，尤其是不想用文字时，画正好可以替代。儿子来电话，说酒店设计师拟在每个房间里布置三幅画，这样一来，原来画的近百幅不够用，还需要五十幅左右。前几天画荷，纸破了一大块，裁了下来，准备废掉的一小条让我又裁一下，加一荷花，竟然很有感觉。想酒店房间需要个性，这次特意裁部分条状"镜心"，应该有趣……

8月13日

小幅可以画得相对快，但实际上一点儿不能偷懒、投机。只是因为比例缩小，不论勾皴擦染都缩小了面积，显得快。但是因为"小"，意趣、韵味、气势并不好表现，从另一个角度想，如果尺幅很大，难度应该是一样的。所以，尝试不同尺幅，不同比例的表达，核心还是要考虑画面呈现的品质，要始终讲究的还是技巧所承载的情景、情绪、情感，"打动人"是必须的，只是画面的呈现是苍白的。

8月15日

小幅花鸟均临《三希堂画谱》，想想古人真是不简单，能把这些画得非常有趣。见过不少当下画家画的花鸟，有的常称这王那王，但却很少能看到如古人这样讲究"调性"的。古人的东西总是耐看，经琢磨。多数都是值得反复看的，也因此被当作范本传承。至于染色则是自己想着染，但力求避俗。艳而不俗，鲜而不媚，还是要好看，耐看。虽为临，但仍需有自己的想法……

8月17日

山水可以有许多自己的想法，情绪在里面。学习中，我总会反复看八大山人的作品，其他大家的也看，但总感觉不如八大山人的作品，能看出许多东西。尤其是在其看似简单，看似平淡的构图、造型中看出不简单，看出不平淡。我喜欢精致，不论大写意还是小写意，不论大尺幅还是小尺幅，都应该精致，精致才会好看，耐看。山水的格调、韵味一定要表现出来才好……

8月21日

给儿子在云南洱源县茈碧湖边开的酒店又画了六十四幅作品，以山水为主。

现代酒店多数房间里会考虑配有装饰物，不过，多数以工艺品为主，有的也悬挂绘画作品，但一是以装饰画为多，一是印刷品为多。"静墨茈碧"如此配挂应该会有自己的特色和品位，希望能给入住者一份艺术的心境。因为是集中画的，所以最后题款时有点费力，既要体现画面的意思，又不能重复，我又对格律诗缺少研习，所以就有了现在的题款，朴实但提供想象，也是一种方法吧……

8月22日

"临"是中国画最基本的学习方法。我一般总是要选造型、构图有品质，表现意境有情趣的作品。这既有利于训练自己的综合创作能力，又利于提高审美境界。事实上，这样的作品多数人均喜欢。

我一直认为，不论如何探索，不论如何创新，多数人不喜欢的作品一定存在问题。书画创作不同于科学发明，不被传承不一定是因为曲高和寡……

8月24日

画一幅画时，突然悟到一个一直在想，但一下没悟透的因素，那就是"合理"！

山水画在布局上要讲究合理，山的走势，水的来去，树的疏密，石的大小，人的高矮……均要表现合理。我在画的时候有时会感觉不对，因为不合理，这个时候我会看古人如何处理，然后再去画。这是需要用心的。

只有合理才会舒服，这也是一种讲究！很重要！

8月26日

画画为了什么？可能答案很多，不过，我以为最基本的就是让别人欣赏，喜欢欣赏，并且想要拥有。比如罗中立先生的《父亲》，过去，现在，将来都是好画，这是肯定的，但是，不会有多少人把这样的作品挂在家里，因为太沉重。靳尚谊先生的《青年歌手》是肖像画，在其众多肖像画中，唯独这一幅画了背景，而且画的是宋代大家范宽先生的一幅山水。这也让作品有一肖像画之外的意境，一面世就被众多人喜欢。就是因为靳先生表现出来的艺术审美，被业内、被大众都喜欢的审美。

所以，我以为，用专业画大家喜欢的画才是基本的！

8月27日

昨天试纸。

在类似牛皮纸式的宣纸上画画，出现的效果与白色的宣纸不同。想起做旧，似乎就是要让纸发旧，"旧"的一个特征便是"黄"，但是，经历岁月风雨而成的"黄"显然不是这种"黄"，其实历史是无法靠做旧呈现的，历史的烟火味是一种说不清但能感觉到的东西。就像现在各地重建的"古城"一样，虽然外型与古物一样，但毫无沧桑感，毫无厚重感，无论如何都找不到内心与历史的那种契合与感动。我们很多时候愿意求新，追求现代时尚，但最后发现，只要在历史中传承下来的东西都会永远具有动人的力量。

中国画的"古意"即此。

8月29日

画画真不只是技巧的事，画的时候其实会想到很多。

清时李汝珍著有《镜花缘》一书，至今已逾百年，记得在忻州师专就读时，该书是在文学史中的，因知其大概，所以一直未读。后得一套人民文学出版社版的，上下册不到十元，但也一直没有看过。昨天画画之余，想换下思路，随手从书架上取《镜花缘》读，读几章时才发现，竟然是本"奇书"。书中借几个主人公所讲之事之理竟然是时下国际国内常常热议的事。比如，里面讲到"鱼翅""燕窝"，实则与现在的"环保"观念一致。而在一个全是"黑色人"的国度，借两个小女讲到古之"学问"之事，忽然发现，与古人相比，我们只能算是"混"，根本不能说是做学问。其中处处表现出来的如何做人如何做事的描述，实属现在人人皆懂的。故，此书应该不能简单被看成是小说，实际上比时下许多说教类的匡书更有教益。古人，牛也。

还是回到画来，一幅画当然不能成为一种理念的"图讲"，但也不能纯粹成为一种技术的表现。一定是有好的表现手法，同时要有情绪、情感、情趣……

8月31日

二十三个人，二十三棵树，不是有意为之，画完后一数才发现，可见乃定数也。

这幅画因为是四尺对开横幅，构图布局必然不能和斗方一样。所以从中间一棵树开始，因为想画人，所以边画边考虑树的穿插交错，然后画人添石。从中间往两边画，然后从两边再向中间呼应，布置几组人，体现"琴棋书画"，既相互独立，又在一个整体大局中，不断画不断添加人物。人物不是简单孤立的布置，而是体现"情节"，也就是"有戏"，这样看着才有意思，耐寻味。虽然人物均为2厘米左右大小，但是还是尽量体现各自情态，注意体现一些细节，要让画经得起推敲。

画完后比较满意！题款为"文人四友"。

9月2日

营造一种意境，在里面充分体现一种理想、情感，甚至价值，这才应该是艺术应该追求的。那些经历历史风雨传承下来的作品无不如此。即使是某一种技巧，也是因为是要实现这种目的，并且很好实现了才得到肯定。画面上的所有呈现应该都是为了美，吸引人的那种美。我在染色时，完全是考虑好看，用藤黄加曙红画树叶也是为了好看，并不是为了表现秋天，在我看来，在山水画中表现季节特征并不是很重要。这幅画中，除了人的形态外，就是强调树的形，让每一棵树都有品质，这就是耐看。一幅画一定要经得起反复看……

9月3日

同一种意境，但必须画出不同，这是艺术的一种基本要求，也是一种难度。中国画亦可复制，但是，如果只是简单复制是没有意义的，就像临摹古人作品一样，可以用心临的一样，但如果仅此也没意义，临摹应该思量古人如何经营布局，如何制造意境情趣，而不只注重技巧。临的同时就要求变，就要有自己的想法。其实临摹是一个永久的过程，甚至是一生的事。这种相同选材、相同意趣的表现也是一种"临"，但重在变化，有变就会完全不同，有变就情趣各异……

9月4日

画一幅全是女性形象的画。

画的时候自然觉得要与男性的不同，不是指人的不同，而是所有元素均要有所区别，树不能有太多松树，其他树也要鲜活、多姿。整体环境也要温柔，所以放在园中，故有奇石、有湖岸……可见，一件作品最后呈现出的"质"应该是由所表现的物事的本质决定，而非创作者掌握的技巧，创作者对要表现的物事的审美认识、存在认识、本质认识才是根本。艺术不是为某种概念，也不是为时代服务的。真正进入艺术审美状态的作品是可以超越概念、超越时代、超越特定人群的。这是为艺术者应该的追求……

9月5日

今天，江西一朋友来电话，因为她在医院检测，结果是颈椎间盘变性，并有增生，她本人已经头痛很久，医生的建议是手术，费用八万。她咨询是否手术，应该如何办。我告诉她手术可以暂时解决问题，但因为只是解决症状，并非解决根本，过一段时间依然会出现同样问题。这就像一只漏水的桶，不把漏洞补上，水是永远不会加满的。所以要解决骨组织本身的问题，必须从根本上修复受损变形的骨组织。

这就像画画一样，要从画的艺术本质上领悟学习，而不是学习花哨的手段和技巧。

我没有具体算过画画成本，但知道时间成本，曾写过一篇名为《艺术无价论》的短文，讲的大致也是这个意思。我的画"无价"，一是我初学，无名，不知道自己的画值几个银子，故无价。二是有些人我愿意送，我不怕朋友说我的画不好，那是情谊，故无价。三是很多朋友是一定坚持付银子的，朋友首先从内心尊重我的劳动，朋友认为这画无价，那几个银子就是成本，与画无关，故无价。这样的朋友我不能慢怠。四是有些人是无法满足的，送得越多越觉得你画得容易，不值钱，故也是无价。所以，以后送不送还是由我自己决定。

装裱好的二幅是我刚开始学画时画的，仔细看自己是知道差距的。

总有朋友说要学书法，学好书法才能画好画。我不知道这个说法是从何而来的，是什么人最早提出的，但我以为是无稽之谈。不能否认书法对画有作用，但肯定不是必然关系，不是因果关系。历史上书法大家有同时画画的，但并不是因为会书法，所以自然就画画，倒是画者的字都不会太差。

说是"书画同源"，其实相差甚远，书法和绘画在规律是不一样的，非要说一样，只能说最后的价值相同。说书法对话绘画的作用，无非是强调线的表现力，而这种表现力在绘画的过程中就可以掌握，如果掌握不了，学书法也是白学。而且如果只是学了书法之用笔不能转为绘画用笔，学来何用？所以，学书法有用，但一定不是决定因素，我以为总说学好书法才能画好画是一种误导。

9月6日

近一段时间热传"打柴人和放羊人"的故事，由此演绎出不少续集，甚至涉及经济学、管理学，颇是热闹，但不管如何演绎，多数都离不开"利"。想起古琴曲中有首流传千古的曲子《渔樵问答》，曲子模仿"打鱼的"和"打柴的"对话，曲调或缓或急，或高或低，将二人问答演绎得极为传神，我们无法知道他们对答了什么，也不知他们是否打到鱼打好柴，只能感受着他们对话的这份情趣的美好。古人将此解释为"千载得失，尽付渔樵一话而已"，哪像时下这样，尽虑得失。这二日想学画人，于是临古。在《三希堂画谱》中看到古人所绘一图，仿其笔意做此图，题款"羊哪儿去了"，一乐也。

9月7日

一直以来不怎么画人物，实际是不敢，因为人物有形的要求，不论工笔还是写意都要有形。但是，不能不画，我一直认为要什么题材、什么物事都能画才好，而不应该专攻山水，或者花鸟，或者人物，更不应该只会画一种题材，然后去封什么"王"，或者"著名"，或者"大师"。所以，还是要从临摹开始，掌握规律。

这幅画中的人物不知是谁，有朋友看到墨稿说像张景岳，明代大医。张景岳先武后医，尤潜心研讨《内经》，后著述颇丰，有六十四卷，首推阐述《内经》的《类经》，强调"温补"，被誉为"仲景之后，千古一人"。对后世影响颇深，值得景仰，于是就当作是他。题款"再振元气"则摘自张景岳所言。

为此，特从网上赊《景岳全书》，抽空读读……

9月8日

再仿一人物，"负薪读书"。

画时想"自给自足"应该是一种理想状态的生活，东西不要太多，满足生活则可，余暇时光才可读书、抚琴，或书或画，潜心研习。想古人没有我们现在这么多的科技手段，一切皆要亲自动手，但却留下了丰富的传承，我们现在手段便利之极，思想却再难出现高峰。我想与我们的"快"有关，快即浮，浮即浅。同时，也与我们占有太多有关，占有越多越容易"消化不良"，重者甚至"梗阻"。

不过，自给自足似乎已离我们越来越远……

9月10日

今天是教师节，1984年从忻州师专毕业后，分配至忻州一中任教，有幸被委以重任，任重点班68班班主任。虽然只当了四年的教师，但这份情结是一生的。

现在，好多人见面总喊"老师"，其实我知道，现在被喊"老师"和职业的"老师"还是不同的。因为这份情节，所以想画一幅相关的画，想到了孔子，这位被后世尊为老师祖师的圣贤。如果只是画一幅表现孔子个人的也行，但总觉得少些东西，于是想到孔子向老子问道的情节。孔子不正是因为能曾子说的勤思好学，不耻下问才最终成为人师、成为圣贤吗？所以，我以为，为师者的本质应该是永远先为学生，以学生之态度对待自己，勤思勤问勤行方可有成……

9月11日

画庄子与惠子一个情节。

庄子，一生崇尚自由，无意仕途，只做过一个管理漆园的小官，但却与老子并称为"老庄"。庄子传承老子思维模式，道法自然，其《南华经》多以寓言格式，借平常事讲大道理，对后世影响极大。在庄周的世界里，人即物，物即人，人并不比物尊贵，物亦不比人鄙下，于是"蝶是我，我是蝶"。庄子与惠子游于濠梁之上，观水中鱼，即言"鱼之乐"，惠子说："你不是鱼，怎么知道鱼的快乐？"庄子答："你不是我，怎么能知道我不知道鱼的快乐呢？"

可见，不同的思维模式必然导致不同的结果。像老庄一样思考，也会具有智者的潜力……

绘画也一样，不同的认知理念决定落在纸上的结果。

9月13日

"现代化"，这是我们一直以来追求的一个标准，说实在的，我一直不知道什么是"现代化"。

"现代化"在我们理解的范围内，多数表现为技术、科技等方面的变化，比如交通、通讯，比如计算机、互联网，这些东西的发展确实是古人不可比的。但是，人类作为自然界的生物之一，作为自然界的组成之一，真的就是为了拥有这些，然后不断地占有，不断地改变自然本身的存在和规律吗？从《道德经》《南华经》《黄帝内经》等中表现出来的古人的认知中，始终强调的是人与自然的统一，人要遵循自然，与时俱进，一切以自然规律为规律，所以，古人的许多东西都是靠近自然的。比如，传统的房屋建筑，比如许多用具。比如古琴，其形质朴如本木，其音回旋若天籁，共境宽广含天地……实非其他乐器可比也。所以，越读古人越觉得"现代化"似乎让人远离了自然……

9月19日

一位朋友提到"匠心"，突然对"匠"有了重新的认识。

很长时间认为，"匠"离艺术还远，是意义和价值不大的。但是，现在突然觉得，"匠"同样需要一种精神，同样具有极强的艺术创造性。从"匠"来讲，首先就是持之以恒的坚强，坚守，往往是一种固定的表现和模式不断重复，现在觉得这绝不仅仅是耐心，同样是热爱，因了热爱，许多"匠器"都有了不朽的生命力。纵观记录历史风云的大量文物、古物均是这样的产物，现在许多无价之宝的制作者连名字都没有。如果没有一批批"匠人"，很难想象我们的历史会多么苍白。小的时候，最喜欢看各种手艺人做活儿。那时候，方圆村子里总会出一些匠人，他们挑着担子，带着家伙什儿，走街串巷，补碗钉锅，画炕围描棺材，磨剪子磨刀，割玻璃钉鞋掌……生活中许多必须都需要"匠人"，人们的生老病死也离不了"匠人"。记得那些锔碗的，把人家拿出来的破碗先用细绳仔细缠好，然后夹在膝盖间，用一个金刚钻来回"滋沽滋沽"锯，不时把钻头在嘴里蘸一下，那碗上被钻的地方就会有极细的粉末和唾沫混成的细泥，等锯完后，一擦，在需要钉钉的地方就会有极规则的细孔。匠人拿出铁丝小心地敲成所需要的形状，剪成正好的钉状小心地敲进去，敲平，最后就是一串串"钉"，这"钉"就将打碎的碗补好，可以继续使用。不少人家，这样的碗是传代的。农村最常见的是木匠、剃头匠，差不多每个村都有，不少木匠的手艺极高，而不像现在的木匠，连个刨子都不会用，更不要说精雕细刻。皮匠、纸匠、画匠……"匠人"实在是百姓生活美学的创造者！虽然，不少所谓的"艺术家"瞧不起"匠人"，但实际上未必有"匠人"的辛苦和创造力。

想想，做一个匠人很难！

先用笔在涮墨水旦蘸一下，然而用宣纸把笔挤干，用笔在纸上擦扫，大致有了山的形状后，再用笔一处一处慢慢处理，添加树木、瀑流、桥梁、房屋、人……该细则细，该粗则粗。我不知道古人如何画，虽然也从书上知道各种"皴"的叫法，但实际上也不知道如何具体实现，只是自己感觉应该这样画，反正和古人讲的差不多就行。在我看来，不管用什么办法只要实现想要的结果就正常。只是，这和"实现"一定要把自己的想法贯穿进去，否则就只是一些线条和色彩……

9月20日

蝴蝶，应该是因为它们的美丽，一直有不少美丽的故事。庄周梦蝶，梁祝化蝶……一个充满玄幻神秘的哲思，一个充满凄美动人的传奇。一代代，蝴蝶，纤弱的翅膀穿过季节，穿过历史，穿过文字，进入多少人的梦，如庄周一样的梦，还是如梁祝一样的梦？不知道，只知道还有一个更玄的科学定义"蝴蝶效应"，这效应是可以搅动宇宙的，就是从蝴蝶那弱不禁风的翅膀开始。还一直记得海男一部小说《蝴蝶是怎样变成标本的》，写一个如蝶的女人的命运、爱恨。具体内容记不清了，唯独其若蝴蝶一样的、充满诗性的语言实在太美。我曾经向许多人推荐这本书，但估计读过的人不多。把蝴蝶画在纸上，似乎不难，但画出"动人"似乎不易，那种柔弱，那种纤美，那种轻盈，那种透明，那种细绒，那种色彩……

梦蝶，化蝶，画蝶，这也是"蝴蝶效应"吧！

9月22日

从临摹古人到对照自然山水，再临摹，不断反复，不断去尝试，融合，找一些规律。但有一点是我始终坚持的，就是所表现的人物事一定要有意思，要有想法，要渗透中国传统哲学思考，要符合中国传统的"天人合一"理念，道法自然，自然法道，而不是仅仅画出山水，山水即山水，山水非山水，山水还是山水……要唤起人对自然最终的爱，不只是欣赏，而是"合一"。

9月28日

听张晓鹏先生讲"琴为何物"，所得甚多，再次感叹中国传统文化之博大精深，一把琴涵盖了"天地人"，蕴涵了几乎所有的传统文化、哲学理念。再次认识到中国的传统文化并非我辈浅薄之人可领悟，又岂可轻易否定？"悦己"而"知音"，"知音"而"天下"，"琴"实乃"天道""王道"，可以越古今，穿天地。

由琴想到中国画，古人的山水画，其实亦多是寄"高山"托"流水"，许多画中总有抚琴之人，山涧溪畔，三五友人，于风静日丽之日，畅心怀听天籁，想来那是何等悠然愉悦之事。"琴为何物"，琴者，情也，直教人生死相许，是需要用心去体会的。就像画一幅画，同样的景态一次次重复，其实是不一样的，唯定唯变才有生命力……

9月30日

做任何事其实本质都是重复，唯有重复才能不断巩固，不断进步，但是，重复应该不仅仅停留在临摹上，而应该对原来的作品加以分析，保留最好的因素，对于不足要适时加以调整，以得到更好。

10月1日

今天老友殷俊明孩子结婚，画一幅"琴瑟和鸣"。

"琴瑟"一直是和谐友爱的象征物，"琴瑟和鸣"也是中国人对理想婚姻的赞美和向往，故送此应该应景。只是对"瑟"并无概念，在网上查找才知其形。有点像"筝"，但不同，也许现在的"筝"即从"瑟"而来。推想这"瑟"的声音可能要更"絮叨"一些，若女性，与"琴"的沉稳，宽厚相对相应，正好体现古人之"阴阳"观。

"琴瑟和鸣，山水长久"也算是美好的祝福……

10月2日

今天黎明、美琴女儿瑞雪订婚，瑞雪很小的时候常和我儿子一起玩，转眼，儿子已成家生子，瑞雪也要有自己的家了，一定要送她件礼物。

想想还是送画，而且还是"琴瑟"。这次决定画一男一女，主要时间用在画人上。在配景时，右下角添了几枝荷花，这样，就寓意"琴瑟和鸣，百年好合"，希望他们能快乐。见面后才知道，瑞雪的对象和我儿子初中、高中就是同学，所谓缘分呀。我以为画画就应该是这样的，就是生活中送亲人送朋友。

画画本就是悦己悦人的事。

10月5日

本来是一幅四尺斗方，因为画中间出问题了，斗方只能放弃，裁成四个小片。随手依上面的墨迹画成另一幅作品，其实也挺有意思。

遵循传统，随时调整，按自己的想法做一些改变，这应该就是传承的本质。"复制"，我觉得并不是最重要的，最重要的是在规律中，找到符合自己内心的语言。有所变化才能更好继承，否则传统一定失去生命力。

10月8日

一幅画里要表现的物事其实都是不断重复的，但实际上永远只有类似，不会有完全相同的复制。有时候在一幅画面中出现过的一种"形"可能会出现在另一个场景，但因为周围的东西变了，或者整体构图变了，所以绝对是完全不同的。所以，更多的就是练习这种反复表现。

再伟大的创作其实也是长期重复以后的结果！

10月9日

越来越觉得在山水画中，除了整体构思外，树是极其重要的，不管山形水势如何布置，都必须有树，而且树的形、意、神、趣都要充分考虑好，尤其是画同一种树时，要力求每一棵树都不一样，穿插、呼应等既要合理，也要有"意料之外，情理之中"的效果。如果树处理好了，这幅画至少已经有百分之五十的吸引力，而做到这一点并不易……

10月11日

画一幅画的时候出现意外。

本来左上角处留有不小的空白，准备题款用，倒墨时却不小心滴在上面三大滴墨，而且其他地方基本上已就绪，如果放在过去，这一幅就作废，但是，我突然想到何不将此处改画成山，结果感觉尚好。今天，在书画展上，与同事张宝灯聊到书画艺术，关于"心中的山水"的认知。我们都认为，古人的山水画中山水皆为心中山水，所以始终传达出创作者内心的意趣、情绪、思考，而不像现在的多数山水画那样缺少心中的认知，虽然也画的是山水，但感觉总是缺少东西，无法动人。

所以，山水画一定要走入"内心"去……

10月15日

对于写生我一直不以为然，因为中国的山水一定是"心中的山水"，所以，自然界的万物到了创作者创作的过程中，必须是经过创作者"内心"审美后的表现，绝不会也不应该是自然物的再现，所以，只是为了掌握自然物形态的写生其作用在现在并不大，因为现在有诸多手段可实现此目的。

如果不能在自然中发现值得表现之物，即使天天在自然中都没有多少意义。这幅作品中的树是前几天在"游"中发现的，当时一眼就看到它们的不同，于是记了下来，并在画的时候尝试把它们画出来，效果尚可。再次证明了树在山水画中的重要性……

10月16日

给别人解释如何画树，边讲边在纸上画。因为开始画的时候先讲了要考虑整体构思，所以，树是画在想好的位置的，并且三棵树交错呼应。后来，聊其他，就把这个放一边，等朋友走后，觉得可以接着画完。构图上让右上角"虚"出来，但是右边的中间加了楼宇，下面添了树，这样整体上有了呼应。而且，我一向强调画要好看，有"意趣"，有"想法"，不能是只把山水画的要素表现出来。

10月30日

今天和两位朋友聊书画，一位正在学书，一位正在学画。我告诉她们，学书画其实是件枯燥的事，需要耐得了这份枯燥。尤其是刚开始，需要就某种方法反复练习，比如山水画中一株松树，仅那一树的松针就可能重复地画上百甚至上千笔。而要想将一个字写出韵味、写出精神、写出艺术更是不知道需要重复多少次才能把握其"灵魂"，绝不是一日二日可成的。其中还必须要去深刻体悟，要真正领悟书画艺术传达的艺术本质，并不是画幅画、写张字就是艺术。否则就是糟蹋艺术！现在，许多人因为有大把时间，选择了学习书画艺术，这是好事，但如果是为了用此打发时间，聊解寂寞，那可能大错特错。因为，学习书画本身就是枯燥的，需要忍受寂寞的。

如果内心不能忍受"静"，是很难坚持的，或者只能是浮躁的。

10月31日

我在画的时候经常会想，如果是郭熙，或者范宽，或者沈周、黄公望、八大山人，甚至傅抱石……，他们在这个地方，或者那个地方时会如何处理。有时就去翻看他们的作品，看他们在一些地方会做怎么样的过渡或呼应，实在找不到理想的参考就自己琢磨，想想如何处理感觉上好。

所以，我以为，画画永远是学习的过程，每一幅作品都是练习。我不刻意练习各类方法，是在画的时候感觉和练，觉得如何有意思就多反复几次，然后忘记一段，过一段会重新来。我觉得形成风格重要，但固定成模式未必好。艺术的丰富性就在于各种可能……

11月1日

在山腰处添一小亭，如果粗心的人可能不会发现。

"亭，停也"，喜游山水的人都知道，在许多名山大川，不管山有多高，总是在一定的地方会建有一亭，或大或小，或简或繁，供人歇息。建亭处多视野广，可供人在休息时还能观景。古人多不主张"仓促"，"静"与"慢"实在是一种境界，享受过程才是真正懂行游的人。世上本就没有终点，也没有固定的目的地，再好的"景点"也只是个"点"。

山水画的要旨其实从来也不是画出什么地方的景致，而是给人以念想，让人睹画思境，足不移而神逍遥……

11月4日

我一直在思考传统和现代的关系。首先，我以为，现代只是未来的传统，但是，要看现代的存在有多少可以是成为传统的。事实上，并不是所有东西都会成为传统，多数东西是在现代就消失的。其次，我以为，传统并不是简单意义上的过去，凡可传承的东西，一定是过去，现在和未来都"鲜活"的，散发着生命活力。

在近现代画家中，比较喜欢傅抱石的山水。但是，在仿其笔意时，我还是喜欢在一些地方把宋元风格融入本身中，在狂洒奔放中结合细致宁静。我觉得，这样来表现山水就不只是将山水当成风景，也不是为刻意表现某种主题，而是，依然以山水给人的哲学为主，让人从中读出一些想法。

让画面体现的意趣延伸出画外很重要……

11月6日

下午，网络春晚筹备组召集相关人员商量相关事宜，郝丛楼先生强调要突出艺术性，指出艺术性的一个重要特征就是变化，如果一味重复就会弱化艺术性，对其提法很认同。

就中国画而言，我一直认为坚持传统、学习传统，但并不是指要原封不动地复制。所以，再极致的东西都要有变化，就是在传统中融入自己的思考。简单说，即使模仿某个人的风格，也不能完全复制，而是要坚持这种风格，但其中要有自己的想法，让风格发生变化，这应该是一种艺术形式永远具有生命力的核心因素之一。

突然悟到一点，许多时候，有道理的不一定是对的。

就像素描之于中国画，素描作为绘画的基本技能，已经成为美术院校考试必考科目，即使报考中国画专业也需要考素描，所以，在多数人的印象和认知里，素描就成了最重要的，必须学的课程。当然，作为掌握基础造型，解决明暗关系、透视关系的技巧，素描自然是重要的，有道理的。但是，用来做中国画的表现基础却是不对的。

中国画的特性和艺术价值是由中国画的工具特性及中国传统哲学和文化决定的。在工具中，毛特征的核心作用就其"软"性，任何有成就的中国书法家和画家均是很好地理解和掌握了毛笔的特性，在运用中可使"软"的笔呈现出的墨迹丰富多彩，变幻，尤其是软性的笔呈现的如铁如钢的"硬"性墨韵，绝对是中国人士，因为素描，一些为了保证学生入学率的教学机构和老师违背中国书法和中国画传统规律，让学生用铅笔先去勾字的轮廓，先用铅笔画出画的图稿再去填墨填色，看上去字和画都有模有样，但我相信他们对毛笔的认识还不够。见过算是很有点儿名的老画家至今依然要用碳条先在宣纸上勾出草图再画，我们无法去复原历史上那些名家的绘画过程，但我想一定不是这样的。

11月11日

世皆知苏轼为文豪，也知道其是书法家，其实苏轼也是画家，对画理也有颇深见地，只是其画作极少，无法让我们窥其貌。他在《净因园画记》中说："余尝论画，以为人禽宫室器用，皆有常形，至于山石竹木，水波烟云，虽无常形，而有常理。常形之失，人皆知之；常理之不当，虽晓画者有不知。故凡可以欺世而取名者，必托于无常形者也。"这里，苏轼讲到一个极有意思的现象，即"常形"和"常理"。他讲到，如果将人们惯常知道的事物的形状画错了，人是能看出来的。但是，对那些没有固定形状的事物，只能去理解其规律，但是那些规律即使是一些画家也不理解，所以即使画错也没人知道。所以，苏轼特别指出一些"欺世盗名"的人就故意画那些"无常形"的东西，反正大家也看不懂。从这一点我们可以看出，"形"和"理"，"无常形"这样的认知古之即有，应该是中国书画家们经常思考的东西。

要创作有价值、可传承的作品，就不但要熟记"有形"之物之"常形"，深悟"无常形"之物之"常理"，并且要将"常形"和"常理"表现好。尤其是要重"理"，不管要表现的是有常形之物还是无常形之物，都要去思考其"常理"，在创作中体现出来，而不去做"欺世盗名"者。

11月12日

坚守中变化应该就是前进，不能说是进步，只能说是前进，因为往前走一段每每回头再看时，又会发现，前人其实已经有过，这样的发现只是让自己更肯定一些东西，然后再融合、再调整，坚持练习一段时间后，会觉得在某些方面有些心得，希望变化，于是去尝试。当这种尝试有点眉目后，再回头，再发现，再坚持……这应该是必然、必须。我认为根本没有什么"新"，只是要自己不断悟，不断重新组合，不断重新尝试。但是，不论如何变化，一定不能让自己的画成为风景画，一定是文，是诗，是乐，是哲学。

正如老子所言"微妙玄通"，在山水气象中表现万物之道，乃中国画之本质！

11月13日

从开始真正学习中国画到现在快两年了，不断尝试学习传统表现手法，也学习近现代自己喜欢的几人的表现，在临仿过程中不断融合自己感觉对路的各种东西。有时会隔一段时间再回头学习已学过的，在这个过程中，总有朋友说你好，或者说你现在不如前一段好，而且总能说出许多道理。朋友讲的都没错，我其实知道，我自己还在中国书画门口，只迈进一只脚，根本谈不上好坏。至于标准，是越画越不知道，因为看古人传世作品，有不少也感觉不出好在哪儿，一些介绍多有不实之言，真正好的，能看到的作品也不多，真迹我更是一件也没见过。

所以，只能自己悟，好在，我知道自己要什么，这大约不会错。艺术最怕人云亦云！

11月15日

我一直对焦墨作画感兴趣，开始学的时候就是用焦墨勾墨稿，只是写一段时间后尝试加水，现在重新只用墨勾。"墨分五色"，这是前人的经验之谈，后人也一直在讲，但是，我以为此墨不应该是加水后的，而就应该是焦墨。在宣纸上因为用笔力度的不同、用笔角度的不同、用笔粗细的不同、笔线疏密的不同等等，画面是可以有许多变化的，完全可以呈现出"五色"的效果，比加水的墨更能体现出墨色的质感。

11月17日

张发先生是山西省作家协会大型文学刊物《黄河》杂志原主编，先生生性豪放，但不乏细腻。因其有过几年任教经历，故尤为负责，也因此，先生朋友甚多。20世纪90年代初，我的中篇小说《大院》经先生之手在《黄河》刊出，马烽老先生找到张发先生给予肯定。只是因为我自己的原因，后来再未写出更好的作品，但是，先生每见我一次，不管当着多少人的面总要提起这一点，让我很感动。作为学生，无以回报，今以此为礼，不是报答，只为"知遇"。

兴之所至，意之所归，这应该是中国画之必须，望先生喜欢！

11月19日

临摹，重组，再临摹，再重组，整个过程中不断尝试自己的想法，我认为这也应该是历代名家走的路。讲到传统，讲到传承，多数都是讲前人的方法、技巧，这固然是没有错的，但我以为，前人也必不是为方法而方法，而是认为要表现某种想法，要体现某种意境，要突出某种情趣非如此不可。就像各种皴法，就是为了达到某种意趣效果才出现的。其他表现也如此。如果没有把"意"放在首位，任何方法都是苍白的。这也就是许多画方法多样，技巧纯熟，依然无趣无意，经不起反复欣赏的原因。

因意取法，因情入技，因境而变，乃画道也。

实际上，我们目所能及的地方到处可见山见水，到处是花草树木，但是，我们常常去赞叹，去欣赏的多数是有"不同"的，也就是说，能吸引人的一定是具有某些特别之处的。所以，一幅能吸引人注意的山水画也一样，绝不是因为画了山山水水，而一定是要画出特殊之处，一定是在某些地方表现出独具匠心的构思，让人总是去想"这儿画得好""这儿画得有趣"……如果没有这样的表现，那就可能还缺少吸引力。

11月21日

今天偶然看到巴西作家保罗·柯艾略的小说《牧羊少年奇幻之旅》，感觉柯艾略是个思考人生终极意义的作家。虽然还没有看完这部小说，但他前面的叙述极有意思。他通过"牧羊人"圣地亚哥的所思所行在揭示我们每个人内心深处对"本我"的拷问，即"我们活着要干什么"。"在人世的某个时候，我们失去了对自己生活的掌控，命运主宰了我们的人生，这就是世上最大的谎言。"这是需要我们认真思考和认知的。"相信自己"，还是"相信命运"？这好像是一个无解的人生难题。

就像绘画，"师古人，师造化，师内心"，道理好像都不难懂，但如何"师"？尤其是"师内心"，当我们根本无法认知"内心"时，一切都是空的，所以，认知自己才是形成艺术风格的原点。

11月24日

从第一笔开始到最后一笔落下，心中有数实际上就是不断增加内容和细心调整细节的过程，总会有一些意想不到的效果出现，也总会有呼应转合中出现的失误，每当这时，就要反复审视，找到可以增强或者弥补的地方和呈现方式。

一幅画也许不可能处处精彩，但一定要能有几处特别的表现。

11月26日

每一次画出一幅画，内行和外行的朋友都会发表看法。大家讲的可能完全相反，但是，对我来讲却可能都有用，因为，现在我越来越觉得根本就无所谓"内"还是"外"，也不存在什么对与错，站在不同角度看问题永远不会相同，关键是看自己如何认知。在一些人眼中"一钱不值"的东西，换一些人看来可能就"价值连城"。

如果别人一说不对就改变，或者别人一夸就死守都会走入死胡同。如果找不准一幅画的"魂"，无论如何画都不会有生命。

11月27日

虽然南北迥异，东西不同，一方山水有一方山水之特质，但构成山的无非土石而已，其变主要在于形不同。所以，画山水也一样，就是将相同的二石构造成不同的形。在这个过程里，重要的是要考虑形成的"势"和"意"。千变万化中一定要有那么一二点"意料之外，情理之中"的奇妙之处。整个画面要开合有度，气韵相通。所有用笔设色都是随此，绝不是用什么笔法去表现什么东西，一定是什么东西需要用什么笔法。古人所形成的书法画道应该就是如此，所以，画出心中想要的山水才是重要的。

记得第一次在飞机上看到桂林一带的山时，感觉那根本算不上山，没有北方山连绵不断，纵横几十里，甚至更绵长的那种气势，倒更像一些散乱的石头摆在那里，当然，落地后走到一座山前时，人依然是渺小的。历代山水画名家名作中，似乎南方居多。从作品中可以较为明显地看出这一点。比如黄公望的山水画，山势就是明显的南方山水。

我自己觉得，艺术创作应该不拘泥于区域性，虽然一个人的成长与审美肯定受区域性影响很大，总难免受其影响，但创作应该更重视"形而上"的审美，除非是命题创作，必须要表现某地山水，要有明显特征外，更多的应该是突破"区域性"，是山是水即可。即使是表现某一处特定的山水，也要似是而非。山水画最后呈现的一定不应该是写生稿的复制。所以，我以为每到一处，勤观察，去发现一些有区别的东西，并在记忆中加以比较，然后在需要的时候加以表现更重要。因为，这样表现的时候不可能完全原事物一样，只能是取"意"，取"势"，这正是艺术所体现的概括性。

11月29日

画四条屏时想一个问题，就是老生常谈的风格。

我现在的水平是肯定谈不上风格，而且我也从来不局限于一种风格，我一直以为不同的表现内容就一定会出现必然不同的呈现，如果表现不同的东西还是不变的呈现应该是不对的。不过画四条屏与画一幅单独的画是不一样的。画单独的一幅画，只需要考虑这幅画的呈现、布局、笔墨、意趣等，在这一幅画中统一即可。但是，如果是四条屏则要考虑四幅之间的呈现的协调性。四幅画要表现的物事形、势、意、趣，神、韵要不同，要呈现完全不一样的境界，但是，整体风格要统一和谐。这样才能有愉悦的审美感……

一幅六尺对开，一幅四尺整幅，从规格来看都是横幅，但是，因为对开和整幅的差异决定了同样是横幅，但在构图上必然的变化。因为对开的宽度小，所以，山的走势、高度肯定与整幅不同，相应的其他物事也必须依次而变。如果不考虑这些因素，那么，在表现上就可能会有问题。

因为，留白本身就是中国画构图中极为讲究和重要的一个方面。

11月30日

芦芽山四景。

芦芽山最吸引人的就是其石其松，去芦芽山者多要去有太子殿之峰，其实，不是因为太子殿芦芽山才有名，而是因为芦芽山雄奇伟丽才有了太子殿。画此四景时，为了体现山峰如芽，将笔锋打散直接从上下拖扫，把大形先画出，然后再处理细节，整个山形画完后，根据山势和整幅纸的空间，画疏密不同、形态不同的松树，松树是取芦芽山松树的基本形态加以变化。我没有在芦芽山写生过，三十多年前去过一次，印象已模糊。对芦芽山的了解就是看照片，但我本来也不要写实，所以，这样表现应该也是够的。

12月1日

山水即自然，如昊加上树木花草人等，就是整个世界。

所以，中国的山水画从来就不是为了表现风景，而是为了表现哲学，儒释道之核心精神均可从中窥见一斑。出世也好，入世也罢，均有山水情怀。"寄情于山水"还是一种表面的理解，"融入山水"才应该是中国传统文化深层的归宿。不知从何时起，中国人不断远离山水，至多是把山水当成景致。但是，当人们越来越拥挤，最后不得不叠起来生存时，还是有人望见了山水，开始了寻找甚至回归。这令我想到，在中国历代大家中，有不少是出世的僧人，他们笔下的山水之所以传世正是因为那些笔墨中表现出的"脱尘"之意趣吧。不应该只是热爱自然，因为我们本就是自然的组成，所以，其实就是热爱自己！

12月2日

记得很小的时候，母亲带我去见从太原回到村里的一个本家爷爷，他在省晋剧团画布景。母亲看我喜欢瞎画，就想起让这位本家爷爷教教我。母亲不识字，对我的学习是从来不过问的，因为母亲不知道问什么，但是，我一直认为，我所具有的好多东西都源自父母的影响，尤其是母亲。这应该是母亲唯一一次有目的地安排我学点什么。

这位本家爷爷问我几句后，就在院里放一个村里家家有的盛放东西的长方形木制箱让我画。我看了半天那个箱子在纸上画出一个长方形，这位爷爷看后笑了笑告诉我，要明白透视关系。这种形状的箱子要记住近大远小、近高远低、近长远短。边说边示范画一同样的长方形，但整个形正好和我画得相反。我第一次知道了画画还要懂透视。因为他第二天就回了太原，所以再没跟他学过。后来，逐渐知道了许多相关知识，也大致知道了中国画和西画不同的透视观。

中国画，尤其山水画基本上是靠构图时不同物事之间的转合呼应来体现空间感的，远近也好，高低也好，均是这样。古人也总结出了"平远法""深远法"等，但画的时候也不能完全刻板地运用，而是要根据想要表现的情绪、意趣、节奏、韵味来处理。同样是四尺对开，横幅画和竖幅画绝然不同。尺幅不同，即使同是横幅或竖幅也会不同。正是这样的变化，让中国画充满无限可能，不需要不停地改变什么流派或者技法，就可以永远充满创造。

因为，意不同则法不同！

12月5日

每一次欣赏他的作品，我感觉到的都是他对生命的敬畏。虽然，他笔下之物事确实透着寂寥与苍凉，但却没有绝望。也正是他传递出的这份情绪让人思考生命的存在与过程。由此，想到一个问题，那就是我们在学习与传承中要学习和承继什么？我以为，学习技巧并不难，至于情绪，似乎我们也不可能，也继承不了一个人的情绪，尤其是像八大山人这样的情绪。但是，我们却需要体会这种情绪，体会前人如何把情绪与表现结合起来，如何把思想与技巧结合起来。中国画，尤其是山水画所要追求的意境一定与此密切相关。

如果山水中没有承载任何思想和情绪，即使有再好的技巧，作品也是苍白的……

12月8日

做一种尝试。

我在想，历史上的那些大家们是不是突然生出一个念头，然后完成了一次突破？喜欢宋时范宽、郭熙等的艺术呈现，但有时会觉得太过细腻。喜欢八大山人的苍茫，但有时又觉得他不少东西太散漫。想一想如果把这两种风格结合会如何？山形、山势等的构图基本采用宋人风格，树木则用八大山人笔意，于是就有了此四条屏。感觉还算统一……

12月12日

这两天继续搞"转基因"产品。把唐寅风格的山形山势笔意和朱耷的树木笔意进行"杂交",画出现在这样的"混血儿"。对于艺术来讲,就是要不断尝试在保持一种"基因"的情况下,吸收,融入另一种甚至更多"基因",才能让表现更丰富!

　　继续"转基因"尝试,这次用八大山人的山形山势笔意,但是树的画法是我自己琢磨的松针画法,也很有意思。有朋友说我仿的树没有八大山人的苍凉,其实我是有意为之,就是为了减少几分"凉"意。在我看来,多数人是不太愿意在家里挂太苍凉的东西的。所以,学习借鉴其风格,也不能完全照搬,还是重在学其神为主。八大山人的山水还有一特点,那就是并不表现山水的雄奇险峻,多数都是小山小水。由此想到一个问题,那就是大小的问题。好多人一画就想选大题材、大尺幅,以为这样才能画出气势,其实并不是这样,山水之大不在于任何形式上的大,而是内在气韵的大。这种更多的是画面给人的感觉上的"大",这一定是"精气神",做不到这一点,采用的形式再大也没用,至多就是一幅风景画⋯⋯

12月13日

　　现在画已经不再像刚开始那样小心,即使有一些地方不是想要的,我也会有办法处理。只是每次画的时候对整体想要表现的没有任何概念,只有一落笔才知道如何去安排下面的内容。我经常想"胸有成竹"会是如何?在我印象中,把一切都预先想好是不可能的,最好的状态应该是一边表现一边调整,这样才能总有变化。很多次希望自己能记住几个模式,然后去重复练习,但每次我都会有所变化⋯⋯

12月14日

下午去拍沙画作画现场，等安东先生画完后，我在上面试着画了一棵树，有点意思。沙画是一种瞬间的呈现，除非拍成照片和视频，否则，每幅作品都很快就消失。沙画就是利用沙子的疏密厚薄形成的质感，通过画者的造型，然后在光的作用下呈现出来的创作。从本质上来讲，材料、工具的不同决定了不同的呈现，但从构思、意境等方面看与其他呈现形式并无区别。好的沙画，依然需要以"神韵"和"意境"取胜。与山水画是一个道理。

12月16日

人生是由简到繁，由加到减。学山水画也是如此，开始的时候，总是想多画些东西，总是怕交代不清，画的时候也小心翼翼，生怕不对，结果画面呆实，笔法稚嫩。如果这一心结突不破，不能放弃实际山水的概念而进入文化山水、心中山水、意念山水，无法在创作构图中任意"减"，抽去许多现实中存在的物事，只留下意念中的东西，就永远不会创作形而上的山水，即使画得再好都会存在局限性，难以穿破时空，在更大范围内体现价值！

12月27日

最近一直在忙"网络春晚"的事，中间还去太原参加了山西散文委员会和山西文学院组织的2016年散文年会。但是，每天画几笔已成习惯。在散文研讨会上，听着大家的发言就会想到许多。有许多时候，我们都陷在一个狭义的"概念"中，一直自以为是地经营着艺术，结果就是经常会迷茫，写不出或上不去。这与画画一样，如果只是满足于表面的表现，就无法让自己的艺术创作不断提高。山水画创作与散文写作一样，找到客观事物的本质意义和最接近本质的情感和语境，就能有不同于人的作品，否则会缺少"灵魂"……

12月28日

今天王建勇先生分享"古体诗欣赏"时提到"兴观群怨"，这是出自《论语·阳货》之语："子曰：'小子，何莫学夫《诗》？《诗》可以兴，可以观，可以群，可以怨；迩之事父，远之事君；多识于鸟兽草木之名。'"其实，"兴观群怨"阐述的道理可以适应于一切艺术形式，包括中国书画。中国画创作的本质也是如此，一幅有意义有价值可传承受欢迎的作品，一定体现了创作者对世间万物，生命状态等的深入观照，在其中渗透了自己的情绪、情理、情趣，借画中的"呈现"表现出来，让更多的人从中体悟，形成共鸣或者交流。这是我第三幅以"琴瑟和鸣"为题材的作品，虽然意境和前几幅是一样的，但是，在许多地方均有不同。虽然，绘画本身就是不断重复，包括要表现的物事，意韵均会重复，但不应该成为简单复制——除非有特殊需要。这幅最后呈现出的画实际上画了两次，第一次墨稿快完成时，不小心倒了一大块墨，无法加以利用，只能重新画，重画时许多地方又完全变样，我觉得这应该是艺术可"变"的体现。坚守本质，随心而变……

12月30日

刚结束网络春晚的工作，最近一直都在忙这件事，确定节目，确定演员，确定呈现形式，不断调整，来回协调……同时，还有《五台山》杂志的编辑、校对，直通车文艺社的安排，忻州市作家协会重新启动工作等，所以，没有多少时间画画，但是，每天还是要画几笔。这是早上铺开纸画的。我以为中国画的功夫不是体现在时间上，有时用很长时间"磨"出来的画可能会出现"呆滞"感，快速挥就的东西反而会有神来之趣。这应该也是"功夫在外"的一种体现……

2017年

1月1日

最近天天都在想，都在讲"呈现"。

为了策划组织比2016年网络春晚更精彩的晚会，我从节目构成、演员选拔，到舞美灯光等，反复研究，不断调整，目的都是最后的"呈现"。需要突出"草根"，突出"大众"，突出"民间"，但以上题材又必须同时呈现，甚至配合，这就不得不考虑许多可能性。

对于中国画而言，留在纸上的墨迹不一定是想好的，但却是"必须"的，因为已经留在上面，成为整个画面的构成。有时，我们会发现，因错就错的"无奈"之举可能会成为一种新的表现手法。无奈在某一处添加的一块石、一棵树可能成为整个画面的亮点。想一想，人类的许多传世之举其实都是这样被逼出来的。艺术也不能例外……

1月2日

中国画的构图不同于西方画，中国画多数不会把画面画满，而是会留下"空白"，这种"留白"是相当讲究的。画得太满太实不好，留得太空太白也不好。初学时，很容易画满，总觉得表达得不够，往往越画越实，满到无"气"。但是，画一段时间后，就想留白，往往留出很多，反而到处漏"气"。所以，要恰到好处并不易，并不是简单留几处空白就可以，而是要与整个画面是有机的，要让整个画面既不呆实，又不乏味。画面满也要显得不实而灵动，画面不满也要显得不空而充盈，这样才是艺术的概括表达。

1月3日

想象对面一座山：水从山上跌下。应该能听到水从高处落下的声音，落下去的水便变成江河，又被山约束着向更低处流去……千年万年，这便是这幅画。最初的墨稿浓处少，看上去山的质感不够，便加加浓，墨迹想呈现的是山石的走势。取傅抱石先生的笔意，但因功夫太浅，不敢肆意妄为，自然少了傅先生那种收放自若的洒脱。我一直以为，山水画中，树木是极其重要的组成，可以为画面增加灵魂。但这幅画，有意没有画明显的树木，只是通过构图形成的呼应营造感觉，好像也还可以。反正我是不喜欢也不会停在一种状态下，更不会固定什么风格，我以为，艺术的本质就是同样的元素不断地变化……

1月5日

一直在为呈现更精彩的节目反复研究、协调，审看、试听一个个节目、一首首歌，想到这些演员其实可能已经练习过数不清的次数，在练习中不断地修正，再修正，如果不是有相机、摄像机，他们的每一次练习或演出都是瞬间的，自己都无法知道自己最后的呈现是什么，好与坏都转瞬即逝。

与表演相比，绘画是以图像的形式呈现的，是可留存的，能够直观地观察和体会到整个表现。但是，并不因此就可以进入"艺术"状态，如果没有哲学思考、文化传承、生命认知、人文情怀、诗意审美，多数作品就只能是一幅"画"，而非艺术作品。现在常常看到许多"著名大师""国画大家""国际艺术家"等的作品均属此类。没有思想的画就像没有灵魂的生命一样。所以，要有艺术的呈现，必须让灵魂艺术起来……

手之舞之、足之蹈之谓之舞蹈，如此说的话，人人可为之。但是，同样一个造型，同样一个动作，不同的人舞出来却不会相同，这种不同有时候就差一点儿。这几天看银少华老师指导舞蹈队的舞蹈，在她做示范的时候，即使一个简单的动作也能看出不同，就是差那么一点儿，角度、幅度、神态等，只要稍微调整，神韵顿时不同。当然，这里有长期"专业"训练积累的功底和经验，同时有对舞蹈艺术的领悟和心得。就像一幅山水画一样，整个构图一定要和谐，要有相互照应，不管画多少东西，气韵一定要通，否则就会像不到位的舞蹈一样，看着热闹，却不感人……

1月8日

将不同人，不同风格的表现融合在一起，包括构思、造型、笔墨等，需要考虑的要比单纯模仿某一个人、某一种风格更有挑战。因为，必须把不同的特质表现出"和谐"，不能有明显的不协调，这必须在下笔的时候就要有全局的思考，要像站在高处俯瞰整体一样，最后呈现的一定是浑然一体，而不是简单相加。绘画就像音乐和舞蹈一样，不能有任何不协调的节奏或者动作，否则，哪怕一点儿的不和谐，都会让人不舒服。"愉悦"，这是所有艺术最基本的呈现带给人的审美体验！

今天进行"网络春晚"首次拉场排练，银老讲到欣赏歌唱演唱时的一个标准——"舒服"，听着"舒服"是因为演唱者始终在传递着"情绪",而不是只是唱准确、发声好。其实,这是所有艺术的共性,如果没有"情感"的表现,任何艺术都是苍白的。

歌唱如此,绘画也如此。

1月10日

六尺整张。没有大的画案,也没有一面墙作为专门画巨幅作品的设施,所以只能看着纸,边拉边画,然后停下笔看看整体结构再画。这样的创作逼着人去有一种"全局"意识,形、势、意、趣、韵、情……"审美"元素必须有机融入作品之中。因为尺幅大,所以整体转合承应都要在"大"字上落实。"大"不只是指形大,更重要的是"意"大,"势"大,有踏实、恢宏的意韵神趣,纵横捭阖,微妙玄通,体现出"万物混成""天长地久"之"道"……

1月11日

按照中国传统,"春节"一到,就是农历鸡年,画只鸡。"鸡"与"吉"谐音,所以,鸡有吉祥之意。画鸡的形不难,但是,要画出一种神韵,画出一种特质来并不易。一是人对鸡太熟悉了,二是鸡本身也没有太多出奇之处,所以,很容易画出来就是"写生"图。掌握其本身特点,加上创作时的主观体现,找到一点"质"才可能会有点意思……

1月12日

我总是有耐心去画一只蝴蝶,可以去比较细致地呈现它,但是没耐心去画花瓣、花叶,常常急于把它们画出来。这种矛盾的心态不太好解释,但是,不管画什么,我都喜欢琢磨这些物事如何会有一种特别的东西。其实，不管多耐心，画一只蝴蝶也就是几分钟的事。我以为，细致与时间有关，但不是最重要的，最重要的是把握每一种对象的核心特征！找到这种特征就会找到极简单的呈现。呈现时，加入个人审美的情愫即会有不同的意韵，这是艺术性的必须！

1月15日

一连几天忙"网络春晚"，每天都会到凌晨。但不是没有画画，每天总会抽时间画几笔。就像舞蹈，唱歌一样，画画也是要"提"住"气"，一幅画中，一定要有一股"气"，也就是常说的"神韵""意境"。没有这股"气"，画面就会无"神"，无神的画别人看着就到处是毛病。有神的画即使有毛病也会被忽视……

1月16日

仿武马先生笔意画两匹马。

许多许多年前，见到徐悲鸿先生画的马，感觉很好，记得在师专读书时还仿着画过。但是，慢慢地觉得，悲鸿先生的马画得好是好，但还是不够劲。印象最深的是我的好朋友巴荒拍的马，黑白照，只是马的头部照，马的眼神宁静中充满了忧郁，像是在无声地叙述着前世今生……几年前，薛宝丽大姐发来武马画的马，让我写评论，我一眼看到的也是马的眼神，惊悚、狂野，甚至有着决绝。那就是马的全部：热血沸腾地奔跑，在大地上，狂风中。画出这样的马需要的是内心的激越。一直不敢尝试，因为觉得吃不准，终于要试的时候，明白了：要用形的结构表现出"动"，用"奔"的笔法表现出"野"，就像巴荒按下快门的一瞬，一定是听到那匹马内心的忧伤。我就是和她就是在聊这个词的一瞬，成为朋友的。好多年没有她的消息了……

1月17日

"焦虑"，这是今天看到的一篇文章中讲到的，作者认为，中外艺术家内心都有一种"焦虑"，这种"焦虑"很多时候决定着他们的艺术表现。其中提到了"塞尚"，提到了八大山人。有一点他讲的我认同，他认为晚年的八大山人，心态已经平和，不再纠结在"亡国"的情绪中。其实，我认为并不能简单将"亡国"之恨与八大山人的创作联系起来。"亡国"对他有没有影响？肯定有，但，如果因此就把他的创作，他作品的风格呈现与"亡国"联系起来是浅薄的。其实，艺术在任何时候都要更超越，更广泛。于一事看万事，于一物视万物，于一时观一世，甚至更为无限，这才是艺术家具有的思维。八大山人的作品有寂寥，但更有无限；有落寞更有无边；有凋落更有新生。他总是习惯于用"空白"让人感受到无穷，就像那只"白眼"。他那样画是因为"必须"，因为，这才是他要的"独特"！

果然，永远有人学，但再没有人超越。这就是八大山人的世界，远比一个国更辽阔、更久远……

1月18日

"负阴抱阳""万物自化"，我喜欢《道德经》中老子的"哲学"思维。山水画的"意境"其实传达的就应该是这种思考。创作者在构思、落笔的时候，不论采用什么方法，技巧，也不论用何种造型，何种笔墨都必须是为了表达出对天下万事万物"形而上"的思考。这样的作品才会区别于简单的"风景画"，才不会是单纯的"商品画"，才不会苍白无力。精细也好，简约也好，或者是粗陋也好，如果渗透了"思考"，就不会简单，正像老子所言"微妙玄通"，艺术的境界就是"自化"。

1月20日

"周行不殆"，同样出自《道德经》之语。宇宙万物本来就是按照自然的规律周而复始，不停息地生长、发展、变化着。山也好，水也好，树也好，花也好，鸟也好，人也好，就是这样知雄守雌，万物自化。山水画其实应该表现的就是这样的万物之"道"，而不仅仅是"风景式"的存在。一些寓意不应该是机械式地强加上去，比如现在常常看到的"红运当头"的画法，很是恶俗。一幅山水画里如果折射出万物生生不息之气，就会运气连绵。就像八大山人之作一样，虽然常见"寂寥"之意，却生机顽强，故成经典画作。艺道相合，就是要深入到此种思考才行。

1月22日

画二幅"五德图"，"五德"指鸡，鸡在中国传统文化中被看成"五德之禽"。《韩诗外传》说，鸡头上有冠，是文德；足后有距能斗，是武德；敌前敢拼，是勇德；有食物招呼同类，是仁德；守夜不失时，天明报晓，是信德。再过几日就是中国传统的"鸡"年，不少画家都画鸡以记。故也尝试画此。鸡是常见之物，其形易掌握，但是要表现出非鸡的"内涵"并不易。现在不少人画的鸡要不只是夸张其形，要不是画成近似简笔画，缺少"神韵"。这二幅在构图与取形上很近似，但是，因为有变化，所以就是两幅完全不同的作品。这让我再一次清楚，创作就是在不断重复相同的元素中寻求变化，通过局部的变化表现不同的内涵。很多时候，就是一些细微的变化改变了一幅作品。所以，大处入手，小处着意应该是艺术的一种本质。

1月23日

总是有不少人喜欢色彩艳丽的山水画，但是，画山水画时，如果色彩运用不好就会是俗艳。在中国画大家中，也就是张大千这样少数几个人敢如此。之所以如此，是因为张大千有着极其扎实的"传统"之功，其仿古人作品曾让众多鉴赏大家"走眼"。而且，他曾在敦煌"面壁"，临摹大批敦煌壁画，且其一生遍历国内外名山大川，可谓古今少有之人。其泼墨泼彩作品虽艳丽却极少俗气，实际上除了因为其融古通今外，核心的是其对"山水"的"艺术"表现和赋予"山水"的"灵魂"和"生命"，所以，其作自然脱俗。

大千笔意的泼墨泼彩表现法感觉上很难，觉得画起来费时，但是，如果先从"大处"下手，把握了"势"以后，画起来反而比"传统"的表现方法要快很多。由此再次感觉，"山水画"一定是取势重要，构图、取形、运笔、运色等无一不是应该在"势"的引导下进行的，如此才得法得韵……

1月24日

二幅四尺对开荷。采用了两种表现方式，第一幅是传统的水墨方式表现，只荷花用红色勾染。第二幅荷叶荷花均用"彩"表现。为了防止画面"艳俗"，在用"彩"时加大了水分，这样形成的渲染有"梦幻"之感。其实，表现荷时，重要的应该是荷叶，整幅画面要先考虑好荷叶的布置，疏密、大小、形态、轻重，将这些考虑好画出后，再考虑荷花的布置。荷花的布置最好不是看上去就很突出，有时恰恰是让其隐一点儿，偏一点儿才出效果。因为荷花是生长于水面之上的，所以整个画面可以不画"水"，但是，要体现出水的存在和质感，这在作画的时候就要心中有数。

1月25日

今天与姚恺大姐见面，姚大姐将她的作品集赠送给我。

之前受其邀请，写了一篇评论文章，此文章已收入其作品集中。姚大姐退休后开始学画，短短几年，已经有了自己的表现"语言"，其作品所折射出的特质甚至要比一些专业院校毕业、多年创作的人都要强烈。因为，她是用心去感知艺术，用自己的思考去表现艺术的。今天与她聊许多，其中有一点是这两天悟到的。在画油画时，画布就是画布，所有的一切都要在画布上表现出来，比如"空间感"。所以，创作者只需要考虑在画布上把"画"画出来就可以。但是，中国画的宣纸却不只是工具，很大程度上纸就是画的一部分，画的时候，必须把纸作为画的内容考虑进去，这就是常常强调的"留白"，"留白"的地方不是没有东西，而是大有"内容"。或天地，或水域，或烟云……这就是"知黑守白"所强调的中国书画之道之表现。创作这幅作品时，先是用墨将山形画出，然后填写房屋与树木。染色时采用泼彩法。墨色交融，尽量体现一种淋漓、苍郁之感，用"留白"的方法留出瀑布，烟云与远空。感觉尚可……

1月28日

"外师造化，中得心源"，这是唐代画家张璪提出的。我们都知道，学习中国书画，一就是继承传统，不断学习历代书画大家们的表现。一就是观察体悟自然存在，即"造化"。实际上，这二点不能并列，因为历代大家们的表现也其实是从"造化"而来的。因"心源"得"造化"，所以，张璪所提出的"外师造化，中得心源"是有道理的。万物不变，变的是"心源"。这也正是，为什么同样的老师，同样的教学环境，同样的教学手段，所学的人水平会相差很大。一是所学者"心源"不同，一是所学者很难完全进入老师之"心源"。实际上，水平再高的老师，都是讲方法容易，讲"心源"难。很多时候，"心源"是讲不清的，它是各种因素构成的一种瞬间感知力和表现力。前几天偶然看《最强大脑》，这一次的"最强大脑"加了人和机器人的比赛，结果直到目前，全是人败给机器人。其实，在我看来，这种比赛从一开始就无可比性。首先，机器人不管达到什么程度均是人的杰作，所以还是人自己的胜利。另外，机器人对事物的判断是"规律性"的机械判断，它只遵循规律，而不会受其他因素影响。比如第一场辨识人脸时，王峰和机器人的答案都正确，但是，因为现场出现了双胞胎，王峰没有想到会有这种情况出现，而机器人是遵循"机械式"规律的，所以因辨认出双胞胎而胜利。而且，我们知道，在同样的时间里，机器人的运算能力一定是超过人脑无数倍的，所以，它才有时间判断出"双胞胎"，如果它的速度与王峰一样，还真难说谁胜谁负。

书画艺术也是一样，对于学习者来说，重要的既不是传统技法，也不是当下老师所授，而是自己对万物艺术性的认知，只有"心源"才是决定师承和造化的根本，不悟这一点，很难有自己的建树。

1月29日

突然好像想通一个问题，是关于"抽象"的。几年前，在杭州参加沈文林先生画展时，我在研讨会上曾讲到，一说抽象艺术我们就认为是西方的，认为我们的抽象艺术是从西方学来的，但是我认为中国人才是抽象思维的鼻祖，西方人更多的是理性的逻辑思维或者支离破碎的解构式思维。当时，我并不画画，这只是多年的一种认知。学了两年画，一直在思考"似与不似"的问题，一直在寻找这里的"度"。刚开始学画的人都是在掌握形，也就是要"似"，画的事物要像原形。这段时间会因人而异，有的人可能一生都在解决这个问题。如果掌握了形的问题，就一定要解决"不似"，也就是要赋予"形"以"神"，要在形之上，形之外表现出另外的东西，必须在不完全失去"形"的情况下改变"形"，让"形"具有"形而上"的东西，而这种东西是由创作者的综合素养决定的。随之而来的即是"抽象"，这种"抽象"绝不是西方式的重组、夸张、变形等，而更应该是一种精神情绪上的思考和表现。许多时候，"形"依然"似"，但其赋予了"不似"的"质"，就完全改变。比如，齐白石的画，其形一目了然，而其"神"却在形之上形成的无限情趣上。其实，纵观中国历代书画大家之作莫不如此。历代的工笔巨制也是在其精准的形外赋予了无限的"神"。所以，中国书画的"似与不似"就是"抽象"，这种"抽象"常常很难讲清，有时可能就是创作者头脑中一闪的、模糊的东西，在表现的时候可能都不明晰，只有边表现边调整才逐渐显现，也许完成后和开始会风马牛不相及，但这并不重要，重要的就是最后呈现的"似又不似"的作品……

很多人尝试用油画材料来尝试体现中国画的意韵，吴冠中、赵无极均如此，且取得了令人瞩目的成就。我也曾为沈文林和一位旅法女画家写过评论。我一直认为，中国画和西画的区别除了中西不同思维方式所形成的不同的文化艺术传统外，重要的是中国画和西画所采用的材料和工具不同，这种不同决定了不同的技巧和形式，形成了不同的艺术特质和价值。但是，并不是说不可以借鉴和转换。事实上，中西方绘画一直就存在着相同之处。但也永远不可能相互取代。既然可以用油画材料画中国味的画，就也可以用中国画材料画油画式的画。临赵无极笔意，尝试着画了几幅。虽然色彩要艳丽许多，但这还是与张大千的泼墨泼彩不同。如果解决了"心源"问题，其实用什么形式、什么材料均不应该是问题！

2月1日

北京一朋友学画，告诉其重要的就是敢于动手。经常跟一些朋友讲，不论什么事想是没有用的，重要的是行动。任何事如果不行动不要说会成功，连失败的可能都没有，只有行动才能有结果。并且告诉她至少先要临摹明清之前，尤其是宋元时期的作品。在临的过程中认知规律，领悟前人的审美和表现。我认为，绘画就是要掌握物性、笔性、墨性、纸性、水性、色性，这几样就是国画必须掌握的东西。然后在表现过程中赋予作品的"灵性"，表现出艺术的"神性"，不是只画出张画儿就可以。只画幅"画儿"是任何人均可以做到的，但如果一幅画缺少"神性"则一定不会成为艺术品。

本来想画一四尺对开，但有一处用力大了一点儿，笔尖将纸弄一大洞，如果是小洞无所谓，但看看有点儿大，又不想把这张纸废掉，所以就干脆按两幅完成，画好后中间一裁正好是两幅小的画儿，也挺好。也许是从小生活经历决定的，不喜欢浪费，笔墨纸等都是如此。其实，创作需要多变，需要适应各种情况，利用有限的，甚至不成熟的条件创作出成熟的作品才是应该掌握的基本功。因为，在这样的情况下，才能逼着人去思考，去创造，去求变，艺术的本质正是要在不变中求变，变化中求稳定！

2月2日

每画一种过去没有画过，或者画的次数少的东西时，我喜欢去看《三希堂画谱》，或者看历代传世画家的作品。说实话，这些都是"珍宝"，但是，有时翻看许多作品，总是很难找到拥有自己想要的"感觉"的作品。所以，只能按照前人表现这些事物的规律自己加以变化，努力去找自己想要的东西。这种感觉其实很不好讲清楚，只是觉得应该是这样或者那样，还是想强调一种"质感"。我以为，任何一种事物一定有其区别于其他事物的"质"，找不到这种"质"，所画出的物就会缺少灵魂。就像梅花，其实我一直不确定自己是否真的见过梅花。应该是没有的，所见到的应该是类似的花，最多就是画中的梅花。所以，并不知道梅花真正的样子是什么。对其"质"的认识本身就是来自"文学"作品或绘画作品。它应该是艳而不俗、繁而不臃、清而不寡的。

总之，应该有一种孤傲的"质"，对于这种"质"，如何能表达准确并传神其实是颇难的。

2月3日

也许绘画对于我来讲就是宿命，虽然没有进过科班，所谓真正学也就是参加完高考后在县文化馆办的培训班里学了十几天，画了几幅素描，几幅色彩，师专开学就没有再学。但是，一直喜欢绘画。看到杂志上的插图都能很清楚地知道那种风格的画出自谁手。不过，我从来不会固定喜欢一种风格一个人，而是什么类型的都喜欢。有时会特别喜欢某个人的作品，但过一段时间又会变。现在开始真正学画的时候也是这样，虽然偏爱山水，但是，花鸟，人物也经常会画。而且会尝试各种风格的表现，在其中寻找可变和不可变的规律。我以为，凡是不可变的就是能够体现"神韵"的东西，是一幅作品灵魂的承载。凡是可变的则是体现作品不同的必须。

任何一位画家都不能简单重复自己，但也不能使自己面目全非。

2月4日

刚开始学画"山水"时，北京的老友张小林先生建议我学张大千，我开玩笑地说"学他干啥"，其实不是不学，而是当时觉得学不了。张大千先生正是集"大千"而成的一人，古今少有。所以，要学他不那么简单，而且我知道，大千先生取得的超然成就，正是其长期扎扎实实学习传统的结果。其最具个人风格的泼墨泼彩正是在扎实传统基础上的一种综合表现，山水之形、势、韵通过墨、水、色的有机融合，在其大开大合，似与不似的表现中得到淋漓尽致的体现。大千先生作品给人的艺术震撼正是在于其作品看似不合理，却又在规律中；看似无章法，却又在方圆中；看似风马牛不相反，却又合弦合辙。所以，学大千先生必须从传统来，而且要跟得上其节奏，要有其奇思妙想的思维，甚至可以比其更大胆。放得开，收得住；粗犷可若瀑落九天，细致需纤毫毕露。

大千世界一定是神采飞扬的……

2月6日

这两幅画在构图上相近，但是在表现上不同。第一幅采用传统的表现手法，先用墨线完成所有造型，然后主要以花青和赭石染色。第二幅虽然也先以墨为主，但只是强调出大块面和勾几处重点，然后用酞菁蓝为主泼染，其他地方配赭石，藤黄等色。这是临仿张大千泼墨泼彩笔意。我不知道张大千如何下笔，如何勾染，完全是根据自己理解完成。用第一幅所需时间至少是第二幅的两倍，这个不能取巧。第二幅则要快很多，只要大形大势把握好，很快就可以完成。这是完全不同风格的画，无法说哪种风格好。见仁见智。但是，不扎实地画第一幅这样风格的画，不解决基本表现技巧，很难实现第二幅这样的风格。因为搞不好就会出现色彩浓艳，但整体显得了无生趣的作品……

2月7日

还是在思考一个问题，关于画的"质"的问题，我始终认为，采用什么样的表现形式和技巧，表现出什么样的"神韵"并不决定于已经学会了什么、掌握了什么，而是决定于所要画的事物本身具有什么样的"质"，只有准确认知到这种"质"，并尽可能准确地寻找到能表现出这种"质"的方式才是重要的。对于中国画来说，"山水""花鸟""人物"因为所表现的主体对象不同，也决定了这些主体对象呈现的质不同，所以，在表现形式和技巧上也有一些区别。对于一个创作者来说，要明确认知其中的异同，这种认知不是把自己只归为某一类表现者，而是要能在画不同事物时更快，更准地找出这种不同，并且能准确地呈现。

2月8日

从开始尝试国画的时候，就经常面对一个问题，也在思考一个问题，那就是书法和绘画的关系。因为，总有人会非常认真地讲，要画好国画必须练好书法。听上去好像有道理，但深究的时候其实就可以发现，很少有谁能讲清其中的道理。真的练好书法就能画好画吗？如果这样，中国历史上的书法大家应该都是绘画大家！但是，有吗？好像没有，没有哪一个画家是练好书法后成为画家的，更不用说有些书法家压根没有画过画或者不想画画！如果这样讲就更讲不通了，既然没有书法家因为书法好画出画来也好，那怎么有学好书法才能画好画的说法？倒是有画家因为画画字也写得不错。至少画画得不错的人，字也不会太差。所以，我认为，书法和绘画有关系，但不是因果关系，而是并列关系。书法的笔性强调"写"，绘画的笔性强调"画"，这是不同"质"的东西，有时会需要相融，但多数时候各是各的。那些刻意用"书法"特性画的画其实缺少画的多变性。

所谓书画同道，我以为讲的不是"技"，而是规律，也就是谋篇布局，求神求韵的规律。写一个字其实和画一幅画一样，一笔可能就是一座山，一弯可能就是一道水，一点可能就是一株树……反之，如果在写字时能将一个字看成一幅画，自然也会有"万物之化""知雄守雌"之生命力！

2月9日

如果看中国的艺术史，唐宋元明清可以说各有千秋，同样辉煌。因为区域、民族等核心因素的影响所形成的整体时代的审美也影响着整个艺术的形成和发展。比如，我们最惯常提及的"唐诗宋词元曲"，而文学之外的艺术种类也有着比较明显的特征。比如，宋代画家的作品，不论山水、花鸟还是人物均细腻、讲究、典雅，明代作品则较之粗犷、放达、朴实，清代作品则明显繁复、显赫、华丽……不能用此朝代特点否定彼朝代特点，因为并存才是历史，才是财富。对于后世之人来说，就应该尽可能全面涉猎、全面体悟，从中悟出繁简之理，掌握书画之道，要做到繁则可繁，简则立简，而且，不论繁简均要得其神，有其韵。

中国画一定不能失"中国"二字所凝聚的"灵魂"，如果，已经减弱了"中国"之神韵，那就失去了根本。

2月13日

应该是上初中时，偶然得到一本介绍郭熙的书。那时候就喜欢他的画，虽然什么也不懂，但是只感觉这个人的画里有一种东西让人着迷。后来，这书不知道去了哪儿。那时，也从没有想过自己会学画画，可以临摹他的画。这两年中，因为学画"山水"，总是要翻看许多名家作品，郭熙的作品当然是必看的。很喜欢郭熙的树，即使画的是枯枝败叶，也能让人感觉到"美"。所以，隔一段时间就会重新临摹其笔意。我自己认为，树在山水画中起着核心作用，往往决定一幅画的成败。

所以，在这方面偷懒不得，一定要多看、多悟、多练。

一个朋友问写诗的一些问题，讲到了几点。最后讲到了"反差"，我讲到，要学会制造"反差"，通过"反差"会自然形成一种特殊的语境。正好贾丽在直通车文艺社里发了一首诗，我拿出其中二句讲这个"反差"："世界缩身为茧，我们寄身其中"，此两句中"反差"所形成的语境，使诗意的力量得到突显。这个反差是"大"与"小"，"世界"为"大"，"茧"为"小"，当"世界缩身为茧"的时候，我们才能"寄身其中"，也把我们的"小"通过这句诗表达出来，再加上其前后几句诗，自然形成了阅读上的震撼。但是，多数时候，多数人就是因为不善于用这样的方式表述最简单的认知，所以注定无法成为诗人。

中国画也如此，不论用什么形式，用什么技巧，也都要表现一种"反差"，就是要让欣赏者在自己的惯常认知和画面中表现出的意境上的一种"反差"，通过这种"反差"，引领欣赏者有另外的感悟。这其实也正是艺术表现和艺术审美的关系。

2月16日

再一次回到八大山人。像喜欢宋时郭熙、范宽一样，很早就喜欢八大山人的作品，也看一些相关介绍和评论，但实际上一直并没有觉得那些论述有特别的认识，当然，自己更说不出所以然。直到现在经常去摹仿其笔意才有一点感悟。我在摹仿其笔意时，其实是想学习其概括性、隐喻性、夸张性、准确性，这几点特性其实也是好的文学作品，尤其是诗歌所需要做到的，所以，可以说，八大山人的作品更具有一种"文学性"。欣赏其作品，被其作品所吸引，被其作品所打动，应该与此有关。也因此，他的作品总是画面之外的"语言"多于画面之内，欣赏他的作品就如同阅读一本书，可以有情节，可以有情感，可以有情绪，可以有情趣。

画已非画，画还是画，这就是八大山人的魅力。

同样的构图，用不同的表现方式呈现，就像用同样的题材写成不同题材的文学作品，肯定会给人不一样的感觉。任何艺术形式都需要在普遍规律之上不断变化，保持本质，寻求突破。就像传统戏剧的传承，一本《窦娥冤》被几代人传唱，故事不变，人物不变，传承的精神不变，但正因为不同的人在扮演戏中角色时，总会加入自己对角色的理解，同时也因为每个演员会根据自身的条件、基本功、整体素养等综合因素，赋予角色以及整本戏一些不同的特质，所以会让人感受到完全不同的东西。这也正是艺术传承的本质。中国画的传承正是这样，上千年一脉相承，但各朝代异彩纷呈；历代大家口传心授，但每个人个性鲜明。在这一点上，一个优秀的画家应该像一名优秀的演员，可以驾驭不同的角色才行。

2月19日

八大山人的作品有一普遍的特点：奇！不论是山水还是花鸟，其作品总是给人一种奇特的感觉。也许是构图，也许是造型，一定会有出其不意的地方，正是因为这一点，他成为史上最独具风格的艺术家。他的作品看上去简单，总是着墨不多，表现也不需要细腻，但是，真要摹仿并非易事。尤其是很难达到其"奇拙"之风格。想一想，拥有一种什么样的力量才能像他一样下笔果断，剔除掉多少不需要的东西？历代评论者均喜欢将其艺术风格的形成与"亡国"联系起来，之前，我就认为不能简单这样看，有关系但绝不是核心。艺术的认知和表现许多时候应该是超越家国的，更多的时候是对世间万物生命力的认知。尽管，我们可以将一叶残荷硬说成是破亡的国或者家，但是，实际上我们知道，这种比喻很牵强。所以，发现和认知自然万物的生命本性和本质，并且能将这种本性和本质表现出来，就是艺术的功能和价值。艺术的特征首先是好看，但好看的同时必须有情怀，没有艺术情怀的作品是无法穿越时空的……

2月21日

又回到傅抱石，这是一种必然，必须。对我而言，从宋代的郭熙、范宽，到八大山人，到傅抱石，这里有一种规律，即从繁到简，有简有繁。其间也会不断学习其他名家的表现，比如，朱仝、黄公望、张大千、潘天寿等。但是，郭熙、范宽，然后八大山人，再傅抱石，似乎更存在着一种从内而外的联系。宋人对自然之物的概括还在于强调细节，山石树木的表现均保留着自然之物的诸多元素，八大山人的概括则直接舍弃掉许多东西，只留下简单的一些元素，在夸张中让想要表现的东西更加突显。我无法知道傅抱石先生是如何理解宋大家和八大山人的表现方式，但我想他一定对此有过深入的研究。他的表现方式首先有着宋代大家们的"繁"，他的作品总是像郭熙、范宽等人一样，画面很满，但是表现手法却很夸张，他用他特有的"抱石皴"创造着一种意境。不同于八大山人的夸张性是用极简约的笔墨来实现的，抱石先生的夸张是用"乱"麻一样的笔触来实现的。他的山石、树木均如此，看着是一团、一片、一堆的乱线，纷扰纠缠在一起，但是，抱石先生却有机地控制着这些线，让它们自然地构成险峰奇壑，在看似纷乱的山石树木中再添加人物、亭宇，这样形成的画面，繁中有简，简中见繁，既高度概括，又极度夸张，既有造型艺术的画面感，又有文学艺术的叙述性。因此，傅抱石成为近现代绘画艺术大师是必然的。与八大山人的风格一样，抱石先生的表现风格也是看似简单，但实际上难度极大，或者说需要胆量。大处造境细处着意，没有对自然之物的高度认知，没有对生命状态的深刻感悟，要做到挥洒自如很难很难……

2月23日

从小心翼翼到挥洒自如，这应该是每一位初学者的状态，只是要看这种状态维持多久。有的人可能一生都在这个过程中走不出来，或者以为自己走出来了，但其作品多数停留在只是画了一幅画，而画里缺少想法，缺少画面所必须承载的情绪、情趣、情感，这样的画不能说没有意义，但是很难成为传世佳作，成为穿越时空、跨越国际、具有艺术价值的作品。而这才是一个创作者应该毕生追求的境界。傅抱石先生的创作正是如此，他在传统的基础上，所呈现的艺术状态是一种高度，他是他自己的高度，也是他为后人提供的一种高度。虽然我一直认为，只有相对高度，没有绝对高度，或者说每一个人都有自己的绝对高度，但是，对于后来者来说，一定要有超越的观念和意识，不能把自己限定在某一种状态中。

2月25日

正好看到傅抱石先生的一篇文章，是讲自己创作体会的，其中有一点讲到，他画画也是重在注意国画的材料性和要表现之物的特质性，找到它们之间的关系。看到这一点很兴奋，这正好是我在学画中悟到的，我认为，中国画的"质"就是因为中国画的材料性决定的。虽然在宣纸出现之前，中国画多在丝绸之类上进行，但是，中国画的整体艺术特质还是因为宣纸出现后逐渐成熟的。创作中国画就是一个了解、掌握和运用纸性、笔性、墨性的过程，然后是用这些材料如何将想要表现的东西的特性、特质表现出来。这二者之间是共生的。傅先生还讲到一点，他在作画时，并不会考虑合理不合理，合意才重要。比如，路是不是通的，有桥是不是对的，房屋可能是半边等的，总之，只要合意即可。他还讲到，山石树木总可看去"粗乱无章"，但人物房宇则会相对细致。看先生讲这些道理极开悟，虽然不能亲眼看见先生创作，但观其作品，悟其语录，均可有益。尤其是，有勇气"胡涂乱抹"后小心收拾，这样作画其实有痛快淋漓之感。

2月26日

我们为什么需要艺术，需要绘画？沿着这个问题其实可以回到绘画究竟要画什么，怎么画的问题上。在现代教学手段发达，通信手段便捷，交流学习极其便利的情况下，学习绘画并不难，事实上也是如此。但是，真的是学过绘画专业培训就能创作出有价值的作品吗？似乎不是！因为，一幅绘画作品的真正艺术价值并不只在于专业技术，而是在于内在精神，这一点不是心里清楚就能实现的，更不是掴有极熟练的技术就可以实现的。许多时候，在创作者内心也只是个极为模糊的概念，甚至转瞬即逝。在下笔前，落笔后都可能会随时因为表现中的一些状态而改变。有时候甚至是失误带来"神来之笔"。这也是中国画不可复制的特性。

可以说，中国画需要一种"神"性。

2月27日

"二月二龙抬头"，实际上这里包含了几层意思，一是时节。虽然立春早过，"春节"也过，但从二月二这天始，春意才更显，蛰伏的"龙气"开始飞动。一是愿望。"一年之计在于春"，种子就要下地，草要发芽，花要开放，万物开始勃发。大自然就是这样，冬去春来，寒来暑往，用生长收藏完成着轮回，也让万物保持着不灭的生命。中国文化中，常用"山水"概括"自然"，有山有水则会有万物。"山水画"的"灵魂"其实就是这个，要能透过笔墨感受到大自然"微妙玄通""周行不殆"的"哲学"意义。在这一点上，所有表现技巧都要能"哲学"起来，要有"形而上"的意韵，运笔运墨都要有一种"玄而又玄"的感觉，尤其是在起笔布局的时候。定了大局，有了大意后，方才应该宁神静气处理细节，这样就会让画面有一种生气！

2月28日

现在很享受先在宣纸上涂擦出一些墨线后，慢慢观察这些线迹的规律和不同的走向，在此基础上进行处理的绘画过程。有的勾出山石，有的勾出瀑流，有的勾出树木。尤其是在勾画树木的时候，什么地方勾皴成树叶，什么地方勾成枝干，以及如何让整个树木显得很有生机，形态有特征，这些问题都是需要思考的。

这个过程没有既定的设计，只有随机的处理，但这样画出的画面质感强。也许，大自然本身就是这样"乱"中有序的。

具有传承价值的艺术品就是这样的，可以相似，但无法复制。

3月2日

"内在"，这其实是一个看似具体、简单，但无法讲清的问题，因为，多数时候我们看不到"内"，只能观察"外"。中国画的高境界应该就是内，也就是超乎画面的，或者说在画面中，又不是只凭画面就能理解的那些内容。这种感觉正是需要创作者始终要画的内在的东西。

几年前在山东青州参加中国书画年会时，认识了李晨先生，对其创作印象很深。最主要的是他改变了我一向的认知，"素描"是学画画的人必涉及的基础，甚至学中国画的人也要学。但是，我们看到的就是练习或者考试时有素描，用素描直接创作的很少，而李晨先生则是用素描来创作，创作了一系列作品。说这一点并不是要强调素描的重要性，恰恰相反，中国画实际上是忌素描的。只是想说，一切法则无定法，采用什么样的方式不重要，能达到自己内心想要的结果才重要。

中国画的精神在于"气"，也就是要"活"，有的人画得很规范，乍看也不错，但再看会发现画是呆的，也就是没有精气神，这样的作品传承性肯定很差。

3月4日

开始学画画时是不敢乱画的，虽然知道写意画重点不是"似"，但是，画的时候总是觉得要"合理"，要把一些东西交代清楚。后来慢慢明白，"合理"不是要和现实存在一样，而是只要注意艺术的合理就行。在这一点上尤其得益于傅抱石先生。抱石先生的画看着极有"势"，其实就是不太按既定的技巧来画，更多的是凭自己的感觉，很多时候，这种感觉并不好表现，必须清楚地知道内心的那份力量，知道那份要自己的画生动、传神的东西是什么？这一点也不是仅仅靠勤奋、靠不停地画就可以解决的。

很多时候，很多人并不考虑这些，所以，"没想法"的作品很多……

3月5日

以前画过偏关县的老牛湾，没有去过实地，自然也没机会写生，只是看看别人拍的照片。这次是仿抱石先生笔意，想象抱石先生会如何画。其实是想不出的，只能大致按照他的方法先用笔在纸上皴擦出想要的"形"，然后再处理细节。既要有老牛湾的主要特征，但又不能完全写实，关键是要将"势"表现出来。黄河、黄土高原、长城遗迹，这都是具有大"势"之物，它们在这里巧妙地汇合，天下奇观也。那里应该没有松树，但这又有什么关系？艺术的表现其实正在于"无中生有"，也在于"有中生无"，还是那个理，要的是艺术上的"合理"，而不是现实中的"合理"，不解决这点思维上的困局，可能就永远进入不了艺术状态！

3月7日

河曲有娘娘滩，传说在黄河河道中。此处乃晋、陕、内蒙古三省交界处。传说西汉初年吕后专权，将薄太后及其子刘恒贬谪于此。其后刘恒称帝（汉文帝），于滩上建娘娘庙，故名娘娘滩。曾去过河曲，2000年正值"龙年"，策划并执行"龙卡万里长城动力伞探险穿越活动"时在河曲进行过表演，但没去过"娘娘滩"。也是用抱石先生笔意尝试表现此景。用笔蘸浓墨后将笔打散，点皴勾擦出树木和滩的大致形态，然后再慢慢仔细处理。形、势、意、韵均希望在画面中体现，这很难，但必须这样。既不能完全写实，又不能毫无根据。这应该也是艺术虚与实、实与虚的体现……

3月9日

五台山是去过的。而且"五台山首届国际佛教文化节"的活动方案是我一手策划的，后来五台山"申遗"成功，好多文章是我写的。北京举办的庆祝活动中，由白燕升和孙晓梅朗诵的长诗也是我写的。但是，学画画以来一直没有敢画五台山。见过许多朋友画的五台山，感觉人家画得均不错。只是我一直觉得如果要刻意突出五台山的寺庙并没有什么不妥，但我总觉得画五台山还是不应该刻意突显寺庙佛塔等建筑物，而是应该突出其自然状态，将佛家圣地特有的氛围表现出来。有了五台山的主体特征就可以，其他要素可以"非现实"化，本着这个想法画了这幅作品。

历史上的好多名家都有不少作品是表现自己熟悉的山水的，看来这是躲不过的规律，另外，人对自己所处的地方是有情感的。我的老家是定襄，虽然历史上有"八景"，但其中好几景已看不出有何理由入选。只有七岩山和神山的古刹可观。七岩山离我们村远，平时也就遥望而已。神山就是邻村，分分钟的事。那刹站在我们村就能看到，我也上去过。其实，近年人们去得多的地方是南庄——不在"八景"中却值得去。

说这些好像无用，所以，还是画画吧，把家乡可入画的画下来。

3月11日

应一单位要求为其会议室画一幅画。之前就讲领导会提一些想法，并说找几幅做参考。那时就想到送来的"参考"估计会是那种"行画"，果然。本想不画这画，但因为是我的学生找我，想想还是画。只是在表现时尽量把"行画"的特征减弱。上部的太阳是必须画的，以喻"红运"。我在画的时候也是尽量考虑如何能有浑然一体的感觉，而不是刻意去表现。绘画其实与文学创作一样，非常忌讳"主题先行"，避免图解概念。画完成后，学生后来来电话问了一个问题，"树叶为什么不用绿色"。我能想到，这个问题不是他问的。我只能说，按规律应该这样画。所以，想到一个问题，那就是为什么现在有太多太多画画的人，却极少能出真正有影响的大家，就是因为太多人被别人、被市场左右，缺少自我思考，失去了创造力。

3月12日

黄河从发源地一路向东，进入山西境内后折而改向，由北向南，到山西最南端时又折而向东。在忻州境内的偏关有黄河与长城牵手的老牛湾，然后是河曲境的娘娘滩。而山西境内的汾河源头则在忻州的宁武，宁武的芦芽山更是有着众多奇景奇观，可以说地球上大多数地质特征均可以在这里找到。应该说，忻州境内集中了中国乃至世界上最具代表性的自然及人文资源。汾河最后归入黄河，而且基本上与黄河并流。于是，想到把这几处有代表性的地方放在一起，这其实也是中国画常用的一种表现形式。笔意上依然仿傅抱石先生，因为，抱石先生的笔意有一种特有的

"势"，适合表现这样的题材。题款为"黄河与汾河的故事"。

3月15日

吴昌硕，乃大师。另有几个大师级别的人比如陈半丁、沙孟海、潘天寿等均受教于他，故吴昌硕又可称为大师们的大师。其花鸟画气度非凡。

吴昌硕作画主张"奔放处要不离法度，精微处要照顾到气势"。此理似乎不难理解，但是真要落到纸上，如何"奔放"，又如何"精微"，如何在"法度"中出"气势"却非易事，而这也正是大师之"大"处。甚至是需要穷尽一生深究和掌握的，也是区别大师与庸者之标准。

吴昌硕之作品，应该画时就酣畅淋漓，赏之亦是酣畅淋漓，这也正是需要好好体味的。

3月17日

另一种布局的梅兰竹菊。欣赏，实践，理论，这真的是完全不同的。当我们只作为一个欣赏者时，我们会凭自己喜好、自己的经验等对作品下一判断，可能会与创作者的想法风马牛不相及。当我们自己创作时，会发现，我们要创作出与我们原来欣赏或者不欣赏的作品一样的作品其实并不容易，正像我们经常会说到的"眼高手低"。我们可以自以为是地对一些作品指手画脚，但实际可能离题万里。就像一些并不创作绘画作品的理论家写的"理论"一样，看去总是头头是道，其实，画家也就是看看而已，并不会按照那些理论去做。许多作品的"神来之笔"其实往往不在"构思"当中，而是在过程中偶然为之而成的，甚至可能是因调整"失误"形成的。作品的"势"只有在要表现的东西真正烂熟于胸时才可能做到挥洒自如。吴昌硕之所以让齐白石等人崇敬有加，自是有其道理的。

吴昌硕的花鸟画很脱俗，不管画的是什么，他都能让这些事物有着非凡的韵味，简也好，繁也好，都会有别具一格的地方。他不像齐白石那样讲究"趣"，而是坚持强调自己的感觉。吴昌硕很少加虫草，而白石先生许多作品其实就靠虫草取胜。其实，虫草的表现并不像多数人以为的那样有多难。实际上，难的还是吴昌硕作品中的气质。

3月18日

一个以花鸟为主，一个以山水为主，但是，吴昌硕与傅抱石在"气韵"的表现上却异曲同工。他们都表示要从大处下手，然后在细处精心处理，而且只要气韵到就可以，不去刻意强调形。所以，他们的创作才具有独特的艺术价值，引领中国画的发展。花鸟画一般讲，要营造一种带有"文学性"的思考和韵律比较难，但吴昌硕的画中有。这就是画的气质。画一幅画不难，画得脱俗，画得富有哲学意蕴、文学情趣则难。

这也是我们常说的"功夫在画外"的道理吧？

3月21日

如同分行的文字不是诗一样，能把素材画出来是"画"，却不一定是艺术意义上的画。诗需要抒情，但空泛的抒情与叙述均不是诗的特质。诗抒发的不只是创作者自己的情绪、情感，而是事物本身的。诗也不是创作者把事物讲出来，而是创作者把诗应该呈现的东西复述出来。这理解起来可能难，但是这样。绘画也一样，任何人均可以画，就像现在任何人拿手机都可以拍照一样，同一时间、同一对象、同样其他条件下拍出来的照片也不会一样。艺术的特质就在"不一样"上。所以，我不建议一些想学绘画的朋友看"×××画法"之类的教科书。

我一直认为，艺术家是很难教出来的。

这几天挖了几方石头。学画若悟道，其实也是在认知万物，认知生命存在。天地万物，山川草木，花鸟鱼虫，风霜雨雾，四季轮回无不在规律中，无不在变化中。正若老子在《道德经》中所言"知雌守雄""周行不殆"，如不去悟生命的存在，画什么又会有什么意义？画绝不只是为"好看"，而是为"承载"，为"启智"，为"达意"，若以此为画自然乐此不疲，可为"画奴"，若只是画一幅"好看"的画，长久则疲，则衰。所以，学画需悟。笔中有乾坤，墨里渗禅韵。故五方石所刻内容为：知雌守雄、周行不殆、墨中禅、禅、画奴。

重义不重形，重势不重形，这样的表现多数人不觉得好，如果与一幅重形的、色彩艳丽的作品放一起，许多人会觉得一看就像，颜色鲜艳的好。这样的判断也不能说不对，但是，如果从绘画艺术性来看却会不同。艺术之所以是艺术，是因为表现最后呈现的一定要"更高"，就是要有超越于所表现事物之外的"审美意趣"和创作者赋予作品的主观情感，甚至是更深层次的思考。绘画绝不能是物体本身的简单照搬，而要加以取舍、调整、改变，很多时候"似是而非"，就是在"似"与"不似"之间寻找意韵，赋予特质。这一点很像是在创作好的诗歌！

3月22日

雁门关，长城上的重要关隘，以"险"著称，被誉为"中华第一关"，有"天下九塞，雁门为首"之说。与宁武关、偏关合称为"外三关"。一般来讲，人们习惯于表现其险要之势，喜欢突出关城，但是，换一个角度的雁门关可能完全呈现为另一种状态。艺术其实就是需要换个角度，这是艺术一直存在，一直被人们需要的原因。太多时候，我们就是因为习惯于跟随别人的思维考虑问题，所以才失去了观察不同的"美"的机会。培养自己用不同的视角看问题是一种智慧的思维模式。其实，这个老子早在《道德经》里进行了阐述。

3月25日

再画五台山。虚云老和尚在其自述年谱中开示言："古人说，莫向名场立，山中梦亦微。……古德每每说，比丘住山佛欢喜，住在闹市佛担忧。"所以，我们经常见到的寺庙多数在山里，而且山形山势均很有特色。处山即有避世之意，皆因有山可隔开尘世。所以，老和尚还讲："城厢闹市，骡马交加。名利二字，把人萦绊系缚，终日是非闹不清，所以，古来祖师，居山者多。"可见，"不显"方为佛境，隐才更有禅意。所以，表现五台山这样的地方也应该是按此原则，寺庙若隐若现更好，"梵语无声"此乃化境也。

3月26日

为几个朋友做示范画了一张小画。

我没有师父，也很少看到别人现场完整的作画过程。在学画的过程中，我一般是先反复看那些传世的作品，这些作品当然不是真迹，多数时候是模糊不清的印刷品。自己琢磨如何能画出来，然后就动手。我认为任何表现都是因为需要而产生的，是那些大家们根据事物特征和自己内心的审美倾向而创造的，所以，只有规律而无定法，不同的表现应该是为了符合想要的意境和态势，如果想要的是另一种意境，表现方式一定会不同。用这幅小画就是想讲清这一点儿。方法可以学，可以教，但真正要进入艺术状态这是不够的，因为艺术创作最后必须进入尽情发挥，随机应变……

3月27日

这是一幅练笔小画，主要是想画只蝉。在画完后却发现纸上有一处多了一块墨迹。因为墨迹不是太浓，就灵机一动，依照其形将这块墨迹改成一颗已经接近枯干的果实，与其他二颗呼应。这样一来，倒是加了另一情趣。可见，许多时候、许多事情均会不在计划之中，但对于突发的事要能冷静，理智地处理，这样也许就会出现别的可能。中国画的意趣本来就在于规律之中的不可控因素，一些变化因此出现，甚至会成为神来之笔。任何机械的、教条的做法都缺少艺术创造力……

4月2日

换个角度看芦芽山。我们总是习惯于从别人告诉我们的，或者已经被认定为"最佳"的角度去看某一事物，所以只能人云亦云，很难有不同的发现。实际上，如果我们换一个角度，从不同的位置去看，就会发现，原来很熟悉的事物可能会完全不同，有着另外的特征。就像学绘画一样，当我们掌握了某一种表现方法后，其实还应该不断尝试，在基本规律的基础上，寻求变化，丰富表现形式，这样才会更有意义和价值。形成固定的个人风格固然重要，但如果缺少变化，其生命力也不会太强。

4月5日

多数时候，我们认为经验就是一种积累，但是，实际上仅靠积累是不够的，经验需要在积累的过程中不断调整、修正，然后继续。有时候，随着一些因素的变化，过去认为正确的东西可能完全相反，一切可能又得重新开始。绘画也一样。可能很长一段时间会专注于某一种风格和某一种表现，但是，也许在见到另外的风格和表现时会喜欢并且学习，这样以前的东西就可能会变。当然，如果能够融会贯通就可能形成自己的特色，也许会搞成四不像。

所以，学习绝不能盲目，更不能简单照搬。

4月6日

找资料发现1995年在不到16开的硬纸上画的两幅未完成的小画。没有学过油画的技巧，临摹时自己琢磨如何能达成效果。用色、画法都是自己想我。因为尺幅小，我又不懂章法，所以"细致"不下去。现在看，油画，尤其是写实的油画，素描功夫很重要，掌握了素描基础，就是把素描的表现变成色彩。在学习中国画时意识到，中国画的"皴"和"素描"有相同的作用，就是解决物体形与质的关系，但又有着极大区别。中国画的"皴"千变万化，不同的人可以完全不同，但是，素描不能随意变。这也完全体现了中国和西方人在意识上的不同，我一直认为，在这些方面，中国人的思维更抽象，而且不同于西方人的"解构式"抽象。

4月10日

六尺对开，太原朋友指定尺寸。

这次用新"挖"的一闲章"墨中禅"，我以为作画若悟禅，虽然天天就是山石树木，但由繁而简，简中见繁，守黑留白，起承转合。可纵情，亦轻吟，无烟云处显烟云，无水痕处听瀑跌。

叶不着绿自有葱郁之风，亭无人处有琴瑟和鸣，咫尺中有万里行舟，寸石下有壁立千仞……这正是中国画之妙。故，禅即画，画即禅。若画无禅，意境必低也。古人云"智者乐水，仁者乐山"，盖乃山水即涵盖天地之大道也。

一笔画春秋，丹青染禅意。一乐……

4月14日

讲"诗歌的叙述"时分析了诗歌的一些特性，其中特别强调"诗歌不是解释，更不是注脚"，无须连续的情节，也无须去下结论，更多是用具象的叙述给出多边的指向，至于读者沿此走到哪与作者无关，作者原本也只是个叙述者。

绘画同样如此，作者只是个表现者，作者表现出的也不能是简单的具象事物，同样是用具象的表现呈现更多可能，而不是为了满足某一种人。

所以绘画艺术也同样是高贵的，但又是平常的。既是孤独的，也是众生的。

4月17日

艺术的表现有规律，但无定式。有朋友非要强调绘画的构图和摄影的构图是两回事，而且拿出获国际摄影大奖的人来说事。说实在的，真不知道什么人会把这两种构图机械、教条地分开。也许是自己既没有真正学过绘画，更没有学过摄影，从来也没听过关于构图的理论吧，所以，实在不会区分它们的不同。但是，我知道，不论摄影还是绘画，绝不是为了什么构图，也不是为了什么技术，而是为了呈现"生命状态"，通过画面传递出情节、情绪、情感、情态，在落笔或按下快门的时候，锁定的是让眼睛和心灵悸动的东西，然后才去兼顾其他。现在，拥有很高级相机的人很多，各种应运而生的培训机构也不少，大大小小的相关活动也多得很，但出来的东西就是规范性太强。创作者首先寻找的不是自己的内心，而是所谓的老师讲的"法则"。结果就是，照片从技术角度看没毛病，甚至可以当教材，但就是缺少感动。

因为审稿，还有几个活动，还要抽时间画画、写字，这几天一直在文学、绘画、摄影、书法这些艺术形式中切换，也一次次去想它们的规律，想它们的异同，体会别人的高妙和自己的不足。

其实，不管哪一种形式，就是表现什么，如何表现的问题，也就是形式和内容的关系，这是所有人必须一直思考和需要解决的根本问题。我个人一直认为，这两个方面的问题其实根本无法分开来讲，创作者必须具有一种直达本质的思维模式，从一开始就能准确地意识到最后呈现出来的内容的核心支点，引导每个人瞬间找到属于自己意识深处的关联。那些一开始从"形式"开始学起，意图从形式和技巧承载内容的表现，有许多是类同的、机械的、刻板的，缺少了情绪、情感。法无定法则法，做到这一点难。

画一幅画容易，画一幅有灵魂、有情感、有思考的画难，难上加难。

4月23日

我画的时候在许多画画的人讲这幅画是不讲规矩的，但我以为最后有实现就可以。书画的章法应该随心而走，在画的时候要有一种叙述感，这就是我自己认为书画应该有"文学性"的原因。长期以来，"文人画"是一个被强调最多的概念，但关于"文人画"的认知并不清晰。我以为，"文人画"的本质就源自众多本身从事文学、文化创作的人的参与，这些人在进行书画创作时并不满足于只是画一幅画，画画山画画水，画画花鸟鱼虫，而是要借助这些东西叙述情绪、情感，而且也不是简单地借物抒情，而是在其中渗透了综合艺术思考。当然这样创作也一定不是大众群体要去理解的，大众需要的只是现时的、实用的一种感官满足，时过境迁便会将之当旧物弃之。而文人创作总是希望自己的作品要长久，要耐人寻味，要有人去把玩、珍视、珍藏、传承。所以，用心去创作是一种态度，至于每个人则会因为认知的不同形成很大差别。

在呈现上，模式化、规范化、机械化、技术化的作品在品质上一定会有欠缺。

这几天一直正忙。先是五寨，岢岚农村现实主义题材创作采风活动，接着是原平市第九届梨花诗歌艺术节的开幕式，紧接着是忻州市委宣传部举办的读书月启动仪式，还因为安排不开没有参加赴繁峙、代县的采风活动。中间还安排了直通车文艺社的活动，并且完成了《五台山》杂志第五期的编辑工作。开幕式的主持词，读书月的朗诵诗等均是文字工作，我逼着大脑高速运转。今天读书月启动仪式圆满结束，布置完周三直通车文艺社的分享工作后，突然内心有奔泻之感，铺一三尺宣纸，很快勾擦出一幅飞瀑图，感觉快哉。据说傅抱石先生画此意境均是酒后颇醉意时行笔，我没有那本事，醉了只能晕睡，画不了画，但这种干其他事干到疲，突有别样的情绪也像是醉，有一种清醒着却又被什么控制着的感觉。这好像在告诉我们，艺术的表现先需要醉心……

4月25日

找到一种感觉后要反复加深。有许多东西会转瞬即逝，如果不能在有感觉时强化这种感觉，可能就会失去一直要寻找的美好。其实，所有好的结果都来自不断重复，当然，不能是机械地简单复制，而是要在类似的基础上变化，同时要去总结和反思，以便做出更好的调整。就像傅抱石常画瀑布，但变化多端，仪态万千。傅先生的画自主豪放，但细致处又很讲究。所以，他成为大家是再自然不过的。学傅先生，首先就是要下得了手，而且要放开手去画，把整体的势定了后再做细节的处理。

4月26日

今晚直通车文艺社分享柴俊玲女士的散文集《幸福无处安放》，柴俊玲本人、艾华、王建勇、李谦和、王保国、席满艺、赵计明、李霖等做了发言。我在发布通知时，将这次分享的主题定为"把幸福安放在心里"，其实就是想告诉大家，对文学艺术本身的热爱和坚持就是幸福，不论是苦是甜都是需要用心的！对于生活和生命而言，难忘的、刺痛的、深刻的往往是坎坷，是苦难，但对幸福的体验往往是在坎坷和苦难中的。对于创作者来讲，必须学会从不同的角度，不同的层面创作，其作品要既具有强烈的主观个性色彩，又能够概括折射出浓厚向客观共性导向，这是艺术的难度和高度，也是其意义和价值。就像表现山水，山水的形态如何变也必须是山水，但从不同的角度，不同结构表现就会呈现完全不同的审美。

所以，对于艺术来讲，不是"新"就是好。从"旧"中出"新"，从常理中见意外，从定式中显变化是值得一直思考和实践的。熟能生巧是必然，是没错的，但太熟就会甜俗，这个尺寸不易把握，但要清楚、清醒！

4月27日

"醉"是一种状态，实际上是激发潜意识里的一些因素。艺术的创作需要一种似是而非的东西，许多时候我们非常想要把握和捕捉到这种感觉，也就是既要有非常理性的控制，又要有飘忽不定的感知，让这种感知赋予创作以灵魂，但往往理性的思考会将这种感觉排除，从而使最后的作品总少了些什么。这实在是艺术表现中一个极其重要的东西，也是最为重要的一点。

所以，让自己在清醒的时候，保持"醉"是非常重要的……

4月29日

这几天总用三尺的纸，感觉这种尺寸画傅抱石先生笔意的瀑布很合适，当然不能一幅复制另一幅，所以就从不同角度，不同结构来表现。即使整体类似，细节上也一定要有变化。这样其实是逼着自己变，改变是艺术所必须的。中国艺术其实非常重视随时、随地、随境、随心、随意，更讲究和追求创作者本身综合认知和素质的表现，如果非常标准化就会出问题。就像古琴，同样的曲不同人、不同境，风格可能完全不同，但没有对错标准。

我认为，这种表示才是中国书画的价值和意义。熟固然好，但好的中国书画绝不是靠熟能生巧的，而是需要不离其宗的万千变化……

4月30日

很少临帖练字，虽然众口一致"书画同源，要画好画必须练好书法"，但我一直认为，"同源"是对的，但书法和绘画没有太大的因果关系，只能说相互有辅助性，可转化。如果不能认知和转化，作用很小。但并不是说我拒绝书法，只是不能那样耐心地去从基础笔画练起。近来，偶尔临米芾笔意，有一认知，不是书法的笔法如何运用到绘画中，而是觉得米芾的字，以及其整幅作品的"势"很像傅抱石先生画山水，看似豪放实则内敛，细腻婉转时又很刚性，狂而不野，收而不畏，舒而不疏，密而不紧。书也好，画也好，能协调这几方面关系不易。米芾人称米疯子，抱石先生据说常酒后挥毫，但，我想他们一定都是半疯半醉中去把握那种似是而非的感觉的。清醒到理性占绝对位置难以进入艺术，糊涂到感性占绝对位置也难以掌控艺术，艺术大抵需要感性占主要位置，但需要次要位置的理性去控制。

想想好难的！

5月1日

刷了三幅字，挖了一方石。三幅字同样内容，自己感觉第一幅要强过后二幅，但写完后发现少了"山"字，只好重写，结果第二幅整体上前松后紧，前大后小，又有了第三幅。第三幅却因为前二幅的原因，感觉没有放开。所以，我觉得，许多时候，艺术品的出现有一些很难讲清的"意外"规律，有时候越在意可能效果越差，越呆板。古圣贤讲"万物自宾"，强调的就是事物之间的协调和谐感。

书画之道亦然！

继续仿傅抱石先生的构图和画法，但是看着简单，画出其神韵很难。世界上的事大概就是如此，越简单的越难，因为越简单的大局越难控制，越简单的越需要有极高的智慧，需要综合的判断。

书画亦如此，需要认真揣摩，深钻细研，也得有"望闻问切"之本事。

5月2日

繁与简只是相对的概念。对于艺术而言，简与繁的选择要看表现什么，要表现到什么品质，如果一味强调简，或者一味强调繁均有问题。在书画创作中，最重要的是给予作品艺术品质和艺术感染力，如果"简"到近乎机械式的"简笔画"那是肯定不行的。在书画里，简其实是另一种繁，必须在简的表现中蕴涵更加丰富的内容，给人以博大精深的审美感觉才行。《道德经》强调"万物自宾"，这是自然大法，是万物生存之道，其实是人类首先打破了这种"道"，并且自以为是万物的"主宰"。在繁杂纷乱的追求中，回归内心的"简"，艺术的"简"其实并不易，关键是如何在繁中简！

5月3日

近来总读米芾帖，发现老先生帖的内容均为一些日常琐事，不是与友人交往记录，就是买东西的记录，或者是学书所悟，很少有我们现在书家那样的"正经"内容。我一直以为历代书法大家实际上并不是为了成为书法家而为之，因为在相当长的历史中，人们的书写工具就是以毛笔为主，过去的书写工具即此，许多人并不是因为要成为"家"而用毛笔写字，而是因为毛笔就是日常书写工具，他们在写字的过程中思考如何写出有艺术感觉的字才成为家。可以说，他们用毛笔写字已经是习惯。我们常说，"习惯"很重要，也强调要养成好习惯，但是，什么是"好"习惯？我以为，好习惯是好的思维模式，只要有了好的思维模式，人的思考、行为等都会循道。昨天，好友发现我的一方印不对劲，我看后才发现，字没有错，但顺序错了。按篆书习惯，应该是从右到左，但是，因为我们一直是按现在的从左到右排，所以，在制印的时候，虽然想着要从右到左，但刻的时候还是习惯性地刻成了从左到右。虽然，字不错，但犯大忌，果然是问题。晨起，磨掉重刻一方。

可见，思维模式决定结果！

5月5日

米芾认为，"书"应该融入晋人品格，否则就不能成上品。其书一直讲究追古意，故而具有独特成就。可见，追"古"应该是书画之本。追古其实也不是简单去苦学古人的技巧，更重要的应该是"意"，"古意"是品质、是精神、是境界。无品质、无精神、无境界就无灵魂，虽然从表面看可乱真，但依然不会有生命力。

临古人要临其笔画，但更要临其灵魂。

5月12日

古人为"书"与今人为"书"已有了极大的不同，古人为"书"是因为"书"乃为日常交流之工具，愿意不愿意，喜欢不喜欢，写得好不好都得用之。而今人的日常交流手段很多，即使要书写，也不是必须使用毛笔、墨汁的。所以，古人学书也不像现在这样，必须从临帖，从跟班学起，而是在生活中自然而为。成为书法家的都是因为从心里热爱，也有一些是天性喜欢改变、创造。从古至今，每一种书体的出现和传承除了基本的"形"之外，一定更注重的是"意"，所以，不论学临哪一种体，从一开始就应该用心揣摩其"意"，掌握其"势"，如果把重心放在"形"上，则一定难以悟到真"道"。

从五寨回忻，放下行李，赶快刷了一张纸，在纸上找一种淋漓之感也快哉。

5月14日

昨天从五寨回来后画了部分墨稿，将大势布置好，今天画完。纸的质量不好，但画的时候想到，古人作画用的纸未必有现在好，何况更早时，古人作画连纸都没有，不依然创造了伟大的"中国画"吗？可见纸并不决定作品的水平和价值，关键还要看画的综合表现，尤其是要看表现了什么样的"品质"和"精神"，要看作品所传达出的"神韵"和"境界"。任何工具和技巧都是为此而为，如果不能以此为核心，再好的工具和技巧都将贬值。

传承是什么？应该不是完全照搬，而是不断调整、融合、改变，但坚持"本质"的过程。中国画的本质从古至今不变，但不同历史时期、不同的创作者均有不同。这就需要创作者自己去尝试。用傅抱石先生的笔意结合宋人风格会是什么样？这幅画的构图就是宋人格局，但是开始勾皴仿的"抱石先生"笔意，然后一些细处用宋人笔意，结果就是这样。其实，这也正是傅抱石形成自己艺术风格的路子，大处"狂风暴雨"，细处"细雨和风"。

不断去尝试，千变万化，万变不离其宗，艺术的乐趣也正是如此。

5月20日

"没有道理"，这其实是一声惊叹。

在大自然中，我们常常会看到许多令人意想不到的存在，我们常常会用鬼斧神工来形容，那些存在往往是让我们觉得没有道理，其实是说这些存在不合乎我们的常识和经验，但它们又实实在在正在我们眼前存在着。在欣赏自然存在和历代大家们的作品时都会有这种感觉和认知，可见，在创作中表现一种"没有道理"是必须的，应该的。只是，许多时候，我们被"合理"，被"真实"所束缚，总怕不对，尽管知道要追求神似，但却被困于形似。这恐怕是一个需要时时面对、时时反思的难题。

5月21日

进行一次宋风格和傅抱石先生笔意结合的尝试。

一直觉得傅先生讲的"大处落笔，细处收拾"极有道理，而且，这一理念在吴昌硕那里也有类似表述。近来总看米芾书法，感觉"米癫子"的书法特质也是由此而成的。所以，中国书画之道是相同的，不离道，但又要有自我特质，必须内心足够强大，放中能收，收中尚放，做到随意而不随便，放达而不放任，控制而不拘束，这实在是需要有综合的认知，方可心到笔到、笔到意到、意到质到，难也……

5月23日

我们常常说"眼高手低"，或者说"眼低手高"，实际上说这个似乎容易，但要真切地体会到所讲的实质，不是说说就可以的，而是需要真的动手才行，甚至仅仅动动手也不行，必须在动手的时候，去思去想，思想了"眼"才能活，才能高。"眼"是欣赏力，"手"是表现力，手眼合一才能有好的结果。书画之道就是手眼结合的过程，只是手高结果可能缺神，只是眼高可能和寡。

数千年能成此还真不易。

5月26日

从古至今，关于书法、绘画的理论并不少，而且许多都极有见地，为后学者所遵循的"规律"。不过，我以为，不论书法、绘画真正因为艺术价值得以存传，并代代被珍藏的作品绝不仅仅是因为表现技法高超，更重要的是通过表现赋予了作品以精神性、文学性和哲学性的品质。欣赏者、珍爱者均是从作品中感受到了万物生命存在与其相互作用的意义，"万物混成"而"微妙玄通"，没有精神性、文学性、哲学性的书画作品，只能是一幅作品，其价值应该是短暂的。

"千变万化"一定是一种境界，如果我们面对的是不同的事物，那么它们之间的区别是显而易见的，我们也很容易发现不同事物之间的区别和亮点。但是，当我们面对的是一种事物呢？很显然，难度就来了。同样的事物肯定会有不同，但这种不同绝不像和另外的事物比较那样容易。比如竹，虽然，一株竹子和另一株竹子一定有粗细、高低、疏密的不同，但竹叶、竹竿却不会有太大差别，但是，如果在绘画时只会强调这种相同，一定没有多少价值，而是需要去表现不同，而这种不同其实不是竹子本身，而是要在作品中体现出"看不见"却"存在"的内容，比如风，风的方向、风的大小、风的强度等。我们不需要找竹子本身的不同，找到竹子之外的不同足矣。其实，其他事物的表现也一样。

这就需要培养艺术的审美和思维模式。

5月28日

有人讲"白石俗气，徐悲鸿匠气，朱耷道骨，张大千佛性"，张大千的"佛性"我感受不强，齐白石的"俗"、徐悲鸿的"匠"、朱耷的"道"是很明显的。

仔细想也不难理解。齐白石要的就是雅俗共赏，目的就是要把画卖个好价钱，如果银子不够，就画半只虾，或者根本就不画虾。徐悲鸿先生后来主要致力于美术教育，需要一种更规范的模式，"规范"本身就需要"匠"，中西美术引发的是与非的争论其实与悲鸿先生有关。关于朱耷的论述已经很多了，虽然将其艺术特点源头归于其身世是一种约定俗成的认知，但是，我个人认为，八大山人作品的"道"更主要源于他悟到了如何驾驭笔墨表现自己心中的"存在"。艺术永远在模仿，但，从模仿形成"气"，不管是"俗气"，还是"匠气"，还是"道气""佛气"，均需要经过长时间的实践，并不可能随便而成。何况，对任何人及其作品的认知都永远不可能完全统一，对于创作者来讲，培养自己内心对艺术的认知能力和综合判断才是重要的。

据说齐白石曾向吴昌硕学艺，是吴昌硕有名的十三弟子之一，但是，对多数人，尤其是不涉及书画领域的人来说，知道齐白石者多，知道吴昌硕者少。原因应该很多，但有一条就是总能看到报道齐白石的画被高价拍卖，也就是说，都知道齐老爷子的画值钱。显然，在这一点上，吴昌硕没有形成齐白石那样的影响。但是，在艺术表现上，吴昌硕所完成的艺术状态有过之而无不及。齐白石的花鸟虫草更多讲究"趣"，就是让欣赏者一看就明白，不需要探究画面之外的意思，乐意掏银子。吴昌硕更讲究整体画面的"势"和"境"，除了"趣"之外，还让人有"思"。"思"则会雅，但这不是普通欣赏者爱操心的了。所以，在传播方面就显得弱，但，这并不影响他成为大师。

5月30日

对绘画一直心向往之，但很长时间不敢行动。虽然在北京的几年经常参加一些书画展，认识不少书画家，也为众多书画家写过评论，但没有想过自己动手画。有一次去一个朋友的工作室，看到几个人在画画，但是，实际上他们在直接临其他人的作品。看到这个觉得"原来如此"，我认为要自己去完成创作不容易，但是临着画并没有什么难度，那一刻产生了动手的冲动。但真正动手是结束了"北漂"经历，回到忻州的事。从临仿开始，发现古人的范本里其实也有非常多的作品缺少味道，有的构图很粗糙，凡是能吸引人的作品一定是各方面都讲究的。不过，有一点可以肯定，那些大家都不只是简单地画幅画，绝对不是画一个风景画，而是一定要渗透一些主观意识在内。比如，最常有的就是"隐于山水"，也就是"寄情山水"，这些意识在古人的作品中表现得很厚重和丰富。

所以，"山是山，水是水""山非山，水非水""山还是山，水还是水"的道理是需要反复去认知的。

5月31日

绘画是人类的另一种语言，只不过并不是简单地记事或者交流，更多的时候是表现思考。其实，我觉得很难把这种思考讲清楚，也无法界定，但肯定会一直传承。从古至今，有些东西可以说一直不变，有些东西变化很大。我们总讲回归自然、保护自然，但还有多少自然？想一想，再过一些年后，我们还能看到多少自然的山水？

6月2日

"时代性"也是经常被提到的一个话题，有不少强人调艺术要表现"时代性"，也因此，出现了不少相应的表现方式，或者在选择表现时刻意去体现这一点，比如在山水画中加上"火车""汽车"等。很显然，这些人认为这就是"时代性"。但是，我以为对于中国书画而言，"时代性"不应该是一个问题，更不应该是用符号性来表现。即使没有那些形象，时代性也一直存在。时代性就是历史、现实，如果没有艺术性，仅有时代符号，一幅作品也不会有时代性，更不会有未来！

6月3日

万物皆有生命，探究生命、热爱生命、表现生命是永恒的主题。对于艺术来讲，同样如此。历代优秀的画家之所以优秀，不是因为他们画出了画，而是因为他们通过画表现了生命存在的各种情态和意义。那些大家们不是因为掌握了技巧才创作出优秀的作品，而是因为认知到生命存在的本质和意义，确定了需要如此表达才能更准确地将这种本质和意义表现出来，才创造了某种表现方法和技巧。这一点，现在已经越来越减弱，所以到处充斥着毫无生命感，但画面挺热闹鲜艳的作品，就是因为社会对作品的要求失去了高标准，加上现在的传播手段的不可控，画充斥世界，艺术性高的作品却不多。

所以，创作者的自觉性显得极其重要。

6月10日

山水画的所有意趣、神韵主要得之于构思。画面中是经过概括和取舍以后的物象，通过这些物象相互之间的呼应关系呈现出创作者想要表现的心境，繁简皆然。宋时作品，多繁细，会有诸多细节，有叙述性，许多作品从画面就可以读出整个故事，就像是读小说一样，来龙去脉交代得都清楚。那个时期讲究厚重。经历元、明后的清代画家们也多喜欢繁复，更倾向于华丽，减了几分厚重，但是，也出现了八大山人这样以极致概括为特征的大家。所以，不管什么时候，自悟，坚持自己才是根本，所谓"中得心源"其实也是这个意思。

看评论历史上一些画家的作品及其风格，经常对同一种状况有完全不同的评价。当然，不同的人，不同的时间对同一种现象出现不同的评价并不矛盾，也不奇怪。只是对于初学者来说，就要有自己的认知和坚持。比如在山水画中要不要人物。有不少大家从不画人，比如八大山人，但是会有房宇，有房宇其实就有人，这是另一种表现方式。另外就是根据不同的情境画不同形象的人，以增加画面的情趣。比如傅抱石的山水常有人物，而且也是着古装之人。为什么山水画中多画古人？因为，古人着装可形成一种韵味，古人长袍长袖的形象有飘逸之趣，与山水之意趣吻合。现在，虽然西方的观念在中国很普及，但许多中国人骨子里还有着"天人合一"的理想。

中国画在一定程度上是这种理解的寄托！

6月11日

中国有个现象，凡名山大川往往会有庙宇或道观，有一些地方很难想象古人是如何在那样的环境中建起那样恢宏的建筑的。而且，还有一点很重要，就是不管建筑物有多大规模，一定会与周围环境很协调，而绝不像现在的建筑一样，建筑物会喧宾夺主，破坏了自然造化。可见，古人一直尊重自然，始终保持"天人合一"。天地万物皆有灵，皆需得到尊重。

所以，古人的山水画都绝不是为表现风景。

6月14日

坐在天地之间，抚琴，有友人倾听。那边有飞瀑悬跌，声若与琴遥应。风会刮过，树亦摇动……这应该是怎样一种惬意？只是现实中，我们能有几次如此的享受？

就画在纸上吧，看着就权当那是自己！这也就是山水画的情怀。

6月17日

书、画、印，是完全不同的东西，但却密切相关，因为，它们总是同时会出现在一幅作品中。对于书法和绘画，一直以来不少人认为，绘画一定要先学好书法，好像书法和绘画是因果关系。其实并非如此，书法和绘画是并列关系，而非因果关系。如果，不能自悟，并有意为之，书法再好，也未能画同样好的画。绘画表现的内容和素材决定了它和书法本质的区别。即使很会借用书法表现技巧，但如果不能很好地掌握营造意境、神韵的方法，仅有好的笔触是不行的。同样的，印有其独特的艺术审美规律和方式。方寸之间，印要将书法变成刻出来的字，不能丢失书法的韵味，同时，一定要有"刻"必须具有的"金石味"，还要有绘画布局的"势"和"神"。

书、画、印中，看似挖石头简单，其实不然，印虽然经常好像是配角，但它是不可或缺的组成。

"缶韵石律"，为自己挖一闲章。其实是因为景仰二人，一为吴昌硕，一为傅抱石。老同学张国宾送一贺兰山石头，结果铁硬，刀很难切入，所以，那些所谓的刀法一概用不上。又不想放弃，想一想就用最笨的办法一点一点儿蹭，一点一点儿铲，一点一点儿扣，最后的目的是把"缶韵石律"四个字显出来，至于符合不符合什么技巧根本不重要。吴、傅两位大师如这四个字极为相符。他们从传承中来，但不守成规，而是遵从自己内心想要的境界和效果要方法，这才有了惊世之作。如果他们只懂得遵守固有的方法和技巧，又如何能有所建树。任何方法都应该是因"必须"而出现的，就要看我们能否找到"必须"的理由。

6月19日

"故意"为之，这应该是书画创作中一定要重视的一点。

山水画中的各种"皴"法，其实就是因此而产生的。"抱石皴"是傅抱石先创造性地发明的，他在创作中发现，用已有的画法表现不出重庆那里自然山水的特性，于是自己"故意"反复尝试，才有了他独特的艺术表现手法。傅先生的山水画营造出了湿意淋漓，山势灵动，树木肆意的氛围。其实，从有了书画艺术以来，都是这样，只有那些"故意"为之的人留下了不朽。"书"本来只是古人日常生活的必须，但是，就是因为有一些人在书写的时候，不只是满足于写出来，而是想故意让字有味道，所以，故意在写的时候加入变化，才使最平常不过的"书"有了"法"，成为艺术。所以，如果在学习书画时不懂得，不敢"故意"去尝试，一定只能平庸，但艺术拒绝平庸。

6月20日

今天又想"真"的问题。在绘画中，"真"最容易和"像"联系起来。对于多数人来讲，欣赏绘画作品只是看像不像，认为像就好，像就是真。但是，从古至今，首先都不强调"像"，即使是工笔画也强调"神"。所以，《芥子园画谱》也好，《三希堂画谱》也好，讲到给树叶染色是讲用"蓝"，而不是"绿"。我相信古人一定是知道树叶是以绿为主的吧！但古人并不求此真。傅抱石先生独有的"抱石皴"是为了表现"真山真水"而来的，但我们看他的作品，从来都没有强调山多像水多像，很多时候根本不像，但是，他下笔极"神"，他强调的是山水气韵的"真"，神真了一切皆真，如果无"神"，画得与自然山水一般无二也不是艺术!

6月21日

以前知道米芾，但从没有认真注意过他的书法，更不知道他的"高度"。因为没想过动手，觉得与自己无关。同样的，也一直知道傅抱石，也看其作品，但也从没有认真研究，也是因为没想过动手，觉得知道就行。但是，这两年自己动手后，不断临学许多人，才开始去认真揣摩。米芾书，傅抱石画，二者有惊人相似之处。不是人们常说的书法和绘画的关系，我自己认为，书法和绘画有关系，但不是因果关系，其实有很大的不同。我认为的相似是他们的创作状态。他们在创作时，都是率性。在大局上非常放得开，似乎不是事先就想好，而是落笔时才随性而走。或者说，是心里早有大势，下笔后随势而为。但是，总是在该收的时候突然收住，点到为止。他们的作品都是初看，有"乱"的感觉，细品气象万千。

这应该就是进入自由状态的艺术吧!

6月24日

从历代大师学什么?

我以为是"想法"而不是"方法"，其实，任何一种方法都是可以学会的，但是，"想法"却不是能轻易学会的。事实上，有了"想法"才会有"方法"。米芾的字也好，傅抱石的画也好，都是有了"想法"才形成了自己的"方法"，并不是有了"方法"才有"方法"。

6月25日

想到思维上的一个现象。"真实"是许多人欣赏绘画作品时的一个标准，甚至一些绘画作者也强调"真实"，但是，实际上只要是绘画作品，就没有"真实"的，画得再逼真也不是真实的。所以，艺术创作重要的不是把东西画得逼真，而是要突出画面所传达出来的神韵、意趣。

有了神韵不真也真，有了意趣不实也实。

从历代书画大家的作品看什么？我以为是看他们的谋篇布局。因为，他们的情绪，情感，情结全都体现在布局中。所以，写好每一个字，或者画好每一笔固然很重要，但是，如果不从整体上谋篇布局，再好的字，再好的笔墨都缺少活力，缺少感染力。"有物混成""万物自宾"，老子在《道德经》里早已讲透了"天道"，正是因为万物有序，才可"微妙玄通""周行不殆"。书画不是只把字写出来，把物画出来，而是要表现出万物的规律，它们看似纷繁却而有序而生，生长收藏顺时而化。人不是万物之灵长，只是万物一物。书画的表现应该是形而上的。

6月30日

"没有终极标准"，这应该是书画艺术传承的规律。

从历史和艺术本质来看，书画永远是一种个体行为，虽然会不断形成共性的一些规律，但是，在创作时，个性才是决定作品艺术性的核心。即使是同时接受同一位师者的面授，不同的人理解、接受和表现的程度也不会相同，何况，"相同"本身就是问题。但是，现代的群体教学手段恰恰就是"相同"，而且，许多所谓"师者"只注意强调一些表现技巧，根本不引导学生培养艺术思维模式，更缺少对哲学、文学、音乐等其他艺术形式的引导。

坚持传统共性，发挥自身综合个性，这应该是书画之道。

今天有一幅作品在老家定襄庆祝中国共产党成立96周年书画作品展中展出。周如璧先生和老朋友闫全亮均讲这幅画有董寿平的韵味，其实，我画的时候一点儿也没想过要模仿董寿平，只是画的时候就自然画成这样。不过，全亮讲我用了"抱石皴"是对的。他讲道，什么时候看不到别人的痕迹，只是自己，就成大家了。我理解他的意思，也认同。但是，其一，这需要一个过程，也许一生不可能实现。其二，我以为，任何一个人均不可能完全脱离别人的影响。因为，传统就是影响。另外，不管哪位大家，其实都是从继承和观察自然存在而来的。在继承和观察时，加入自己的思考，然后产生变化。

这应该就是"外师造化，内得心源"的意思。

7月1日

吴冠中先生讲，绘画要走出大师的画室，回到自己的心底。讲得好！问题是如何走出？自己的心底又是什么？数千年来，历代的大师恐怕都想过或者必须面对同样的问题，但是，好像这个问题一直无解。我以为，这就是我们一开始就接受的"大师理论"教育，也就是"概念"和"经验"教育。我们过多的人一开始就已经失去了自己的"心底"，所以，从来没有过自己的思考，即使有一些另类的想法也只能是热闹一瞬。所以，我以为自己的"心底"很重要，并且要建立自己的"心底"！

7月2日

米芾的书法讲究"稳不俗、险不怪、老不枯、润不肥"，单从字面理解并不难，但是要做到极不易。"稳、险、老、润"这是艺术特质，不论是书法，还是绘画，能够具有这几种特质，作品就必有"韵味",但是,在追求这些特质时,很容易"俗、怪、枯、肥"。这幅小片是因为有朋友问如何画石头,随手画的,也是为了有看头,所以加了水仙,算是一个小品。我以为,要想让作品有特质,必须内心里有想法,仅仅掌握技巧是不行的。

7月4日

吴昌硕强调"奔放处不离法度,精微处照顾到气魄",傅抱石强调"大胆落笔,细心收拾",这种见解惊人一致,可见,艺术的高度往往殊途同归。但是,多数时候,敢大胆并不易,因为可能会被行家否定,认为你不守规矩。实际上不少行家往往喜欢坚持固有的观念,但实际上,只有真正悟出书画之道的人才兼顾"大胆"和"细心",能使作品既符合"法度"又有"气魄"。让画面富有生命力,这才是重要的。

7月6日

在学习书画初期,一定有不少人会给出各种建议。比如,学绘画,一定离不了《芥子园画谱》。事实上,《芥子园画谱》《三希堂画谱》等均是极好的范本,可以让初学者事半功倍。但是,如果一味照搬,不去思悟、不去变化肯定不行。实际上,《芥子园画谱》《三希堂画谱》归纳出各种方法和不同事物的表现形态的行为已经是"程式化"的,如果一味照搬就会是"符号化"。事实上,不少人的表现就是这样。傅抱石先生的一大特点我以为就是在传统的基础上改变"符号化",突破"程式化"。我们看到的傅抱石笔下的山和树都是这样富有变化的,他不是用"符号化"的方法去表现景物。所以,他的作品要更具内部韵律和生命活力。

7月8日

小时候就记得有这样的花，在院子里，院墙外，甚至村边的土路边。不知道是谁种的，反正到开花的时候花从上到下开出一串，有的稀疏，有的稠密，密的花一朵挤一朵、一朵叠一朵，花就像是编在枝干上的。花有各色，以粉红、玫瑰红、大红为主。不浓艳，更不妖艳，虽然红红绿绿，却朴素得很。农村的花，与过去农家做被面的花布像极，漂亮、朴素。印象深的是花谢了后，会有一个绿色的小圆饼（所以有地方叫饼饼花），嫩的时候，里面是一圈白色的小片相互挤着，老了时，打开，是一片片的，像是榆树花干了的形状，这就是它的种子。其实一直也没关注过它叫什么。现在知道叫蜀葵花，因最早在四川发现，故名。《花镜》称其"花生奇态，开如绣锦夺目"。初夏时节开始吐红露粉，不久便繁花似锦。蜀葵全草均可入药，有清热止血、消肿解毒之效，治吐血、血崩等症。茎皮含纤维可代麻用。世界各国均有栽培供观赏用。该植物的根、茎叶、种子亦供药用。嫩叶及花可食，皮为优质纤维，全株入药，有清热解毒、镇咳利尿之功效。从花中提取的花青素，可为食品的着色剂。因为，村里并不种植药用植物，所以，也从来没有人去大面积种植蜀葵花，只是让它们每年自由开花结果。也没有人专门停下脚步去欣赏，它们尽管自生自落即可。

前几天，有这样一块尺寸的纸，又正好看到蜀葵，就随手勾涂出这样一幅。只是感觉亲切，这大约也是为什么我们需要绘画的一个原因吧！

7月11日

画五台山寺庙之一——佛光寺

画家要画什么？这看上去不是个问题，因为世间之大，无所不有，可画之物画也画不完。但实际上，这是一个可能会一直困扰画家的问题。有人可能会说，要画熟悉的东西。听上去有道理，不过，并不是熟悉就可以画。我认为，最关键的是，所选择的素材不仅仅需要可以入画，更重要的是它们应该具有"承载性"。承载画家的内心世界，承载欣赏者的审美意趣，或者承载其自身价值。

20世纪30年代前，有日本学者认为，在中国已经不可能看到完整的唐代木制建筑了。建筑学家要想领略唐代古朴雄浑的建筑风格，得去日本才行。1937年，梁思成、林徽因在法国汉学家伯希和的《敦煌石窟图录》一书中，发现了两幅描绘佛教圣地五台山全景的唐代壁画，壁画中所绘的佛光寺引起了他们的注意，于是，便按图索骥，梁思成和林徽因带着一个考察队找到了偏僻清冷的"佛光真容禅寺"。

凭着学识和经验，梁思成断定佛光寺大雄宝殿是唐代建筑。1941年7月，梁思成发表在《亚洲杂志》上的《中国最古老的木构建筑》一文中说：这是我们这些年搜寻中所遇到的唯一唐代木结构建筑，不仅如此，在同一座大殿里，我们找到了唐代的绘画、书法、雕塑和建筑，其中的每一项都是稀世之珍，集中在一起，它们是独一无二的。1961年国务院公布佛光寺为全国第一批重点文物保护单位。

佛光寺直到现在也不像五台山其他寺庙"热闹"，但它凭借自己拥有的唐代绘画、书法、雕塑、建筑这"四绝"，就足以成为不朽。

7月12日

五台山寺庙之二——南山寺

有朋友问你画五台山为什么不突出建筑，我以为，五台山之所以成为佛教圣地，并且居中国四大佛教圣地之首，首先是因为其自然环境。五台山看上去并不奇险怪绝，但却有着独特的地质地貌。不说其清凉之胜，不说其五台各异，仅仅是其还保留的第四季冰川之地貌就足够令人骄傲。所以，实际上，五台山应该是世界自然与文化双遗产才对。正因此，我觉得，画五台应该以自然元素为主，人文的，寺庙塔院等应该掩映其间，这样更能体现佛教圣地之清静、安谧、神圣之境界。

南山寺依山势而建，规模之大在五台山首屈一指，整个建筑群悬于陡峭山坡上，极显宏伟气势。南山寺建筑群由七层三大部分组成，下三层名为极乐寺，上三层叫作佑国寺，中间一层称作善德堂。该寺始建于南北朝的梁，重建于元代，时称"大万圣佑国寺"。清光绪年间再行修建，称为极乐寺。清末，寺院主持普济和尚募得巨资，将原有的三部分合建成一体，称为南山寺，连续施工二十三年，始形成今天的规模。

南山寺最有价值的是石雕、石刻、泥塑。用"无石不雕"形容一点儿不为过，而且所雕内容、题材丰富多样，表现手法高超。所以，去南山寺不仅可以感受佛教文化的博大精深，还可以欣赏到精彩的建筑、雕塑艺术。

7月14日

五台山寺庙之三——塔院寺

就忻州市范围来讲，五台山和芦芽山是最值得关注的，尤其适合画家、摄影家去表现。事实上也正是这样，有关五台山的摄影和绘画作品并不少见。

一提五台山，人们首先想到的就是白塔。白塔所在的地方也因此被称为塔院寺。塔院寺位于山西五台山佛教中心区台怀镇，原是大华严寺的塔院，明成祖永乐五年（1407年）扩充建寺，改用今名。塔院寺是五台山五大禅林之一、青庙十大寺之一。

我画塔院寺，有意不以白塔为主体，而是让白塔隐现于树木中，后面是山和其他寺庙。这样刻意营造静谧幽深之感，希望能让人感觉到有梵音从寺中传出，穿过树木直抵人心。

7月15日

五台山寺庙之四——镇海寺

镇海寺乃名寺，但估计去过的人不多。佛之圣地乃出世之所，其实，我们从历史来看，好像没有哪处佛教圣地能完全与俗世毫无关系，尤其是与俗世统治者无关。"兴佛""灭佛"，在历史上曾反复出现。每当统治者信佛时，佛教寺庙就会鼎盛。

镇海寺乃清代建造，寺南侧有永乐院。

在五台山众多寺庙中，镇海寺周围树木最多，寺庙掩映其中，别具风采。

7月16日

五台山寺庙之五——菩萨顶

如果说，白塔是五台山的标志，那么，菩萨顶应该说是五台山的核心。五台山是文殊菩萨的道场，"菩萨顶"在满语中的意思就是菩萨的住所。文殊菩萨是智慧的象征。早在策划首届五台山国际佛教文化节的时候，我就提出，五台山应该突出"智慧"品牌，因为这是所有人都希望拥有的力量，但是，这一提议一直没有得到响应。

菩萨顶始建于北魏孝文帝时，称"大文殊院"。唐太宗贞观五年（631年），僧人法云重建，称"真容院"。宋景德年间，真宗敕建，设文殊像，赐额"奉真阁"。明永乐年间，真容院"敕改建大文殊寺"。明朝以后至今，一直沿称"大文殊寺"（又称"菩萨顶"）。菩萨顶极盛时期是在清朝。顺治十三年（1656年），将其改为喇嘛庙。此后，康熙皇帝又赐菩萨顶大，并命山西全省，其中包括山西巡抚、大同总兵、代州道台，统统向其进贡。这是清廷以黄教怀柔蒙古、西藏的重要政策。清朝皇帝、蒙古诸王公、西藏喇嘛每每朝礼五台，一般都住菩萨顶，从而树立了菩萨顶在五台黄庙中的统领地位。按照清王朝的规定，菩萨顶的主要殿宇铺上了表示尊贵的黄色琉璃瓦，山门前的牌楼也修成了四柱七楼的形式。这在五台山是绝无仅有的，在全国范围内也不多见。康熙皇帝先后到菩萨顶朝拜了五次，乾隆皇帝朝拜了六次。菩萨顶山门外水牌楼上的"灵峰胜境"，文殊殿前石碑坊上的"五台圣境"，是康熙皇帝亲笔题写的。菩萨顶东禅院内两座高三米、宽一米的四楞碑上，用汉、满、蒙、藏四种文字刻写的碑文，则是乾隆皇帝的御笔．

菩萨顶有许多值得欣赏的地方，可以说充满智慧。

文殊菩萨大殿也被称为"滴水殿"。该殿过去经年由殿檐滴水，即使晴天丽日也如此，殿檐台下的石阶，状似蜂窝，这是由殿檐年久滴水而形成的矿物水垢。可惜在翻修时，后人不懂前人的智慧，破坏了可滴水的系统，我们和我们的后人再也无法领略前人的"奇迹"了。

7月19日

故乡一景

我们村叫师家湾，邻村的神山村是乡政府所在地。从地势来讲，神山村比我们村低，记得站在房顶上就能看见神山村。小的时候，经常走着去神山村看戏、看电影。印象中，神山村有一土丘上立着一座古塔，老人们叫它"魁星塔"，此塔寄予了前人的美好愿望。

"魁星"原为古代天文学中二十八宿之一"奎星"的俗称，指北斗七星的前四星，即天枢、天璇、天玑、天权，亦被并称为"斗魁"。

过去，在科举考试中，取得高第即称作"魁"。明朝时，科举要实行"五经取士"。"五经"指儒家崇奉的《诗》《书》《礼》《易》《春秋》五部经书。每经考取头一名被称为"经魁"。"魁"有"首""第一"之意。在乡试中，每科的前五名必须分别是其中一经的"经魁"，故又称"五经魁"或"五经魁首"。此外，科举考试中，进士第一名称状元，也称作"魁甲"；乡试中，举人第一名称解元，也称作"魁解"，这里"魁"均有"第一"的意思。

神山村"魁星塔"所在地最早的建筑始建于宋嘉祐七年（1062年）。金泰和八年（1208年）重修，并"兴建山房十余所，以备读书者居"（清代樊焕章的《元遗山志》），据说其中的"留月轩"为元好问少年时读书的地方。元好问的母亲为定襄赵村人，元好问常随母回赵村探望外祖父母。他的外祖父在神山也建有居处，元好问因此在神山村读过书。据说，元好问在定襄时结识了周鼎、赵元、周献臣、田紫芝等好文之士。金亡后，元好问回到定襄，在神山重修了外祖父的院落，并在定襄龙门村修建了新宅。他的弟子郝经写的《遗山寿元内翰》诗，记录了文友们在神山为他祝寿的情景。

想那神山的"魁星"也会福荫邻村吧！

所以，这样的家乡之景一定是要记录下来的！可以用各种艺术形式，绘画当然是其中之一。

应朋友要求，画一幅有牧童和牛的画。这类程十发先生画得多，但多是牧童和牛和和气气的，感觉不够劲，想着画一幅人和牛较劲的情景才有趣。翻看《三希堂画谱》，正好有此景一幅，但是画的时候，牧童拉牛的绳没有一笔到位，中间是弯的，一看就没有较劲，虽然墨稿已差不多完成，最后还是决定废掉。因为牛和牧童也不够"倔"，于是，试着勾画了几个不同态势的牛，均是想突显其"倔"劲，最后，比较再三决定了现在这样的表现形式。牧童双腿、双臂发力，上身后倾，牛身体斜倾，三蹄蹬地，眼怒睁头上仰与牧童较劲。背景有远山悬瀑，一株大树几块山石，显然是牧童唤归，牛不情愿，自己觉得还算有点情趣。决定题款"牛脾气"。

7月20日

决定中国特质的是所用的材料，即毛笔、宣纸、墨、颜料和水。所以，学习中国画就是掌握这些材料的特性。

心血来潮试画指画，也就是用指头取代毛笔来创作。一直知道指画，但从来没有研究，也没见过人画。很欣赏潘天寿先生的指画作品，学画初期曾用毛笔临过潘先生的作品。这次完全用指头画时才知道了不容易。因为指头不吸墨，不是还没画墨就干了，就是一画就是一团，尤其是不能大面积渲染。先尝试画一鹰，肯定没有毛笔画得精致，但有别样的韵味。再尝试用指画画傅抱石特色的山水，尽量能避免指头的弱点，利用指甲、指头面，或者三个指头同上。画完还颇有感觉，只是上面的人物用了毛笔。

我一直对一些标新立异的新的表现不感兴趣，但是，我觉得，通过这样的尝试可以更好地了解中国画所需材料的特性，只有对此了然于胸，任何工具才可以运用自如。

7月21日

一直有个想法，将忻州14个县市的著名自然景观和人文景观画下来，已陆续画好一些，但还有许多值得画的。

文笔塔在河曲和偏关二县都有，但风格迥异。

河曲文笔塔是河曲的标志性建筑，位于城东大墩梁，始建于清代乾隆年间，也叫"状元塔"。与偏关县的不同，河曲的塔是实心建筑，实际就是一形似巨笔的建筑。据说，日出时，状元塔长长的倒影可以穿越黄河，直达黄河对面的内蒙古大口村。

叫"状元"也好，叫"文笔"也好，其实都是表达了河曲人崇文的观念。

没有见过实物，根据照片，先勾画一幅"小片"，然后才画成斗方大小。

7月23日

中国传统文化中，最重要的，影响中华民族数千年，而且应该影响到整个人类的观念就是人与自然的和谐，即"天人合一"，所以"寄情山水"就成为传统中国画一脉相承的主题。中国山水画更重要的是表现创作者融入自然的理想。但是，当人们开始征服自然、改造自然时，这一切发生了可怕的变化。越来越多的地方被"硬化"，越来越多的地方被"割裂"，越来越多的地方被"污染"。

在给朋友讲画时，朋友悟道：画"古人"不是守旧，是传承！

8月7日

我国已发现的早期绘画，大都在新石器时代的陶器上，内容多是动植物造型，也有人物形象。据说，商周时就有了壁画。到南北朝、魏晋时，各种绘画形式已基本形成。从现有战国、汉魏的作品就会发现，此时后来所分的山水、人物、花鸟均已具有雏形。而且表现手法越来越多样、细致，东晋顾恺之首次提出"以形写神"的理论，这也表示，中国绘画从过去以"社会性"的纪事功能开始重视和转向以"自然性"为主的艺术功能。隋朝展子虔的《游春图》是我国现存最早的山水画卷轴。南北朝时，已出现了独立的山水创作，但一般还处于"人大于山""水不容泛"，树木和石头"若伸臂布指"的幼稚阶段，但展子虔的作品已开始重视物事之间的自然合理比例，唐人评价展子虔作品"远近山水，咫尺千里"。可见，中国的山水画并非长期以来所谓的"不重视透视关系"。这一点，其实在大量存世的优秀作品中明确可证。而中国画的表现手法早已涵盖了"素描、色彩、结构"等西方绘画基础，而且更丰富、多样。

与西方用形式来表现内容相比，中国画往往是因为内容需要确定表现形式或手法，而且不是用固定总结出的那些标准方法，而是从自然存在中去感悟、寻找、尝试，比如传统的各种勾皴方法。这也正是"师法造化"的精髓。

所以，固守"方法"，只看见"方法"的艺术一定缺少生命力。用学会的手法去写生，也只能积累一些素材，并不能提升艺术生命力。其实，中国的传统更重视"心写"，就是将记忆中所见过的自然之物，通过自己的审美表现出来。

有"形"有"神"乃中国画永远之核心，无"性格"无"情愫"的中国画是苍白的。

8月11日

原平诗歌协会明天成立，张琳邀请我以忻州市作家协会秘书长和《五台山》杂志副主编的身份参加，但我更愿意以写诗者的身份参加。从20世纪80年代，我经历了诗歌创作的辉煌，也看到了纷乱，尤其是近年来热闹中的浅薄，中国的诗歌创作似乎就是要经历这样的宿命。好在，不管如何，总有真正热爱诗歌的人，有此，诗就在，美好就在。决定画一幅画以赠"诗和远方"。张琳还要求我从忻州市作协的角度写几句贺词，于是写了"诗歌可以在足下，也可以在远方，无论是足下还是远方，一定要把种子安放在心里"。

中国画其实如诗，尤其是山水画。有路、有脚、有心就可以去远方，也可以回归。有水、有帆、有风也可以回归，更可以去远方。

其实，诗歌就住在心里，绘画也是这个道理。

8月21日

彦钦读书多，才思敏捷，文采出众，是多年老友。很早时，我们都住在市委南院的平房里，不需要上楼，走几步就可敲门去对方家里坐定，清水一杯便可天南海北，聊诗侃文。后来我"北漂"，自然见得少了。前几天电话里讲，分社的曹婷婷即日成婚，想以单位为名义送婷婷一幅画，嘱我画，并指定要有欧阳修《醉翁亭记》中"有亭翼然"之境，一则"亭"喻"婷"，二则以"翼"祝婷婷生活工作有"腾飞"之势，可见彦钦之用心！

画一亭子并不难，但仅能把若翼的亭子画出来并不行。所以，考虑再三，还是让亭子隐在树中，只突出一角，有飞之势。亭子画二人，一抚琴，一弹瑟。另画一瀑，山高水长。

彦钦看后说："题一藏二，画里有深意，画外林下风。"

8月25日

安昊拯是定襄老乡，在老朋友范扬的"心象·墨韵——人物画作品展"上遇见我，谈到正在征集体现"两岸一家"为主题的书画，希望约我的作品，于是有了这幅作品。

我不愿意简单图解主题，但是，又不能离题万里，要用"山水"来表现这个其实弄不好就落入俗套。现在这样的表现其实有"两岸"的喻义，"山水"本身代表的是自然循环复生的生命力，正像老子所言的"周行不殆"而"天长地久"。所以这样创作应该能综合表现画展的主题，也不失中国画本身的意韵。

8月27日

一幅作品的最后完成是必须经过"增"或"减"的，这种增减一般是在创作之初就思考过的，但很多时候是在创作的过程中随时根据一些"意外"的情况随时改变的。

一幅画在开始画的时候是根据朋友发的一张照片进行创作的，但是，因为没有注意，将笔放在了纸上，在本来不画任何东西的左边留下了一团墨迹。想一想有两种解决办法，一是将有墨迹的左边裁掉，一是将墨迹顺势画成相呼应的元素。我还是采用了第二种。

所以，艺术的增与减是可变的，但在变的过程中要能掌控。

8月31日

开始学画，就是通过阅读别人的作品，去琢磨如何表现，也会看一些书，也听一些朋友讲。山水画除了墨外，常用的颜色就是花青和赭石。朋友讲，使用时要加点墨好去"火气"，觉得有道理，照办。后来，看到有介绍讲，"赭石"表现有阳光的地方，"花青"表现背影的地方，也觉得有道理，照办。但是，在注意观察自然时，却总觉得不完全是这样的。

自然的山水确实最适合用花青和赭石表现——可见古人之智慧——但是，这两个颜色并不见得是用以区分阴阳。在自然中，尤其是北方的山看上去总是以赭色为主，不只是阳光处。所以，如果认为用赭石就是表现阳光照射的地方肯定机械而呆板，创作时要凭感觉，注意整体意境。另外，纯色中加入墨或其他色是可以使原色显得稳，但是，也不能机械理解。在画面的某些地方点染纯色恰恰可以使画面意境改变，增加质感。

绘画不是将自然照搬到纸上，但是，要学会从自然中找方法，这样才能"师造化"！

曹明生先生嘱咐以八大山人风格为其画一幅荷花，其实，后人可以临摹得很像，但是，能将八大山人画骨子里的"质"画出来基本不可能。实际上，不仅是临八大山人，临任何人的作品，能将原作的"灵魂"画出来都是难事。那些历朝历代的大师的作品，都是他们各自内心深处的沉淀。

所以，按照八大山人的作品画几幅作品，形和意尽量是其"韵味"，但是，减弱一点儿"冷"和"孤"。一是无法真正有那种"质"，另外，是希望让画面平和一点儿，这也符合明生先生希望有的"禅境"。

不过，每次回到八大山人，都依然会被他独特的艺术感知所吸引，会想一些东西。这即是"师古人"的意义吧！

9月3日

从古人的山水，到傅抱石的山水，一直在从中体悟不同的表达。傅先生也是从传统而来的，对传统的表现手法是熟知的，但是，傅先生后来在四川时感觉到传统的表现不能很好体现四川一带山水的特质——润，经过不断尝试，有了"抱石皴"，也有其别具特色的山水巨作。可见师古人、师造化需要相互融合、相互调整、相互补充。

晋西北处黄土高原，少雨常旱，自然不会有四川一带的"润"感，反而更多的是"燥"感。所以，不能完全用"抱石皴"，更要体现北方的"质"。但是，如果整个画面都体现出"燥"感显然会缺少韵味。所以，画面中的树的作用就显得特别重要，因为，树不管生长于何处，均是"润"的，虽然有阔叶和针叶的区别，但只要有树就会不同。这也正是大自然之伟大之处，也正是山水画艺术必须正视的核心之一。

9月7日

9月6日要参加忻州市作家协会神池县创作基地授牌仪式，本来想走时带一幅绘画作品以示祝贺，但因其他事没来得及画，5日傍晚，借五寨爱肖书房之地创作此幅作品。神池虽然也地处晋西北，在黄土高原上，但是，与其他几个县市比，没有特别有特点的自然风光，也没有十分有名的人文景观，考虑再三，决定以神池圆明观遗址为核心画一幅画。因为，这样既有神池特有的标志，又有历史文化内涵，也有现实传承意义。但是，圆明观遗址除了留有一古刹，其他什么也没有，虽为县级重点文物保护单位，但基本上没人关注。所以，选此为画面主体，就是想告诉神池的文学爱好者，神池有许多历史文化财富需要爱护和传承，另外，也想提醒文学爱好者，要擅长发现，要去热爱，更要宣传。

9月13日

对于我来说，学习中国画其实永远是一个思考过程，从目所见的自然山水，到历代名家作品，各种表现形式、手法，必须反复去琢磨、思考，然后尝试，在这个过程中认识到，艺术的表现形式永远是不会固定的，其彼此也不能相互否定。对于一些事物，固有的方法是无效的，必须从该事物的特质找最靠近这种特质的表现。山水画中的各种"皴"法均因此而来。

所以，想到一个问题，是先学方法还是先注意观察，包括观察别人的作品。我自己觉得，应该是观察重要，在观察的时候，自己去想，这种特质我如何来表现，这样在动手的时候才会有底，才会有变化，有生命。

有朋友讲，跟着老师学习，学会了画叶子，也学会了画花，但一组合就不会了。我和一些朋友反复讲，不要先学"零件"，而是一开始就要"组装"，在这个过程中解决"零件"的问题，否则会需要很长时间才能入"道"。

艺术的表现需要程式，但不能被程式束缚，尤其是绘画艺术！

9月16日

一幅画需要气质！这种气质是综合的，既要有所表现的物事所具有的质，又要有表现技巧所具有的质，同时一定要将这二者有机地融合统一起来。而且在创作之初还需要考虑为什么要创作这幅画，比如是要送什么人，或者做什么用途。这就要在画中渗透这些考虑，要在画中体现出质。总之，如果只是画了一幅也无不可，但一定会少了什么。

好的绘画作品要经得起反复欣赏，不怕时间流逝的。凡传世作品，总是因为其某一气质吸引了人！

9月29日

朋友王云飞在重庆"华龙网"工作，他是重庆资深摄影家，为了拍摄三峡，可以说倾其所有，是绝对值得敬佩的。画"神女峰"给他。

突然在想，我们从事绘画是干什么？为了获奖，为了参展吗？获奖、参展是很重要，但是，如果只为了这些还会有乐趣吗？

我以为绘画其实原来不承担获奖和参展功能，就是自己喜欢，或者和几个爱好者交流的事，很多时候就是送朋友。送朋友时一定会考虑朋友的情况，送什么题材、什么形式是一定要考虑的，而这也决定了创作必须有不同的表现形式。一些新的表现手法也正是如此出现的。如果不懂变化，不是自己去找到一些新的形式都是不会前进的。

10月1日

"画什么"实际上是所有创作者必须面对的问题，而且可能是决定性的问题。初学的时候，基本是从临摹起步，也就是说只能按照别人的作品进行，这个过程或长或短，因人而异。即使已经掌握了表现方法也年多数时候会受到别人选材习惯的影响。

真正优秀的创作应该有选择，甚至具有标志性。这在历代传世作品中非常清晰，只不过对于每个个体创作者来说，其选择的题材应该是由其自身所处地域、所熟悉的对象所决定的。晋西北、五台山、芦芽山应该是这个区域的创作者必须面对的题材。另外，我的老家定襄南庄、七岩山也有可选择的题材。其他几个县市也均有几处值得表现的地方。

从宋家沟往西，入县城的一段山势极有特点，悬挂着"岢岚是个好地方"的地方可谓岢岚县的标志性地方。

10月5日

芦芽山，因山峰耸立若芦芽而得名。人多上建太子殿的峰顶，实际上还有几处的山峰也颇有特点，画此处山一定要按其特点勾皴。山势和树势是核心，二种均向上的物却是将根扎入地下的。

山水画其实就是向大自然致敬！

10月6日

驼峰岭天池是阿尔山二大天池之一。老朋友发来她拍的照片，看了后想把它画成国画，有了这幅作品。从照片到国画是必须有变化的。国画讲究的是墨色的变化，虽然现在国画颜料很丰富，有各种色彩，但是，山水画如果用太多的色就会失去格调，显得俗气，所以，还是以墨为核心才好。池水的表现也正是如此。其次是形，因为是按具体对象完成，所以不能太随意改变，在山石和树木的表现上略作调整。

这种尝试与实地写生类似，只是少了更多自己的取舍。

10月10日

"胸有成竹"，这是对艺术创作者最基本的要求。实际上，在真正的创作中，可能并非完全如此。因为，可能会因为各种原因而对原来的构想进行调整，有时甚至会将画作变得面目全非。这种调整多数时是因势而为的，但有时可能是因为"失误"而为。所以，我认为"竹"应该是长期观察、记忆的积累，"成竹"是重新审美、取舍的过程，而完成这一过程则需要"胸"中的情怀、情趣、情绪、情感来决定。一件艺术品是一定要有精神的，而且不能简单从表面去图解一个概念。

绘画作品首先是要适合悬挂于普通家庭中欣赏的，只有让更多人喜欢才有更广泛的意义，这与"懂"与"不懂"无关。不少人所做的探索并不能说没有意义，但是，如果作品不适合悬挂在家中，我觉得这会少了许多艺术的乐趣。

其实，寻找和把握艺术那种变与不变的玄妙感很难……

10月15日

一幅画最终完成后，会与一开始落笔有差别，所以将一幅画从最开始到完成过程中的每一个调整的细节拍下来，可以回头看，让一些东西更清晰。虽然一直看历代名家作品，但看的一不是真迹，二多不清楚，所以只能自己分析。即使有一些说明，或者见过一些朋友画，但是和自己动手完全是两回事。所以，不断尝试、总结才是必需的。

我一直认为，不同的事物体现的质感是不同的，所以表现也肯定有区别。即使同样是山，同样是树，但不同的山和树也不应该相同。这也应该是傅抱石先生"细心收拾"的要旨。

11月1日

朋友曹利军儿子结婚，画一幅山水。今天婚宴上展示一下。周如璧先生讲"这幅画好，一看就是带有感情的"，非常高兴能得到如此评价。

我一直以为，绘画的核心在于传达情感、情绪、情节、情趣，如果只是把表现对象画出来了，但没有"情"，这样的作品充其量就是一幅画，很难成为艺术品，即使有再高的技巧也会是苍白的。吴冠中先生讲"多数画家是成不了艺术家的"，我认为这应该是一个重要因素。作品表现的境界的"大"与"小"和品质的"高"与"低"皆与此有关。

11月3日

我们无论有什么样的想象，在表现的时候都会有"重复"或者"类似"的现象，问题是如何处理这种现象。

利用相同的元素，进行不同的构思，表现不同的情绪，这永远是艺术的核心。把同一的"因素"表现出更多的状态和感觉是创作者应该重视才经常练习的。在这种练习中，一定要注意每一种物的特质，以及这种物和其他物的"特质"之间的协调关系。山水画尤其要注重"树"的表现，树表现好了，这幅作品就会好。

11月6日

因为在五寨扶贫，不能带着所有工具，只带了必需的毛毡、笔、墨纸和几管颜色。开始画的时候发现带着的调色盘太小，也没有笔洗，于是把暖瓶盖用来当笔洗，找半天发现一个新的簸箕可以用来调色，肥皂盒可以放墨，就用这些画了二幅斗方，这是其中一幅。有朋友说"用这些工具画画你是中国第一人"。

其实，我一直以为"实现"才重要，至于用什么样的工具并不应该成为障碍。中国画虽然最后确定为用宣纸表现，但之前宣纸不成熟时，人们是用丝帛来画的，而且现在也有人会用到丝帛。只是不同的材料会有不同的特性，需要创作者掌握这些特性，掌握材料的特性后就能创作出不同"质"的作品。

11月11日

大自然中有这样的存在，但还很少见国画中这样表现。分析原因，应该是这样以一株树作为画面主体，而且不是"松树"，搞不好就会太单调，缺少韵味和精神。如果是油画可以利用色彩表现，国画如果用很鲜艳的色彩，尤其是绿色表现就会"俗"。但，大自然既然存在，就可以尝试表现，只是要加以变化和取舍。这正是艺术的本质。所以，除了树的基本形，其他都和实际存在不一样，树后的山形是宁武、岢岚、五寨这一区域里能看到的。

不断尝试就是学习。

11月18日

固定一种风格似乎是多数人理所当然的选择，因为这样容易形成辨识度，易于让人认知。但是，我一直以为风格固然重要，但如果一个艺术家只是一种风格其实是有问题的。因为，我们所表现的事物具有不同的"质"，我们的情绪也会千变万化。这种不同和变化决定了艺术的表现需要不同的风格。所以，因物而定，因情而变，让作品因此呈现不同的特质才是艺术家的追求。

画的时候尝试画出山势的"动感"，所以，线条的变化均为此而来。

11月19日

画一幅六尺对开作品。开始的时候并不确定要画成什么，先在纸上用墨随意地刷，看墨迹形成的大致结构，然后顺着这些结构用浓墨勾擦，边勾擦边调整，把一些大的结构确定下来，在一些地方特意做出变化，让结构能生动起来。最后是添加树木、房屋等。

山水画重要的就是强调"势"，不只是山势，而是整个画面所渗透出来的"品质"，要让人感受到自然万物的生命力。

11月27日

"师古人，师造化"，这是中国书画公认的法则，但是，如何"师"？这才是我们应该思考的核心。

"古人"已作古，我们肯定无法得其"耳提面授"之真传，只能观作品，看资料。即使有《芥子园图谱》《三希堂图谱》，也不能真正解决问题。所以，"造化"才应该是根本之根本。从历代名家的作品也可以看出，因生活地域的不同，形成的表现手法和作品中表现的事物风貌也不同。如果只是照本学法必然陷入"程式"。

前两天，又有朋友提出"画画必须先学书法"，我不知道这个理论是何时，由何人所提的，但我一直认为书法于绘画不是因果关系，只是辅助关系。中国画用线条不假，但并非用书法线条。中国画中的各种"皴"法均不源于书法，而源于"造化"，是为了表现事物特质的需要，而不是为了体现书法特征。

11月28日

将岢岚到宁武之间的二处山景组合在一起。

傅抱石先生为了突出体现重庆一带的山的湿润感而采用了独特的"抱石皴"，这也让抱石先生成为伟大的艺术家。不知道抱石先生如果看到晋西北黄土高原的这些山会采用什么表现手法。但是，我以为，继续用"抱石皴"肯定不妥，因为这里的山缺少"润"。这样的山在画时必须强调出山石干硬的纹理，突出其"劲"度。

"质"是任何艺术都应该重视的核心，没有"质感"的表现不能称为艺术。

11月29日

如何才能进步？那就是不断地肯定和否定自己！

喜欢傅抱石先生的表现，也常尝试着临习其风格，但是要达到先生那样自由的创作境地很难。尤其是如何实现从"自然"到"创作"的转化，可能需要很长时间的领悟。

自然中，晋西北境内气候干燥，并不像先生要刻意追求的"润"感，所以，在画芦芽山等景态时，总觉得不应该太湿润。但是，这两天突然想，艺术表现并不能完全与自然等同，不能把自然存在原封再现，而应该有多种表现。

于是，尝试用湿淋的质感表现芦芽山。直接用笔在纸上刷出山势，没有刻意用浓墨勾形。这样画很痛快，更要求心中有对"势"的掌控。要在随意中有尺度，在写意中有整体，倒是更像写诗。

傅抱石先生的作品其实就是在画意中有诗意！

12月2日

将洗笔的水倒在宣纸上，然后看其形，觉得换个角度可能更好，于是将纸倒过来，在下面加内容，主要是增加树。在学习的过程中，我一直以为，在山水画中，树是极其重要的。很多时候，树是整个画面起承转合的关键和灵魂。

大道至简。朋友说，如果真能做到"简"就会靠近大师。这个道理并不是很难理解，但要做到却太难了。艺术性的"概括"并不是一般意义的"简"。艺术是需要极其强的控制力和艺术审美的。

艺术就是无定法！

12月3日

四条屏是中国画中常用的一种表现形式，很考验构图。既不能成为机械的几部分拼凑，又不能松散得看上去毫无关联。所以，就需要考虑好穿插转合。不能太讲究"合理"，又不能成好"图解"。在这一点上，傅抱石先生的"不去管"很有用，就是不太在乎是不是符合客观存在的事物。比如，路是不是通，水流去哪儿，都可以不管，只要大局对就可以。

另外，就是要在每一幅里填充不同情绪，但是，四幅还要协调，不能差距大得离谱。正是因为是四幅放在一起，所以，处理好"变与不变"是需要很讲究的。

12月10日

我一直认为，艺术的表现形式和技巧是由所要表现的情感、题材决定的，而不是由已经掌握的技巧和形式决定。所以，程式化的教学方式解决不了艺术的本质问题，艺术家不是教出来的。

"我是没有传统技巧的人，同时也没有擅长之点，我只觉得我要表达某种画面时，尽管冒着较大的危险，还是要斟酌题材需要和工具材料的反应能力，尽量使画面完成其任务。"这是傅抱石先生谈自己如何创作时讲到的。

在纸上用浓墨刷，随心随意而走，有了大形后再仔细处理和强调想要的细节，这里的细节实际上就是自己想要突出表现的情感。好的绘画不是简单图解一个概念，而是像诗歌一样，需要有哲学的思考，有诗性的表现，有灵性的折射。

12月26日

艺术的许多东西是有顿悟之境的，这种"悟"一定是在不满足中，在无定法中，在寻找最能表现想要的东西的思考中突然出现的。要让画中所有事物都是有生命、活生生、有血有肉、有情感、有姿态的！所以从古至今，任何大家的手法均可学，均要学，均需学，但都要"忘记"，只在创作时根据要表现的事物和自己想要的情感，用自己觉得最合适的方法。

荷的叶、花、秆一旦非常"像"就一定会发"呆"，而荷最重要的就是"精神"。

2018年

1月9日

尝试不同风格的表现。

第一幅的风格是临元末明初倪瓒，第二幅是临傅抱石。

倪瓒擅画山水、墨竹，师法董源，受赵孟頫影响。早年画风清润，晚年变法，平淡天真。疏林坡岸，幽秀旷逸，笔简意远，惜墨如金。以侧锋干笔作皴，名为"折带皴"。与黄公望、王蒙、吴镇合称"元四家"。

傅抱石早年尝试颇多，后来为了表现四川一带山的湿润之感，自己独创了"抱石皴"。可见，凡经得起历史考验的作品一定是有自己思考的。只会继承，不求变化，尤其是以掌握一二种皴法为满足，很难有好的东西。因为，万事万物都有不同的"质"，有不同的精神和情感，不能只停留在一种表现上。

文章也好，绘画也好，不是技术决定如何表现，而是情感，思想决定。

1月10日

"有一种修炼叫琴棋书画""有一种境界叫琴棋书画"。"琴棋书画"，又称"四艺"，指古琴、围棋、书法、绘画，是中国古代文人所推崇和要掌握的四门艺术，所以也叫"文人四友"。

"琴棋书画"可以说是中国传统文化最典型的符号。

在绘画中表现"琴棋书画"就是表现一种精神境界，即那种在大自然中，有风动水流，有虫鸣鸟啼，有花香果熟。山不动水动，天不动云动的境界，人不动心动。或书或画，悲喜落于笔端。或琴或棋，五音觅知音，黑白决乾坤。想一想，真的是无法言说的"境界"。

1月27日

朋友点明要以"渔樵耕读"为内容的画。"渔樵耕读"即渔夫、樵夫、农夫与书生，表面上看与"琴棋书画"不同，"渔樵耕读"代表的是劳动者的基本生活方式。但"渔樵耕读"在人的情怀中，在这种对田匠生活的恣意和淡泊自如的人生境界的向往中，实际上与"琴棋书画"一样，是另一种理想的境界。所以，在表现上并不能简单地突出"渔樵耕读"的特征，而是要与"琴棋书画"在同一个层面上找到切合点，将古人所追求的和谐之道表现出来。

在传统的层面上，山水就是情怀，在山水中人可以和天地找到一切共鸣，正像"琴棋书画"一样，听天地之音，行河汉之阵，绘春秋之卷。看风雨流云，听尘落花开，闻草木凋零，正可察生命之生与逝。所以，"山水"实则如诗文、如哲学。

朋友专门为四幅画各创作一首诗。诗书画印，正是中国画艺术的综合表现。这次尝试是一次快乐的合作。

1月29日

一幅作品的完成有诸多因素，只有掌握这些因素才能让作品有生命力。整体上除了画印诗书这些主要因素外，还应该了解裱托以后的效果。

一直有"三分画七分裱"的说法，这并非虚言。中国画讲究水墨变化，浓淡、轻重、疏密、叠加、交错、节奏等不同均会出现完全不同的韵味和效果。而且，在托裱后，一些效果会变化，一些效果会凸显，如果不了解托裱后的效果，在创作时就会出现"败笔"。

山水中如果蕴含诗意、哲意就会有活力、有价值、有意义。这也是我喜欢用《道德经》中的内容题款或做闲章的原因。

2月14日

临近春节，人们都在收拾屋子，购买年货。"有钱没钱回家过年"，春节是中国人最重要的节日。家家窗明几净，有的人家已挂出红灯笼。炕围画、漆布、穿衣镜、老家具、旱烟袋……这些都是人们日常生活中的东西，只是大多已经消失。从这些东西中，我们可以感受到人们对生活的热爱。这种热爱从来没有因为贫困而减弱，而且激发了人们的创造力、审美能力。人们用很平常的、生活中随处可见的东西创造着美。窗花、炕围画等，包括蒸肉、丸子等美食其实也如此。春节可以说是"中国制造"的最集中展示的时候。按现在的说法，可以创造巨大的财富。近年来，随着出国人数的增加，春节在国外也形成了巨大影响，如果我们能将春节用品进一步系统化、文化化、商品化，也应该可以形成国际市场。这些年，我们一直为要不要过"洋节"争论不休，何不认真想想我们如何去影响国外市场。

学习应该是一个不断调整、补充、纠正，再重新领悟的过程。不同气质、不同风格的东西其实是可以找到相同的"质"的，如果找到这个"质"就能构成很协调的东西。将宋元风格和傅抱石的风格加以组合，就出现了这样的"质"。应该说很有意思。

任何艺术都是"思想"的结果，书画也好，文字也好。

在这个世界上，我们永远是片面的、欠缺的、不完美的，永远需要低下眼、低下手、沉下心去学习、感知。

3月1日

一旦感到缺少愉悦的艺术感时，我会翻看五代、宋元时的作品。然后会用我自己的方法临摹，我基本上不会一模一样去临，而会把不同人的不同作品、不同风格加以分解，然后组合。这样会有很有意思的收获。这让我想到王澍及其艺术理念。

王澍是中国美术学院建筑艺术学院院长、博士生导师、建筑学学科带头人、浙江省高校中青年学科带头人。2012年2月27日获得了普利兹克建筑奖（Pritzker Architecture Prize），成为获得该奖项的第一个中国人。

美国《时代》杂志年度全球100位最有影响力人物名单每年都会评选一次，从政界、商界到体育界、文化界，涵盖了各行各业具有影响力的人物。2013年，《时代》周刊评选的100位人物被分为五个组，分别是：巨人组、领导人组、艺术家组、先锋组和偶像组。王澍入选艺术家组影响力人物。

王澍讲，"在中国传统里，建筑不是一个物体，放在环境中，建筑要变成环境的一部分。甚至当环境有一定缺陷时，要用建筑来补，反之亦然。建筑与自然的界限，从何时开始，从何时结束也不落痕迹"。

王澍的传统文化素养极为深厚，他的基本理念和审美便来自宋代山水画和明清园林。

他曾毫不客气地把中国许多新建的奢华建筑称为"驴粪蛋表面光"工程。外部光鲜，内部省钱，十年后就不能看了。他说：

"再过十年，中国的城市里头，大家还能说我是中国人吗？这个城市所有的和中国传统的一切都会彻底被铲平，剩下了几个像文物一样的保护点，剩下的东西放在博物馆里。"

实际上，这种现象依然在各地不断上演。能像王澍一样坚持，并且得到政府支持实在不是件容易的事。

2009年，杭州决定对破旧的"南宋御街"进行重建，最后任务落到王澍头上。他向政府提了三个苛刻的条件：第一，我知道你们很急，希望马上就做设计。但是这样的项目，要想做好，至少要做三年。而且做之前要给我半年进行调研。第二，生活的真实性的保持，要求一定要有原来的人住在这里，如果我们把人全部搬走了，改好了，这里也只是商业场所，生活的魅力就会失去。第三，国内现在普遍的做法就是建"假古董"，这种我不做。幸运的是，这一切都得到了保证。"南宋御街"成了经典。

王澍主持设计的中国美术馆象山校区、宁波历史博物馆、文村、富春山馆等十几处建筑无不美得一塌糊涂。

他说过这样一段话：一个好建筑就是你一开始有一个很纯粹的、带有理想的想法，完了以后你要像长征一样的，经过很多的险阻，中间很多次会有人想摧毁你、否定你，你必须能够做到百折不挠，而且要说服大家。最后走到终点，你还保持了你最初理想的那个纯度，没有半分的减损，甚至更加地坚定，这就是一个好的建筑师。

坚持难，艺术的坚持更难。

4月12日

为什么画画？

对我来说，就是好玩，也算是圆梦。

小的时候，对画画有点儿着迷，但是因为各种原因，基本上没有正统学过基础理论。就是照着喜欢的画临摹。没有钱买正规的工具，就是用广告色在白报纸上画。之后，虽然断断续续地画过，但从来没有想过要成为画家。所以，没有把画画当回事。再后来，给众多书画家写评论，但也没有想要自己动手。

年过半百了，突然果断地拿起笔开始画，马上就有了感觉。这种感觉就是"好玩"。

因为对我而言，画画就是把不能用文字和说话表现的一些东西或者是能用文字和说话表现的一些东西通过画表现出来。这是艺术的另一种形式。

所以，在画中表现情绪、思考很有意思。既要符合绘画的普遍规律，又要不仅仅局限于这种规律；既要掌握绘画的基本表现技法，又不能被技法左右；既要学别人的各种表现，又要有自己的想法。这里可以有各种可能，可以有无数的变化，即使是同样的构图，也会因为国画材料的特性出现细微的变化。就是这种变化让绘画艺术充满情趣，所以"好玩"。

情趣、意理、风韵、韵律、思考、思想等在绘画中得以实现并不容易，但是，就是不容易才使得绘画充满吸引力。

4月24日

"胸有丘壑"，一是指落笔前和落笔时要对想要表现的对象有感性的、准确的形上的认知；一是指落笔前和落笔时要对想要表现的对象有情感上、意韵上的认知。只有将形和意融合才能让作品有"质"，有"魂"，有"势"。否则所画作品就只能是一张没生命的图像。

从传统的表现到现当代的表现，均可以肯定这一点。

我喜欢从五代、宋元的作品中学习，然后在八大山人和傅抱石的作品中揣摩。抱石先生的作品更多考究的不是技法，而是对自然世界的那种热爱。没有热爱绝画不出"活"的山水。仿抱石先生恐怕也不应该是形式上的一致，而是大势上的统一。要真的能在纸上随性、随情、随势造山造水。

5月3日

挖了几枚"闲章"。挖石头也是很有意思的。

其实，我以为"闲章"不闲！

按惯例，书画作品上除了名章外，要有闲章才好，也不知道这样的规矩是什么时候、由什么人定的，但是，因为这增加了作品的表现力，所以，约定俗成。

实际上，名章没有多少可说的。闲章就不同了，除了书画本身的表现外，闲章其实应该是和书画内容有异曲同工之处才好。也就是说，闲章的内容要和书画作品的表现本身相配合，或延伸，或补充，或提升。如果，只是为了形式上的需要，却不管内容的吻合，这样的闲章其实会多余，所以，闲章选择什么样的内容应该是很讲究的。

这一点，在历代名家的闲章中是明显表现的。

现在，我一般都是选择《道德经》里的内容，多数时候是直接用原句，有时是将原句的意思稍加调整。

在学习"山水画"的过程中，对《道德经》里面的思维和观念越来越感兴趣。我觉得，老子的《道德经》中，关于"天、地、人"的认知，就是包罗了对万事万物的认知，也恰好是艺术的本质。"山水画"应该是表现这些形而上的情趣、情绪、情节、情理。不仅内容上要表现，而且表现手法也要能体现这些道理。"曲则全""玄而又玄""大巧若拙""大象无形""冲气为和""独立不改""周行不殆""万物自宾"等，这些不正是自然万物存在的本质和相互之间的关系吗？而且，不正是艺术应该具有的特质吗？

所以，我觉得用这样的内容做闲章是非常贴切的。

5月7日

有一位朋友说给我提点建议，建议我画山水画的时候，应该更有层次，并且推荐了一个人的画让我参考。我是明白他的意思的。与好多人之前的建议一样，其实，无非就是要学习已经"西化"了的表现手法。

"中西结合"这已经是一个很久的话题。这种"结合"从很大程度上已经破坏了中国画的特质，中国画应该有的"高古"之义越来越淡。西方绘画的透视关系、色彩关系、素描技术的渗透等正在削弱"中国画"特有的审美。

中国画在表现层次上有着自己的方法，宋代郭熙在其《林泉高致》中，提出著名的"三远法"，即自山下而仰山巅谓之高远；自山前而窥山后谓之深远；自近山而望远山谓之平远。"三远法"是中国画采用的一种散点透视法，也就是以仰视、俯视、平视等不同的视点来描绘画中的景物，其实打破了西方绘画以一个视点，即焦点透视观察景物的局限性，形成了中国画特有的营造意韵的表现。这种特有的表现是不合常理、不合逻辑的，但这恰恰是中国人最为传统的思维模式。

一说抽象，似乎都倾向于是西方才抽象，但是，我认为，我们的老祖先的思维模式才是真正的抽象。

中国画一定要中国式的！

5月9日

艺术的特质之一应该是天真，甚至是稚嫩。

试想，在天地间，可爱的莫过于天真稚嫩之物。物亦此，人亦此。不比高下，不讲分别，不理对错，何其难也。

故老子在其《道德经》中反复强调稚嫩的"婴儿"。其第十章中讲"载营魄抱一，能无离乎？专气致柔，能婴儿乎？"；第二十章讲"我独泊兮其未兆；如婴儿之未孩，儽儽兮若无所归"；第二十八章讲"知其雄，守其雌，为天下溪。为天下溪，常德不离，复归于婴儿。知其白，守其黑，为天下式"；第四十九章讲"百姓皆注其耳目，圣人皆孩之"；第五十五章更是以婴儿之"天真"状态对"道"做了智慧的解释"含德之厚，比于赤子。毒虫不螫，猛兽不据，攫鸟不搏。骨弱筋柔而握固。未知牝牡之合而脧作，精之至也。终日号而不嘎，和之至也。和曰常，知常曰明，益生曰祥，心使气曰强。物壮则老，谓之不道，不道早已"。可见，不明"天真"何以入道？

临是米芾字，亦想到其人其法。米芾实则，天真到家的人，因其个性怪异，举止癫狂，遇石称"兄"，膜拜不已，人称"米颠"。若没有其骨子里这份稚气，何以能成为影响深远之大家。明代董其昌在其《画禅室随笔》中讲："吾尝评米字，以为宋朝第一，毕竟出于东坡之上。即米颠书自率更得之，晚年一变，有冰寒于水之奇。"人评米芾的书法痛快淋漓、攲纵变幻、雄健清新，想一想，这岂不正是幼芽一样、婴儿一样的稚嫩天真之气吗？

艺术家如能保持一份天真的稚嫩将是莫大之幸也！

5月13日

艺术要有"悲悯"之心。

这种"悲悯"是超越个人得失的，唯此，才能有舍弃，有选择，有留白，才能独立独世，才能冷眼观物，才能悲喜不现。

人多以八大山人自言"墨点无多泪点多，山河仍是旧山河。

横流乱世杈椰树，留得文林细揣摩"说事，言其作品中多"孤寂、高傲和愤世嫉俗"，在其诸多禽鸟、鱼图中，人们多看到的是蔑视、仇视、傲视、逼视、怒视等情感的表露。但，这样的情感却正是来源于对生命的"悲悯"，甚至是对自己的"悲悯"。如果其作品中只剩下"仇"与"孤"，应该是很难一直存有艺术感动的。

八大山人是唯一的，但是，其艺术的表达和对艺术的感知是可以给后人以借鉴的。心怀"悲悯"，感知万事万物的生与灭，表现万事万物的存在与消亡，即使是言之甚"少"都会有不朽之力。

5月16日

"艺无止境！"此话不虚，所以，不断地学，不断地悟，不断地实践，这是书画艺术的根本。

仅仅经营一个画面并不难，难的是如何能并不仅仅实现一个画面！

书画创作者如果是以赚钱为目的，或者时时念念成为一个"家"，则总会陷入"趋利"意识。

因为表现对象的特性，"花鸟画"容易有情趣，难在有"势"。八大山人、徐渭、吴昌硕之"花鸟"之所以得以传世，且影响深广，最重要的就是他们画中的"势"，因其有势，则有了特有的艺术气质。

梅花是"花鸟画"中常常见表现之物，但是，要画出特别的"势"和"质"来并不容易。看上去就是枝干和花的处理，但是处理不好就会艳而俗，或者单而薄。枝干的苍嫩、穿插，花朵的疏密交叠，然后是蕊和苔的勾点都会影响到整个画面的"意韵"，自然也会影响到画面所折射出来的"精神"。

看过许多的梅花，总感觉有"势"，有"精神"的少，艳俗的多。

必须多多揣摩，多多体悟！

5月17日

"删繁就简"不只是艺术的事，但是，艺术需要"删繁就简"，宋代严羽在《历代诗话·诗法家数》中指出："绝句之法，要婉曲回环，删芜就简。"王阳明在其《传习录上》讲："删繁就简，开示来学。"这都是讲"删"的重要性。

对于中国画来讲，"删繁就简"十分重要。实际上，"删繁就简"本来就是我们从生活、从自然到艺术所必须进行的认知、概括的过程。艺术的呈现其实就是将"非艺术"的、"非本质"的、"非审美"的东西删减掉，只留下"本质"的。但是，这并非易事。尤其是初学者，总是想要表现更多的内容，也不清楚哪些是非本质的。

郑板桥曾言"删繁就简三秋树"，这是他作画时的感悟。在观悟八大山人的作品时，最感叹的就是他的"删繁就简"，很想清楚他是如何在落笔的瞬间把自己不想要的东西全置之脑外的。不过，真正难的还不是"简"，而是"简"后要有神，要有魂，要有韵，要有势。许多时候，是"简"了也就把"艺术"的美全给删了。

一直喜欢抱石先生的表现，反复观赏，反复练习都感觉其表现是繁中有简，许多时候会不得要领。这也是抱石先生的风格难学的一个原因。这两天，突然对画面的"气脉"有了感觉，也突然对抱石先生的表现有了更进一步的感悟。山水画在整个画面的布局和表现时，要能让气脉一贯而下，所有的东西都要由气脉统领。当掌握了"气脉"就会自然形成删减，只留下必需的。而有了"气脉"的作品，就必然有生机、有生气、有生命。

5月23日

"无知无畏"，这是我们常说的一句话，其实很多时候是用来说别人的，对自己可能不作如此想，或者有意淡化。

有时候，对某一种东西或现象不能理解，或者理解不透时，往往会否定，或者判断上会出现问题。但是，当在成长的过程中，有了一定的积累，有了不断调整的感悟后，会突然在原来不以为意的事物中发现妙处。

突破和进步应该就是在这样的认知中自觉完成的。

历代有不少山水画大家和优秀的作品，有一些一直没有太多的感觉，有的是每次欣赏都会有感觉的，有一些是介于中间地段。经常在五代、宋人的作品中汲取营养。也会欣赏元明清人的作品，当然其中也有许多好东西。近现代中，尤喜欢傅抱石，但是，不少人感觉他的作品很乱。其实，傅先生也常讲自己是"鬼画符"，实际上，他是心中有数。张大千后来的泼墨泼彩是属于他自己的表现，自然是有其独特之处的，只是看多了会感觉疲劳。所以，会有意不看。近来，觉得如果把张大千的一些构图方式和抱石先生的表演方式融合可能也会有趣。因为，大千先生的构图往往会出其不意，有势。

学习和成长应该就是这样取长补短吧。

6月13日

为何要重"古意"，这是由来已久的提法。早在元初以赵孟頫、高克恭等为代表的士大夫画家就提倡复古，回归唐和北宋的传统。赵孟頫提出"作画贵有古意，若无古意，虽工无益"。当代美术理论家陈传席也说过"画若没有古意，格调便不高"。可见"古意"在为画时的重要性。

但是，如何理解和实现"古意"并非易事。

首先，"古"并不是指时间意义上的"古"，这个"古"是没有办法实现的。"古"实际上是指古人的思想、意趣或风范。在古人的艺术里，重为德、重积学是核心，也是根本。也就是说，古人看重的是文化内涵。如果这一点缺失了，讲"古意"只能是一种臆想。这也是为什么经常看到一些人非常努力地想要体现古意，却只有呆板的画面，却没有古之精神。

时下许多人的创作不再关心中国文化赋予艺术的那种诗意的精神追求，更放弃自己主观精神的追求，过分强化和追逐外在的表现形式。

那么，文化内涵哪来？

我以为，要尽可能地回到中国传统的文化中，领略古人的精神意趣，包括思维模式和表现形式。我们回不到古代，也无须回到古代，但是，精神的传承恰恰是不需要回去的，只是需要在接受的基础上往下传。

当然，"古意"绝不仅仅是回归，而是一定要有当下的气息。否则，单纯的复古也注定是末路。

6月22日

靳尚谊先生讲，我画油画，越画越觉得油画啰嗦，没意思。中国画太棒了，很简洁，表现力强，看起来心情舒服、清新。中国画现在极其重要，以后会越来越重要，但现在年轻人不喜欢，认识不到中国画的重要性。油画的工具有很多局限性，这是画种的问题。油画追求的是真实，在某种程度上是可以被照相代替的一个画种，而中国画是代替不了的。

靳先生这段话需要好好体会。许多人会不以为意，甚至会反对。但这话讲到了本质，尤其值得现在的院校教育和众多学生反思。

有意思的是，另一位大家李可染讲，中国画的糟粕是公式化。

我以为，靳先生讲的油画的局限性和李先生讲的国画的公式化，在某种程度上是一个问题。实际上强调的还都是技巧之外的东西，即文化素养！

油画也好，国画也好，决定其品质和高度的归根是文化素养。如果综合文化素养弱，创作终归会落入"局限""公式"。艺术风格的形成必须依靠文化素养。

傅抱石先生的作品风格特征非常明显。他的这种风格极难模仿。如果不能从其意趣神韵上理解，根本无从下手。傅先生常讲自己的创作是"鬼画符"，其实有序可循的，只是他的创作却很难找序。所以，只是从技巧上学，必"死"无疑。而真正读懂傅先生的画，就真的会知道中国画确实重要。

7月5日

昨天，在朋友圈看到安徽一朋友发布的消息，说是发明了"散锋笔"。

"散锋"是傅抱石先生创作时的一种用笔法，就是有意把笔锋打散作画，也因此出现其独特的"抱石皴"。因常临抱石先生笔意，所以就问了下价，后有事没看微信，再看时被告知，已售完，可见学抱石先生的人不少。不过，我以为"抱石皴"与散锋密切相关，但根本不在于笔，而是在于抱石先生的内心，这个是很难学的。观先生的作品我们可以发现，其创作有规律，但无重复，我觉得许多时候下一步会如何可能连他自己也不清楚，这才会有"大胆落笔，细心收拾"之说，这也是"鬼画符"之说的来由。所以，学习领会先生之神韵更重要。否则，天天看先生创作，用先生用过的笔也未必有用。

8月17日

"琴棋书画"，中国传统"文人四友"其实都以自娱性为主。所以，有规律无定法。"师造化"是一贯的传承。

但是，能有自己审美认知，并能很恰当实现并不是什么容易的事。所以，"师古人"也是必需的，只是"师古人"就必须会有程式上的束缚。不学"程式"不行，学成固定的"程式"又没有生命力。

这种矛盾应该一直存在的。

因为是自娱，所以，能够体现个性审美，能够营造极耐品赏，经得起时间考验，可以超越地域局限的表达就应该是长久需要体味的。

中国画的韵味就是作品中所表现事物之态势、之情趣、之呼应等共同形成的审美。

山水画中，山形石态雾岚等均是主体组成，但是，树木的情态可以说是山水画的灵魂之物。大自然中的树木是千姿百态的，但是，画树最容易按程式来表现。一按程式表现，树木往往就会显得呆板，缺少生命活力和情态。所以，尝试先用墨按树的大致样子勾刷，不刻意成形，等到有了想要的整体态势后，再强调一些地方。很多想要的东西都是自然形成的，只是需要强调，这样出来的东西，要比小心翼翼画出来的更有韵律和气势。

沉浸在艺术的氛围时，真的可以两耳不闻窗外事。

8月19日

勾出上半部分的山形后，突然想出8月16日在老家定襄东霍村赏荷时的情景，于是成了现在这幅作品。

不少人热衷于写生，我一直以为，写生在过去主要是用来掌握物事之形及相互关系的。但艺术表现更重要的是对物事生命状态的领悟和审美，要能够体悟到物外之意之境之理之情之趣，这不是靠写生能解决的，而是需要文化的、文学的，甚至哲学的东西。尤其是现在，在摄影摄像手段极便利的情况下，写生就更需要重新定位。胸中无丘壑，天天写生又能如何。

8月20日

我们知道光，但实际上我们看不到光，光在万物的呈现中。所以，我喜欢观察叶和花在光中的状态，那种透明的色彩。

尝试画光中的荷，光线透过来的感觉。不是油画那种写实，而是中国画特有的质感。故意将画面布置满，让透出光的地方成为视点和留白。坚持自己的想法，也不怕合不合规矩和理论，艺术创造本就需要尝试。

8月25日

李苦禅拜齐白石为师，拿自己的画请教齐白石，齐白石说："你这画美中不足的是，没能够画出激流冲撞岩石的声音。"白石老讲到了山水画最重要的东西，那就是生命。

我们常言"万物皆有灵"，画中之物一定要表现其生命力，这是最低也是最高的标准。但是，实际上，很多人，很多作品呈现的物事是没有生命力的，只有形，无魂，也就是没有"激流冲撞岩石的声音"。

中国的山水画无论写意还是工笔，其实最难的不是形，而是"意"，此"意"的核心其实就是"生命"，就是山石、草木、雾岚、湍流……活生生的生命状态。这不仅是它们的形，更有它们的色香声味……但是，是要让人能从画中感觉到，抚摸到，聆听到，闻得到，而不是看上去画着，却没有任何感觉。

当然，这是很难的，需要一直去思考琢磨，并且不断尝试如何表现的。

从这一点来讲，我以为形成一种固定的风格其实会有缺陷。自然万物总是千变万化的，而且我们对万物的认知也会不断变化。画就是要将这种变化表现出来，将万物的各种生命状态表现出来。

8月26日

苏轼在《画水记》言："画奔湍巨浪，与山石曲折，随物赋形，尽水之变，号称神逸。"此道理似乎不难理解，但实际上落在实处并不容易。

一般来讲，要画一幅画总要先有大概构思。从古而来，也有诸多的程式和表现方法，但是，照搬往往会感觉缺少生机。如果以物的形下笔其实就会被限制，因为总是先考虑"形"，这个"形"是缺少变的。傅抱石先生作画是用笔在纸上先"乱"扫一通，然后才静下心来仔细观察，添添补补。现在，有点明白了，其实，傅先生是随意就形，就是通过纸上出现的笔意，然后强调出一些物的"形"。这样，物形与物意就会是统一的，气韵自然是相通的。整个画面就自然是有"灵魂"和"精神"的。

"神逸"应该是如此而来！

8月27日

我一直认为"书画同源"需要具体分析，尤其是先学书法后学绘画的说法。书法与绘画有相同点，有交叉性，但无因果性，绝不是有了书法才有绘画。如果往根上讲，应该是先有"画"，后有书。人类最初记录世间万物都是以物"形"为主，就是把物画下来，而不是写下来，这从世界各地，各民族的岩画等可以证实。因为画是具象，有辨识度。书是简化的表现，辨识度低，如何能先于画？何况，我们只要认真看一下历史，就会发现，历代最有名的书法家很少有成为有名的画家的，相反的是一些画家的字也很有特点。

书就是书，画就是画，其"质"是完全不同的。画如果是书出来的，最后一定是"死"的。画的本质其实是瞬息万变！

所以，我认为成为程式的书法一定是缺少创造的。除了是用书法工具写字，没有其他意义。

9月1日

梁漱溟先生讲，思维有八层境界。

第一层境界：形成主见；第二层境界：发现不能解释的事情；第三层境界：融会贯通；第四层境界：知不足；第五层境界：以简御繁；第六层境界：运用自如；第七层境界：一览众山小；第八层境界：通透。先生之论述极其透辟，但达到这八层境界难之难。优秀如胡适，在梁漱溟先生看来也只入了第一层境界，可见其难。

其实，作为另一种思维状态，绘画也应该是这八层境界。能达到最后层次的少之又少。八大山人、齐白石也只在第五、六层境界。"通透"是种什么境界，可被称为"神迹"吧！形之外，神之外，似有非有，若隐若现？总之，应该是那种只能意会的美，而这样的层次一定不是固定技法，固定风格能实现的。所以，我以为，应该是因为要"通透"的境界决定了表现，而不是简单的传承和程式。

这应该是一生都无止境的！

9月4日

《道德经》第二十一章所言："孔德之容，惟道是从。道之为物，惟恍惟惚。惚兮恍兮，其中有象。恍兮惚兮，其中有物。窈兮冥兮，其中有精。其精甚真，其中有信。自今及古，其名不去，以阅众甫。吾何以知众甫之状哉？以此。"

其中之理同样适合中国画创作，尤其是山水画。山水其实就是通过一些具象的东西来表现大自然之万象。如果只是完全把自然复制下来是不会有艺术感觉的。所以，必须有不同于自然真实存在的表现。这种表现在中国画的传承中已经形成一定的规律。但是，如果仅仅是简单地学习程式化的表现是不会有太大价值的。

如何能够窥得山水画艺术真谛，则必须在继承的基础上有所不同必须有更加综合的思考和认知。与其他的艺术形式比，绘画艺术更需要自我判断和肯定。这种判断和肯定是在不断学习的过程中，不断思索，不断领悟，不断尝试，不断肯定的过程。许多时候就是在"惟恍惟惚"中。在"恍兮惚兮"的过程中，把握住"物"，把握住"精"，把握住"信"。这也是两个层面的东西，一个层面是整体对绘画表现的认知，一个是具体表现的过程。当然，实际上，在创作中，这两个层面可能是同时完成的。

我一直认为，山水画中，树木是非常核心和关键的物体，常常决定整个画面的生命感。如果刻板要按照教程手法来表现不是不可以，但是可能就会缺少"神"，不会让整个画面具有灵魂。实际上我们观察自然中的树木时是很难看清其枝干的穿插状态的。所以，如果把这种"理不清"表现出来，也就是把树木的"质"感把握了。树是生动的，画面就是生动的。如何才能让画中的树木生动起来呢？其实，就是"恍兮惚兮"。在或恍或惚中找到确定的点加以强调，然后让树的生命一点一点地呈现出来。

这个过程是非常有意思的！

9月5日

"道生一，一生二，二生三，三生万物。万物负阴而抱阳，冲气以为和。人之所恶，唯孤、寡、不谷，而王公以为称。故物或损之而益，或益之而损。人之所教，亦我而教人：强梁者不得其死。吾将以为教父。"这是《道德经》第四十二章所言。以此来理解中国画的"道"及其具体表现同样非常贴切。

创作一幅作品一定是要表现作者对所表现内容的认知，这种认知不是停留在物事表面，而是要通过物事，传递审美，传递情感，传递世间万物的生命哲学。这即"道"，作者首先要清楚自己要什么，然后才能一步步构思。当然这种构思应该只是大方向，在创作中，根据综合需要，不断调整，尤其是要逐渐明确一些细节，有待进一步调整。即"一生二，二生三，三生万物"的具体化。

整个的构思、布局、调整、确定，其实就是要遵循"负阴而抱阳"规律，让画面呈现"和"的状态，体现审美上的舒适感。这一点很重要。

所以，越来越感觉到了研习《道德经》的妙处。

9月6日

让山水树木呼吸起来！

中国山水画应该就是这样的，而不能是在纸上画一些山石，树木的标本。所以，创作时不能满足于掌握表现物事形态则可，而是要深究自然万物之生命形态、哲学意义。《道德经》中讲"有物混成"而"万物自化""万物相宾"，因"万物尊道""负阴抱阳"，故能"微妙玄通""周行不殆"。

《易》"泰卦"之卦象为下"天（乾）"上"地（坤）"。《系辞传》说："天地氤氲，万物化醇。男女构精，万物化生。"这是《易经》里的一条基本的法则，阴阳交，万物生。如果是天上地下之状则阴阳不通。《象传》讲道："则是天地交而万物通也，上下交而其志同也。"

泰卦的天在下，地在上，表示阴阳相交，阳进入了阴之中，阴进入了阳之中，反映在卦象里，就是阳在下，阴在上，意思是阴阳交合，进入一种和合的状态。只有达到这种状态，才能够做到阳生阴长，造就万物生长的形势，让事物进入到生发和繁荣的阶段。

在绘画中，则是要通过物事的态势、呼应表现这种生发和繁荣，要让人感受到画面中的万物在呼吸、在融合、在自化。

9月9日

唐代画家张璪提出"外师造化，中得心源"的艺术创作理论。

《道德经》第二十五章言："有物混成，先天地生。寂兮寥兮，独立不改，周行而不殆，可以为天地母。吾不知其名，字之曰道，强为之名曰大。大曰逝，逝曰远，远曰反。故道大，天大，地大，人亦大。域中有四大，而人居其一焉。人法地，地法天，天法道，道法自然。"

"造化"即"自然"，"心源"即内心感悟。这是艺术创作者应该终生遵守的规律。而且，应该将二者融合起来思考，不能是隔离成两个平行的思考。"心源"其实就是去认知"万物混成""周行不殆"的特点和规律，理解万物"寂兮寥兮"的特征，体会万物"独立不改"的精神，并且将这种特征、精神"自然"地表现出来。表现手法也要能"法天、法地、法道、法自然"。自然是千变万化,多姿多彩,但又独立不改的。掌握变与不变,掌握自然法则实则是中国画之根本。

9月10日

《道德经》第五十一章讲"道生之,德畜之,物形之,势成之。是以万物莫不尊道而贵德。道之尊,德之贵,夫莫之爵而常自然。故道生之,德畜之;长之育之;亭之毒之;养之覆之。生而不有,为而不恃,长而不宰。是谓玄德。"

"尊道"指"万物",实则"万事"亦皆此。物道即事道。能够传世的优秀作品均是有"性格"的,作品性格的形成与创作者的性格有关,也与创作者对万物性格的认知相关。能够将自己性格和所要表现的物事的性格融合一体,或者说,能够遵循物事的"性格","畜"物之"德","形"物之"物","成"物之"势"。优秀作品之优秀重在"品质","品质"应该就是一种"性格"。

一幅作品有"性格"则一定有生命,有生命就一定有情感,有悲喜,就能够打动人。

如果一幅作品不能打动人,其表现手法再好也是苍白的。

9月11日

艺术作品应该与创作者具有精神和气质上的"同质",这其实可以作为一个理论上的探究深入研究。

从诸多传世名家及其作品是不难看出这一点的。比如最典型的八大山人。

倪瓒是元代著名画家、诗人,与黄公望、王蒙、吴镇并称"元四家"。倪瓒的山水画,总是寥寥几笔即凸显寂寥、荒寒、凄清之感。其整个画面语言在"干净"的特殊状态中突出的那份宁静不能不令人联想到其一大特质——洁癖。

据说，倪瓒的洁癖世间少有。一天能洗脸十几次，衣服也总是要换来抖去。关于其洁癖的故事有好多，有不少令人不可思议。据说，他曾叫人将梧桐树都洗死过。

也正是因为其有此洁癖，所以其作品也具有了相同的特质——画面语言干净，洗练。这也是他能成为辨识度很高的传世画家的一个重要原因。

9月13日

《道德经》第七章言："天长地久。天地所以能长且久者，以其不自生，故能长生。是以圣人后其身而身先，外其身而身存。非以其无私邪！故能成其私。"这种规律其实适用于所有的事，包括绘画。在布局的时候，就应该考虑和表现"万物自宾"，"不自生"的特点，让所有的事物都合理"呼应"，体现出自然万物"微妙玄通"的本质。

画作缺少思考一定会缺少耐看的吸引力。

10月2日

"你这是写意画？"经常有朋友这样问。

如果从表现手法来讲，中国画的"写意"和"工笔"很好区分，但是，我一直认为，这种从概念上的区分并非本质，甚至会造成某种理解上的局限性。

一幅好的作品，表现手法固然是极其重要的。但是，再好的表现手法也一定是要表现意趣、意境、意理，通俗地讲，就是要有一定的"意思"。

这个"意"可以是多层面、多角度的，可以是形而上的哲学性，也可以仅仅表达创作者个人的某种情绪甚至是爱好。总之，一定要通过画面，折射出一种能够让人心领神会的东西。如果只是画了一些事物，即使手法也很精到，但没有从任何角度触动人心，就肯定是有问题的。从这一点来看，一个创作者需要的是更好的综合素养。哲学的，文学的，文化的，美学的。如果仅有美术的基础是不够的。

有"意"的作品才耐看，才经得起时间和空间的考验。

10月3日

"你画的是山，伲让人看到水"，有一朋友这样说。是呀，中国画就是如此。中国画不仅仅是画，而是情志的表现。与诗、乐相同，只是表现手法有区别。画只是通过所表现之物来承载对万物生命之道的理解，正如朋友所言"是山水，却不显山露水"。

一切均隐在笔下。在静的画中体现生的情态。

10月11日

近日有篇文章是谈傅抱石先生的，讲到傅先生的画法，傅先生自己所创的散锋皴法无人可掌握，原因是这种表现手法无规律可循。这是有一定道理的，但是，其实其画法并非无规律，重点在于我们如何理解先生绘画的规律。

先生最令人叹服的是其每幅画均无复制性，均是根据需要，随心、随意、随气、随势而来，在每幅画中，其画一定是有其自然规律的。如果是另一幅画，则会因为要表现的心境、意趣、哲思的不同，物象的不同，表现也会不同。所以，他的每幅作品之间都看似毫无规律。但是，这正是先生伟大之处。

实际上，先生的规律更重所要表现的内容的规律，也就是大自然万物存在与相互间生命情态的规律。这种规律实际上就是无规律中有规律。万物不变，但万物会随时节、气候、昼夜等，包括人的不同心境而千变万化。这种规律是很难掌握的。

长期以来，绘画艺术的传承陷入"规律教学"的模式中，这样的教学掌握的就是规律，或者说就是标准。标准有利于考核，却扼杀了艺术的生命。用"标准"画出的东西多数近乎标本。形有，质有，态有，相互关系也有，却因为太规律而缺少生命。

这种状态是可怕的。

10月16日

对山水画，多数人总要讲要用什么皴法，似乎不用皴法就有问题，就不能画山水画。实际上，山水画的表现手法原本并没有固定的方法，所谓的各种皴法都是创作者想实现某种效果进行的尝试。如果只是用一种或几种方法一定不可能形成伟大艺术。只是，要创造一种新的皴法并非易事，需要非常综合的素养和条件。黄宾虹的尝试只是在用墨上进行不同的组合，近现代以来，只有傅抱石先生在皴法上有创新和突破，不仅是山石，树木等的表现也有自己的特色。而这一切，均是因为其有着明确的自我艺术审美需求。

如果只是满足于掌握几种皴法，每每只用这一点做标准是很难创作出有生命力的作品的。

11月2日

"笔墨"是中国画避不开的话题，也经常看一些关于"笔墨"的文章，但是，一直得不到明晰的认知。几乎所有关于"笔墨"的文章都认为，"笔墨"就是书法和绘画的关系，结论就是要想成为一个优秀的中国画创作者，必须先从书法开始。

实际上，这样的认知是搞混了一个问题，那就是将"笔墨"

中所指的"笔"看作是"书法"。其实,"笔墨"中的"笔"应该是指笔在纸上留下的"笔痕",也就是"笔迹",并不能完全用"书法"来概括。书法与绘画其实是完全不同质的东西,它们互有关联,但并非因果关系。

我们知道,书法是以书写汉字为本质的,其从始至终都决定于汉字的字形。不管是什么书体,都不能离开字形,字形决定了书法的本质。如果离开字形去书写,已经不再是"书法",而是另一种形式了。就像现在有的人尝试的"射书"等。

同理,绘画中的"笔"是由所表现的对象决定的。不论是山水、人物还是花鸟,其千变万化、丰富多彩的形态都与汉字完全不同。要表现出这些物事的形态、意韵、情趣必须是按照这些物事本身的特征寻找最好的表现手法,如果用表现"汉字"的手法,也就是"书法"肯定是有问题的。比如,要画一棵树,树的穿插、扭曲、重叠等的枝叶不是靠"书法"的线条能概括的,如果可以,最后也会是太规律、刻板的"标本"似的呈现。

中国画特有的表现技法当属皴,不论哪种皴法其实都不是简单的书法线条,而是符合自然之物的一种呈现。"抱石皴"是傅抱石先生为了自己的需要创造的一种皴法,我们很难从其皴法中找到"书法"的规律。这也是为什么,抱石先生的艺术特征广为赞誉,但是,能学者极少。就是因为其皴法是先生心目中对所要表现物事的在某种心境下的需要,这种需要会随时变化,虽然也有一定的规律,但是,变化太大,尤其是需要不断根据内心的想法和已经形成的墨迹做不断地调整和细节上和处理,很难用程式化的理解就能做到。这更与书法的表现不同,但是,任何人都不能说先生的作品没有"笔墨",反之,其"笔墨"的丰富性才是其成为伟大艺术家的根本。

所以,中国画的"笔墨"是无法之法,需要创作者具有独特的思考。

11月4日

世间万物虽以类分，可分类即因为万物具有一些相同或相近的地方，比如草木的叶状，花卉的瓣形。但是，再类似的事物还是会有区别。这种区别往往决定了它们的"质"，艺术审美和表现就是要善于掌握这种区别，突出不同事物的特质。有了这种特质，才能让作品尽显"势"，才能有"意趣"，也才能有"灵魂"。

任何一种表现手法都取决于这种认知，有了这种认知，自然就能随心所欲。

11月8日

一幅画的完成是一个综合的过程，涉及许多因素，工具、材料，表现对象，表现方法等。但，不管如何，一定是要看最后的作品有没有艺术性、有没有思想性、有没有文学性。

所以，可以从《道德经》来悟绘画之道，也可以通过绘画表现《道德经》之意趣哲理。创作过程的不断调整，加强细节，整体呼应等的处理就是一种"道"。中国画材料的特殊性也是与"道"吻合的。有时，只是不经意的一点"笔痕"就会带来很大的变化，去随机顺势而为有诸多乐趣。"不确定"实际上是中国画的密码之一。

《道德经》二十八章讲："知其雄，守其雌，为天下溪。为天下溪，常德不离，复归于婴儿。知其白，守其黑，为天下式。为天下式，常德不忒，复归于无极。知其荣，守其辱，为天下谷。为天下谷，常德乃足，复归于朴。朴散则为器，圣人用之，则为官长，故大制不割。"

这里的"知雄守雌",这里的"复归于婴儿""复归于无极""复归于朴"都蕴涵着伟大的哲学思维,也有着极迷人的文学色彩。

11月13日

傅抱石先生认为的"中国画需要快快地输入温暖,使僵硬的东西先渐渐恢复它的知觉。再图变更它的一切。"这里的"温暖"讲得好!

绘画作品一定要质感的,这种质感一定是要与生命的情感、情绪、情理、情趣是一致的,也就是表现的是生命的本体及灵魂,如果没有了灵魂的温暖那就不可能成为艺术创作。

这种温暖如何实现?那就是先生强调的"知觉",也就是作品中的万物是"动"的,是能让人感觉到它们是活生生的,而不能是精致的标本。

这种"动"不是规定好的,不是构思好的,不是图解式的。虽然起笔的时候会有一定的考虑,但是,最后完成的作品会是如何只能是最后完成后才知道。许多地方要一点点强调,一点点调整,包括笔迹,包括色彩。就像一棵树,要让树呈现出万千姿态,就需要在看上去毫无头绪的墨迹中找出那些自己想要的有知觉东西,比如树枝的相互穿插、重叠、疏密等,直到出现不僵硬的效果,让整个树看上去有温暖。

这个过程,会显得枯燥、单调,但是,也充满乐趣。尤其是那种随形随心而来的结果本身就会给自己一种享受。

11月16日

一幅画的完成是从选择纸张开始的,纸张的大小、横竖、不同质地都是画的组成,纸不是承载物,而是画本身。如何布局,如何呼应，如何留白，如何调整都与纸有关。只有将纸考虑在内，才能随心随性。说到底，山水画要表现的东西就是山石、草木、云水等，但却可以有万千姿态，就是因为创作者有不同的审美。

绘画其实需要一种综合性的思维。

11月17日

朋友提到看画应该有玄关，极有道理。玄关也就是一幅画"灵魂"的入口。有人认为"玄关"出自《道德经》的"玄之又玄，众妙之门"，这样解有点牵强，但是，应该是有一定联系的。《道德经》第一章言："道可道，非常道；名可名，非常名。无，名天地之始；有，名万物之母。故常无，欲以观其妙；常有，欲以观其徼。此两者，同出而异名，同谓之玄。玄之又玄，众妙之门。"这是讲宇宙万物之大道的，自然包含"画"之理，"画"之道。

一幅好的"画"必须有"妙"，有"徼"，并且能够体现"有"与"无"之关系。要能让观者从画中看出不同的"有"，不同的"无"。这样的元素是创作者要把握好"玄之又玄"的内核。许多时候，这种玄是创作者自己也不能非常理性地去表达的，要有率性、疏狂、随意而走的感觉和控制。

再仿抱石先生作品，体会其"玄"意之表达。

11月18日

"骨子里的诗性"，诗人唐依说我的画里的特质时这样讲。这让我想到中国画一直被强调的"诗书画印"的说法。长期以来诗、书、画、印的结合被认为是中国文人画成熟的标志，也是中国艺术的最高境界。这样的提法实际上是指中国画在发展过程中融合了更多的元素，形成了现在基本固定的应该有的要素。很早的绘画作品中，没有题款，更没有印。

"诗""书""印"都是后来添加进来的。实际上，到现在，也不是所有的画里都有诗。即使有一些画里有诗，这诗也是对画的一种补充，或者有的诗与画的关系并不大。

但是，画应该有诗！这也是中国画最重要的特质之一。从古至今得以传承的作品，无不是具有诗性的。这种诗性其实不是写一首诗在画面上，而应该是画面本身表现出来的！

一个画家不一定要写诗，但是，一定要有诗性，或者至少要明白绘画作品应该有诗意的东西在里面。所以，仅仅掌握绘画的技法是不够的。哲学、文学、音乐等均应该要涉猎，只有通过综合性的艺术思维模式才能更好地体味绘画的诗性。

12月1日

前几日看到尹吉男先生的一篇文章《贵族、文官、平民与书画传承》，是讲书法传承的。以前读过尹先生的《独自叩门》，觉得此文很有见地。有人对尹先生最近的观点有质疑，这也不是坏事，因为自古就不存在不被人质疑的观点。

或者，我们应该从这个话题中思考更多的问题。

12月11日

《道德经》第七章讲："天长地久。天地所以能长且久者，以其不自生，故能长生。是以圣人后其身而身先，外其身而身存。非以其无私邪！故能成其私。"天地自然，万物自宾，如此才能永恒长久。背离此道，迟早会有适得其反的结果。

经营一幅画也是如此，画面里的所有物事，包括不在画面的"想法"都要能符合"不自生"的大道，也就是说，要处理好物事之间的关系，事物共同存在，又相互独立，既各有千秋，又不独霸空间。如果明白这一点，那么就不需要学习透视的，只要处理好物事之间的"退"与"进"即可。这种关系首先是要清楚"天地之所以能长且久者，以其不自生也，故能长生"的道理。如果内心根本没有这样的想法，就不可能去按如此规律去表现。

就像画中的树一样，所有的枝干既要交错穿插，又要纠缠遮掩。处理的时候不能事先就已经非常明确每一条枝干如何画，而是应该边画边强调，在那些毫无规律的笔触中顺其自然，因势而为地完成。这样的树开始是不知道它长成什么样的，但是，慢慢地就会生机勃勃。树的每一条枝干也都是"不自生"的，但正是因为掌握了这个道理，画出来的树才不会是标本，而是活生生的！

2019年

1月6日

在对照自己画的树的时候，发现一个问题。凡是一开始没有非常具体的构思，而是用墨在纸上乱涂出一些墨迹，然后在这些杂乱的墨迹中不断肯定、强调，然后慢慢"找"出枝干，然后再把其他墨迹变成密不透风，相互交叠、错杂在一起的树叶后，这样的树感觉是有"真气"的，也就是充满生机的。如果在画的时候考虑了别人的树型，即使也注意了变化，画出来的树还是会感觉缺少"气"，有点标本的味道。

由此想到"形式"和"程式"的问题。当然，这本身就是两个层面的东西，但是，如果我们机械地学习和理解，往往会陷入一个层面。我以为，在一幅画中，形式和内容本来就是同一的，形式一开始就必须是因为要表达的内容而定，而不应该是用形式承载内容，也许有人会认为这是一回事，但细想是不同的。我强调的是从一开始下笔就是"内容"，而内容是很难"教"的，必须是创作者自己决定的！

所以，我们可以发现，中国的传统绘画有成就者，都有各种各样的联系，基本上没有靠画谱这样的东西成为艺术家的。

记得有好多朋友告诉我，学画要从《芥子园画谱》开始。我自己上高中的时候曾经用最廉价的纸临过《芥子园画谱》。那是一位同学手里的，一本无头无尾的"花鸟"画谱，我很喜欢里面的内容，同学不肯转手，所以，我就在上课、上自习时用毛笔和白纸临。20世纪80年代，自己买了一套六卷本的《三希堂画谱》，那时并没有想过要画，还是因为喜欢，很长时间也只是有空时看看。

"三希堂"是清高宗弘历即乾隆帝的书房。"三希"即"士希贤，贤希圣，圣希天"之意，具体讲就是士人希望成为贤人，贤人希望成为圣人，圣人希望成为知天之人，也就是鼓励自己不懈追求，勤奋自勉。后以此汇编的书法、绘画谱与《芥子园画谱》实属同类内容。《芥子园画谱》要早于《三希堂画谱》。《芥子园画谱》又称"画传"，诞生于清代，也就是说，是对清之前中国绘画的"集成"。这种"集成"对后世的影响自不必说，但是，里面总结出的中国绘画的各种表现形式，也因此成了"程式"。这种"程式"对教学自然有非常大的作用。但是，如果学习者不能够从"程式"中走出来，就会陷入"程式"，其创作也必因"程式"而失去"生命力"。

所以，中国画艺术的学习过程是一个肯定到否定，再从否定到肯定的反复的过程。虽然，有了个人的风格会成"家"，但是，"风格"本身可能也会是没有生命力的呈现。因为大自然中的万物千变万化，两粒尘埃可能都不同！

1月9日

山水是有性格的。

地域不同，地理地貌就不会同，树木石状也大异。历史形成的各种表现手法，比如不同的皴法就是因为要表现不同的物态，不同的物态所具有神韵而产生的。最为典型的就是"抱石皴"。

谈中国画必谈"笔墨"，实际上，一直以来，"笔墨"的说法并不清晰，或者说并没有极为综合的解释。理论家讲的和创作者讲的往往并不相同，我以为，将"笔墨"从创作中拿出来讲意义并不大。必须还是要回到作品要表现的物事本质上去，回到创作者想要通过画面中呈现的物事及这些物事所表现的情境、情节、情绪、情理、情态去评判其达到的艺术高度。

黄公望是一座"高山"，但其作品所呈现的多是南方山水之态，肯定不能用其状态来与关仝、范宽等所描绘的北方山水相比较。"师造化""师古人"的道理并非不能理解，但是，在创作中真正能化用实则不易，需要太多思考。

2月15日

吴昌硕和齐白石均为大家，有"南吴北齐"之称。吴先生的作品以花卉画居多，其作画主张"奔放处要不离法度，精微处要照顾到气势"，曾自作诗曰："不知何为正变，自我作古空群雄"。可见其本人也是既尊重传统，又刻意追求个性表达的。吴昌硕的画，古而新、朴而雅、质而艳、狂而秀，渗透着浓厚的中国文化审美。有意思的是，吴先生的花鸟画作品中极少表现"虫草"。

与吴昌硕不同的是，齐白石的花鸟作品中，多有鸟、虫、鱼，他曾说："为万虫写照，为百鸟张神。"这也是他所讲的"自己画出自己的面目"的具体表现。齐白石的草虫多为工笔，非常细致，有细到纤毫毕现的程度。多数人认为这是很难的。

对于后来者，其实对二位老先生的艺术追求和作品呈现的审美均应认真研学。如果能融汇其不同的特点，再注入自己的理解才可能有所成。

2月22日

艺术被价格绑架的结果，就是艺术创作者最终会失去原本内心的创造性，或者艺术思维会变得麻木。

固然，艺术家的成果应该受到尊重，也应该得到价值回报，但是，如果艺术家自己也只用价格来衡量自己一定是可悲的。艺术有一种原始乐趣就是在创作的时候有"愉悦"，把自己的想法、审美等融合在作品中是种快乐，首先不是让别人高兴和欣赏，而是自己高兴和欣赏。一幅卖了几个亿的作品也未必真有几个人从中看到了"愉悦"，无非是人家都说好则以为好而已。

绘画有趣就是可以满足自己的表达。就像把一朵荷花的四季画出来一样，画的时候其实是要感受这种变化的。

2月24日

似乎是一种宿命，一些绘画艺术家不管生前其作品是怎样的，却一生被忽视甚至攻击。其离开人世后，却被大捧特捧，捧为宗师，其原来被看得一文不值的作品也成为稀世珍宝，千金难求。

黄宾虹则如此。尽管我现在欣赏黄老的作品也很难产生愉悦之情绪，但黄老已载史册是铁定的事实。所以，也会琢磨其艺术特征和表现。

黄宾虹先生80岁后，在给女弟子顾飞的《画法简言》中提到"太极图是书画之秘诀"，并曾写到，中国书画的一切奥秘都在太极图中。据说，黄先生对金文篆籀的研究得出："笔宜有波折，忌率忌直。西汉隶书，尚存擒篆遗意，波折分明。籀文小篆，用于画版，抑扬顿挫，含有波折，最足取法。大抵作画当如作书，国画之用笔用墨，皆从书法中来。"他把点和线都看成半圆用笔，总结出了"太极笔法"。这也形成了黄宾虹山水画的主要用笔形态。

黄老这样的理解和自身的运用自然有他的道理，但是，"太极"之理本身是讲无穷变化的。《道德经》第二十五章言："有物混成，先天地生。寂兮寥兮，独立不改，周行而不殆，可以为天地母。吾不知其名，字之曰道，强为之名曰大。大曰逝，逝曰远，远曰反。故道大，天大，地大，人亦大。域中有四大，而人居其一焉。人法地，地法天，天法道，道法自然。"

可见，"自然"才是本质。所以，如果艺术地表现自然，自然地呈现艺术应该是艺术创作者毕生应该思考的核心。以一法、几法来解释艺术呈现只能是成就一人或几人，应该不是艺术表现形态的全部。

心无万物，心无世界，心无万象，心无自然。或者，被困在已经概念化的对自然万物的理解上，空有一些理论和规律，只掌握一些技巧和方法能表现出自然万物吗？

《道德经》第十五章还言："古之善为道者，微妙玄通，深不可识。"其实，"深"的是大自然。

自然中存在着让我们永远惊叹的物象。在五寨进行扶贫工作的一年中，经常会从岢岚路段来往于五寨，每次从忻州快入岢岚县城或者从岢岚－忻州的途中总会注意一处山的形状，因为这一处的山形很适合入画。后来，随行的人告诉我，从公路上看到的坐落在这道很有型的山脉前的一处新建的村落叫"宋家沟"。

大自然永远以其为人所不知的神秘真实、直接地存在着！艺术只是一种通道，与自然对话的通道。

这不是用什么技巧画一幅画就能解释的！

3月1日

虽然寒气未散，但春的气息已经越来越浓。

《黄帝内经》"四气调神大论篇"讲："春三月，此谓发陈。天地俱生，万物以荣，夜卧早起，广步于庭，被发缓形，以使志生，生而勿杀，予而勿夺，赏而勿罚，此春气之应，养生之道也；逆之则伤肝，夏为寒变，奉长者少。"现在，我们多居住在一层一层被隔起来的房子里，"被发缓形"可能被看成异类。但我们还是要想办法热爱自己才对。

《道德经》第一章："道可道，非常道；名可名，非常名。无名天地之始；有名万物之母。故常无欲以观其妙；常有欲以观其徼。此两者，同出而异名，同谓之玄。玄之又玄，众妙之门。"不论被什么样的力量所困，实际上总会有可变通之"道"，关键是我们能不能悟到"玄之又玄"的妙门。就像《道德经》第十五章所言："古之善为士者，微妙玄通，深不可识。夫唯不可识，故强为之容：豫兮若冬涉川；犹兮若畏四邻；俨兮其若客；涣兮若冰之将释；敦兮其若朴；旷兮其若谷；混兮其若浊；澹兮其若海；飂兮若无止。孰能浊以静之徐清。孰能安以久动之徐生。保此道者，不欲盈。夫唯不盈，故能蔽而新成。"培养我们自己"微妙玄通"的思维模式，尽量向"善为道者"努力，时时让自己保持"不盈"之态，并要能做到《道德经》第十六章言的："致虚极，守静笃。万物并作，吾以观复。夫物芸芸，各复归其根。归根曰静，是曰复命。复命曰常。知常曰明。不知常，妄作，凶。知常容，容乃公。公乃王，王乃天，天乃道，道乃久，没身不殆。"人常喜动，却不知，静才是根！

在这"发陈"之季，挖三方石。一曰"万物并作"，一曰"微妙玄通"，一曰"众妙之门"，为一乐也。

3月3日

"天长地久"，这是一种愿望！

山水画应该是寄托了这种愿望的。

古人早就认为最大的天地是不灭的，天地的存在最为长久。《道德经》第七章中言："天长地久。天地所以能长且久者，以其不自生，故能长生。"在这里，老子讲了天长地久的原因，那就是"不自生"。我们也经常讲"大公无私"，更经常希望情感、友谊等与天地共存。

我们应该时时感应大自然，从一粒尘埃、一丝轻风、一滴细雨中认知生命的存在，这样才能更加珍惜自身的存在。

3月5日

《道德经》第十四章讲："视之不见，名曰夷；听之不闻，名曰希；搏之不得，名曰微。此三者不可致诘，故混而为一。其上不皦，其下不昧。绳绳不可名，复归于无物。是谓无状之状，无物之象，是谓惚恍。迎之不见其首，随之不见其后。执古之道，以御今之有。能知古始，是谓道纪。"

"古"为何？这里的"古"并不是指我们认为的与"今"相对的概念，不是指时间上的久远，而是指"初始的""原始的"。我们对万事万物的认知，要回到万物最原始的，初始的状态去。只有了解了原初的存在，才能真正看到本质。

今天，一同学问海子《九月》写的是什么意思。和他谈海子这首诗时就讲到了这层理解。海子的《九月》里表述出来的情绪思考与他整个的思想系统有关，或者说和他思考的哲学性的、诗性的东西有关，海子对整个世界，包括人类世界的认知和我们现在的价值体系是不同的。在海子看来，我们生存的世界，"神性"的，也就是崇高的精神已经消失，现在人的追求只剩下了欲望。海子崇尚原始的、原生的生命根源。海子认为，现代艺术，包括诗歌都缺少完整性，缺少纪念碑的力量，但不缺少复杂和深刻，也不缺少可能性，不缺少死亡和深渊。所以，海子一直在追求的就是要能够有完整的、纪念碑式的、复杂深刻的一种表述和歌唱，他的所有诗里基本上都有这种意象。《九月》是他在青海的时候写的。当他看到辽远的大地和一望无际的野花时，自然联想到人类精神世界上的荒芜。他诗里的"众神"其实已经不是具体的神众，而是指我们缺失了的内在的精神灵魂。野花是一种生命力量极强的事物，这形成了对比。就像我们人对物质的欲望一样，但，海子不是否定野花，在他看来，自然之物均是美好的，所以，他死前写下的"面朝大海，春暖花开"其实表述的并不是我们惯常认为的希望，或者说，不是我们所说的那种希望，而是他认为的，那种充满了无限性、充满了永久性的"希望"。在他看来，"众神"都逝，那希望一定是被"神"带走了。

所以，在海子的内心，是渴望着有神性的、精神长久的"远方"的，这个远方是一种可望而不可即的去处。诗里的"木头"和"马尾"是指马头琴，马头琴的琴身是木头做的，琴弓是马尾做的，这是两样东西，却密不可分。这有点像我们人类的精神和肉体。实际上，诗人等同于哲学家，思考的都是一些终极的问题，比如死亡与生存。"远方只有在死亡中凝聚野花一片"，这里涉及死亡与生存的关系问题。这是诗人站在一望无际的草原上能想到的，就如古人的"大漠孤烟直，长河落日圆"一回事。所以，死亡是诗人的另一种存在。

存在是什么，死亡是什么，歌唱是什么，倾听是什么？这也是诗人思考的终极问题，他得出的答案就是，对于我们这些非神性的人来说，我们就是一个生命的过客、世界的过客、草原的过客，我们能做的最好的就是什么也不要做，只学会尊重、互爱、"只身打马过草原"就可以了。

就像一幅画，无论用什么样的方法和技巧，如果没有对万物"原初"生命状态的理解和表达，肯定会显得"苍白"。

"执古之道"，就是让我们的思维和行为回到最自然的状态。

3月19日

画"重庆四景"，巫峡、瞿塘峡、青龙瀑布、缙云山。

重庆的老朋友今年60岁，发来"甲子寿宴邀请"，我因手头事多，无法前往，特画此"四景"以贺。

选此四景一是因为云飞兄现就在重庆工作，二是因为他曾冒着生命危险，自筹资金于2002年开始拍摄三峡。他用近一年时间，历尽艰险，拍摄了8000多张反映三峡奇石、奇景的照片，并将其中一部分制作成巨幅版画式照片，这样大比例的三峡图片目前在国内还绝无仅有。其神奇三峡"金腰带"系列图片，获得国内外赞叹。2003年，他从几千张作品中精选出100余张，命名为《三峡岁月》，参加山西平遥国际摄影大展，赢得了大展负责人、《人民摄影报》时任总编"千古奇观，近在眼前"的评价，中国摄影家协会副主席也称赞他的作品"大气出天然"。

选择青龙瀑布是因为我曾为《世界旅游China》写过一篇《聆听青龙瀑布的呼吸》的文章。我其实没有去过，只是看了一下资料，然后凭想象和感觉写的。许多读过此文的朋友都以为我去过，所以，拿来用一次。缙云山是这次云飞兄举宴之地，且景色宜人，所以，必须入选。以此"四景"作为对云飞兄的贺礼应该是有意义的。

创作的时候，想到了自然存在与艺术处理的关系。我一直觉得前人关于艺术"更高"二字的概括是非常准确的。如何"更高"？现在我认为就是取舍、增减、改变。大自然的许多存在永远是我们想不到的，但是，并不是所有存在的元素均可以进入创作。这就必须根据自己的判断和审美，以及艺术表现的规律加以考虑，需要将哪些自然存在的东西舍去、减掉，又需要在哪些地方增加添补一些本不存在的东西，比如树木、石头或者桥梁。有一些东西还可以根据自己要表现的意境加以改变。比如，将现代的游艇改为过去的帆船。总之，最后呈现在作品中的，真真假假，虚虚实实。作品因为整体思考，根据所需要的"情理，情绪，情趣，情结"进行的取舍，具有了"自然"存在本身之外的意义。

这应该就是艺术价值的体现。

3月24日

《道德经》第四十二章讲："道生一，一生二，二生三，三生万物。万物负阴而抱阳，冲气以为和。人之所恶，唯孤、寡、不谷，而王公以为称。故物或损之而益，或益之而损。人之所教，我亦教之。强梁者不得其死。吾将以为教父。"

《阴阳应该象大论》言："阴阳者，天地之道也，万物之纲纪，变化之父母，生杀之本始，神明之府也，治病必求于本。"

故知"阴阳"之重要。天地万物莫不与阴阳相关，"阴阳"是一切事物的本源，是万物发展变化的起源，是生长、毁灭的根本。在自然界，其实到处可见印证"阴阳"的物事。

原平有山，名为"天涯山"！

据说"天涯"一名是因唐朝诗人雍陶来此后有诗为"十年马足知多少，两度天涯地角来"，想这雍陶当年从四川来原平确实不易，才会有此一叹吧。

其实我想说的是这里与"阴阳"相关的出奇之处。

一是这里有两座山峰相隔很近，但却形态迥异，处东边的山势险峻，奇峰似箭，直插云霄，颇具阳刚之气。处西北的另一座山峰却神似一朵向天而开的莲花，故称莲花山。莲花山恰恰尽现阴柔之美。这两处山峰已尽显"负阴抱阳"之妙。

更奇的是莲花山东南有一奇石，《崞县志》里记载："天涯岩际有石，形似鼓，风吹厂窈，如闻天涯山景色鼓声。"故人称之为"石鼓"。被称为宋金时"一代文宗"的元好问有诗赞曰："唤起山灵搥石鼓，汉女湘妃出歌舞。"

今绘"天涯山四景"，选其不同的四个角度而成，是心怀敬意的。

3月26日

刻印"见素抱朴""勤而行之""质真若渝""慎终如始"，这些词皆取之于《道德经》，每次读之总会有拨云见天之感。

《道德经》第十九章言："绝圣弃智，民利百倍。绝仁弃义，民复孝慈。绝巧弃利，盗贼无有。此三者以为文不足，故令有所属。见素抱朴，少私寡欲。绝学无忧。"在现下的社会环境中，要做到"见素抱朴"何其难也。

《道德经》第四十一章言："上士闻道，勤而行之；中士闻道，若存若亡；下士闻道，大笑之。不笑不足以为道。故建言有之：明道若昧；进道若退；夷道若纇；上德若谷；广德若不足；建德若偷；质真若渝；大白若辱；大方无隅；大器晚成；大音希声；大象无形；道隐无名。夫唯道，善贷且成。"此章讲到许多至理，仅一个"勤而行之"就会让人受用无穷。我以为，任何一件事，如果没有"行"，不要说成功，连失败的可能都没有。可见勤而行之方为见"道"之途。"质真若渝"，时人多喜机巧，各处也多以炫技炫强为能，却不知如能保持质朴而纯真好像混浊未开方为高境界，所谓大智若愚。

第六十四章言："其安易持，其未兆易谋。其脆易泮，其微易散。为之于未有，治之于未乱。合抱之木，生于毫末；九层之台，起于累土；千里之行，始于足下。为者败之，执者失之。是以圣人无为故无败。无执故无失。民之从事，常于几成而败之。不慎终也。慎终如始，则无败事。是以圣人欲不欲，不贵难得之货；学不学，复众人之所过。以辅万物之自然而不敢为。"我们常讲"初心"，实则常不知"初心"为何。做任何事情都能慎重到底，不就是"初心"吗？

所以，以"见素抱朴""勤而行之""质真若渝""慎终如始"省己自不会错。

3月31日

《道德经》第三十七章讲："道常无为而无不为。侯王若能守之，万物将自化。化而欲作，吾将镇之以无名之朴。无名之朴，夫亦将不欲。不欲以静，天下将自定。"

"自化"实则是天地万物的一种本质规律。长期以来，人类用自己积累和已知的一些知识，背离了"自化"，患得患失，肯定否定，求对求错，比高比低，疑神虑鬼，往往远离了本质，将自己困在死局中。

悟"自化"，应该是可以达到一种通明的境界的，假若在表达上可以"化"到与万事万物相通、相融、相贯注、相包罗万象而让万事万物自然而然地显化，想来正可以面对万物找到与自己心灵契合的通道的境界。

如何将真实的存在变化为艺术的存在，不就是需要"无为而无不为"，不就是需要"自化"吗？

4月1日

山西河曲临黄河岸边。娘娘滩、状元塔、弥佛洞、海潮禅寺为其四景。

娘娘滩为河中一岛。相传汉文帝和其母薄太后被吕后诬贬于此，故世称"娘娘滩"。与此遥相呼应的，上游不远处还有一小岛为太子滩。其上曾建庙以祀黄河。明正统年间被毁。太子滩上出土有北魏时的瓦当，上书"万岁富贵"。

状元塔形似状元郎的如椽巨笔，日出时，状元塔长长的倒影，穿越黄河，可以直达黄河对面的内蒙古的大口村。

县城东北石城村北的黄河绝壁上有洞，进洞需经羊肠小道，中间有一座独木桥，桥下是百丈深崖，洞内套洞。

海潮禅寺位于河曲旧县的洞河之滨，又名海潮庵，有"晋西北小五台山"美称，始建于明万历（公元1573—1620）年间，有十二座庭院，数十楼阁，整体布局倚山势而建为三层，以弥勒殿、观音殿、藏经殿三点为一线中轴，东有碾磨院、菩提院、九师塔院；西有十方院、方丈院、西花园。

此四景虽各有特点，但是，用竖幅并不好表现。所以，并不能完全写实，只有根据想要达到的意境加以增减才能合意。这种状态下的创作其实很有意思，因为它会逼着人开"脑洞"。

其实，现在可见的历代作品应该都是这样被"逼"出来的。

4月3日

近来画了几次"梅兰竹菊"，一同学说"以我之拙见'梅''菊'太难了！"我说其实要画好都难，但是，真正难的是兰，因为兰的形态和结构看上去最简单，但是，这种越看去简单的东西才越不好表现。

"梅兰竹菊"是被文人誉为"四君子"的，其实，它们就是自然界的四种植物，与其他植物相比，本质还是植物，所谓"君子"之德是人赋予的。由同学的话我思考到"四君子"的不同与绘画中的表现关系。

《道德经》第四十五章讲"大成若缺，其用不弊。大盈若冲，其用不穷。大直若屈，大巧若拙，大辩若讷。躁胜寒，静胜热。清静为天下正。"绘画艺术的"巧"与"拙"其实是应该一直思考和琢磨的。平时看到的表现"四君子"的画均是在"巧"上做文章的多，梅花一定画出花的具体瓣形，竹叶也多学板桥画法，兰、菊也多有画谱为参照，这些当然并无不妥，但如何能巧中见拙，尤其是将"四君子"被人赋予的"德"表现出来却难。以"梅"来讲，自然中的梅花绽放时，多繁叠浓郁。但是，在绘画作品中，求其枝老苍者多，梅一旦繁叠就多了一层"俗艳"，如何能既繁叠又不艳俗是应该好好去体会的。兰、竹、菊的也一样，核心是要表现出它们不同的"质"，这种不同质才是文人赋予它们不同的"德"的所在。

中国画只是中国文化的一种表现形式，归根结底还是要体现中国文化的特质，失去这种根本也就失去了其特质和价值。

4月5日

一种极便宜拿来练字用的纸，心血来潮用它画画，竟然有另一种感觉。

《论语·卫灵公》有言："工欲善其事，必先利其器。居是邦也，事其大夫之贤者，友其士之仁者。"平常也常见朋友们说"这纸好""这纸不好""这笔好""这笔不好"，其实，我是真不懂纸和笔的好坏，反正是宣纸就行，是毛笔就行，瞎用。开始是连生宣熟宣也不太分得清的。只是用的时候会觉得这种纸是这样的，那种笔是这样的，这种墨是这样的……慢慢地，从这些领悟中觉出，中国绘画艺术其实就是要不断地认知纸性、墨性、笔性、水性，以及画面中所要表现的各种事物的特性。然后，要将这些元素的所有特性融汇在作品创作中，画出情趣来。如果不注意领悟这些元素的特性，可能换一种纸，或者换一种笔就会无所适从。

所以，我以为，纸和笔这些工具其实无所谓"好坏"，"好"与"坏"完全在于自己控制。

4月17日

《道德经》第四十五章这样讲："大成若缺，其用不弊。大盈若冲，其用不穷。大直若屈，大巧若拙，大辩若讷。躁胜寒，静胜热。清静为天下正。"这里道理我们好像懂，也经常引用其中的一些话，比如"大巧若拙"，但是，如果我们静下心来仔细思考，会发现，我们未必真的懂。

"拙"为"愚笨""不足"之义，所以，世人多喜"巧"而避"拙"，黄庭坚在《跋奚移文》中讲："截长续短；凫鹤皆忧；持勤补拙；与巧者侔。"其"持勤补拙"变成"勤能补拙"，一直被推崇，实际上表达的就是千方百计要"巧"而不要"拙"。但是，《道德经》用"大巧若拙"显然是告诉我们，"拙"才是应该被推崇的，是应该达到的一个标准。实际上"拙"在老子这里是单纯、自然、质朴之意。

在绘画艺术中，"拙"是需要穷其一生来实践的，实际上。多数人都是在追求"巧"，所以，肯定重技轻道，重形轻意，重巧轻拙。有一些人也想表现"拙"，往往因为无法真正领会"拙"之要义，还是巧多于拙，创作出的东西往往失之"自然"，缺少生机。其实，这种"拙"是要回到万物的自然状态中去领悟的，不能从心神上与自然同呼吸，从自然之物看自然，就很难做到"大巧若拙"。

4月18日

《道德经》第二十一章讲："孔德之容，惟道是从。道之为物，惟恍惟惚。惚兮恍兮，其中有象；恍兮惚兮，其中有物；窈兮冥兮，其中有精，其精甚真，其中有信。自今及古，其名不去，以阅众甫。吾何以知众甫之状哉？以此。"

《道德经》所呈现的思维模式实际上早已经回答了世界存在的本真——"道之为物，惟恍惟惚"。

不管我们去过多少地方，见过多少物事，但是，永远还有我们没有看到过的，即使是我们看到过的，我们也仅仅是看到了，实际也所知甚少。

在创作一幅作品时，我们明明知道需要画什么的，但是，如果在整个过程中完全是按照规划好的完成，最后的作品肯定缺少"生命"。反之，在整个过程中，让自己进入"惟恍惟惚"的状态，循着"恍兮惚兮，其中有物；窈兮冥兮，其中有精"的思维进行，表现出来的事物也具有这种"惟恍惟惚"情态，最后呈现的作品就会有《道德经》里所讲的"绵绵，其若存，用之不堇"的品质。

4月21日

《道德经》第二章讲："天下皆知美之为美，斯恶矣；皆知善之为善，斯不善矣。故有无相生，难易相成，长短相较，高下相倾，音声相和，前后相随，恒也。是以圣人处无为之事，行不言之教；万物作而弗始，生而弗有，为而弗恃，功成而弗居。夫唯弗居，是以不去。"这里其实是讲了一个浅显的道理，那就是"比较"，我们对许多事物的判断往往是因为比较而有一个结论，但是，这种比较而来的结论不应该是唯一的，就像"美"与"不美"无法下一个绝对的标准一样。所以，一直就有"环肥燕瘦""一千个读者有一千个哈姆雷特"的说法。

对于一个创作者来说，也不应该固守一个固定的标准和表现方式，而是要根据心境，根据想要表现的情趣、意韵，根据事物本身的特点来确定什么样的表现更靠近自己要的那种特质。但有一点，不管是采用什么的表现方式，一定要让作品充满生机、有精神。

4月24日

《道德经》第十五章讲："古之善为士者，微妙玄通，深不可识。夫唯不可识，故强为之容：豫兮若冬涉川；犹兮若畏四邻；俨兮其若客；涣兮若冰之将释；敦兮其若朴；旷兮其若谷；混兮其若浊；澹兮其若海；飂兮若无止。孰能浊以静之徐清。孰能安以久动之徐生。保此道者，不欲盈。夫唯不盈，故能蔽而新成。"

这里的"道"自然是讲认知万事万物之道，所以也包括绘画之道。中国画尤是！

"微妙玄通"实际上正是中国画的核心表现，一幅画如果具有了"微妙"的品质，就一定富有神采，充满生机。创作一幅作品时，要进入豫兮、犹兮、俨兮、涣兮、敦兮、旷兮、混兮的思维状态，有整个构思，表现的过程中要有"畏四邻，若客，若凌释，若朴，若谷，若浊"的状态出现。傅抱石先生讲的"粗画细收拾"其实也正是这个道理。一幅好的山水画，既要有涣旷而浊混的大势，又要有豫犹而俨敦的细腻。

掌握这样的质，一定有关技巧，但一定不是靠技巧才能解决，更为核心和重要的是那种很难言说清楚的艺术感觉，尤其是在创作过程中随时随处的调整。"蔽而新成"，这也是一种艺术要求！

4月29日

《道德经》第四十章讲："反者道之动。弱者道之用。天下万物生于有，有生于无。"这是老子所讲的自然"周行不殆"的一种表现。自然万物的规律在于其"循环反复"，在其柔弱的、微妙的变化之中，柔弱同通，不可穷极。 人类与自然的关系已然证明这一点，任何强暴的手段和措施，最后的结果都是适得其反。岂不知，"天下之物，皆以有为生。有之所始，以无为本。将欲全有，必反于无也"。

在绘画的表现中，"反"与"弱"的规律也妙用无穷。历代传世之作的创作者大多不愿意墨守成规，不愿意"强化"一道一技，而是不断在创作中寻求"循环"的变化，探究"微妙"的变化，然后有所成就。

老子在《道德经》第二十八章曾讲"知其白，守其黑，为天下式"，"知白守黑"正是一种微妙的变化。后人在讲书法之道时说"疏可走马，密不透风，计白当黑"即从此而来。清代书法家邓石如所言"字划疏处可使走马，密处不使透风，常计白以当黑，奇趣乃出"。也只是对此大道的认知而已，邓指出的"奇趣"实则是此道最妙的境界。

我们在形容树木浓郁时常用"密不透风"来表述，画如何能表现出此种境界呢？我自己认为重要的是要注意枝干的穿插交替和树叶的遮映叠加，而且，最好不是一开始就非常清楚地布置好，而是根本已经形成的"墨迹"随机自然调整，这样才能表现树木那种"天然"的状态。

大自然的奇妙在于永远超出我们的预想。

5月5日

《道德经》第七章讲："天长地久。天地所以能长且久者，以其不自生，故能长生。是以圣人后其身而身先，外其身而身存。非以其无私邪！故能成其私。"

在天地万物中，每一种生命其实都有其独特的意义和价值。对一些事物偏爱是因为我们对它们赋予了人类的情感认知和审美认知。比如对梅兰竹菊的喜爱，就是因为人根据它们各自的特点，赋予了人类相应的品性认知和情感寄托。实际上，它们每一种生命的存在并不是因为人类的情感和审美而存在的，它们每一种的存在本身就是这个世界的存在，是因为它们的不同才让这个世界丰富多彩，充满神奇。

"甜熟趋时"是书画创作中的恶俗。之所以形成这种恶俗，多是因为创作者总是想着用"作品"去做"商品"，以换取自己的名利。存有此心就自然不免要跟"标准"，就不免很在意别人如何说，就会刻意迎合"时下"。如果能在创作的时候，只考虑笔下事物的"质"与"神"，忘记掉"自己"，就会更靠近那些事物本身，将这些事物的不同"品质"和"性格"，"神韵"和"气度"表现出来了，它们的美也自然会呈现出来。

法无定法应该也是在这种"无私"的状态中才能体会到的吧！

5月10日

因为历史悠久，前人给我们留下了无数的优秀文化传统，以及这些文化的各种呈现方式。书法篆刻艺术就是其中之一。

从最早在甲骨上的文字，到商周时期青铜、石器等物上的文字、饰纹，"刻"一直就是一种重要的表现形式。

"印"是最早的取信标识，依赖的凭证，是取信于人的重要证明。所以，印一定要规整，尤其是印面上的字一定要便于识别。印的这一功能虽然一直存在，但现在除了一些特殊场合或者特殊用途外，已经不再重要。因为，印为信的功能的几近消失，所以，现在人制印更多的是看重其兼有书、刻特征，以及选材等。其所承载的艺术性已经完全取代了其实用性。

虽然关于篆刻的表现形式和手法有多种，而且非常成熟，但是，一方好的"印"关键的还是其整体的韵味，既要有书法本身"书"的韵味，又要有"刻"的金石气息，同时，又要有汉字本身字形字意的韵味，还要考虑所选用的材料的特征等。死守着前人的规矩固然是需要的，但是，表现自己的想法更重要。

同样的篆刻艺术也是有规律无定法的。

刻一枚"惜守"茶庄的印，采用了肖形和文字结合的布置。

5月12日

梅花为百花之中一花，从本质上说，与其他花并无高下之分。但是，当人将自己认为的品质附加在梅花之上时，它便变得不同。

想一想，人们其实常将自己的感情与感觉赋予自然。人不喜寒，盖因为人常将自己的心态以"寒"来形容，但是，如果大自然没有寒冷，恐怕很多生物将面临灭顶之灾，包括人类！不过，人的理性和情感总是矛盾的、无解的。梅花受到人的赞叹的原因之一是它能在寒冷彻骨中开得生机勃勃。这是悖人的常识的，所以人惊叹之余自然要赋予其意义。也因此，梅花历来被文人骚客咏叹，为书画家所描绘。

将梅花画得逼真并不难，但这往往会缺少了人希望有的审美品质。这种品质应该是《道德经》所提到的"质真若渝"。

如何能达到"质真若渝"？

《道德经》第四十五章讲："大成若缺，其用不弊。大盈若冲，其用不穷。大直若屈，大巧若拙，大辩若讷。躁胜寒，静胜热。清静为天下正。'这是"艺术"境界的核心规律，"成"与"缺"，"盈"与"冲"，"直"与"屈"，"巧"与"拙"，"辩"与"讷"的统一是需要终生去领悟的，而且要实现的是与自然的融合，而不是刻意的表现。"拙"一旦刻意往往会呆板无神，会造作矫情。这恐怕还与"大"有关，"大成""大盈""大直""大巧""大辩"，要体现的是"大"，这同样是一种品质，要有气质、气度、气势、气概、气魄。仔细想，梅花本身是有"质真若渝"的特点的，问题就是创作时如何既表现出其本身具有的这种特质，又把人对它的这种特质的理解和认知融合起来，尤其是将人的情感、情绪、情节、情性结合起来。

这还得进入"惚兮恍兮"的境界才可。

5月13日

面对世界，我们永远是无知者。

比如茶。

小的时候对茶的印象就一大块黑砖头一样的东西，它果然就叫砖茶。这样的茶也只是家里来了重要客人的时候才拿出来。那时候以为茶就是这样的。

后来，知道了茉莉花茶。

再后来看过有关茶的书，才知道，茶是一门大学问。

这两天挖几块石头，刻了"麻黑""易武""贺建""古树"四方印，感觉这几个词都有茶韵。

查了一下，原来，麻黑是易武最著名的茶山之一。易武原属古慢撒茶区，为古六大茶区之一。"麻黑"是易武茶中最具韵味的茶，据说从品质、产量上来说都是不可多得的茶品。

体现茶韵的印，自然还是以大篆为好。

朴拙、古厚，有普洱的品质。

5月18日

"勤而行之"，是《道德经》第四十一章中的话，前面是"上士闻道"，所以，惯常地讲，"勤""行"是对"道"的执行力。

不过，我以为，"闻道"的过程本身就需要"勤而行之"，甚至"闻道"的过程要更长久，或许我们终其一生也未能达到"闻道"的境地。实际上，我们总是被众多"知识"局限了我们的思维，我们也总是被别人的表达和判断左右自己的言行。在这种纠缠中，我们总是很难调整和校正自己。

想一想，"进入一种模式"其实是悲剧。尤其是艺术创作，多数人都知道，也经常讲"法无定法"，但是，掌握"技法"实则是多数人的摆脱不了的尴尬，虽然"技"也有"道"，但，中国画的特殊性就是其变幻莫测的即时性。这种"莫测"是令人兴奋的，只有最后停下笔才知道呈现出什么状态，这样的作品才会充彻着生命的气息。否则，就只是一幅画，这样意义是不大的。

刻"勤而行之"，当以此勉之。

5月20日

《道德经》第三十二章讲："道常无名，朴。虽小，天下莫能臣也。侯王若能守之，万物将自宾。天地相合，以降甘露，民莫之令而自均。始制有名。名亦既有，夫亦将知止。知止可以不殆。譬道之在天下，犹川谷之于江海。"

创作一幅山水画不是画几棵树，画一片水、几朵云、几座山就可以，而是要画出这些事物之间相互依存、相互为宾的生命关系。那种微妙的、奇妙的、玄妙的存在。

绘画本身就是思想和哲学！

6月4日

"孔德之容，惟道是从。道之为物，惟恍惟惚。惚兮恍兮，其中有象；恍兮惚兮，其中有物；窈兮冥兮，其中有精，其精甚真，其中有信，自今及古，其名不去，以阅众甫。吾何以知众甫之状哉？以此。"《道德经》第二十一章其实早就告诉我们，任何事情要形成大"势"，也就是"德"，必须遵从于"道"。何为"道"？"道之为物，惟恍惟惚。""恍惚"，这就是老子说的道，也就是说，"道"很多时候是说不清的，这也就是开篇所言"道可道，非常道"之意。

那么，说不清怎么办？这其实就是难题，不仅仅是理论上的难题，更是我们多数人终其一生都解决不了的问题。但，《道德经》在下文中其实回答了这个问题。

在与忻州市书法办会主席谈到书法的艺术性时，他也提到了"惚恍"的状态。可见，这确实是一个核心的思维。多数人在创作时根本进不了"惚恍"的状态，所以，总是设计多于随性，笔下出来的东西就难免缺少原始生命力和持久感动力。

"惚兮恍兮，其中有象"这是一个层面的核心，不管在思考其他事情还是进行书画创作，要能够在"惚恍"不定的状态中，捕捉"象"，这个"象"是承载我们想要表现、表达的情感、情绪、情节、情怀的载本。要通过"象"来表达"惚恍"。

"恍兮惚兮，其中有物"这是又一个层面的核心，"物"似乎与"象"同，但，实际上是不同的，我自己认为，物是一种客观的呈现，是不加改变的，原本的存在。象有主观的因素，是人对物的一种感官上的印象。所以，"象"就是对应到"物"。比如，书法最后的艺术感觉要具体到每一个"字"上面体现。字就是"物"，"象"是这个字通过书法的形式散发出来的字本身之外的一种审美，当然包括字本身。

"窈兮冥兮，其中有精，其精甚真，其中有信"，这是"道"的境界，也就是通过"物"与"象"，能够达到的本质认知。如果说到书画艺术，那就是讲，如何通过我们所选择的事物，在作品中呈现出来的最后的价值。"精"就是说，哪怕最微小、微妙的地方都要有所表现，而这是最难的。即使最微小的、看上去不经意的地方都要契合"物象"的"真"，让人可以驻足之前与大自然之存在沟通，而不只是看一幅书法或者绘画作品。我们知道，除了文盲，谁都会写字，任何人也能画画，但是，并不是写出来的字，画出来的画就"精"，就有"信"，只有理解了"物象"的"窈"和"冥"才能到达"精"，才能找到"真"，才能实现"信"。

"微不可见""深不可测"就是"窈兮冥兮"，要在这种状态中运用"物象"。

"孔德之容，惟道是从"，难之又难！

6月8日

试一种纸，纤维性很强，所以，它不同于惯常的宣纸，倒有点像古人用的丝绢。由此，又想一个老问题，中国画的特质！

我们知道，宣纸是决定中国画特质的一个重要因素，而且，宣纸还分生宣、熟宣、半生半熟宣。在宋唐之前，画多在丝绢之上，纸上作画是在元以后多起来的。但，唐宋时的绘画是中国画最重要的阶段。可见，决定中国画的因素是多元的，尤其表现工具上的变化和中国画的本质关系是值得后世去思考的。

《论语·卫灵公》子贡问为仁。子曰："工欲善其事，必先利其器。居是邦也，事其大夫之贤者，友其士之仁者。""利其器"成为后世人很重视的一点，也成为束缚许多人的一点。做事之前，一定先讲究"器"，现在好多人写字或作画很讲究纸和笔的选择，否则无从下手。我以为，此乃舍本逐末之举。

"器"需要不需要重视，需要不需要讲究？需要，但是，并不是要去选择哪一种更好，而是不管面对哪一种，要重视其本身的特性，根据其本身具有的"性"来控制。就像面对生熟和宣熟一样，并不是一定在熟宣上才能画工笔画，而是生宣也能画才对，只是画的时候如何控制纸性、笔性、墨性、色性、水性和物性。反之，在熟宣上也应该能画写意才对，唐宋之前的人不就是在丝绢上这么做的吗？

那么，最后，必然回到中国画本身的特质上，也就是说，要抛开工具去认知中国画的表现和特质，只有这样才能不被限制。这不还是《道德经》第二十五章所讲的"有物混成，先天地生。寂兮寥兮，独立不改，周行而不殆，可以为天地母。吾不知其名，字之曰道，强为之名曰大。大曰逝，逝曰远，远曰反。故道大，天大，地大，人亦大。域中有四大，而人居其一焉。人法地，地法天，天法道，道法自然"的道理吗？

不管做任何事情，必须合乎其道才可为！

6月9日

自然万物精彩纷呈，穷我们之力无法知其一二。尤其是当我们陷入"解剖式"的思维模式后，看上去越分越细，越钻越深，实则离万物之"道"越来越远。

艺术的表现也如此，当各种技法出现的越多、越具体，我们就会陷入"小技"的困境里难以出来，不管如何努力，终难创作出浑然于道的作品。

《道德经》第二十五章讲："有物混成，先天地生。寂兮寥兮，独立而不改，周行而不殆，可以为天地母。吾不知其名，强字之曰：道，强为之名曰：大。大曰逝，逝曰远，远曰反。故道大，天大，地大，人亦大。域中有四大，而人居其一焉。人法地，地法天，天法道，道法自然。"这其实同样适合于艺术规律。"有物混成"，这是指"道"，天地大道是"混成"的，具体到每一物，其实也是"混成"。要想通过艺术的手段来表现，首先不是要掌握好什么技法才重要，而是要对"物"本身有清晰的认知和审视，用最符合此物特质的手法去表现就不会错。所有"技"和"法"必须是"自然"的，这种"自然"就是要符合我们要表现之"物"的自然特性，如果只懂了几种用笔的技巧，然后去表现不同的事物，必然是僵死的、呆板的，缺少生命的。

不论表现什么，我们笔下出来的事物都必须充满生机，要能溢出生命的气息，如此，自然是"道法自然"！

6月11日

"画幅山水！"

"如何画？"

"不知道！"

"这几棵树一看就是风吹的。"

"对！"

这就是一幅山水画完成的过程，当然，具体的过程是在纸上落笔，只是，这确实是在动笔时的状态。"惟恍惟惚"之中。

我喜欢省作协罗先生的一句话："看他的画，就知道他确实是个诗人！"

最早步入文学界就是因为写诗，一直写，到现在还在写！

不少朋友喜欢说我的画是"文人画"，其实，我并不以然。而且，我一直认为"文人画"这个概念就有问题。因为，"文人"应该如何界定？什么人算是文人？难道画家本身不算是文人吗？

其实，强调所谓"文人画"实际上想要区分一些人创作的作品具有的"品质"，这种品质应该是更体现了"文化性"。但是，如果从"文人"来界定似乎缺少准确性。

罗先生说得对，我的画强调的是一种"诗性"。"诗性"肯定具有"文人性"，但是，许多"文人"却并没有"诗性"。所以，如果说是"诗人画"可能更恰当。

诗的特质其实就是"惚兮恍兮，其中有象；恍兮惚兮，其中有物；窈兮冥兮，其中有精，其精甚真，其中有信"。不论是创作状态，还是完成的作品，皆如此。要有"物象"，但却是在"惚兮恍兮""恍兮惚兮"的状态表现出"窈兮冥兮"所包含的"精、真、信"。

自然万物皆有诗性，自然万物的诗性"惟道是从"。

6月13日

我们的思维痕迹是什么？

我想没有一个人能清楚地将自己一生的思维痕迹完整地再现。实际上，我们每一天所做的事情往往是混乱的、无序的。因为我们不可能像一台机器一样运转。

所以，很多时候，我喜欢把动笔的过程拍下来。这样，可以返回上一秒。然后，在已经留下的痕迹中调整，去找自己要的东西。

面对一张纸事先就布局清楚是我的大忌。我喜欢风吹来的感觉，最好是从四面八方来的，然后，我就可以看到万物在风中的另一种形态。所以，我希望我表现出来的东西是"活着的"，有呼吸，有情感。

所以，很多时候，我会让自己忘记那些"法"，随想要表现的"物"的状态去自然地生出"法"来。

《道德经》第二十五章讲："有物混成，先天地生。寂兮寥兮，独立不改，周行而不殆，可以为天地母。吾不知其名，字之曰道，强为之名曰大。大曰逝，逝曰远，远曰反。故道大，天大，地大，人亦大。域中有四大，而人居其一焉。人法地，地法天，天法道，道法自然。"我喜欢"混成"这个说法。

一直以来，常有朋友提醒我说，要学画必须先学书法。我自己以为，它们有关系，但并不存在因果关系。我经常读米芾的"书法"，在我所知的书法大家中米芾同时也是一位画家。但是，我们审视他的书法作品和绘画作品时，很难找出他的绘画作品和书法之间的关系。有人讲，米芾是将书法中的"点"用来画画，产生了他特有的米氏点。但是，他的绘画作品中的点和他书法作品中的点真的能相提并论吗？其画讲究"天真平淡，不装巧趣"，这反倒与他书法作品的率意放纵，用笔俊迈，笔势飞动，提按转折挑，曲尽变化的风格有点"风马牛不相及"。

法中无法，无法中找法，方能保持不落俗套。

6月14日

我们是什么？我们看到什么？我们认知了什么？

人类一直想要弄清和表述的就是对自我和对世界的认识，每一种手段均如此。文学，哲学，音乐，书画，甚至连所有的科学手段皆然。

所以，书画创作其实是一种思考，至少是对人类自身情感的一种表达。但是，这种思考往往因人而异。也因此，才会出现完全不同风格和情感的作品。

常常听到"时代性"，何为时代性？

其实，我们应该认识到，"时代"并不具备永恒意义。艺术表现时代性当然没有错，但是，艺术更应该表现永恒性，超越时代的那种价值和意义。

山水画中画一列高速列车固然表现了"时代性"，但是，和国画的"古意"是相悖的。"列车"其实在本质上只是表明此处有路可行之意，所以，画一头毛驴即有此意。但是，一头毛驴在画中是和谐的。

《道德经》第二章言："天下皆知美之为美，斯恶矣；皆知善之为善，斯不善矣。故有无相生，难易相成，长短相较，高下相倾，音声相和，前后相随，恒也。是以圣人处无为之事，行不言之教；万物作而弗始，生而弗有，为而弗恃，功成而弗居。夫唯弗居，是以不去。"这里是讲我们人因比较而生出各种概念，因为有了对"有"和"无"的认知，才有了判断。但是，《道德经》实际上是告诉我们，当我们面对自然存在时，应该是回到每一种事物本身的存在，它们最原始的存在去感知，这样才更能发现事物存在的意义。这也是《道德经》里讲到的"万物自宾"的意义。

不管用什么样的表现方法，作品呈现的一定应该是对人与自然存在的思考。

6月15日

人多喜言"上善若水"，但喜要问此为何意，未必真清楚。实际上，任何时候断章取义都会不通。《道德经》第八章是如此讲："上善若水。水善利万物而不争，处众人之所恶，故几于道。居善地，心善渊，与善仁，言善信，正善治，事善能，动善时。夫唯不争，故无尤。""善"是因其"不争"，不只是"不争"而且能"居善地，心善渊，与善仁，言善信，正善治，事善能，动善时"，尤其是可处"众人所恶"。我们能做到几点？恐怕难！

故，为人需若水！

6月16日

"知其雄，守其雌，为天下溪。为天下溪，常德不离，复归于婴儿。知其白，守其黑，为天下式。为天下式，常德不忒，复归于无极。知其荣，守其辱，为天下谷。为天下谷，常德乃足，复归于朴。朴散则为器，圣人用之，则为官长。故大制不割。"《道德经》第二十八章如是说。"雄"和"雌"可理解为"阳"和"阴"，这是中国文化中最为核心的哲学。"知雄守雌"可维系阴阳平衡。这是万物"生生不息"之根本。有了阴阳平衡，天下自可以"常德不离""常德不忒""常德乃足"。

我们观自然万物，包括人类自身，不正是如此吗？凡出事故者，必是违背了"雄雌"规律。

所有看上去舒服的画面皆因"知其雄，守其雌"也。

6月17日

宾虹先生言："山水乃图自然之性，非剽窃其形；画不写万物之形，乃传其内涵之神。"实际上，要达到一定的艺术高度，需要形神皆备。所以，先生用"剽窃"来言，颇有深意，我理解的"剽窃"就是完全的写实，而无艺术上的取舍。不论是前人还是我们，面对的世间万物其实并没有什么变化。山还是那样的山，水还是那样的水，树还是那样的树。如果，都是窃其形，就需要艺术的表达，所以，从万物之貌取其神才是核心。

万物的"神"如何取，画作如何传神？其实要应和我们的内心。我们自己的情感、审美决定着我们面对万物时的感应。所以，在创作时，要笔随意走，法随心走，要善于将随意出现的笔触抓住，在这些看上去无规律的痕迹中发现需要，并加以强调，让其变成承载我们情绪的元素。这样的表达往往会有"出其不意"的效果和"无以名状"的感觉。

《道德经》第一章讲："道可道，非常道；名可名，非常名。无，名天地之始；有，名万物之母。故常无，欲以观其妙；常有，欲以观其徼。此两者，同出而异名，同谓之玄。玄之又玄，众妙之门。"绘画也一样，要善于不受概念的束缚，要在"无"和"有"中寻找效果，如此，方能入得"众妙之门"。

6月20日

很多时候，我们缺少的是全方位的认知和穿越所有时代、时间的反思，但这恰恰是每一个个体生命所不可能做到的，所以，注定我们每个人都是局限性的、片面的，甚至许多时候是偏见的、无知的。

那种穿越时空的大智慧古今中外几近于零。

"外师造化，中得心源。"这是唐代画家张璪提出的艺术创作理论，影响深远。但是，我们却看不到张璪的作品，所以，也就无从领略他是如何实践的。不过，他提出的"造化"和"心源"的关系是有道理的，一个艺术表现者，一定要善于用心去体悟，然后通过这种体悟找到与"造化"相契合之处，并加以表现。

黄宾虹讲道："法从理中来，理从造化变化中来。法备气至，气至则造化入画，自然在笔墨之中而跃然现于纸上。"实际上和张璪讲的是一个道理。只是，并不是所有的人能真正领略其中要旨。"气至"，这是一个模糊的状态，也就是《道德经》所讲的"惚恍"状态。这种状态很多时候不是可以从"造化"中得到的，而需要"心源"，但是，这种"心源"反过来又需要体悟到"造化"的本质存在才能具有。想一想，确实很难。

《道德经》第二十五章有过很玄妙的阐述："有物混成，先天地生。寂兮寥兮，独立不改，周行而不殆，可以为天地母。吾不知其名，字之曰道，强为之名曰大。大曰逝，逝曰远，远曰反。故道大，天大，地大，人亦大。域中有四大，而人居其一焉。人法地，地法天，天法道，道法自然。""道""天""地""人"，实则就是自然造化，它们的相互关系是，"人法地，地法天，天法道，道法自然"，"法自然"实际上不仅仅是我们所能看到的一切存在的外形，但重要的是其周行不殆的运行规律。

艺术当表现这种东西！

6月21日

"自然"和"造化"在一个层面是同义，但是，从另外的层面讲还是有不同。"自然"是指世间一切存在和其自身存在的规律，也即《道德经》中讲的"道"，强调的是万物本真的规律。"造化"还有一层意思，即指事物的创造和演化。从这一点来看，"师造化"就不只是指要去观照自然，而是还包含要观察和学习自然万物的创造演化。

"艺术"作为人类精神需求的一种存在，更多的实际上就是满足这种"演化"，尤其在创作的过程中，要把握所表现物之间的相互关系。在自然界，原始的物与物之间的存在是"自然"形成的，但是，在艺术表现中，物与物之间的关系是人为布置的。绘画亦然。

"构思"就是一种"演化"过程，但是，如果能够在"自然"状态中寻求创造和演化，把握随性出现的状态，然后根据这种"自然"的呈现，按照内心的情绪加以调整强调，就极有可能出现与开始所想的完全不同，或者改变很大的一种"造化"。我以为，这正是"道法自然"的真谛。

《道德经》第三十七章有言："道常无为，而无不为。侯王若能守之，万物将自化。"讲的也是这个道理。

6月23日

在自然界，人类因为思想而有别于其他万物，也因为这种思想一步步远离了生命原始存在的规律，主要表现在不再满足于本质的生存，而是通过占有更多的其他物质，拼命要建立一种"富强"的生活，而且以相互之间比较这种状态为追求。也因此，人类实际上成了违背自然规律的第一种生物。

就像《道德经》第四十三章所讲的"天下之至柔，驰骋天下之至坚。无有入无间，吾是以知无为之有益。不言之教，无为之益，天下希及之"。"柔"与"坚"的关系看上去是矛盾和相反的，但是，它们并不是相互侵犯的，所谓"驰骋"还是一种相互依存的关系。我们常讲"山有多高水有多高"，想一想无形水是如何上到高处，又落到低处？其实，水并不是要体现瀑布的那种壮观，它只是在遵循自然规律。

山水画艺术其实最适合用于表现万物本质规律，包括人在内。人应该只是万物中的组成，在一棵树面前人也应该是渺小的。

艺术因为自然的存在而长存！

7月1日

我们常常面对的是同样的事物，但是，不同的人会有不同的认知和审美，并且会有不同的表达，而且必须有不同的表达。这是艺术的一个根本点！

所以，如果"同中求异"，如果能将同一类物，或者同一物做出千变万化，其实就是艺术创作要实现的目标，也是过程。

我们最大的困境是被"知识"和"概念"所束缚，进入一个不停解释的过程而失去了认知万物原始本质的"智慧"。

《道德经》的第一章实际上就是告诉我们如何认知世间万物的根本思维模式，但是，真正能用之来思考还是很难的，将之用在艺术创作中则更难。

7月4日

留有余地，实际上也是艺术表现的一个重要认知。《尚书·虞书·大禹谟》讲："惟德动天，无远弗届，满招损，谦受益，时乃天道。"这是从人的修养来讲的，但同样说明万事若"满"则一定会"损"。故知，做人做事若能做到"有余"实属不易。

《道德经》第二十八章讲得最为透彻，"知其雄，守其雌，为天下溪。为天下溪，常德不离，复归于婴儿。知其白，守其黑，为天下式。为天下式，常德不忒，复归于无极。知其荣，守其辱，为天下谷。为天下谷，常德乃足，复归于朴。朴散则为器，圣人用之，则为官长。故大制不割"。世间万物皆以雄雌之态而存，又以白黑之式而在，以荣辱之德而显。而这样的存在都要回到"无极"，回到"朴"。

我们都知道，在"白"处体现"黑"容易，在"黑"中体现

"白"相对较难，但是，如果能不以主观上的"主次"来判断，而是跟随已经呈现出来的物事进行调整，顺其自然，因势而为，就会出现较为和谐的表现。

自然状态必须是舒适状态！

7月6日

因为表现材料的特质，中国画在表现中"增"容易，"减"不易，或者说，笔触出现在纸上就几乎无法再减。而油画是可以用色彩的覆盖解决这一问题的。所以，国画在表现中的控制和调整是一个核心问题。

解决这个问题，还是要回到万物的相互关系中去。要真正理解"万物自化""万物自宾"的大道。

《道德经》第四十二章讲："道生一，一生二，二生三，三生万物。万物负阴而抱阳，冲气以为和。人之所恶，唯孤、寡、不谷，而王公以为称。故物或损之而益，或益之而损。人之所教，我亦教之。强梁者不得其死，吾将以为教父。"这里的信息量非常大，除了万物"生"的规律外，特别强调了万物"负阴抱阳"的关系，强调了万物因"阴阳"而形成的冲突与交融。这种万物存在的规律实际上也是艺术表现时的规律，在处理画面中的事物的关系时也必须考虑到"负阴抱阳"，必须考虑到"冲气"。"损之而益"和"益之而损"的道理也是绘画表现时"知白守黑"的道理，这是告诉我们，在开始动笔的时候就要对"损"和"益"要有所考虑，而且要清楚一旦"益"过了头，如何采取措施补救。在国画中，不一定用其他颜色去"损"，但可以用同一色强"益"。比如，将墨色加重，就可以出现另外的效果。

所以，国画的表现是可以有非常莫测之变化的。

7月7日

依然在体会"满"与"不满"的区别。纵观传世名家画作，其实并不局限在这些标准上。画面"不满"的名家是能数得出来的，最典型的代表就是八大山人和倪瓒。此二人是在留白上做文章做得多的人。但是，更多的名家，画面则非常满。更多是在"满"中布"白"，通俗地讲，就是在整个画面中设置几个"气口"，不让画面"死"掉，这是关键。

我们看看自然存在，实际上它在我们眼里永远是"满"的，但是，我们在看东西的时候，总是会忽略掉许多东西，从万千物事中发现我们感兴趣的，或者打动了我们的那些物。这实际上也是一种"留白"。

所以，重要的还是要把握所表现的事物之间的关系。每种物都是独立的，但又是相互关联，相互依存的，不是谁比谁重要，而是同时存在才重要。万物是因为自己的存在才存在，但是，又不仅仅是为自己的存在而存在，相互的存在才构成天地万物。正像《道德经》第七章所言："天长地久。天地所以能长且久者，以其不自生，故能长生。是以圣人后其身而身先，外其身而身存。非以其无私邪！故能成其私。"

7月9日

7月8日，连任三届中国美协副主席及全国美展总评委的何家英先生在刚刚出炉的第十三届河南省优秀美术作品展现场——河南省美术馆与部分作者见面，谈到许多有关绘画艺术的观点。

何先生讲了许多，其中讲到创作"一定要有主观感知，很多作品正是缺少这种从心灵上感知对象"。"画面要形成对比——精致与放松，着力与马虎，有些马虎是有意识的马虎。画家内心的取舍。"此二点可以说正是现在许多创作者忽视的，许多苍白而缺少生命气息的作品就是因此而产生的。

尤其是先生指出："北京好多国展班，专为参加届展而设，教你实战技巧，怎么描怎么皴，以前都能奏效。现在美协就开始抵制，交了作品照片过来，一看国展班的直接就毙掉，国展班出来的一眼可辨，一个模子出来的。"从这一点，可以看出，那些把技巧放在第一位的学习是不可能具有价值的。

我在2013年曾写过一篇评论——《何家英的高度》，我认为"何家英的作品常常让人面对画面产生两个角度的震撼。一就是画面本身给人的那种沉静之美。同时，其画面，又让观赏者不由得去想他画面中的那些人的过去、未来，或者他们在画面之外会有着如何的人生？所以，何家英的作品的画面语言还有一种超越于其画面本身的哲学之美。其作品带给人的审美力量，不只是画面的美，而是这种美所给人的所思所想所悟。这一点，是何家英工笔画区别于历代传世工笔画，区别于同时代工笔画的核心特征。何家英及其创作是一种高度，这种高度是学不来、仿不来的。"

7月12日

和一个朋友聊天时说了一句话"一棵树是不看着另一棵树活的"，我们目所能及的万物均充满神奇。不要匆匆一眼，如果仔细盯着一片叶子我们就会发现更多，那些令我无法想象的"存在"！我们看得越多，就会越充满敬畏，每一种生命都独一无二，同时每一种生命又丰富多彩。千万不能认为一滴水很单一，也不要小看握不到的风！

世界从来就没有空间！但是，所有的存在都自成规律，相互依存！

《道德经》第三十七章讲："道常无为而无不为。侯王若能守之，万物将自化。化而欲作，吾将镇之以无名之朴。无名之朴，夫亦将不欲。不欲以静，天下将自定。"

"万物自化"，所有滋生出来的"欲念"都将产生暂时的破坏，但终归还要"自化"。这是自然之道，也是为人之道。

多看看散淡而行的云，多看看随形而走的水，多看看自高自低的山……

7月18日

越是事多、越是有压力的时候，我越喜欢用山水画来排除这一切。在画案前，时间和饥渴等都会不复存在。

《道德经》第十六章讲："致虚极，守静笃。万物并作，吾以观复。夫物芸芸，各复归其根。归根曰静，是曰复命。复命曰常。知常曰明。不知常，妄作，凶。知常容，容乃王。公乃王，王乃天，天乃道，道乃久，没身不殆。"这其实就是心有山水的一种境界，也是"山水画"应该表现的审美与情趣。

所以，想一想，把自然的存在哲学表现出来本身就是一种考验。

7月19日

突然想到一个问题，自然的山应该没有哪一座是按照事先设计好的模样而出现，河流、瀑布也一样，每棵树也一样，即使看上去一样的花鸟虫鱼也同样是如此。正是因为这样，才有了莫测的、永远超出我们贫乏想象的存在。

这种自然的存在哲学在中国传统经典，比如《易经》《道德经》中早有论述，只是现在因为所谓的"科学"将这样的智慧分割得支离破碎、混乱不堪。

用绘画形式表现自然的山水，要思考如何不陷入"设计"，要善于在变化中确定和调整，最后形成什么就是什么！

7月29日

"天长地久。天地所以能长且久者，以其不自生，故能长生。是以圣人后其身而身先，外其身而身存。非以其无私邪！故能成其私。"《道德经》第七章在阐述天地"长"与"久"的时候，将"不自生"归为其根源，这是人类至高的智慧。

胸怀山水的人自会有天地之气滋养，"私"并非不可要，而是要有像天地一样无私胸怀的时候才能得私。故，平时要多看看山水为好。

7月30日

与老友宋耀珍谈起一枚闲章，其内容为"缶韵石律"，此印的"缶"指吴昌硕，"石"指傅抱石。此二君都乃书画大家，其章法、气势、韵味、情怀均有后人难以超越之处，学书画自必应以二君为师，勤观之，勤摹之，勤悟之，即使如此能得其一二就很不易了。

抱石先生所讲的"大胆落笔，细心收拾"不难理解，但落到实处极不易，如果不将自己对万物存在的本质和审美结合起来，恐怕只能落入形式，表现出来的东西也会是刻板的、了无生机的。

"大胆落笔，细心收拾"实际上与《道德经》第二十一章所言"道之为物，惟恍惟惚。惚兮恍兮，其中有象；恍兮惚兮，其中有物。窈兮冥兮，其中有精，其精甚真，其中有信"是一致的。在创作中，人应该进入另一种"思维"状态，那就是"恍兮惚兮"，就像有另一个灵魂附体一样。要有清晰的情感把握，但在具体表现时却要在"杂乱"的"痕迹"中去调整、纠正、强调，强化出内心要的情绪，既要有艺术的规律，又要有艺术的神韵。

"律"与"韵"缺一不可。

8月1日

大自然的神奇是我们无法用想象来判断的，所以，有人提出了"诗和远方"，这也诱惑着无数的人停不下脚步。

实际上，我们会发现，我们的记忆是不靠谱的，很多时候瞬间的感动也是苍白的。所以，我们需要借助另外的手段来弥补这种缺憾。绘形纪事可以说是最早出现的留住记忆的原始的手段，慢慢地，这种手段有了改变，不仅仅是要纪事，而且注入了审美，增加了情绪，于是"艺术"附体。

所以，我们可以发现，除了必须是完全纪实的描绘，更多的时候，在完成一幅艺术作品时，自然界中许多可能很能引起人们注意的事物并不一定适合于拿来表现。比如，有一些形态非常奇特的山石，或者一些形态同样怪异的树木等，可以欣赏，但是，用来做绘画的题材却并不一定有艺术审美性。这就告诉我们，艺术必须是有取舍和加以改变的。

留在画面中的一定是与整个画面所要的"势"和"韵"是和谐的。

8月2日

心生欢喜。这应该是一种常态才对，但是，许多时候，我们做的许多事只能频生压力和烦恼。

每当感觉大脑缺氧，一些必须做的事做不下去的时候，拿起笔，站在画案边，在"山水"间物我两忘时，"欢喜"就会渐生，所以，于我来说，画画从来不是为了让它变成商品。它就是抒发情感的途径。

我们总是在强调改变，强调拥有更好的生活。在这种认知中我们实际上离自然越来越远，当我们拥有越多，实际上我们被压得越死，我们会活得越沉重。一棵树从来不移动，就那样从容地活着。

《道德经》第二十五章讲："有物混成，先天地生。寂兮寥兮，独立不改，周行而不殆，可以为天地母。吾不知其名，字之曰道，强为之名曰大。大曰逝，逝曰远，远曰反。故道大，天大，地大，人亦大。域中有四大，而人居其一焉。人法地，地法天，天法道，道法自然。""人居其一"，我们只是自然的依附，而不是主宰。

看到自然，看到我们是自然之一就会心生欢喜！

8月3日

朋友需要一幅"牛"头的小尺寸画，考虑半天决定用油画的形式。

我于绘画基本上是零基础，除了1981年高考结束后，正赶上定襄县文化馆组织美术培训班，我报名参加，学了几天素描，学了几天水彩外，其他都没有学过。即使是素描和水彩也是连门都没有入的。后来，在忻州师专的时候除了偶尔参加学校组织的书画活动时临摹别人的几幅外，也从来没有把绘画当回事。再后来，在北京的十几年中，陆续认识不少书画家，并且受邀给一些书画家写评论，才知道自己内心一直有一道门是通向这个方向的。这应该是一种宿命。

我一直觉得，任何一种艺术形式其实都是可以无师自通的，关键是悟出其"道"，这实际上还是思维模式的问题。如果我们明白自己要什么，自然应该能找到途径和形式。

艺术的思维最怕的就是固化、模式化。面对不同的事物和要求，要首先感受事物的"质"，从这种"质"里找到精神的特点，这样才能让作品有生命。

《道德经》第一章其实是整部书的"钥匙"，也是我们认知万事万物的"钥匙"。"道可道，非常道；名可名，非常名。无，名天地之始；有，名万物之母。故常无，欲以观其妙；常有，欲以观其徼。此两者，同出而异名，同谓之玄。玄之又玄，众妙之门。"

如果真正能悟出其中的智慧，就可以受用无穷，真的能得"众妙之门"。

8月19日

"一张白纸，好写最新最美的文字，好画最新最美图画。"这个道理并不深奥，但，在具体的实践中却非易事。许多事情往往总是在"过程"中出现偏差，"失之毫厘，谬之千里"。这种"谬"往往可能是我们太过于"强调"某种"欲念"所致。

艺术的表现也一样，一定要清楚"取舍"。但又不能让某一些因素太突兀。

这样的认知思维早在《道德经》里就有精辟论述，其第六十四章言："其安易持，其未兆易谋。其脆易泮，其微易散。为之于未有，治之于未乱。合抱之木，生于毫末；九层之台，起于累土；千里之行，始于足下。为者败之，执者失之。是以圣人无为故无败。无执故无失。民之从事，常于几成而败之。不慎终也。慎终如始，则无败事。是以圣人欲不欲，不贵难得之货；学不学，复众人之所过。以辅万物之自然而不敢为。"

8月21日

国画一定要有"诗意"，除了承载情感之外，要体现作者对天地万物的敬畏。要有空间，如同天与地之间的距离。这种空间不仅仅是画面的满与不满，画面满中表现出空间才是更重要的。正如《道德经》中所言："古之善为道者，微妙玄通，深不可识……"

8月26日

"气韵"是中国画体现精神和价值的核心，因此，如何体现"气韵"也是一直以来一代代创作者们追求和探寻的重点。但是，真正能体现"气韵"并非易事。在作品中呈现出生动的气韵，呈现富有情怀和思想的气韵，呈现富有审美和价值的气韵需要极为综合的思考。

艺术作品中的"气韵"并不是简单的留白，也不是简单地表现出云烟之态等，这实际上是一种综合情感的体现。即使是笔墨占满满幅画面，也要能让人感觉到扑面而来的艺术气息、生命气息、审美气息。

《道德经》第五章有言："天地不仁，以万物为刍狗。圣人不仁，以百姓为刍狗。天地之间，其犹橐龠乎？虚而不屈，动而愈出。多言数穷，不如守中。" 老子将天地比作"橐龠"，在天与地之间，"虚"与"动"就是产生气息的根源。虚实，动静实际上就是自然万物最本质，最基本的本质。在平时的观察中，我们应该做的就是对自然万物这些关系和本质的认知和思考。然后，在绘画创作中，要能够将所表现的物事之间的虚与实、动与静表现出来。

"虚而不屈，动而愈出"，这是一种大智慧，也是大气韵。

8月28日

《庄子·山木》是一篇非常具有思辨性的短文。其中讲到大木因不材得活，雁却因不材而死。于是有人问庄子，如何看这样的事。庄子回答说："周将处乎材与不材之间。材与不材之间，似之而非也，故未免乎累。若夫乘道德而浮游则不然，无誉无訾，一龙一蛇，与时俱化，而无肯专为；一上一下，以和为量，浮游乎万物之祖。物物而不物于物，则胡可得而累邪！此神农、黄帝之法则也。若夫万物之情，人伦之传则不然：合则离，成则毁；廉则挫，尊则议，有为则亏，贤则谋，不肖则欺。胡可得而必乎哉！悲夫！弟子志之，其唯道德之乡乎！""似之而非也"就是我们现在所说的"似是而非"的出处。庄子在这里讲的实际上是不能用同一个标准来衡量不同的事物。他最后提出的"其唯道德之乡乎"，强调的是让所有的事物回归"自然"本质。

我们常常强调"创新"，但是，有一个致命的问题是何谓"新"？我们所面对的世间万物都是在我们之前就一直存在的，在我们之后还会一直存在。也许对于一棵树来说，我们才是新的，所以，我们其实需要做的是如何在"似"中找到"不似"。或者是在"不似"中有"似"。

就像我们创作山水画，不管我们如何画，我们笔下所表现的事物都是一直存在的。山只有形态上的不同，没有本质的区别。草木、云烟、水瀑、花鸟也一样。所以，在相同中表现不同是永恒的命题，也是永恒的挑战。不管别人能不能发现不同，但是创作者一定要清楚。

任何复印式的创作都没有意义。

8月30日

"敬畏"应该是永存于人内心的一种力量。我们的祖先是深悟这一点的，所以，一直强调"天人合一"，强调"顺应自然"。只是人越来越错误地高估了自己的力量，更多地想到的是征服，而不是敬畏。

《道德经》第七章讲："天长地久。天地所以能长且久者，以其不自生，故能长生。是以圣人后其身而身先，外其身而身存。非以其无私邪！故能成其私。"

所以，送一对新人的礼物，以"天长地久"为寓意应该是不会错的。

9月1日

"有物混成，先天地生。寂兮寥兮，独立不改，周行而不殆，可以为天地母。吾不知其名，字之曰道，强为之名曰：大。大曰逝，逝曰远，远曰反。故道大，天大，地大，人亦大。域中有四大，而人居其一焉。人法地，地法天，天法道，道法自然。"《道德经》第二十五章讲"道法自然"，这当然不仅仅是说艺术的，而是讲天下所有事的规律。艺术自然不能例外，但是，如何才能做到"道法自然"却并非易事。其实，还是要从《道德经》的里面去悟。"有物混成""寂兮寥兮""独立不改""周行不殆"，这些皆是万物的特性，也是理解"自然"的必须。

用艺术表现之，本身也是理解"道法自然"的一个过程。

9月2日

"道生一，一生二，二生三，三生万物。万物负阴而抱阳，冲气以为和。人之所恶，唯孤、寡、不谷，而王公以为称。故物或损之而益，或益之而损。人之所教，我亦教之。强梁者不得其死。吾将以为教父。"我们需要多长的时间，需要多深刻的认知才能理解这样的思想呀？

天下万物归于一，一即阴阳，绝不是分阴阳，而是阴中有阳，阳中有阴的。然后在某种情况下，阴转阳，阳转阴。唯阴阳交合才可冲气为和，万物也因此而无孤、不寡、避不谷。在一幅作品中，如果感觉不到天地之气的流动，若看不到阴阳互搏的和像，怎能体现"三生万物"的大道？

9月3日

吴昌硕讲过："学我，不能全像我。化我者生，破我者进，似我者死。"这里的道理不难理解，难的是如何化，如何破。

世界上的许多事是重复的，可以重复的，但是，艺术不能重复，只可相似。

所以，从这一点上来看，我们应该对死守一些表现方法，总用固定的表现方法来做判断的观念和认知怀疑。我们的前人根据特定的需要，形成了许多有特质的艺术表现形式，比如国画中的皴法。但是，如果我们只是掌握了这些皴法，即使运用得非常熟练，依然不是落入"似"中吗？这不也是无数人无法"破"的根源吗？

抱石的"抱石皴"就是因"破"而"立"的属于他自己的艺术表现，所以才成就了他。仔细观察选择的这种皴法，最大的难点就是无法复制，看上去有规律，实际上很难找出固定的因素。率性而为，因此博大精深。

《道德经》第三十二章言："道常无名，朴。虽小，天下莫能臣也。侯王若能守之，万物将自宾。天地相合，以降甘露，民莫之令而自均。始制有名。名亦既有，夫亦将知止。知止可以不殆。譬道之在天下，犹川谷之于江海。"看来，我们还是不要自以为是，不要以为掌握几种方法就掌握了天下。要永远从小的不可见的本质上去寻找，要看到"川谷"与"江海"的关系。

胸怀"天下"，可化，可破。

9月4日

当我们内心的欲念还在作怪，当我们还有区别，当我们还不能平和，就会愤怒，可怕的不是愤怒，而是有一些东西一直不能放下。这个世界上真有对错吗？如果有，实际上也是我们自己造出来的。

"天下皆知美之为美，斯恶矣；皆知善之为善，斯不善矣。故有无相生，难易相成，长短相较，高下相倾，音声相和，前后相随，恒也。是以圣人处无为之事，行不言之教；万物作而弗始，生而弗有，为而弗恃，功成而弗居。夫唯弗居，是以不去。"天下万事，皆因我们对"有"与"无"有了执念才会出现。而且，任何时候，都不能用一种标准判断所有物事，也不能因为一种现象掩盖更多现象。

艺术的表现就在于取舍，舍什么？一定是舍去让人心理不舒服的，无趣的东西。

《道德经》第十六章言："致虚极，守静笃。万物并作，吾以观复。夫物芸芸，各复归其根。归根曰静，是曰复命。复命曰常。知常曰明。不知常，妄作，凶。知常容，容乃公。公乃王，王乃天，天乃道，道乃久，没身不殆。"这是天地的大境界，"万物并作，各复归根"，古人喜欢讲寄情于山水，我们可能并没有真的懂得他们的心境。

重如山石，轻如烟云，快如时光，淡如水痕……我们需要修多深才能到"虚极静笃"的大境界呀？

9月5日

自然界中，万物并无主次，只是依各自的本位存在着。也无大小，以其各自的大小存在着。正是因此，才有了自然的丰富和多彩。

所以，《道德经》第三十四章讲："大道氾兮，其可左右。万物恃之而生而不辞。功成不名有。衣养万物而不为主。常无欲，可名于小。万物归焉而不为主，可名为大。以其终不自为大，故能成其大。"这是老子贯穿整部《道德经》的思维模式，"不有""不为主""无欲""不自为大"等，皆与"天地之所以能长且久者，以其不自生"是统一的。

所以，在表现自然山水时，不论画面如何布局，选择什么样的表现对象，都要能体现这种思维和思考。

自然的大就是"不自为大"。

9月16日

大自然的存在及其生机永远是奥秘，我们无法想象出这一切是如何规划和设计的。人类之所以加快探索地球之外的秘密，寻求可以替代地球的生存之地，实际上是已经意识到人类长久以来的规划和设计对地球的破坏，也许真的有一天，我们无法在这个孕育了人类的星球生存。

说到底，就是人类无止境的"争"，人类要做宇宙的统治。

《道德经》第六十六章讲"江海之所以能为百谷王者，以其善下之，故能为百谷王。是以欲上民，必以言下之；欲先民，必以身后之。是以圣人处上而民不重，处前而民不害。是以天下乐推而不厌。以其不争，故天下莫能与之争。"是呀，"善下""不争"，这正是人之外其他事物存在的基本状态。

表现这种思想，体现万物不争，但又相宾的状态，其实就是呈现一种审美。历代传世的"山水画"基本上都贯穿着这种认知和审美。不论技巧如何变，不论探索什么样的创新，这种精神如果没有了，作品的意义就会苍白。

9月17日

吴冠中先生认为"山水画要敢于背叛艺术，更要保留绘画界的骨风和文人情怀"。先生强调的"背叛艺术"是指不能瞎创新，更不能一成不变。其中道理不难理解，但落到实处难。

当"山水画"创作越来越多是在教室里学，跟着某位老师学就往往会陷入另一个怪圈，谈"背叛"基本上是不可能的。只有自己对"骨风和文人情怀"有真切的认知才可能有所突破。谈"传承"首先要进入"传承"，讲"背叛"必须是从"传承"里出来。无进何来出？

《道德经》第六章讲："谷神不死，是谓玄牝。玄牝之门，是谓天地根。绵绵若存，用之不勤。"这就是讲首先要明大道，即"谷神"，掌握了"大道"就会如有"玄牝"，有了"根"，自然会"用之不勤"。

对艺术来讲，"骨风和文人情怀"实则为"道"之核心也。

9月22日

艺术是什么？艺术实则是表现天地人的关系的。不论古人给我们留下多少优秀的作品，也不论古人有多少关于艺术表现的论述，或者留下多少方法，其核心还是要表现人与天地相存的关系。

《道德经》第二十五章讲："有物混成，先天地生。寂兮寥兮，独立不改，周行而不殆，可以为天地母。吾不知其名，字之曰道，强为之名曰大。大曰逝，逝曰远，远曰反。故道大，天大，地大，人亦大。域中有四大，而人居其一焉。人法地，地法天，天法道，道法自然。"这里，老子强调了自然之道是"独立而不改""周行而不殆"的，人的生命的存在，人的精神的存在都无法脱离，更不可背离自然而存在。道大、天大、地大、人也大。宇宙间有四大，而人居其中之一，这才是本质。

在山水画艺术表现中，"人"要永远和自然的其他事物协调，是其一，而不是主人。许多时候，人渺小到不可见。

9月30日

人类的生存实际上是与世间万物的一种存在关系，所以古人讲"天地人"为"三才"，强调的就是天人合一的宇宙观，由此派生出的人类的所有行为其实也是一种"关系"的体现。所以，文学艺术、书画艺术的本质也是创作者对"关系"的一种体会和处理。

《道德经》第二章讲："天下皆知美之为美，斯恶矣；皆知善之为善，斯不善矣。故有无相生，难易相成，长短相较，高下相倾，音声相和，前后相随，恒也。是以圣人处无为之事，行不言之教；万物作而弗始，生而弗有，为而弗恃，功成而弗居。夫唯弗居，是以不去。"这里讲的实际上就是世间万物相互存在的"关系"。"美恶""有无""难易""长短""高下""音声""先后"……无不是如此，只有认知这种关系才能把握好如何体现这种关系。

绘画语言其实就是为了强调这种关系，不论如何表现，目的就是要通过取舍来突出某些因素，淡化另外一些因素，从而把要表现的倾向性突显出来。

10月1日

"意料之外"，这是艺术创作中应该注意并重视的一点。

许多时候，我们在创作的时候是会按照已经思考或者构思的进行，但是，过程中，往往会突然因为一些原来没有想到的因素而带来改变。尤其是绘画，许多时候，一些笔触的出现可能与原来所想风马牛不相及，这个时候，许多人可能会觉得这是"错"，是"失误"，然后将之丢弃，重新再画。但是，我以为，应该将这些不在原来所想中出现的情意看成是"意料之外"，然后加以利用，在此基础上随形而变，这样往往会出现更加意想不到的效果。艺术的创造性本来就在于此。要让作品充满生命力，充满情绪、情趣、情节、情感，捕捉和利用好"意外"是一种艺术审美和表现能力。

《道德经》第十四章讲："视之不见，名曰夷；听之不闻，名曰希；搏之不得，名曰微。此三者不可致诘，故混而为一。其上不皦，其下不昧。绳绳不可名，复归于无物。是谓无状之状，无物之象，是谓惚恍。迎之不见其首，随之不见其后。执古之道，以御今之有。能知古始，是谓道纪。"老子所讲"夷""希""微"是三种认知状态。许多时候，我们认知万物要回到这种状态中去，从无形无象的状态来寻找本质。在"恍惚"中把握和认知具体事物。也就是"执古之道，以御今之有"，这就是"道纪"。

艺术的最大吸引力其实就是"意料之外，情理之中"的表现。不论我们如何学习传统，也不论我们想要如何创新，只要远离了本质，作品一定是苍白的。

10月2日

在杂乱、没有多少头绪的笔触、墨迹中慢慢找出关系，强调出细节，不断把需要的感觉表现出来的过程是愉悦和兴奋的。

这实际上也是我们为什么需要艺术的一个原因，也是艺术的魅力。

我们知道，世间万物总有无数令我们惊叹，令我们难忘的事物。但是，许多时候，这些事物并不一定适合画在画面中。变成绘画画面中的事物一定是不能完全与现实存在一致的，否则，其艺术吸引力，艺术魅力就会下降。

这一点其实很重要，但，也不易真正被理解。

《道德经》第四十五章讲："大成若缺，其用不弊。大盈若冲，其用不穷。大直若屈，大巧若拙，大辩若讷。躁胜寒，静胜热。清静为天下正。"这里的"成"与"缺"，"盈"与"冲"，"直"与"屈"，"巧"与"拙"，"辩"与"讷"等的关系，实际上也可以看成一种艺术关系，即万物存在状态的关系。

在画面中处理好这种关系，就能让画面充盈着一种感官上的正气。

10月3日

有一种愿望叫"天长地久"，有一种关系叫"负阴抱阳"。

天长地久是因为能做到"不自生"，负阴抱阳是因为万物皆如此。而且，"负阴抱阳"也是万物"不自生"的一种本质。我们看到的万物均是自生的，但是，每一种物要做到不自生才能长生，每种物都做到不自生而长生了，万物才能天长地久。

多么矛盾又本质的道理呀！

这个道理是老子在《道德经》中讲到的。第七章讲："天长地久。天地所以能长且久者，以其不自生，故能长生。是以圣人后其身而身先，外其身而身存。非以其无私邪！故能成其私。""后其身""外其身"，同样是智慧。

10月5日

技法是绘画的基础，但对于一幅作品来说，技法却又不是最重要的。因为，任何技法都不是要表现技法本身，而是要表现创作者对万物的认知、审美、思考和情愫。如果没有表现出这些，技法还有什么意义？

多数人习惯于理解和评说看到的，却不习惯于看到看不到的，许多时候，欣赏一幅画，要能够欣赏画出来的和没有画出来的，这才是所谓的"虚实"，也才是"留白"，"留白"绝不只是指画面上的空白处或者无物处，"留白"是"画外音"。

和朋友聊到画面的布局时，聊到"满"与"不满"的认知。朋友讲，如果太满会有迷茫感，不知何处是去处。我将其发来的几句话改了几处，变成这样，"画画要生情境，或豁达或高闲，或隧深、悠远，让人看到光明和希望。产生一种情愫，哪怕涕泪感染，也是看到了生机，而不是无望、绝望，犹如念经，生欢喜心虽不是最终境界，但至少要生"。就是说，其实不怕画面满，关键是画本身有没有画外的东西。高之外的高，远之外的远，深之外的深，所谓曲径通幽，要有入境才知无绝处的表现才好。

《道德经》第十一章："三十辐共一毂，当其无，有车之用。埏埴以为器，当其无，有器之用。凿户牖以为室，当其无，有室之用。故有之以为利，无之以为用。"极其形象和深刻地论述了"满"与"不满"的关系。

我们要画出能看到的，也要画出看不到的，这是一种艺术的思维。

10月8日

人类在历史中，积累了大量知识，形成了大量的规矩。实际上，越往后人类越是在知识和规矩中存在，已经很难从"原点"，从"空白"去观察和认知世界。

许多事，我们已经根本不可能了解最原始的存在。尽管，人类从一些遗存可以观照过往，但绝不可能了解到全部。从已有的，成规矩的入手是一种捷径。但，也容易"僵化"。

说中国画必谈"皴"。皴是什么？实际上，"皴"成为国画画法的特指，其本意还是应该回到其原本的意思去领悟。"皴"本来是指皮肤因为受冻出现的裂纹。这种裂纹并不是按设计好的纹理形成，是杂乱中有序，无规矩中有矩的。正是为了表现出物体不同的质感，尤其是山石的质感，人们从这种皮肤的裂纹受到启发，让笔墨在纸上出现不同的痕迹，因此，出现了"皴"！所以，"皴"不应该是非常规则的、机械的，而应该是随机的、率性的、充满变化的，这样，表现出的"物"才有生命感。

10月10日

绘画是一种诉诸视觉的表现，但是，并不只是强调"视觉"，而是要通过视觉表现生命的存在及其精神。

傅抱石先生在分析六朝刘宋时期画家作品时说："他们明确地对山水画提出的要求是'畅写山水之精神'，即要求体现自然内在的精神运动和雄壮美丽而又微妙的含蓄，认为这才是山水画主要的基本的任务……由此可见，中国山水画的发展自始至终就是妙悟自然、富于现实精神的艺术创造，而不是单纯的诉于视觉的客观描写。"

傅先生独特的表现方式均是为了更为体现自然之物，包括人的"精神运动"。其不拘一格看似"驳杂"的手法实则是极高超的艺术审美和表现。于"恍惚"中渗透着"微妙"。

《道德经》第十五章讲:"古之善为士者,微妙玄通,深不可识。夫唯不可识,故强为之容:豫兮若冬涉川;犹兮若畏四邻;俨兮其若客;涣兮若冰之将释;敦兮其若朴;旷兮其若谷;混兮其若浊;澹兮其若海;飂兮若无止。孰能浊以静之徐清。孰能安以久动之徐生。保此道者,不欲盈。夫唯不盈,故能蔽而新成。"

这里的"豫""犹""俨""涣""敦""旷""混"均是自然万物之态势,也兰然是艺术表现时的态势。认真体会万物的各种态势才能"蔽而新成"。

10月11日

人总企望长命百岁,但自然界有的生命极其短暂,短暂到可能仅仅存活一天。

蜉蝣,是自然界最原始的有翅昆虫,这种虫的稚虫在成虫前要在水里活一至三年,成虫后不取食,寿命很短,仅一天而已,这一天就是它们生命的全部。像蜉蝣一样,每一种生命都有其自身的生命状态和存在形式。观察这些生命其实可以给我们以极大的启示,古人的智慧就是通过观察自然万物形成的。

《道德经》第十六章讲:"致虚极,守静笃。万物并作,吾以观复。夫物芸芸,各复归其根。归根曰静,是曰复命。复命曰常。知常曰明。不知常,妄作,凶。知常容,容乃公。公乃王,王乃天,天乃道,道乃久,没身不殆。"万物总是各归其根,用自己的方式存在着,从而构成"万物并作"的世界。

每一种事物的特质也是因此而形成,生命的精彩就是因为具有不同的特质。其实,和万物本身的存在相比,人所能具有的任何一种表现手法都是微不足道的。

10月12日

艺术是一种质感。

我们知道，不同的物有着不同的质感，比如陶与瓷。陶器一般造型都比较简单，看起来粗犷、古朴。瓷器则造型多精致，看起来细腻光洁、优雅。陶与瓷的不同是由其客观因素决定的，但如果不考虑客观因素，喜欢陶者和喜欢瓷者的审美认知存在差异，当然更不排除陶与瓷的价值问题。

不过，有一现象可能没人在意，或者没人明确提出。那就是，喜欢探索艺术多样性的人多喜欢玩陶。陶器本身粗疏、简朴的质感具有的"原始"意义更有思考价值。

《道德经》第四十五章讲："大成若缺，其用不弊。大盈若冲，其用不穷。大直若屈，大巧若拙，大辩若讷。躁胜寒，静胜热。清静为天下正。"我们去观察，世间万物长久的存在不正是遵循着这样的大"道"吗？

艺术表现中，"破"或者"残"也是一种创造质感的手法。

10月13日

世间万物的存在不是因为人的安排而存在的，小到尘埃大到星球，轻到云烟重到山川。人类穷尽智慧想要搞清不同于我们自身的那些事物的存在规律和本质，比如，那么多花为何会有不同的形状、不同的色彩、不同的味道。

人类的文明、文化，包括知识，所谓的科学手段都是在探究这种存在的思考和表达。绘画艺术实际上也是这样的。从人类用"画"的方式记事，然后变成一种超越于单纯纪事的表达方式。现在从事绘画的创作者的各种表现形式和的探索应该越来越不满足于客观再现某一种事物本身了。

《道德经》第四十章讲："反者道之动。弱者道之用。天下万物生于有，有生于无。"这种规律也应该同样适用于绘画艺术。画面上的布局和表现也必须在"有"与"无"之间进行，通过处理物与物的"有"和"无"来呈现人的精神认知。这种表现应该是千变万化的，"意"是艺术的核心。每一种表现手法，如果不能把握"意"则一定会只留下一种呆板的形式。单纯的形式是没有价值的。

10月14日

合而为蕾，绽而为花，凋而为蓬，谢而为籽。一花一世界，一叶一菩提。

茫茫宇宙，有物混成，周行而不殆，"夫物芸芸，各复归其根"。

《道德经》第四十二章有言："道生一，一生二，二生三，三生万物。万物负阴而抱阳，冲气以为和。人之所恶，唯孤、寡、不谷，而王公以为称。故物或损之而益，或益之而损。人之所教，我亦教之。强梁者不得其死。吾将以为教父。"这里所显示的生命之大道充满无穷的智慧。"损之而有益，益之而有损"，其实也是负阴抱阳、冲气为和的具体表现。人多喜"益"而恶"损"，岂不知因"损"可得"益"。正如"凿户牖以为室，当其无，有室之用"。

绘画时，虚虚实实，恍恍惚惚，这其实是"意"的一种状态，在朦胧中有具象，在具象中寻找朦胧。要能感受到看不见、摸不着的气脉，让这种气充彻表现。让人感受自然、流动的生命气息。如果感觉不到气脉的画面，就肯定是忽视了生命的。

10月16日

世间万物精彩纷呈，我们能看到的多是有形之物，所以，我们在认知、表现时也多以这些有形之物为主。我们总是习惯于从"有"来判断，从"实"来推理，但是，如果我们能够真正认识到"无，名天地之始"，能真正理解"当其无，有器之用"的，才可能真正认识到世界的本质。

老子讲"天地之间，其犹橐籥乎"，就是说我们看到了天地之间无数有形的东西，但仔细观察和思考，我们会发现，天地之间更大的是虚空。是这种虚空给了有形的事物以存在的显现和根本。

《道德经》第四十三章讲："天下之至柔，驰骋天下之至坚。无有入无间，吾是以知无为之有益。不言之教，无为之益，天下希及之。"我们经常讲，要放开眼界，如何就是放开眼界呀？其实，就是不只要看到有形之物，而更要看到无形之存在。

有中无，无中有，有中生无，无中生有。就像一粒种子会发芽，然后会开花，花会变成果实。就像一股气流会激起大浪，会摇动树木，会吹散云烟。于生命的持久和瞬间，我们应该看到万物的本真。我们在努力拥有的同时，失去的也是一样的，更多的是我们从来也不可能拥有的。

10月17日

绘画是一种造型艺术，这应该是没有疑义的。即使是不以某种物体的具体形象来表现的绘画作品依然是有形的，绘画艺术家就是通过自己笔下的"形"来表现自己的内心世界的。

某画家说："毕加索的画过时了，虽然价值很高，但作品没有语言的力量！"他得出这一结论的原因是他认为，中国绘画有一个共同点，那就是可以解读到绘画之中的"故事"，这也是为什么国画不是画出来的，而是"写意"写出来的一个原因。这一点极其重要，可谓一语破的。中国画的灵魂和精髓正是其写意性，这里的写意绘画种类，而是指中国画中的"叙述性"。传世的中国画莫不如此，每一幅画中都有着情节、情境、情绪、情感。反过来说，一幅中国画只有画面，没有"叙述性"，其生命力是不强的。这里的叙述也不是指如同连环画一样本身就是画故事的，而是指通过画面的构成形成的"叙述"。

许多朋友说自己画不了画，因为不会造型；还有的朋友的画中有物有形，但是，所绘出的物是僵硬的、死板的、机械的，不仅没有生命，更谈不上叙述。

绘画必须重视"型"，这就要经常观察自然万物。这也是总有人强调"写生"的原因，写生的主要作用其实就是去观察和掌握物型。

但是，仅仅这样是不够的。其实，最重要的是对自然之物的认知。每一种物的型是类似的，比如松，不管如何变化，松的特性决定了它是松，只要掌握这一点就可以，在创作的时候，只需要根据其根本来变化即可。

《道德经》第四十一章："上士闻道，勤而行之；中士闻道，若存若亡；下士闻道，大笑之。不笑不足以为道。故建言有之：明道若昧；进道若退；夷道若纇；上德若谷；广德若不足；建德若偷；质真若渝；大白若辱；大方无隅；大器晚成；大音希声；大象无形；道隐无名。夫唯道，善贷且成。"绘画必须重视形，但是，要能做到"大象无形"。这里的"无形"并非指不要形，而是指我们要能体会到目所不能及的"大象"，象而形者，非大象。绘画作品一定要有"大象"，也就是通过有"形"来折射出"无形"，也就是要通过有形的东西叙述更多无形的内容。

10月19日

对于绘画来说，不同的物有着明显的区别，在表现上只要掌握这种不同并表现出来就可以了。但是，难的是相同的事物的表现。如何能把同样的事物表现出不同的情趣、不同的审美、不同的哲理、不同的价值来，这不是一时一世的事，而是长久的，永远需要思考的。

《道德经》第一章讲："道可道，非常道；名可名，非常名。无，名天地之始；有，名万物之母。故常无，欲以观其妙；常有，欲以观其徼。此两者，同出而异名，同谓之玄。玄之又玄，众妙之门。"实际上，老子在这里已经明确告诉了我们一种智慧的思维模式。那就是让我们要学会如何认知事物。不论是同样的事物还是不同的事物，都存在着"可"与"非"。"可"与"非"才是恒久的规律和道理。同样的事物存在着同样的道理，我们主要是从不同的特质来认知，但是，对同样的事物，我们需要区别那些细微的不同之处，就像一朵荷花和另一朵荷花，或者一叶荷叶和另一叶荷叶。我们很容易看到它们的同，但是，我们更要能看到它们的异。

艺术的本质在很大程度上是表现"异"，万物有灵。"故常无，欲以观其妙；常有，欲以观其所徼"，实际上，"有"是认知同一事物的基础，而从"无"才能找到"众妙之门"。

10月20日

南朝齐梁画家谢赫著有《画品》，提出中国画"六法"之说，即气韵生动、骨法用笔、应物象形、随类赋彩、经营位置、传模移写。此"六法"代代相传，成为万古不移的精论，是评判和指导中国画的准则，其中，"气韵生动"被列为首位，也是中国画的灵魂，是绘画艺术追求的最高艺术境界。

对于我们来说，一生是短暂的，传统也好，创新也好，其实都是奢望。所以，如何在厚积的传统中汲取营养，如何认知自然万物，并表现它们，不是件容易的事。

《道德经》第十五章讲："古之善为士者，微妙玄通，深不可识。夫唯不可识，故强为之容：豫兮若冬涉川；犹兮若畏四邻；俨兮其若客；涣兮若冰之将释；敦兮其若朴；旷兮其若谷；混兮其若浊；澹兮其若海；飂兮若无止。孰能浊以静之徐清。孰能安以久动之徐生。保此道者，不欲盈。夫唯不盈，故能蔽而新成。"艺术表现也一样，既要有"豫犹"之态，又要能"俨"能"涣"，还要有"敦旷"之心，更要敢"混"而"若浊"。古人早言"艺无止境"，以一种心态面对千变万化，也是"不盈"，故也可"蔽而新成"。

艺术的乐趣就在于有无限可能。

10月21日

万物皆可入画，但在中国画中，尤其是"花鸟画"中，创作者在选材上总有所倾向．比如，梅兰竹菊，松，荷，水仙等。这是因为，在传统文化和习俗中，我们赋予这些事物以人类的情感及价值。

这就给后来者提出了挑战，面对同样的事物、同样的情感如何来表现？

所以，求"异"就变得很重要。

10月22日

《庄子·知北游》中记载，孔子向老子问"道"，老子对他说："夫昭昭生于冥冥，有伦生于无形，精神生于道，形本生于精，而万物以形相生，故九窍者胎生，八窍者卵生。其来无迹，其往无崖，无门无房，四达之皇皇也。邀于此者，四肢彊。思虑恂达，耳目聪明，其用心不劳，其应物无方。天不得不高，地不得不广，日月不得不行，万物不得不昌，此其道与！"这里，老子讲到了有形和无形的关系，指出"万物以形相生"。他认为，道是"来无迹""往无崖"的，并且提出，明道者，应该是"应物无方"，也就是要能顺应外物不拘定规。

绘画艺术实际上就是从无形到有形的表现过程，在这个过程其实就是处理形的过程。

南朝北梁画家谢赫在其《画品》中提出"六法"，其中第二法为"应物象形"，讲的就是画家所描绘的事物要与所反映的对象形似。形似是基础，也是必须。但是，如果仅仅做到形似是不够的。而且，如果表现形也是需要长久地去琢磨和认知。在纸上实现形，一是要心中有自然中万物之形，同时，要能够根据笔迹来随时赋形，在不可知中确定可知，在无确形中勾勒出最终的形，这是一个非常有乐趣的过程。这种乐趣就在于，最终出现的物是不可预知，没有设计的，是慢慢出现的，这正是"有伦生于无形"的具体过程。

谢赫的"六法"是一种概括，是一种思维模式，其实，法无定法。"六法"也不是指的表现技巧，而是审美认知。

任何死守"法"的创作都是不可取的。

11月3日

很多年前，参加内蒙古兴安盟的杜鹃节，去了阿尔山国家森林公园，说是公园，实际上不是我们惯常的那种四面围起来的园子，而是由多种地貌组成的自然风光。河流，湖泊，森林，草甸，山谷，尤其是有火山爆发时熔岩流淌凝成的石塘林。记得那时已是早春，野生杜鹃花到处可见，但随处可见的还有大量积雪。我印象最深的是峡谷尽头的火山熔岩的断裂带，灰黑色火山岩壁立，但又层层累累。其下是柴河的源头，很厚的冰，能听到冰层下的水流声。

大自然的神奇是无法想象的。

11月10日

玄关是中国传统建筑中的一个特定概念，是指居室入口的一个区域，实际上也是进户入门的第一个区域。在住宅中，玄关虽然面积不大，但使用频率较高，是进出住宅的必经之处。"玄关"实际上出自《道德经》。

《道德经》第一章讲："道可道，非常道；名可名，非常名。无，名天地之始；有，名万物之母。故常无，欲以观其妙；常有，欲以观其徼。此两者，同出而异名，同谓之玄。玄之又玄，众妙之门。"

但是，现在的许多建筑已经没有了玄关的概念，或者有也并不是很重视。朋友购买的房子设有玄关，但是，"玄关"处的墙面却被配电箱弄得没有任何美感。所以，应其要求，作一套"荷"四条屏，并选《道德经》中的四个章节内容作为题款。

"玄之又玄，众妙之门"，入此玄关，即入妙门！

11月12日

经常在想，在没有"传统"之前，在没有某一种"法"之前，在没有某一种规律之前，事物应该是怎么样的？我们现在学书画，从一开始就是陷入必须继承传统，学习某一种风格，或者某一种技法中。

实际上，我们的前辈首先是讲究"师自然"的，我们的许多

"法"其实都是从自然中来，甚至就是自然存在的直接翻版。比如，中国画中的各种皴法，其实都是自然之物的客观存在。所以，观察比学习更为重要。

经常会反复看前人的作品，但是，对许多很有名的人的作品并不能找到那些介绍文字中的感觉，有时候一点儿感觉也没有。而有一些作品会觉得某一些地方非常有感觉，有的地方没有感觉，或者感觉不好。我以为这种自我的感觉是很重要的，实际上这也是形成自己审美和表现的重要的一点。

《道德经》第十四章讲："视之不见，名曰夷；听之不闻，名曰希；搏之不得，名曰微。此三者不可致诘，故混而为一。其上不皦，其下不昧。绳绳不可名，复归于无物。是谓无状之状，无物之象，是谓惚恍。迎之不见其首，随之不见其后。执古之道，以御今之有。能知古始，是谓道纪。"艺术的认知和表现要学会在"无状之状，无物之象"的"惚恍"状态中寻找"道纪"，尤其是要懂得"执古之道，以御今之有"。

如果只学会复制式的表现是不行的，重要的是要"能知古始"。

11月13日

绘画的本质之一是表现美，这应该是没有异议的。但是，对于绘画创作者来说，首先不是表现美，而是如何审美！整个创作过程实际上也是一个审美的过程，如果不清楚这一点，或者不具备审美的能力，其作品就一定不能成为艺术！

吴冠中先生曾讲"今天中国的文盲不多了，但美盲很多"，这是句实话！

《道德经》第二章讲："天下皆知美之为美，斯恶矣；皆知善之为善，斯不善矣。故有无相生，难易相成，长短相较，高下相倾，音声相和，前后相随，恒也。是以圣人处无为之事，行不言之教；万物作而弗始，生而弗有，为而弗恃，功成而弗居。夫唯弗居，是以不去。"缺少对美的感悟自然认知不了丑，反之，不知道何为丑当然也不会感知到美。只有培养我们自身对美丑存在的认知，才能有所取舍，有了取舍才能有极好的表现。

所以，形成自身对美丑的综合判断才是创作的基础。

11月23日

有一种修炼叫绘画。苦中有乐的事！

这两天画一本11cm×9cm的册页，一面有23折，准备一面画蝴蝶，一面画蜻蜓。尺幅小，蝴蝶和蜻蜓又是细活，关键是不能重复，蝴蝶和蜻蜓的姿态要各异，所以，必须耐着性子画，这个时候实际上就是切断了窗外的一切联系。

我一直知道，自己过去其实是性子很急的人，虽然从外表上看不出来，或者说实在不像个急性子的人，但是，一些朋友应该知道，我是个急性子。近年来在慢慢改变，要让自己能够风轻云淡。这个很难，尤其在面对一些事物的时候，很想下结论，就会急。所以，不断告诫自己"言易缓，行易慢"，以养自己的性情，拿起画笔后，很快就觉得这个太好了。因为，必须逼着自己慢下来、耐下心来。

越来越懂得，时间其实就是一秒。慢下来，时间也就慢下来了。把每一秒用好了，时间就延长了。

蝴蝶是要变成蛹的。它是把美丽收藏起来，等到下一段时间再展示的。

我们能展示什么？很多时候，什么也没有。因为我们总是没有方向，或者在许多方向中迷失。

《道德经》第十六章讲："致虚极，守静笃。万物并作，吾以观复。夫物芸芸，各复归其根。归根曰静，是曰复命。复命曰常。知常曰明。不知常，妄作，凶。知常容，容乃公。公乃王，王乃天，天乃道，道乃久，没身不殆。"

世界上所有高度都是因为有不动的根基！

11月26日

许多时候，必须逼着自己去反复审视和思考一些东西。就像一棵树，如果不反复去观察，我们是很难看出它们究竟是什么样子的，即使是一直观察其实也很难确定。所以，在不变中观察到变是一种认知的方法。也就是掌握基本规律，然后去随意取舍、变化、组合。世间所有事物的"生命"就是这样的，如果不能清楚这一点，处理出来的结果就是僵死的、呆板的、没有感染力的。这同样符合《道德经》第二十一章所讲的道理："孔德之容，惟道是从。道之为物，惟恍惟惚。惚兮恍兮，其中有象。恍兮惚兮，其中有物。窈兮冥兮，其中有精。其精甚真，其中有信。自今及古，其名不去，以阅众甫。吾何以知众甫之状哉？以此。"中国画讲究"意"，即使是用工笔表现也一定要以意取胜，如果没有"意趣"，则再工细都没有多少价值。

艺术的判断和呈现都离不开对"意"的认识，"意"是以"心"为基础的，如果不能通向心灵，艺术将失去生命。

12月3日

画山画水真不是要获奖，亦不是去展览，盖因观其可静心，可出世。闻风听云，松香水落，"乐山乐水"，皆在绘制时入心而来，渐生愉悦……

12月4日

《道德经》第七十一章讲："知不知，上矣。不知知，病矣。圣人不病，以其病病。夫惟病病，是以不病。"这是一种伟大的品性和智慧。事实上，阅读越多，观察越多，了解越多，实践越多，就越会知道我们实在无知，世界的万物存在永远是我们无法完全了解的，何况"法"。

如果满足于掌握了几种方法，几种技巧，几种规律就能有所为，那一定是"病也"。所以，要学会忘记方法，至少要不断变化。自然界的同一种树，有时候看上去一棵和另一棵是一样的，但实际上是根本不一样的。

由道入技，由技悟道，必须是这样的。停在"技"上不会有高度，停在道上，也很难前行。故做任何事，都是苦的！需要几层的付出。

12月5日

很多时候，我们将知识看得非常重要，以为掌握足够的知识就会有所成就，有所突破。所以，"知识就是力量"也成为座右铭。其实，如果知识如果不能合理运用是产生不了力量的，比知识重要的其实是智慧，有智慧可以变无知为有知，如果没有智慧，知识反而可能成为桎梏。

从我们身边的万事万物，从我们所做的各种事情中，去观察，去发现，去总结，去运用，这是发现万物本源的根本途径，也是产生智慧的根本。《道德经》第五十二章讲："天下有始，以为天下母。既得其母，以知其子。既知其子，复守其母，没身不殆。塞其兑，闭其门，终身不勤。开其兑，济其事，终身不救。见小曰明，守柔曰强。用其光，复归其明，无遗身殃。是为习常。"快乐的源源不断也好，创作的源源不断也好，均与认知"万物的根本"有关。当我们做一件事的时候，想的就是这件事，就是这件事所带来的快乐，而不是其能有什么利益，就会远离纷杂之念，就会有内心的光明，内心有了光明就自然会循道而为。

12月8日

在自然中，我们总是能看到令我赞叹、令我神迷的事物。但是，我们也会发现，许多这样的事物，往往只能让我们在内心惊叹，并不是任何东西都适合于用绘画来表现。

绘画有一个基本的特质就是"美"，审美是绘画的最低也是最高的一个标准和特质。有一些我们在自然中看到的令我们惊叹的山和树，放在画面中可能会不美。因为，一些山奇特是奇特，但是不美。同样的一些树也是如此，只是它们不适合入画的地方不一样而已。如果想要让这些事物能够入画，就必须重新来审视，在表现的时候必须是"改变"过的，也就是经过了"取舍"的。我们要善于去从"有形"的存在发现"无形"的美感，绘画要通过"有形"延展出"无形"。

《道德经》第四十章讲"反者道之动。弱者道之用。天下万物生于有，有生于无"就是这个道理。天下万物的存在是循环往复的，"动"与"用"正是一种变化和取舍，是有与无的统一。

12月11日

不知何时裁下来的一条纸，扔了可惜，练字写不了几个，就随手画成这样。想起《道德经》第六章所言："谷神不死，是谓玄牝。玄牝之门，是谓天地根。绵绵若存，用之不勤。"生生不息的大自然充满"玄通"，需要我们去"微妙"中求。

12月15日

这两天因忙"作家培训班"的事，没时间画山水，洗脸吃饭之间，画小画，这样随时即兴的表现其实也是种训练。《道德经》有言："道常无名，朴虽小，天下莫能臣。侯王若能守之，万物将自宾。天地相合，以降甘露，民莫之令而自均。"认识和表现天下万物的存在是艺术的本质和必须。

12月17日

按时间概念的规定，一个有24小时，但实际上，我们真正能利用的时间是很少的。所以，我们总是提"珍惜"，如何珍惜？

鲁迅先生有句名言："哪里有什么天才，我只是把别人喝咖啡的时间用在工作上了。"想想正是如此，我们和伟大的人的区别也就是"喝咖啡"的事。所以，我们也应该学习如何不"喝咖啡"，或者喝也行，但是，如何能在喝的时候也不浪费时间。我自己的经验就是强迫给自己设计一种模式。比如，干一件事累的时候就换另一件事，另一件事也干累的时候再换一件。对我来说，画画、看书、写作、审稿、听音乐等都是可以切换的事。

老子在《道德经》第四十章中讲道："反者道之动。弱者道之用。天下万物生于有，有生于无。"时间是没有有用无用之说的，就看如何用，这也是"生于有""生于无"的哲学。

12月18日

常常想什么是"矛盾"。最近，许多必须完成的事挤在一起，本来应该集中精力处理完一件再处理另一件，但我还是喜欢交叉起来做。而且，在校对书稿需要安静的时候，我喜欢听音乐。一种是古琴，这好理解，因为，琴音本静若水流。另一种是闹的，京剧或摇滚类的，比如喜欢听梁博的歌声。想一想，梁博的歌也总是在闹中沉静地直抵灵魂。

这似乎不矛盾！

就像篆刻。字的笔画少不好布局，笔画多也不好布局，且易失手。如果考虑好布局，那么就会有一种可读的韵味。篆刻其实要考虑几"性"。石性、刀性、笔性、字性，既要有篆书书写韵味，又要有刀刻的韵味，有时候刻意修正并不见得好。无意中的"残意"更能出"刻"的韵味。

忙碌中为何小平先生挖二方印。

12月20日

从很大程度讲，艺术就是神韵和结构的事……需要不断思考！

12月22日

以销售书画维生者古来即有，只是我们现在很难想象那时候的人们会如何选择书画作品。至少，现在留存下来的作品都是具有相当艺术价值的。艺术的标准究竟应该如何确定，这恐怕也是很难的，但是，书画作品一定要美这是肯定的。那么，问题又来了，如何就是美的？好像也不好定一个标准。

吴冠中先生讲过"美不是漂亮，漂亮不是美"。当然，区分漂亮和美也难，但是，至少给了我们一个大致的方向。"美"给人的感觉和认知是持久的，漂亮是短暂的。也就是说，许多乍看上去很抢眼的表现只能是表面的，不具有经得起反复审视的力量。

近日，一朋友说有人想要一幅画，然后发来一个样子，一看就是作画卖钱的人让画的，本来不愿意画，但是，朋友已经替我收了钱，所以，就答应画吧。画的时候，尽量做一些改变，让画看着不那么差。

"不为五斗米折腰"，想一想，能坚持做到实在是很难的。

但愿我在画中做的改变，看画的人能明白。

12月23日

我国书法源远流长。经过数千年的发展，形成了公认的几种书体，即篆、隶、楷、行、草。历朝历代以书法名世者也有不少人。但是，真正能形成一家之貌者并不多见。宋徽宗赵佶则为其一。史称其是"艺术上的天才、治国上的庸才"，其"瘦金书"铁画银钩，历来久负盛名。据说徽宗让宰相李纲欣赏自己的"瘦金书"。李纲言字体太瘦。宋徽宗说："朕新创字体，名曰瘦金体，如果推行全国，一定能省很多墨水，如何？朕不愧是有道明君！"省墨之说自然当不得真，但，这一"瘦"确是其书法之特征。其实，瘦金体源自唐朝的薛曜，薛曜书学褚遂良，瘦硬有神，用笔细劲，结体疏朗，但较褚书险劲，更纤细，他对褚书不做亦步亦趋的模仿，而是加以发挥，有所创造，亦成习气。宋徽宗是在其书体上做了进一步的发展。

《道德经》第五十一章讲："道生之，德畜之，物形之，势成之。是以万物莫不尊道而贵德。道之尊，德之贵，夫莫之爵而常自然。故道生之，德畜之；长之育之；亭之毒之；养之覆之。生而不有，为而不恃，长而不宰。是谓玄德。"

"创造"是必须"尊道"而为的。很多时候，即使掌握了一定的规律，遵循一定的道理也未必能有所创造。能向前人学点皮毛就算不错了。 所以，不管宋徽宗所言的"省墨"是真是假，学着省纸，在一些画废的纸上裁下来的纸上画画，也是一种乐趣。实际上，这样也可以去思考如何在不同的尺幅上构图。也算是一种"道"吧。这样想宋徽宗所谓的"省墨"也许真的是一个初衷。

12月26日

"山水画"是一种分类，也是一种呈现。"山水画"实际上是可以表现整个自然存在的。正是因此，在"山水""人物""花鸟"这种分类中，最综合的还是山水画。

花鸟常取情趣，人物常要神态，而山水则多需诗性。

于尺幅方寸中，呈现自然的生生不息，阴阳转合，尊道而行，很多时候需要心先入内，时现时纠，在一些细微的地方渗透进耐人寻味的意韵去。

一幅画要表现个人的精神，但是，这种精神一定是要突破时空的。

《道德经》第六章讲："谷神不死，是谓玄牝。玄牝之门，是谓天地根。绵绵若存，用之不勤。"

"绵绵若存"的天地之道呀，天地如此，生命如此，艺术亦如此。

12月29日

人越是想要占有自然，失去的就会越多。这个道理好像人是明白的，但是，人类不是自不量力地去征服自然，就是故意装着不知道这个道理。想起海明威的《老人与海》，这部小说总是被人用来讲激励，讲人的尊严，讲永不言弃，讲如何面对挑战。小说里有一句话是这样讲的："人不是生来就要被打败的，你可以消灭我，但你永远打不败我！"就是这句话，让人们执着地要去和自然抗争，去做不被打败的人。但是，我们想一想，那只被打败的马丁鱼最后并没有成为桑地亚哥的胜利品，而是被鲨鱼撕咬得只剩一具骨架。如果我们从另一个角度来理解就是，在自然面前，人永远不是完胜者。如果人只是为"自生"，结果肯定不妙。

《道德经》第七章讲："天长地久。天地所以能长且久者，以其不自生，故能长生。是以圣人后其身而身先，外其身而身存。非以其无私邪！故能成其私。"

绘画需要思考自然，让我们更能关注万物，关注万物之间的关系。

2020年

1月3日

岁末年初，总是有比平时要多的事需要处理。这需要时间，更需要心理能承受，所以，必须学会忙里偷闲地调整，给自己一些情趣，好放松精神。正好看到一直放着的扇面，画几只鼠。马上就是鼠年了，鼠是中国传统十二生肖之首。生活中的人们对鼠的看法实际上很矛盾。在民间有许多关于鼠的故事，都是极有情趣的，比如"老鼠娶亲"就充满趣味，充满温情。老鼠繁殖力强，古人祈求生命繁衍、子孙兴旺，所以，人们往往敬奉鼠，以求多子多福。

其实，自然界的任何一种生命都值得尊敬。

《道德经》第三十二章讲："道常无名，朴。虽小，天下莫能臣也。侯王若能守之，万物将自宾。天地相合，以降甘露，民莫之令而自均。始制有名。名亦既有，夫亦将知止。知止可以不殆。譬道之在天下，犹川谷之于江海。"万物各有其道，每一种事物也都要守自道，并要尊重其他事物之道，而不能以自己为主。

1月4日

试纸，画牡丹水仙，吴昌硕风格，只是相差十万八千里。

杂事纷扰，唯入自心可定。何时能修到"风尘不动"？

《道德经》第四十三章讲："天下之至柔，驰骋天下之至坚。无有入无间，吾是以知无为之有益。不言之教，无为之益，天下希及之。"

由此知，要对一切能迅速放下。学一学草木之本性吧！

1月11日

人只有从精神上放松才能真的放松。心慢下来了，时光就会慢下来。

画一套"渔樵耕读"。有人会说那是"落后"的生活，但可以心向往之……

1月12日

渔夫走了，樵夫来了。"渔樵耕读"实际上是过去普通百姓的四种重要生活方式。其实，这样的生活直到现在还存在。而且，在历来的解释中，人们又习惯于给"渔樵耕读"冠以高一层的意义。将之与名人联系在一起。在这种解读中，"渔"是指东汉的严子陵，他是汉光武帝刘秀的同学，刘秀很赏识他。刘秀当了皇帝后多次请他做官，都被他拒绝。严子陵一生不仕，隐于浙江桐庐，垂钓终老。"樵"则是指汉武帝时的大臣朱买臣。朱买臣出身贫寒，靠卖柴为生，但酷爱读书。妻子不堪其穷而改嫁他人，他仍自强不息，熟读《春秋》《楚辞》，后由同乡推荐，当了汉武帝的中大夫、文学侍臣。"耕"指的是舜在历山下教民众耕种的场景。"读"则是讲述苏秦埋头苦读的情景。战国时的纵横家苏秦到秦国游说失败，为博取功名就发愤读书，每天读书到深夜，每当要打瞌睡时，他就用铁锥子刺一下大腿来提神。这样的解读自有其意义，不过，我还是觉得就是指普通人的日常生活更为贴切。

《道德经》第八十章："小国寡民。使有什伯之器而不用，使民重死而不远徙。虽有舟舆，无所乘之；虽有甲兵，无所陈之。使民复结绳而用之。甘其食，美其服，安其居，乐其俗。邻国相望，鸡犬之声相闻。民至老死，不相往来。"其实蕴含着极深哲学道理，实际上是一种难以企及的高度。

1月13日

小的时候，记忆中最深的一件事是秋后跟着大人去场院分粮食。那时能分到的只有高粱和玉米，我们就是吃着高粱和玉米长大的。所以，对土地、对耕种有着难忘的记忆。虽然，没有像父母他们那样一直在农村劳作，但是，也曾经下过地，收割过。如果不是后来糊里糊涂考上忻州师专，我应该会当一个耕田的人。

《道德经》第七十七章讲："天之道，其犹张弓与？高者抑之，下者举之。有余者损之，不足者补之。天之道，损有余而补不足。人之道则不然，损不足以奉有余。孰能有余以奉天下？唯有道者。是以圣人为而不恃，功成而不处。其不欲见贤。"无数所谓的"专家"在研究气候变暖、环境污染的原因。其实，无节制地扩大城区面积，因此带来的地面大面积硬化，破坏了天地自然之间正常的自然调节才是核心的原因。没有硬化的地面，尘归尘，土归土，即使有风也是一阵风尘过后就马上回到原状，硬化后的地面已经失去了这种功能。

"自然"究竟是什么？自以为是的人类其实压根就没有搞懂。

1月14日

父亲生性不喜纷争，后来就回到村里务农，小的时候就记得父亲除了下地劳动，就是收拾院子，然后就是看书。我们兄弟姐妹喜欢看书就是受父亲影响。那个时候没有多少书可看，不过，我们家是村里书的源头，我的许多同学都看的书有不少是从我们家里得到的。

所以，"读"已经成为生活的必需，那时和考不考大学毫无关系。

许多事情必须做，实际上应该和功利无关才会有愉悦。

《道德经》第三章讲："不尚贤，使民不争。不贵难得之货，使民不为盗。不见可欲，使民心不乱。是以圣人之治，虚其心，实其腹，弱其志，强其骨，常使民无知无欲，使夫智者不敢为也。为无为，则无不治。"过去，我们把这种观念说成是"愚民"，实际上这是智慧。

人本为自然之物，无休止地索取必然造成破坏，也会累心。只是现在的人类已欲罢不能。

1月17日

小的时候，我们参加过"除四害"运动，学校搞宣传活动，我们班排了一个节目，就叫"除四害"，我和另外三个同学分别扮演老鼠、苍蝇、蚊子、麻雀。没有道具服装，我们就自己琢磨着做，就利用家里能找到的东西做成了"四害"的装扮，演出效果"轰动"，不像现在，什么东西都要买现成的。其实，演是演了，但我们实际上并没有对老鼠、苍蝇、蚊子、麻雀有什么深仇大恨。因为，实在没有感觉到它们对我们有什么"害"。

查历史可以知道，"除四害"是1958年2月12日因为中共中央、国务院发出《关于除四害讲卫生的指示》而成为一项全民运动的。到我们演"除四害"的时候，已经不像最开始那样轰轰烈烈。但是，我们那时候也交过老鼠尾巴，按交的数量接受表彰。几十年中，老鼠、苍蝇、蚊子、麻雀的数量真的越来越少，但不是因为"除四害"这样的运动，而是因为人类发明了各种各样的药物、除草剂、除虫剂……这些东西不仅仅大量地在杀死一些生物，实际上也让人类自己受到深度的伤害，只是人类还没有真正当回事。

大自然让每一种事物出现自有其道理和规律，但是，人类一直要让自己在自然界独大。如果真有一天，自然界只剩下人类的时候会如何？恐怕再也没有其他乐趣吧！

中国独有生肖文化中的十二种动物中，唯老鼠是平时让人莫名反感甚至讨厌的。但是，我看过许多画家朋友的生肖画，觉得最有趣的就是老鼠。

我画画还在幼儿园阶段，所有的表现都是不断看前人的作品，看朋友的作品，然后自己琢磨如何能像他们一样表现出来。这个过程本身很有意思。

鼠年来临之际，想到有一些扇面，所以，拿来画"鼠"，设计一些情节，有乐趣！

1月21日

其实，一些"讨巧"的表现并不难实现，只要多想一下就可以。但是，真正的"巧"往往不是靠"巧"来表现，而是需要通过"拙"才能体现出来。

自然界中，万事万物自有其规律，但是，许多事物的存在又不是我们简单能说清的，甚至根本无法说清。每种事物均是"自生"，但又"不自生"，所以才能长久。

《道德经》第四十五章讲："大成若缺，其用不弊。大盈若冲，其用不穷。大直若屈，大巧若拙，大辩若讷。躁胜寒，静胜热。清静为天下正。"

在绘画艺术中，画"山水"最能体现这种存在和思考。因为，"山水画"的涵盖性更大。

1月22日

梁树年先生作画，画山意本不在山，画水意本不在水，画松意本不在松。这正是中国画的"特质"，也是中国传统文化精神的体现。

优秀的作品表现的往往都是作者自己内心的"生活"和"精神"，绝不是表现别人的"生活"和"精神"。所以，去迎合"比赛"，去迎合"展览"，尤其是刻意表现某种"主题"的创作多数是生硬的，很少与"艺术个性"的。

中国画要在尺幅之间有"大"的意境，要有言外之意，画外之音，要有值得反复欣赏的表现。

《道德经》第十五章讲："古之善为士者，微妙玄通，深不可识。夫唯不可识，故强为之容：豫兮若冬涉川；犹兮若畏四邻；俨兮其若客；涣兮若冰之将释；敦兮其若朴；旷兮其若谷；混兮其若浊；澹兮其若海；飂兮若无止。孰能浊以静之徐清。孰能安以久动之徐生。保此道者，不欲盈。夫唯不盈，故能蔽而新成。"

自然万物无穷无尽，但我们能表现的，常表现的无多，但就是这"无多"的事物已可以变化万千，寄托无限，关键的还是要看用什么样的心境去思考、去取舍、去表现。

1月23日

创作就是一个继承、学习、借鉴的过程，但是，在这个过程中，有一点很重要，那就是要懂得在继承的同时，尝试有所改变。从历史上得以流传的作品来看，能被流传实际上有许多因素，即使是最优秀的创作者，其作品也并非所有的都无可挑剔。

所以，这就要求后来者，在学习继承的同时，要提升自我的综合文化素养和判断能力。既要有极强的辨识能力，又要敢于对一些东西重新取舍。实际上，任何时候，任何盲从都是要不得的。

朋友指定要"梅兰竹菊"。一般都讲"花多不艳"，在"梅兰竹菊"四条屏中，尝试将梅花的花画得繁复一些，与菊形成呼应，又与竹和兰的简素形成一种对照，这样的四条屏的组合也很有意思。何况，梅和菊本身就是因为其各自的自然特点才让人喜欢的。

万物的规律就是在有形的存在中又有无形的变化。同样是菊花，但花型、花色、花香等却千变万化。同理，梅兰竹等也是一样的。它们只存在"似"，却永远没有"同"。

所以，艺术也同理。

《道德经》第二十一章讲："孔德之容，惟道是从。道之为物，惟恍惟惚。惚兮恍兮，其中有象。恍兮惚兮，其中有物。窈兮冥兮，其中有精。其精甚真，其中有信。自今及古，其名不去，以阅众甫。吾何以知众甫之状哉？以此。"

在"恍惚"之中去表现"象"与"物"，在"窈冥"之中去表现"精"与"真"，表现"信"，这是需要始终遵循的规律。

1月24日

相传古时候有个怪兽叫"夕"，"夕"平时隐居深山，但每到腊月三十就会跑到附近村子里吃牲口、吃人。人们想了许多办法想把夕制服，都没有用。后来是神农的小儿子"年"将"夕"打败的。"年"和"夕"斗的时候，用的法宝是红绸子和竹筒。为了纪念这件事，就把腊月三十这一天叫"除夕"，把正月初一叫"年"，民间有了过年的风俗。每年腊月三十，家家门上贴红绫，后来变成贴春联，另外还要放爆竹、穿新衣服庆祝。

当然，关于"过年"还有其他的传说，但是，大致的意思还是相同的。实际上，我们的祖先早就认识到冬春之交气候等的变化，可能引发一些自然灾害。所谓民间习俗正是应对这些自然灾害的，并不是迷信，也不是落后。

万物的存在有其深不识的规律，即道。

《道德经》第五十一章讲："道生之，德畜之，物形之，势成之。是以万物莫不尊道而贵德。道之尊，德之贵，夫莫之爵而常自然。故道生之，德畜之；长之育之；亭之毒之；养之覆之。生而不有，为而不恃，长而不宰。是谓玄德。"

牡丹和竹子具有不同的气质，也被人们赋予了不同的精神内涵。尝试将二者画在一起，既不能成机械地组合，又不能有俗气，实属不易。但，只有尝试才能有所获。

这也是悟道！除夕悟道，有点儿意义。

1月28日

《坛经》有一公案计："时有风吹幡动。一僧曰风动，一僧曰幡动。议论不已。惠能进曰：非风动，非幡动，仁者心动。"

《道德经》第三十七章讲："道常无为而无不为。侯王若能守之，万物将自化。化而欲作，吾将镇之以无名之朴。无名之朴，夫亦将不欲。不欲以静，天下将自定。"

自然万物皆有其自我保护意识，土豆发芽都会带有毒素，漂亮的蘑菇有毒也是不想受到伤害。竹子中空是为了有足够的韧力不被狂风吹断。

我们何时能回到自然去，学会"自化"，学会"自定"？

1月29日

大山里空气好吗？肯定好，但是，大山里可能会有毒瘴，也可能有毒蘑菇。而且，过去还会有猛兽。实际上，大自然从来就不是只给人类提供生存环境，而是万物的环境。如果，万物各归其道，就会相安无事。

《道德经》第五十五章讲："含德之厚，比于赤子。毒虫不螫，猛兽不据，攫鸟不搏。骨弱筋柔而握固，未知牝牡之合而朘作，精之至也。终日号而不嗄，和之至也。知和曰常，知常曰明，益生曰祥，心使气曰强。物壮则老，谓之不道，不道早已。"

走进山里，坐在树下，听着风声瀑声，甚至只是树叶落下的声音。或者三五朋友对面相坐，读读书，抚抚琴，品品茶，或者什么也不做，就是坐着……

唉，实际上这样的状态从来都是一些人想象中的，真正做到越来越难……

我认为，这大概是人类为什么会需要绘画艺术的一个原因吧。

1月31日

"致虚极，守静笃；万物并作，吾以观复。夫物芸芸，各复归其根。归根曰静，是曰复命。复命曰常，知常曰明。不知常，妄作，凶。知常容，容乃公，公乃王，王乃天，天乃道，道乃久，没身不殆。"《道德经》第十六章早就讲"不知常，妄作凶"，就是说，违背自然规律的轻妄举止，往往会出乱子和灾凶。只有符合自然规律，才能长久，终身才不会遭到危险。

"万物并作"，这本是自然的本质，是因为所有的事物都要"归其根"。世间万物能长久的力量来自"静"，所有"动"的事物若不能归于"静"，只能是"愚蠢"。所以，智慧的人总是要让心灵的虚寂达到极点，使生活清静坚守不变。

"动"易逝，"静"皆久，这其实是我们能看到的。

想到我们常说的"上火"，在中医里就是阴阳失衡所致。"衡"是什么？就是平衡，就是不动！

物质的心必须不停跳动，精神的心却需要虚静！

2月1日

传世的"山水画"神品其实都不是简单地表现自然状态的山或者水，其真正的要表现的东西是画面上看不到的，也就是"画外之音"。这种看不见的要素都是创作者本人内心里的、属于个人的情绪。

《道德经》第二十五章讲："有物混成，先天地生。寂兮寥兮，独立不改，周行而不殆，可以为天地母。吾不知其名，字之曰道，强为之名曰大。大曰逝，逝曰远，远曰反。故道大，天大，地大，人亦大。域中有四大，而人居其一焉。人法地，地法天，天法道，道法自然。"这里，明确讲"人居其一"，也就是说在自然界中，人虽然也"大"，但也只是自然界的组成之一。人不能无法无天，而是要法地法天法道。宇宙中，能够独立不改，周行不殆的只有"道"。

重若山，轻若毛，并非可衡量物与物之间的价值和意义，而是同样重要。

时间的本质只有一秒。一秒能干什么？只够一呼或者一吸。呼重要还是吸重要，同样重要。只吸我们需要的清气，不吐我们不需要的浊气是不行的。

其实，自然界中那些简单存在的事物都是如此。

2月2日

实际上，绘画本身就是创作者对同样事物的不断重复，所有人都在重复着别人画过的事物，也在不断重复自己画过的事物。

问题的关键是如何重复？

掌握造型的技巧是最基本的，但是，即使将要表现的事物如同照片一样表现得准确也是不够的，或者说不是最重要的。将相同的事物表现出不同，而且不仅仅是形，重要的是渗透进创作者的审美情趣、精神认知、文学倾诉。让简单的事物能够具有综合的艺术性才应该是根本。

《道德经》第三十四章讲："大道氾兮，其可左右。万物恃之而生而不辞。功成不名有。衣养万物而不为主。常无欲，可名于小。万物归焉而不为主，可名为大。以其终不自为大，故能成其大。"

艺术的规律存在于表现中，但是，规律本身与万物相同，千变万化，无穷无尽。一旦形成固定的表现，不去寻求不断的细微变化的话，就可能无法"成其大"。

因为急于"成功"，我们很容易迷失在别人的说辞中。如果能够持有"功成而不有"的心态，学习、遗忘，遗忘、学习，就会永远在路上。

艺术没有终点。

2月4日

万物有序，学有所长，业有专攻。否则一切都是添乱。

越是纷乱的时候越应该冷静。

《道德经》第五章讲："天地不仁，以万物为刍狗。圣人不仁，以百姓为刍狗。天地之间，其犹橐籥乎？虚而不屈，动而愈出。多言数穷，不如守中。""守中"是一种智慧，而非妥协。

所有的乱象，所有的灾难终要回到原点！云起云落，山高水长，天地悠悠，岁月久远。

我们终是过客……

2月6日

看到一篇文章讲中国画的"气"，文章自然有其角度，但是，看了半天还是没有搞清楚中国画与气究竟是一种什么关系，反而有点糊涂。

这个立论本身是有意义的，也是所有中国画创作者和欣赏者应该清楚的。在中国文化里，"气"本身就是一个极其重要的概念。在中国传统文化中，气是构成世界的基本物质，宇宙间一切事物，都是气的运动与变化的结果。所以，有一对联是这样的"三寸气在千般用；一旦无常万事休"，讲的就是气对生命的重要性。

优秀的中国画作品必须具有持久生命力，所以，必须是充满"气"的。

这种"气"不是简单的技巧，而是画面表现出来的综合的生命气息。

《道德经》第四十二章讲："道生一，一生二，二生三，三生万物。万物负阴而抱阳，冲气以为和。人之所恶，唯孤、寡、不谷，而王公以为称。故物或损之而益，或益之而损。人之所教，我亦教之：强梁者不得其死。吾将以为教父。""负阴而抱阳，冲气以为和"，这就是"生命力"，万物的持久就在于阴阳的平衡中，在于"为和"中。所以，一幅优秀的作品，应该就是要表现出这种"气"来的。

2月7日

突然想一个问题，现在还有真正的"自然"吗？空气、水、食物，生命依存的必须要素都存在着极大的危机。自然界所谓的"偏远"之地，"偏僻"之处已经很难觅得。"田园山水""世外桃源""采菊东篱"……恐怕就只能是文字了，还有就是画在纸上的景象。

《内经·素问·四气调神大论》中讲："春三月，此谓发陈。天地俱生，万物以荣，夜卧早起，广步于庭，被发缓形，以使志生，生而勿杀，予而勿夺，赏而勿罚，此春气之应，养生之道也。逆之则伤肝，夏为寒变，奉长者少。"我们很多年不知"庭"为何物，又何来"广步于庭"？"夜卧早起"恐怕更没有多少人能规律地做到。

《内经·素问·生气通天论》中又讲："黄帝曰：夫自古通天者，生之本，本于阴阳。天地之间，六合之内，其气九州、九窍、五脏十二节，皆通乎天气。其生五，其气三，数犯此者，则邪气伤人，此寿命之本也。"想一想，我们不正是常常"数犯此者"吗？

想起几年前，一伙人到了一条山沟，大家都非常激动。尺数宽的一条小溪让大家好不感叹。其实我小的时候，村不远处的河流极宽，常年水流不断。即使是村边上的季节性渠道——己巳渠，一到夏季满渠的水一直要流到冬季结冰。村外多是盐碱地，只能种高粱和向日葵、玉米，一到冬天地面上会泛起白白一层盐碱。深秋的时候必须全村出动去挖地边的退水渠，否则怕形成水患。那时候，一过中秋，各种候鸟就会返南，常常会在村外的田野盘旋停留。大雁从头顶一队一队飞过，春天的时候燕子会回来寻窝。

2月9日

吴冠中先生讲，"艺术家有师承的话，我觉得很可耻，如果我教的学生作品都像我的话，那是我教学的失败"，我以为，先生并非反对"师承"，而是否定"像我"式的师承。说到底，还是要清楚地认识到"艺术"究竟需要什么样的"特质"。

实际上，还是要回到唐代画家张璪提出的"外师造化，中得心源"中去，即依照自己内心表现自然万物。

自然万物姿态万千，无可穷尽，但又各归其道，正如《道德经》第三十二章讲："道常无名，朴。虽小，天下莫能臣也。侯王若能守之，万物将自宾。天地相合，以降甘露，民莫之令而自均。始制有名。名亦既有，夫亦将知止。知止可以不殆。譬道之在天下，犹川谷之于江海。"

2月10日

浩浩自然，东西南北中，本来有无限的空间让万物各归其根。但是，我们现在却常常觉得"无处可逃"。

《道德经》第十六章讲："致虚极，守静笃。万物并作，吾以观复。夫物芸芸，各复归其根。归根曰静，是曰复命。复命曰常。知常曰明。不知常，妄作，凶。知常容，容乃公。公乃王，王乃天，天乃道，道乃久，没身不殆。"

"前不见古人，后不见来者。念天地之悠悠，独怆然而涕下。"真不知当年的陈子昂是在什么的心境下，登临"幽州台"写下此诗的。

想一想，是泛舟而行应该是另一种情怀吧。

2月13日

很少做梦，或者做了没有能很清楚记得的梦。但在快醒的时候做了一个梦，并且记得不知道怎么去了一个公司里，然后也不知道为什么，公司里的人给我讲他们的产品是按照《黄帝内经》研制的，我就问了一个问题：《内经》的核心本质讲什么？居然没有人能回答上来，我就讲了一个词：平衡！然后就醒来了。

应该是经常思考"平衡"这个问题的原因吧！

一幅绘画作品也是这样，不管如何构图，选取什么表现对象，整体画面同样存在着"平衡"的问题。

我们看到的自然万物千奇百怪，姿态万千，形形色色，但是，总是按照各自的规律存在着。云上水下，天阔地广，山高水长，草长莺飞……

《道德经》第七章讲："天长地久。天地所以能长且久者，以其不自生，故能长生。是以圣人后其身而身先，外其身而身存。非以其无私邪！故能成其私。"

不过，对于人来讲，"无私"似乎越来越难了！

2月18日

我们常说"一年之计在于春"，实际上，这是大自然自身的规律，因为在这个季节，不管地球的北方还是南方，万物开始进入另一个循环。即使南北有差别，但是，整体上气温都在上升，也就是常说的"阳气生发"。这个时候，气候变化反复无常，人也随之会出现种种不适症状，有可能患上种种疾病，"百草发芽，百病发作"的说法就是由此而来的。实际上，就是因为气温的变化，各种细菌、病毒、真菌等微生物，还有花粉、杨柳絮等都开始活跃或出现，如果人的自身免疫功能较差，就可能会产生各种相应症状。

《道德经》第六章讲："谷神不死，是谓玄牝。玄牝之门，是谓天地根。绵绵若存，用之不勤。" 自然就是这样，具有强大的生命力，在自然界，人类肯定并不是最早的生命，许多不起眼的微生物可能早在地球形成之初就已出现。

自然界在自身的演化过程中，形成了各种相互平衡的关系，也即《道德经》所说的"谷神"，包括"生物链""食物链"，这种"规律"具有绵绵不息的"生育""养育"功能，如果被破坏就必然会形成相应的"反破坏"。

与自然的亲近不应该只是一种画中的理想，而应该是实际的生活！

2月19日

仇英1552年去世，算来到现在已经468年。但是，因为他有留世的画作，所以留在了史册中。仇英是明代最有代表性的画家之一，史料记载，其出身寒门，幼年失学，早年为漆工、画磁匠，还为人彩绘栋宇。后结识了名画家周臣，周臣赏识其才华，便教他画画，仇英常临仿唐宋名家稿本，几可乱真。仇英绘画作品题材广泛，他擅写人物、山水、车船、楼阁等，尤长仕女图，擅长界画。文徵明赞其为"异才"，董其昌称其为"十洲为近代高手第一"，后世将其与沈周、文徵明和唐寅并称为"明四家""吴门四家"，也称"天门四杰"。仇英的画上，一般只题名款，少写文字，为的是不破坏画面美感。因此，画史评价他为追求艺术境界的仙人。

我们后世之人，总在强调要突破、要超越、要创新。其实，这些数百年前的前辈传世作品都具有不可超越性，即使再过数百年来欣赏都依然让人心动。这一点实际上是我们应该真正思考的。

古人也要掌握最基本的表现方法，但是，绝没有哪一位的作品传的世原因单纯是技巧和方法。被人们乐道的"马一角""夏半边"，虽然指的是他们表现形式上的特点，但，他们的作品传世也不是靠这一点。他们之所以形成这样的特点，也是为了审美情绪的需要。

实际上，古人对很多东西都进行了示范，所以，老老实实向古人学习就是通途。

2月20日

仇英以文人所敬而远之的"工笔人物"收获盛名，其作品总是一丝不苟，每幅画都严谨周密、刻画入微。明末清初藏书家、学者、画家姜绍书特别喜欢考究画家原委，曾著《韵石斋笔谈》二卷。其《无声诗史》中评价仇英说"英之画秀雅纤丽，豪素之工，俟于叶玉"，说仇英的人物画"发翠毫金，丝丹缕素，静丽艳逸，无惭古人"，而且"神采生动，虽昉复起，未能过也"。这里的意思是说就连画过《簪花仕女图》的唐代周昉也比不过仇英。

一般来说，"严谨"的人可能会缺少乐趣，其实不然，仇英除了严谨，还是一个极其有趣的人。他的画作非常有幽默感。他创作的《清明上河图》虽然从整个构图来讲是出自北宋画家张择端的同名画作。但是，画中所表现却大有异趣。仇英画作中的人物和场景生活味更浓，而且有许多能让人开怀大乐的表现。

仿其《停琴听阮图》时，发现他在画作的右下角居然画了一对鸳鸯。一对高人，抚琴鸣阮，声音相和自是一种旷世的心境。此画作表现的是抚琴之人停下手来，安心听阮，这自然是一种"高山流水"的境界。在中国的传统文化中，"鸳鸯"一直是夫妻和睦相处、相亲相爱的美好象征，仇英在画中加一对"鸳鸯"应该不是表达这个意思的，而是用"鸳鸯"的坚贞不移来表现友人之间纯洁的友情。

如果我们只注意到画中的人物，而没有发现这一对鸳鸯，可能也不会延伸到这另一层意思吧。

所以，作品具有文学性的情节、情趣、情绪、情理、情怀才是重要的。

2月24日

学习真不是件容易的事！

除了不断用心别无他法。

前两天仿仇英的《停琴听阮图》，对画中有一对鸳鸯"大惊小怪"。我只知人们惯常用"鸳鸯"象征男女之情，而画中却是两位男子。谁想读《应物兄》时，里面正好写到这个，原来在古代，鸳鸯也比作兄弟。此书提到南朝萧统主编的《文选》中有"昔为鸳和鸯，今为参与辰"，晋人郑丰有诗为《鸳鸯》，写的是陆机、陆云兄弟。其实，类似的诗文在古代还有不少，可见，我们其实永远是无知的时候多。

人物画在形体、神态上的要求很高，不论工笔还是写意，形态姿势稍不对就会很别扭。临画菩萨，结果二次均在胳膊和手的地方出错。一是没有认真注意原作笔法走势，二是没有反复看原作的表现关系。实际上，说白了还是自己基本功欠缺。

无奈，只好将临错的部分裁掉，用边纸涂山水。

可见，做好一件事是需要方方面面有准备才行。

2月25日

胡也佛算得上是一奇人也。

《孟子·告子下》讲"天将降大任于斯人也，必先苦其心志，劳其筋骨，饿其体肤，空乏其身，行拂乱其所为，所以动心忍性，增益其所不能"，恰似给也佛先生做的评语。

胡先生的工笔仕女很有名，其风格学自明代仇英笔法，但其绝活是自己练就的一手"铁线游丝"。能够想象到为有这一手绝活，先生下了多少工夫。其"铁线游丝"的线条功夫，至今仍是海内一绝。其所画仕女飘逸、纤媚。

在生活陷入困境时，为了换"米"为生，他曾绘有《金瓶梅册页》，该册页于2000年香港佳士德拍卖会上拍出27万港币，有评语认为其《金瓶梅》工笔春宫"精致得惊人"，此言不虚！

裁下一块纸，本想涂幅"山水"，正好看到也佛先生的仕女画，就临仿一幅，实在是差之千里也。不过，还是要留下来，这样才好进步。

必须得多练，"铁线游丝"确实牛！

2月26日

喜欢傅抱石先生的"山水"，淋漓率性但又收放有致。傅先生的"人物"也被世人所追捧，但是，一直没有为之"动心"，因为总觉得缺"美"。先生喜欢从屈原的作品中确定表现对象。2016年6月4日，被誉为"一百年来最重要的中国画"的《云中君和大司命》在北京保利春拍"中国近现代书画"夜场以1.6亿元起拍，最终以2亿元落槌，2.3亿元成交，刷新了傅抱石藏品有史以来的拍卖纪录。这确实令人惊叹。

"山鬼"是屈原"九歌"中的形象，历来被画家当素材表现。临仿一幅，自己加了山石草木。

2月28日

在反复翻看学习古人作品的过程中发现，大多数的传世绘画作品均有极强的"文学性"。也就是说，我们的前人就很注意作品中的"叙述性"，并不满足于只画出一个画面，而是一定要通过画面"说"些什么。绘画表现"文学性"核心的方法主要就两种，一是自己创造一种文学意境，二是根据已有的文学作品进行创作。根据已有的文学作品创作是属于再创作，因为，这些作品的内容是大家熟悉的，所以，画家的再创作就有了难度。既要符合原作，但又不能成了图解式的表现。

所以，创造艺术真的有难度。

临仿清人王素的一幅作品，在原画的基础上有点变化。这种变化是"被迫"的，主要还是在临的时候整体比例出了偏差，一开始整体上就画得小了。所以，纸张上空白地方太大。于是，就按原画上树的走势进行了改变。

反复临摹是学习绘画的必须，而且要经常地回头临。不过，在临的过程中，重要的是体味前人的思考，不是要完全复制，完全复制意义不大。

任何已经形成的模式和理论其实都是基础，但也是桎梏。

能够进入创作的层面需要的综合因素太多。

所以，艺术实际上是苦差事。

3月2日

唐寅，字伯虎，明代画家、书法家、诗人。被誉为"风流才子"，其实他只活了54岁，一生坎坷。唐寅的画不拘一格，山水、花鸟、人物均精到，他而且是精细中有特别的神韵，与沈周、文徵明、仇英并称"吴门四家"，又称"明四家"。其众多作品现在藏于世界各大博物馆。

仿其《秋风纨扇图》，因为只能从印刷品上看，所以，无法从细节上去学，好多地方只能靠揣摩。不过，这本身就是一个永远学习的过程，总能从中有所得。

"秋来纨扇合收藏，何事佳人重感伤。请把世情详细看，大都谁不逐炎凉。"这是原画上的题诗，其实正好可以显示唐寅整幅画的构思和意趣，这样的练习应该就是"师古人"，这是必须走的路子。

3月3日

唐寅的《桐阴清梦图》现收藏于北京故宫博物院，虽然说就在大陆，但也不是能轻易就见到真容的。所以，只能看印刷品。

画上有梧桐一株，桐荫的坡石处有一人仰面坐于交椅之上，正闭目神游。整幅画简洁、洗练。上题"十里桐阴覆紫苔，先生闲试醉眠来，此生已谢功名念，清梦应无到古槐"。世人解说此画是唐寅30岁会试受挫后的写照，表露其绝意功名又无所事事的烦闷心境。我倒觉得未必完全是这样，实际上可能表现的就是一种希望有此种闲适生活的写照。

如果不需要占有太多物质，能够拥有闲适，又有意趣的日子，不是挺好吗？

许多时候，我们从艺术作品中感受的就是"理想"状况下的生活，这也是艺术存在的意义和价值。只是，我们多数时候是在追求中放弃理想的。

这也是人们将艺术归于"形而上"的一个主要原因吧。

3月4日

临古实际上可以学许多东西。

除了绘画艺术本身涉及的诸多要素外，还有许多文史哲的东西。所以，可谓一举几得。

临清任薰《瑶池霓裳图》，除了要画众多人物外，还要画异鸟凤凰，还要画云。介绍说这里采用的"流水描及兰叶描"，"流水描"体现得清晰，也好理解，但是，"兰叶描"不太清晰，看来还得好好琢磨。

另外，这幅画在构图上采用的是上疏下密的布局，可以突出上面的"王母"。这幅画的内容很值得学。下面八位仙女手持八件乐器，多数我们今天还在使用，还能经常欣赏到。有的只能猜测其用途了。

"王母"最早的记载见于先秦文献，说"王母"是居于昆仑丘的山母神、始祖女神，无父母。

《山海经·大荒西经》里有"西有王母之山，壑山、海山"。

我们惯常的认知里，"王母"就是"西王母"。到了晋代，道教神仙体系开始创立，葛洪的《枕中书》把西王母纳入了道教神仙体系，"王母"成了元始天王之女，也就是成了盘古的女儿。道教神话中，西王母是女仙之首，主宰阴气、修仙的女神，对应男仙之首东王公。是生育万物的创世女神，掌管不死药、罚恶、预警灾厉。《枕中书》就写道："木公、金母，天地之尊神，元气炼精，生育万物，调和阴阳，光明日月，莫不由之。""金母"就是指西王母。

任薰《瑶池霓裳图》上题有"西望瑶池降王母，众仙同口咏霓裳"的诗句，查资料发现这两句诗只题在这幅画上，倒是查到杜甫《秋兴》诗第五首中有"西望瑶池降王母"之句："蓬莱宫阙对南山，承露金茎霄汉间。西望瑶池降王母，东来紫气满函关。云移雉尾开宫扇，日绕龙鳞识圣颜。一卧沧江惊岁晚，几回青琐照朝班。"

任薰是清代画家，为"海上画派"代表人物之一，与兄任熊、侄任预、族侄任颐被后人合称"海上四任"。任薰善画人物、山水、花卉、禽鸟，亦长于园林设计。由此可见，史上，任氏家族出了好几位优秀的绘画艺术家。

3月5日

裁下来的边纸，舍不得扔。

一张14cm×26cm，随手画两牡丹。实际上无论尺幅大小都同样需要注意布局。大有大的讲究，小有小的难度。最简单的就是必须看着舒服，但是，往往搞不好就不舒服。所以。这是终生的练习。

一张12cm×39cm，临摹陈洪绶的《竹石萱草图》。竹、石、萱草，三种物，不仅要把每一种物本身的形态、特征、神韵表现出来，还要注意三者之间的呼应关系。这其实也是绘画的基本功。

实际上，我们所表现的物事都是前人表现过的，我们想要表现的一些意境、情趣也已经被前人表现过。所以，在欣赏、学习前人的时候，常常会有绝望感。

3月6日

"老莲"，即陈洪绶，他中国绘画史上不能绕过去的人物。

清代鉴赏家张庚评老莲说"力量气局，在仇（英）、唐（寅）之上，盖明三百年无此笔墨"。

据说其九岁跟随另一大家蓝瑛学画，蓝瑛自愧在表现人物上不及老莲，发誓不再画人物。可见其厉害程度。

老莲的人物画和花鸟画均极有特色，堪称一代宗师，其《九歌图》《西厢记·插图》《水浒叶子》《博古叶子》等均有版刻传世。

老莲的人物画，壮年时已由"神"入"化"，晚年则炉火纯青，愈臻化境。观其作品，造型多怪诞、变形，线条清圆细劲又见疏旷散逸。鲁迅先生对老莲的作品极力推崇，晚年还预备把老莲的版画介绍出来。

在介绍老莲的资料里提到，老莲常利用各种作画技法表现不同题材，如用折笔或粗渴之笔表现英雄，细圆之笔表现文士美人，用游丝描表现高古，其作品成为中国传统人物画法的丰盛宝库。这一点与我对文学创作的认知是相通的。我一直认为，我们对世间万事万物皆可能有感觉，但是，有一些事物一定是只适合写成小说，有的适合于写成诗歌。而且，事物本身的特性会决定我们的语言风格和文章最后的格调，而这不是由作者个人所决定的。

仿其《授徒图》必须是要静心、耐心、细心的。

人言艺术可修心，确实如此也！

3月7日

查资料见有一文《东洪绶绘画的"四美"特征》，文中评陈洪绶的画有"构图的寓意之美、笔法的韵味之美、造型的夸张之美、设色的古雅之美"之"四美"。文章作者为贾关法，查之却发现介绍很少，后终于找到一简短的文字。

贾关法乃浙江萧山人，平生酷嗜艺文，主业而外，于诗文、书画、集邮、收藏等多有涉猎。其退休之前居然一直从事的是地质勘探、工程勘察等工作。晚岁定居绍兴后勤于笔耕，曾担任国内几家美术、收藏类主流媒体的特约撰稿人和专栏作者，著有《会稽读画纪历》和《丹青风雅颂》两部专著。

贾先生对陈洪绶的艺术特点分析自然有其道理，值得学习。

但是，许多时候，将一些理论性的分析变成实践根本就是两回事。而且，许多时候，如果按照理论来进行，可能会是死路一条。这一点在文学创作中尤为明显。

其实在临摹学习中，有一特别的感受。那就是，好多很牛的画家实际上也是时尚风格的设计师。他们的作品中，许多东西都极其有意思。尤其是女性的头型、服装、配饰，室内陈设的用品等都非常讲究，有的东西现在看都既是实用品，又是时尚品。

所以，要做一个艺术家不容易。

3月8日

徐悲鸿先生在谈中国画的时候认为，中国的传统人物画应该改良，他讲："尝谓画不必拘派，人物尤不必拘派。吴道子迷信，其想象所作之印度人，均太矮，身段尤无法度，于是画圣休矣！陈老莲以人物著者也，其作美人也，均广额，或者彼视之美耳！夫写人不准以法度，指少一节。臂腿如直筒，身不能转使，头不能仰面侧视，手不能向画面而伸。无论童子，一笑就老。无论少艾，攒眉即丑。半面可见眼角尖，跳舞强藏美人足。此尚不改正，不求进，尚成何学。既改正又求进，复何必云皈依何家何派耶！"

听上去极有道理呀。难道是吴道之和陈老莲等人真的笨到如此程度吗？陈老莲不知道自己的手指有几个指节？好像不应该！陈老莲知道人除了双胞胎，长得都不会一样，即使是双胞胎其实也会有细微的区别。

那么，陈老莲为什么要这样画？

反复欣赏陈老莲的作品，就是觉得有趣。他那些徐悲鸿认为有问题的作品，我不论如何看都会觉得有趣。那种有点变形的脸型、眉眼，那些动作都透着趣味。很显然，这是陈老莲有意为之。

艺术的一大特质其实就是创作者的"有意为之",这种"有意为之"正是创作者想要表达的审美趣味,想要传达的一种情绪。如果没有了这样的"有意为之",只是符合了"法度",这样的趣味就会减弱,甚至消失。我们看到的许多作品不就是标本式的吗?

艺术绝对不能成为标本!

3月9日

仿明人姜隐《芭蕉美人图》,此画现被美国人收藏。选择此画临仿是觉得整个画面的构图很讲究,而且画中人物也有故事性。湖石、芭蕉,都是古人画中常见景物,尤其常与美人相搭。"芭蕉美人"就有不少人画过。

至于为什么前辈画家喜欢这样的题材,恐怕很难找出最初的缘由。不过,应该还是与人们对"芭蕉"之形、之质、之感、之韵的情感认知有关。明清时期,人们认为芭蕉绿叶清新、不以花显,有清雅之美,将芭蕉与竹一样归于表现无尘俗味之物。被称为"李十郎"的李渔在其《闲情偶寄》中说:"幽斋但有隙地,即宜种蕉。蕉能韵人而免于俗,与竹同功。"而且,他明确指出芭蕉入画的妙处:"蕉之易栽,十倍于竹,一二月即可成荫。坐其下者,男女皆入图画。且能使台榭轩窗,尽染碧色,'绿天'之号,洵不诬也。""绿天"的说法很有诗意,芭蕉叶宽,如置身其下,绿叶横亘,确有"天"之意。关于"绿天"的由来可见宋陶谷《清异录·绿天》:"怀素居零陵东郊,治芭蕉,亘带几数万,取叶代纸而书,号其所曰绿天。"由此,可见,芭蕉与书画有着解不开的缘分。

《芭蕉美人图》中,一位女子坐于石案旁,案上置一棋局,

此女子正在等另一女子来对弈。有意思的是，另一女子正在两丫
鬟模样女子的照顾下洗手。不知过去是否有此讲究，棋局开始前
要洗干净手。这让人想到我们平时常说的"手臭"，"手臭"可
能就会输棋吧？

所以，有趣！

临完查有关资料时知道，这幅画所用线条叫"折芦描"，关
于"折芦描"有解释说："勾线时尖笔细长，长于撇捺，由圆笔
转为方笔之法，仍须方中有圆，圆用隶法为之。然待干后勒以淡
墨能使之厚重，并增强立体感。"这实际上讲的是运笔方法，并
没有讲清为什么叫"折芦"，我觉得应该是指画出来的线条像是
芦苇被折断的感觉吧。

看来，以后应该先查资料，这样好掌握一些特点。

3月11日

许多时候，我们其实并不知道自己要什么。我们常常被教导
要努力，说是努力才能成功。其实，如果方向不对，越努力离自
己要去的地方越远。

错过的东西再也不可能拥有！

1998年，我正在"北漂"，那年在公园参加"书市"，说是
"书市"也有不少经营其他的摊位。其中就是不少人在现场进行
书画创作及销售。因为喜欢，所以，就会抽空去欣赏。印象非常
深的有三个人，一位应该叫"亦夫"，这应该不是他的本名，他
会很传统的中国画法。但是，他的周围人总不多，倒是那些画得
很花哨的人周围总是围着不少人。我喜欢看他画，因为总去看，
所以，他后来送我一幅小画。另一位，没有记住名字，也没有问
过。很年轻，画人物，都是"古人"，非常准确传神，肯定是童
子功，可惜没有交流过。还有一位在篆刻，他不需要先在石面上

写字，而是直接开篆，只要你告诉他内容，他看一看石头，就运刀，非常快，但每幅画作品都很有韵味。他叫宋歌，山东人，也很年轻。听朋友说后来在终南山见到他。

《爱你没商量》的导演张羽先生介绍我给现在很著名的晁谷先生写画评，然后我就一直不断给另外一些书画家写评论。但是，也没有想要深入的想法。

再后来，荣宝斋要给刘凌沧先生出画册，先生的老伴郭慕熙给画册写后记，写完后，找我给帮忙润色，见到了郭先生，并且聆听她讲工笔画的一些事。那时，先生还在画。刘凌沧先生博物馆在其老家固安县落成时，我还受邀出席。后来，忙乱七八糟的事，也没有再和郭先生有过深交。2016年，先生仙逝。

想一想，如果那时候能拜先生为师，做个入门弟子，确实可以早入书画之门，总比自己摸索要好，先生可是完全的传统继承者。

最近临摹的画均为工笔手法，不过，我不是按工笔的程序画，只是"临"，用来揣摩前人如何表达意韵，同时也可练形，练线。

赵雍是赵孟頫次子：书画继承家学，擅山水，尤精人物鞍马，亦作界画。《挟弹游骑图》正是其表现人物鞍马的作品。

临此类画很费神，我的作品勉强可以入眼。

3月12日

所有的事情其实都处在不断的变化中，已有的经验固然重要，但是，常常是有一点条件变化了，经验就基本上没有用了。

在小尺幅的纸上临摹相对容易掌握原画的比例，但是，换成大尺幅的就要有难度，尤其是在案面上临摹的时候。

临摹清人康涛的《华清出浴》，此画尺寸规格为120cm

×66cm，基本上相当于一幅四尺整开。所以，就用四尺的纸来临，结果连临两次都在比例上面有问题，第三次才基本上可以，但，实际上还有问题。

所以，想到了老子讲的"慎终如始"。

《道德经》第六十四章："其安易持，其未兆易谋。其脆易泮，其微易散。为之于未有，治之于未乱。合抱之木，生于毫末；九层之台，起于累土；千里之行，始于足下。为者败之，执者失之。是以圣人无为故无败。无执故无失。民之从事，常于几成而败之。不慎终也。慎终如始，则无败事。是以圣人欲不欲，不贵难得之货；学不学，复众人之所过。以辅万物之自然而不敢为。"在这里老子提出"圣人无为故无败"，但又提出"慎终如始，则无败事"，可见并不是说什么也不做，而是做的时候要能从始至终保持一致。又提出"学不学"，就是说要学别人所不学的，这一点很值得深思。我们很难判断什么是别人不学的，或者说，我们很难做到这一点，所以，也就难谈"学不学"，我们只能学。这就存在着如何从别人那里学的问题。实际上，老子在前面已经讲到了，这就必须明白"合抱之木，生于毫末；九层之台，起于累土；千里之行，始于足下"的道理，既要能"无执"，又要能"慎终"。

听上去好矛盾呀。但是，必须这样，也就是要能进得去，还要能出得来。难呀！

但是，世上的事哪有不难的呀。还是这句话"千里之行始于足下"，老老实实地走，慎终如始地走！

3月13日

"师古人""师造化""得心源"，对于一个人来说是整体的，并不存在哪点要做，哪点不要做，哪点先做，哪点后做，其实应该是同时的、交叉的、反复的，缺一不可。只有从古人、从造化中反复学习，加以领悟与实践，才能真正进入艺术境界。

还在思考老子的"学不学"和"慎终如始"。"学"其实就是"师"，在绘画中，师古人首先就是要"像"，甚至要完全一样。实际上完全一样就有难度。因为要"一样"，就必须考虑许多因素，必须按原作进行。稍有不慎就会出错。这就必须"慎终如始"。如果不"学"，在画的时候，因为不需要考虑要与"参照"完全一样，就可以自己来掌控，造型也好，线条也好，神韵也好，都可以相对"自由"。

但是，为什么历来就强调"师"呢？其实，就是要通过严格的学习，领悟"表现"之道。

这也就是我们熟知的吴昌硕先生所说的"学我，不能全像我。化我者生，破我者进，似我者死"的道理所在。"学而化"，不学很难化。

临南宋牧溪《猿图》。

牧溪，僧人，俗姓李，佛名法常。元代吴大素《松斋梅谱》有关于这位画家比较多的文字描述："僧法常，蜀人，号牧溪。喜画龙虎、猿鹤、禽鸟、山水、树石、人物，不曾设色。多用蔗渣草结，又皆随笔点墨而成，意思简当，不费妆缀。松竹梅兰石具形似，荷芦写，俱有高致。"

法常在国内没有受到足够重视，但在日本极受推崇。日本古籍《松斋梅谱》中评价牧溪的绘画："皆随笔点墨而成，意思简当，不费装缀。"所以，他的多数遗迹都流于日本，他被评为"日本画道的大恩人"。当时日本幕府将收藏的中国画按照上、中、下三等归类，牧溪的画被归为上上品，可见其受欢迎程度。

但在元代，有人认为他的画粗恶无古法，诚非雅观。

所以，这倒可视为"师古人""师造化""得心源"的一个公案。

3月14日

一直在思考一个问题，我们究竟比古人进步多少，高多少？实际上，如果我们真的深入历史去看，就会发现，除了在一些手段上，在许多方面我们还差得远，甚至是在衰退。

中国画有一些题材是从古至今被人反复用来表现的。但是，欣赏古人的传世作品，会发现常看不厌，而且会越看越觉得有趣味，有神韵，有内容。而近现代表现同样题材的作品往往只是一幅画，缺少了让人反复欣赏的那种内蕴。

不论是工具、材料、手段有多大的变化，但是那种在作品中传达出来的属于思维、思想性的东西是无法用这些东西实现的。

这里实际上还存在一个问题，那就是历史是连续不断的，但是，每一个个体的人的生命都是短暂的，而一个人能创作出传世作品的时间更是短暂的。所以，所谓的"继承"和"超越"是一种一厢情愿的提法，尤其是思想和智慧。不论任何时候，出现一个相对差不多的人就已经非常难得了。

正像千百年流传的知音故事一样。

"伯牙善鼓琴，钟子期善听。伯牙鼓琴，志在高山，钟子期曰：'善哉，峨峨兮若泰山！'志在流水，钟子期曰：'善哉，洋洋兮若江河！'伯牙所念，钟子期必得之。子期死，伯牙谓世再无知音，乃破琴绝弦，终身不复鼓。"

这就是关于伯牙与钟子期的有关传说。

伯牙是春秋战国时期晋国的上大夫，当时著名的琴师，善弹七弦琴，技艺高超，被尊为"琴仙"。《荀子·劝学篇》中曾讲"伯牙鼓琴而六马仰秣"，可见他弹琴技术之高超。《琴操》记载伯牙学琴三年不成，他的老师成连把他带到东海蓬莱山去听海水澎湃、群鸟悲鸣之音，于是有《水仙操》。现在传世的琴曲《高山》《流水》和《水仙操》传说都是伯牙的作品。

仿元人王振鹏《伯牙鼓琴图》。这幅画是无着色，只有简单淡墨渲染。查一些资料，知道此画原来就这样，这是典型的白描手法。

临完后，将伯牙与钟子期的故事抄录其上。另外在琴身上简单加了赭石。

凑合能看。

3月15日

再一次有绝望之感！

临明代吴伟的《武陵春》图，看着简单，但是，仅头部就画了近十次，依然没有临出原画那样的神韵。不是眉眼不对，就是总把头发部分画大……看来暂时难入其"神"。

原画中的武陵春并不像现在一些仕女画中的人那样被刻意画得非常"美"，但是，真美根本不是现在那些画可以比的。

画中的武陵春的神态、情韵真的很难用语言来描述，只能盯着原图欣赏，而且越看越觉得吴伟堪称大师。

《武陵春图》为白描。笔墨不多，但是将人物表现到了极致。

画上有明代徐霖所作《武陵春传》："妓女齐慧真者，号武陵春。自少喜读书，能短吟五七言绝句，鼓琴自能谱调。过客不以筝琶取怜，客有强其歌者，歌宋诗余数阕酬之，客莫之解，多不乐。真自嗟曰：'堕落业境岂侬本心也。'与江南傅生往来最密，生警敏，亦善吟。缔好者五载，生偶以讹误出戍广西，真竭其币赀拯之，不得。每寄书，辄以死许。生从戍，真忧惋成疾，不数月遂死。所存有珠玑囊鸡肋集传于人间。端居生曰：武陵春一娼家女流，狎客其分内事也。工文翰已为奇绝，而必择所合者委之，此殆有所见欤。既得其人，遂以死相守，其用情亦当矣，假使其初不失身焉，安知其不可以钟李哥哥之迹乎？"

此画一直倍受赏识。画上有近当代众多名家的题词及钤印，可见其价值。

还得再临。

3月16日

20cm×12cm，极小的尺幅。这是给侄女画的，她要放在茶礼盒中。有朋友说，你这是要制造"天价茶"。

其中有几幅"清供"。

"清供"在过去是有实用性的。到现代，许多人是不知道何为清供的。每个家庭也都有摆设，但是，如果和古人的摆设来比，无论从哪个角度来讲，可能都会输在"品质"上。

简单地说，清供就是在室内放置在案头供观赏的物品摆设，包括各种盆景、插花、时令水果、奇石、工艺品、古玩、精美文具等，有这些摆设，可以给厅堂、书斋增添无限情趣。按一般的资料解释，清供起源于祭祀，完整的清供体系产生于汉唐以后，唐宋时期成了生活的重要部分。

在传统绘画中，"清供"是非常重要的表现题材。

因为要将不同的器物与花卉、果蔬等同时呈现，而且要表现出情趣，所以，也是极考量人的。

3月17日

陈洪绶《隐居十六观》为其去世前一年的作品。

据说陈洪绶醉酒西湖边，提笔为友人沈颢作《隐居十六观》图册并题赠予他。

有人认为"十六观"出自《观无量寿经》，共有十六种，即：日想观，水想观，地想观，宝树观，宝池观，宝楼观，华座观，像观，真身观，观音观，势至观，普观，杂想观，上辈观，中辈观，下辈观。

从《隐居十六观》所表现的内容来看，未必是应对《观天量寿经》之"十六观"，而是表现了陈洪绶的生活与内心的写照。用十六幅画表现了十六种生活情态，分别为访庄、酿桃、浇书、醒石、喷墨、味象、漱句、杖菊、浣砚、寒沽、问月、谱泉、囊幽、孤往、缥香、品梵。

每一观与一位古时隐逸高士人物对应，如庄子、刘辰翁、苏轼、陶渊明、班孟、宗炳、孙楚、魏野、李白、白居易、鱼玄机等，有的应该是老莲自己。

这"十六观"更像是一本古人的隐居指南，融入了儒佛道文化。

原作采用的是白描手法。只在每一幅的局部有简单的染色。

原作是每一幅单独表现。规格为21.4cm×29.8cm。临的时候为了省事，在卷纸上连续表现。基本上是按原画大小进行的，临的时候，觉得有一些画在背景上可以构成一个整体，所以，略做简单调整，这样就让有的几幅画仿佛连成一体，连起来差不多500cm。

3月18日

老莲的画有一个特质——"怪"。

"怪"实际上是一种艺术品质，但是，如果怪到没有美感自然就另当别论。而老莲的作品就是怪得很有意趣，很有情调，尤其是反复欣赏时，这种感觉会很深。所以，也难怪当代国际学者推尊他为"代表十七世纪出现许多有彻底的个人独特风格艺术家之中的第一人"。

想起德国启蒙运动时期最重要的作家和文艺理论家莱辛在《拉奥孔》中阐述的一个理论，古代艺术家遵循的法律就是"美"，所以，在表现痛苦时要避免"丑"。所以，艺术家在表现拉奥孔的时候，在诗歌里拉奥孔可以是哀号的，但是在雕塑中不能哀号，因为如果真正把哀号的表现雕琢出来，人物表情会表现出丑陋的一面。

老莲的画怪中有情趣，丑中有韵味。所以是应该反复欣赏和学习的。

按其原画的规格仿一幅《听琴图》，原作资料上标明"设色"，但是只能看到有几处简单着色，尤其是人物服装基本上没有色。临出墨稿后，按老莲用色的特点和自己的想象加了色。

感觉还可以。

3月19日

画画好玩，临古有趣。

在查资料、临学中看到，仇英有许多传世的作品都写着"临宋人书册"，很说明"师古人"的重要性。

古人的作品基本上都是表现日常生活情态的，各种阶层的人都有，所以，能从此看到古人精彩纷呈的生活内容。

临老莲画作《调梅图》，查了一下何为"调梅"。解释是"喻指宰相执掌政柄，治理国家"，很显然这已经是引申义了。实际上其本义是指用盐、梅调味，使食物味美。因为梅的味酸，所以被拿来做调味品。原语出自《尚书·说命下》："若作和羹，尔惟盐梅。"

老莲的《调梅图》正是表现其原义的一幅画。画中有三女性，其中一人端坐在石凳上，一看就是主人，另外两位是婢女，正在火炉旁调梅。按"调梅"的说法，一婢女端着的是盛有梅子的托盘，另一婢女一手拿勺子在盆中调拌，一手正在拿盘中的梅子。

基本上是按原作尺幅临摹。除了在人物服饰着色上有所变化外，右下角原来没有"湖石"、笔筒和笔洗，但按原作比例，还需要将下方的桌子画完整，就想到补画一物可能更好，于是有了现在这样的呈现。感觉还算协调。

这应该就是锻炼自己吧。

"画画好玩"是书画家田永庆先生总发的一句话，借来一用。因为确实好玩！

3月20日

陈洪绶是个伟大的艺术家，也是个"悲剧"人物。

其祖上为官宦世家，至其父家道中落。如果仅仅是这样，也没有什么，陈洪绶出生前，有道人给他父亲一枚莲子，说"食此，得宁馨儿当如此莲"，所以陈洪绶出生后，小名即为莲子，老莲为其晚年用号。父亲对他是寄托着希望的，所以，从小就让其接受很好的教育，可惜陈洪绶还没成年，祖父、父母相继去世，他的哥哥觊觎家产，不愿让他分一杯羹。陈洪绶只好离家只身前往绍兴。好在，他已有画名，但他又不愿意随便出售自己的作品。而对另一些人却动辄赠画，其中就有妓女。可见老莲是个多么有性情的人。

陈洪绶曾一度剃度出家。陈洪绶喜读《离骚》，曾作《九歌》人物十一幅，又画《屈子行吟图》一幅，皆为传世佳作。明亡前，作《痛饮读骚图》。

画中人物相貌伟岸奇古，反映了画家佯狂迂怪的个性和对时代的愤懑之情，用线则浑圆柔韧，拙古如籀篆书法之圆润劲利，秀细似春蚕吐丝般连绵不绝，苍浑舒缓，达到了出神入化的境界。他的弟子陆新曾感叹说："师作人物……惟振笔白描，无粉本，自顶至踵，衣褶盘旋，常数丈一笔勾成，不稍停属，有游鹃独运乘风万里之势，他人莫能措手！"

仿老莲画能体会如何造韵，如何成趣。

3月22日

这幅画的资料上只标着"仕女图"，老莲的画中只有他的名，画中是两位女子，一位正要打开琴的包裹，但是，整个神态是正在用心听另一位女子吹箫，所以，临完后就题为《碧涧流泉》。

《碧涧流泉》是首琴曲，也为十大洞箫曲谱之一。此曲最早见载于明代《西麓堂琴统》，《西麓堂琴统》解题为："盖其寓情山水，结盟泉石，恍若悬崖寒溜，跳珠瀑布，夺人心目。详玩曲意，真天地同流之妙矣。"

洞箫是最常见的民族乐器，多用九节紫竹制作，常用于古琴合奏或用于传统丝竹乐队中，也有用来独奏的。

据说，箫源于远古时期的骨哨，在秦汉至唐，箫和笛基本上不分。箫多是指编管的排箫，汉代的陶俑和嘉峪关魏晋墓室碑画上，已可见到吹洞箫的形象，但单管箫当时多称"笛"。

箫在汉代时称为"篴""竖篴"或"羌笛"。所以，"羌笛何须杨柳"指的应该就是箫。唐代时，笛箫概念基本分开，横吹为笛，竖吹为箫。

老莲这幅画中显然画的是我们现在说的箫。只不过，画中女子是不是在吹《碧涧流泉》就不得而知了，只是我喜欢这个曲名。

老莲的画看着并不复杂，但是他在构图和表现上很有特点。这幅画中，有长案、根雕、清供，尤其是两位女子都坐着芭蕉叶，头型和精致的头饰更是老莲一贯的表现。

所以，这样的练习可谓一举多得。

3月23日

"授经"从字面理解就是讲授经书之意。

查资料发现，很多画家均表现过这一题材。隋代著名画家展子虔就有《授经图》，唐朝张彦远评展子虔的此画"细密精致而臻丽"，展子虔的《授经图》现被收藏于台北故宫博物院。

唐代名家王维、明代画家杜堇及明代崔子忠均画有《伏生授经图》，王维的画作现藏于日本大阪市立美术馆，杜堇的作品现藏于美国大都会艺术博物馆，崔子忠的《伏生授经图》现藏于上海博物馆。

陈洪绶除画过《宣文君授经图》外，还与徐易合作过一幅《授经图》，该图描绘的是伯温向其子孙授经的情景。左边为其长子刘琏，右边次子刘璟，右前年少者长孙刘廌。图右有款《授经图》，徐易写像，陈洪绶画衣冠。并有白文印"徐易"，朱文印"象九"及白文印"陈洪绶"。画作上还有其他一些人的题款及印。

从此图可见，前辈之人应该常有交流，并会有合作。

临的时候没有注意细看题款，只是感觉画中人物显得"温和"，与老莲的风格有点儿出入，尤其是眼部的变化。临完再仔细看其他，尤其在查看此画的相关资料时才清楚为什么会有这种不同的感觉。

徐易亦为明代画家，善"写照"，也就是给人画像，为传神妙手。兼能山水、花卉，笔墨秀逸古朴，设色淡雅沉香。徐易是明代著名画家曾鲸的得意门生，曾鲸擅画人物肖像，强调观察体会，抓住最动人处，精心描绘，尤注重点睛，形象逼真，栩栩如生，被人誉为"如镜取影，俨然如生"，跟随他学画者甚众，曾鲸字波臣，所以，形成"波臣派"。陈洪绶与曾鲸是好友，所以和徐易也多有交流，故有此合作。

虽然是临画，但却也能了解到不少其他的知识。这也是绘画综合性的一种体现吧。

3月24日

上学时学过，后来当老师的时候也讲过《庄子·养生主》和欧阳修的《卖油翁》，对"游刃有余"和"唯手熟尔"自然很熟悉。这两篇文章用不同事讲的其实是一样的道理，也就是技与道的关系。但不管是从哪个角度讲，核心就是必须反复去实践，而且在这个过程中要用心去体会，掌握事物的规律。

临摹老莲作品的时候从其作品中也发现了这个规律，那就是他的一些作品的人物或者器物会在不同的作品中反复出现。这实际上就是一种加强式练习。

复制，尤其是"复印"式的表现是有问题的，但是，重复的练习是必不可少的。重复练习方可游刃有余，方可"手熟"。这和"复印"有本质的区别。

就像线条，一开始的时候总是手不应心，画得小心翼翼，结果线条是线条，但是会僵硬无神。

老莲的《琴会图》画了三个人物，临的时候才发现，原来是《隐居十六观》里出现过的造型，只是原来每一个人物都是单独的，现在老莲将他们三位组合在一起就有了不同的意境。其中一个人物形象是"醒石"中的东晋文人陶潜，一个是"漱句"的西晋文人孙楚，还有一位是"孤往"中的形象，这位人物资料里没有具体对应的人物，历史上许多高士隐者都有这种心态或行为。

《琴会图》里，"醒石"和"漱句"的人物只是加了屁股下面坐的东西，"孤往"的人物形象后面加了山石、坐毯，另外主要是加了一把琴，因此这幅画被称为"琴会图"。

临摹此画，得一启示，就是相同的人物或者器物进行不同的组合，就会出现不同的意境和情趣。这实际上是绘画构图的一种核心能力。

实际上，师古人同时也就是师造化，因为前人的作品中的许多物事均来于"造化"。所以，这种临古实为一种好办法。

3月25日

鲁迅先生涉猎广，仅文学创作就对所有问题都有很好的表达，而且均达到了很高的高度。

因为当过高中语文老师，所以，对先生的小说、散文、诗歌都有过讲授。但是，我自己在阅读的时候，对先生的《中国小说史略》和《故事新编》印象最深。

《中国小说史略》从远古神话传说讲起，至清末谴责小说为止，完整地论述了中国小说的起源和演变，评价了中国各个历史时期具有代表性的小说作家和作品，深刻地分析了前后期小说之间的内在联系。许多小说就是因为看到先生在"史略"中提到才有所了解，后来陆续读了一些。

《故事新编》总共有八篇，《补天》《奔月》《理水》《采薇》《铸剑》《出关》《非攻》《起死》，均是对中国古代神话的重新演绎。虽然只有八篇，但其思想性、艺术性却很高。其中的《铸剑》取材于干宝的《搜神记》中的《三王墓》，写的是"眉间尺复仇的传说"，但先生重点叙述的则是"黑色人"如何替眉间尺复仇的惊心动魄的过程，在对"黑色人"的复仇意志和复仇行为方式的大肆渲染之中，文本有力地传达出鲁迅对生命、牺牲和友谊的独特理解和评价。

　　老莲的《铸剑图》尺幅为114.9cm×51.8cm，在构图上很有特点，整幅画三分之二是两棵树和半壁山。说是两棵树因为用了二种叶型和两种色彩。画幅的下面是铸剑师干将、莫邪夫妇，而且人物也占了整幅画九分之一。这样的构图很有意思，人物在整幅画中被挤在一个小的空间里，有一种压抑的感觉，但因为人物的神态又让整幅画充满一种即将爆发的感觉。干将的英武威严和莫邪的静娴安稳形成一种奇特的氛围。可见老莲在传达人物精神时的妙处。

　　有意思的画总是吸引人的。

　　也许读鲁迅的《铸剑》后再欣赏老莲的《铸剑》更有意思吧？

3月26日

　　从《白蛇传》中知道灵芝很神奇，为救许仙，白娘子去盗仙草，这仙草就是灵芝。

　　《本经》中根据芝的颜色不同，将芝分成赤芝、黑芝、青芝、白芝、黄芝、紫芝六种。《神农本草经》讲赤芝"主胸中结，益心气，补中增智慧不忘，久食轻身不老，延年成仙"。所以，"餐芝"也就成了历代传统文化中的一个概念。"餐芝"在传统文化中一是指修仙，传说仙家以芝草为食；二是指修身养性，不慕名利。

　　陈洪绶号"老莲"，这号就有种仙的味道，而且他本人曾一度出家。《餐芝图》就是一幅表现食芝的作品。

　　画中老者可视为老莲的形象，正手持芝准备进食，还有一仆人正在炉上炼芝。无法想象这样的芝是何滋味，不过，我们的先辈早有言：良药苦口。想来为了成仙得道，苦也无所谓吧！

　　想一想，世事哪有不苦的，就像这学画，其实也是苦差事，只是其中有乐。

3月27日

老莲的《斜倚熏笼图轴》，129.6cm×47.3cm，现藏于上海博物馆。

这幅画很有意思。画中女主人姿态柔媚，斜倚熏笼，抬头向右上方。右上方一只鹦鹉高悬架上，女主人应该是在听鹦鹉的鸣叫。鹦鹉架边的矮几铜瓶中插一支盛开的木芙蓉。有趣的是右下方画了侍女正低头注视榻前一小儿，小儿做扑蝶状。

画中另一值得注意的就是"熏笼"。

"熏笼"是个啥？

查资料知，熏笼是用来熏衣常用的工具，在先秦两汉时被称为"篝""笒""篮"，两晋时期叫"熏笼"，明清时期，又有称"烘篮"。《广雅·释器》中又将其归入"笼"字条下，字义解释是"络"之意，指的是用竹子编织的可以罩起来的器具，放置炭火，燃烧香料，用来熏衣。有解释说，通过熏蒸的方式，可以保证衣物的清洁与卫生，并认为是李时珍在总结前人经验后发挥的。

资料讲，早在汉代，人们就发现熏香可以杀菌。汉武帝刘彻就痴迷熏香，下旨召集全国能工巧匠，使用鎏错金银的精细复杂工艺，铸造铜熏炉，炉盖模拟渤海蓬莱、方丈、瀛洲三座仙山，山峦重叠，于博大中蕴含清秀，故称"博山"熏炉。据说汉武帝时期，汉中流传瘟疫，熏烧香药的方式很好地抑制了瘟疫流传。

白居易有《后宫词》诗："泪湿罗巾梦不成，夜深前殿按歌声。红颜未老恩先断，斜倚薰笼坐到明。"写失意的宫女或妃嫔得不到君王的临幸，孤独落寞的状态。这首诗里就提到了"斜倚"，正好是老莲这幅画的姿态。

所以，临古人的画作还可以恶补一些知识，也谓一得。

将生活中的细节艺术化呈现，实际上这也是古人的画为什么经得起时间考验的一个重要原因！

3月28日

20cm×12cm的小幅画装裱后，如果不说规格，只是看照片可能会觉得不小。其实，这样的规格正好放在书桌上，闲暇时看一看应该可以赏心悦目。

今天给老朋友陈雷鸣写其诗集《夜行的人》的序，想到了"诗意的栖居"这个最早写在德国诗人荷尔格林诗里，后来因为海德格尔被广为人接受的愿望，也想到许多。有多少人，有多少时候能活在自己如意的生活中？我们努力，拼命设想和想要拥有的生活多少是诗意的，多少是能够让我们诗意的栖居的？

恐怕很难有人能有肯定的回答。

世界太精彩，世界太丰富，诱惑太多了，为了某种目标或者目的，我们总是行进在匆匆失去的过程中，回头不可能，学会慢一点应该是可以的，学会停一停应该是可以的，问题就是必须时时问我们自己的内心，要不要停下来？

有许多事情就是需要慢一点，停一停的，比如，读书，比如赏画，比如听琴，比如写字。

所以，还是有办法的！

还是总想到书画家田永庆先生爱说的那句话："画画很好玩儿……"

3月29日

买一册南唐画家顾闳中的《韩熙载夜宴图》摹本仔细欣赏，然后想到临老莲的画的感受。我们从前辈的作品中能学到的不仅仅是画本身，而是诸多的常识，比如，古人的服装、头饰、家具、乐器、食物等等。

临完老莲的《餐芝图》，然后又临其《炼芝图》，这幅《炼芝图》除了和《餐芝图》有两个类似的人物外，又加了两个人物，一立一坐。均为老者形。立者手里提着的一器物颇像蒙古族用的盛物用具，而坐者则披有毛皮衣服，四人形成的氛围挺有意思。

查资料发现，老莲还有另外一幅《炼芝图》。2019 年 6 月 3 日，以 408.25 万元人民币拍卖成交。说是炼芝，但画中炉上放置的据说是楼花，关于食楼花另有其意。应该找来临一下。

3月30日

北宋周敦颐有《爱莲说》："水陆草木之花，可爱者甚蕃。晋陶渊明独爱菊。自李唐来，世人盛爱牡丹。予独爱莲之出淤泥而不染，濯清涟而不妖。中通外直，不蔓不枝，香远益清，亭亭净植，可远观而不可亵玩焉。予谓菊，花之隐逸者也；牡丹，花之富贵者也；莲，花之君子者也。噫！菊之爱，陶后鲜有闻。莲之爱，同予者何人？牡丹之爱，宜乎众矣！"

"出淤泥而不染"作为一种品质也从此广为引用。

陈洪绶从出生就与"莲"有关。有道人在其出生前给其父亲一枚莲子，并说"食此得宁馨儿当如此莲"，所以陈洪绶出生后，小名即为莲子，"老莲"为其晚年的号。

老莲画的莲自然也极有神采。老莲的《荷花鸳鸯图》繁简得当、疏密有致、刚柔相济，四朵荷花，由含苞欲放到花蕾初绽。一对鸳鸯宿于水面，两只蝴蝶飞在空中，一动一静，使整个画面渗出极富感染力的生命力，画法工整，但神韵才是其核心。

临老莲的另一幅《爱莲图》，是三位男士一瓶莲花。

左下方的男士或许正在弹琴吟诵《爱莲说》，右下的男士则停琴抚须在听左下方男士的琴声、颂诵。左上角男士半倾身体，目视莲花。虽然与《荷花鸳鸯图》的画境大相径庭，但画意却异曲同工。

改日临一临《荷花鸳鸯图》。

学方法、学神韵才是临摹的目的！

3月31日

和我们现代人一样，古代一些文人也有特殊的爱好。比较突出的就是"四爱"，讲的是王羲之爱兰、周敦颐爱莲、林和靖爱梅、陶渊明爱菊，也有的是将米芾爱石、苏东坡爱砚归于其中。

关于王羲之爱鹅，《晋书·王羲之传》中记载："性好鹅。会稽有孤居姥养一鹅，善鸣，求市未能得，遂携新友命驾就观。姥闻羲之将至，烹以待之，羲之叹惜弥日。"

"山阴有一道士，好养鹅。之往观焉，意甚悦，固求市之。道士云：'为写《道德经》，当举群相送耳。'羲之欣然写毕，笼鹅而归，甚以为乐。尝至门生家，见篚几滑净，因书之，真草相半。后为其父误刮去之，门生惊懊者累日。羲之书为世所重，皆此类也。每自称：'我书比钟繇，当抗行；比张芝草，犹当雁行也。'曾与人书云：'张芝临池学书，池水尽黑，使人耽之若是，未必后之也。'"据说王羲之将鹅的叫声和神态，逐渐融入其书法艺术之中，所写的鹅字一笔而过，称为"一笔鹅"。

"四爱"在不少艺术作品中均有体现，常见的就是瓷器上的图案。明代著名画家徐渭画有《羲之笼鹅图》。2010年7月3日，该画由西泠印社拍卖有限公司以448万拍卖成交。

老莲也画有《羲之笼鹅图》规格为纵103.1厘米，横45.75厘米，现藏于浙江省博物馆。查资料时发现，有说在临沂博物馆也藏有一幅老莲的《羲之笼鹅图》，不知是说法有误，还是老莲真有同样的一幅。

原画只有羲之和仆人，画幅上部留天较宽，写在右边的一行题款。再无其他，临完后发现下面的空间有点儿大，所以就加了几笔，或许是"蛇足"。因为是按原画的尺幅临的，下面出现空间略大，说明临的时候没有掌握好原画的布局。

好在，就是为了学习，无所谓对错，不过，下次临的时候要注意。

4月2日

临老莲《观画图》，该画51cm×127.8cm，现藏于故宫博物院。

"僻古争奇"这是后人对老莲绘画的评语，这幅画中的人物造型就有这样的特点。连续临其作品，发现其人物，物品也会有雷同现象，但是，每一幅画均有各自的趣味。所以，鲁迅先生生前就极为推崇陈洪绶的作品，认为"老莲的画，一代绝作"。

2008年12月26日至2009年2月7日，上海博物馆举办过"南陈北崔——故宫博物院、上海博物馆藏陈洪绶、崔子忠书画特展"，共展示陈洪绶、崔子忠作品80幅，包括陈洪绶从早期到晚年较为完整的重要创作，有卷轴、册页和扇面等书画精品，还有他19岁完成的《楚辞·九歌》等版面插图。上海博物馆馆长陈燮君认为，陈老莲创作的人物画图式，经明清画家的承续，由任伯年等"海上三任"发扬光大，无形之中成为中国人物画由中古向近代转型的杰出代表。

崔子忠也为明代画家。原籍北海（山东省莱阳市）人，后移居顺天（即北京）。画史上称其"善画人物，规模顾、陆、阎、吴名迹，唐以下不复指手。白描设色能自出新意，与陈洪绶齐名", 其画作也被称为"儒者笔墨"。崔子忠也是极有个性之人, 据说其"宁愿饿死不卖画求生", 而且, 崔子忠还真的是饿死的, 李自成的队伍攻入北京后, 崔子忠躲在自己的密室当中, 后面因缺少粮食而饿死。所以, 其传世的作品不多。"南陈北崔"的展览中展出的北京故宫博物院、上海博物馆所藏的《藏云图》《长白仙踪图》《云中玉女》等八件崔子忠画作, 几乎囊括了中国内地收藏的全部崔氏传世作品。

上海博物馆的单国霖认为之所以出现这样的现象, 与两人的生活道路有着很大的关系。单国霖说: "陈老莲交游广、好读书、好醇酒妇人, 喜欢把画作送人, 而崔子忠甘于平淡、乐于隐居, 作品不肯轻易许人, 流传到今天的自然凤毛麟角。"

同样应该找一下崔子忠的作品临学。

4月4日

仿老莲《眷秋图》, 该作品尺寸为136cm×51cm。2009年上海天衡秋拍以3472万元成交, 现被美国私人收藏。从这幅作品的题记可知, 此图为仿唐人同题画, 而且是老莲与其弟子共同完成的。

仿的时候参考的是印刷品, 而且一开始网上找到的图片也不清楚。所以, 有的不太清楚的地方是自己想象着画的。结果, 今日在网上重新查资料时, 竟然发现一个"中华珍宝馆"的网址, 上面的所有照片都极其清晰, 这样就发现了许多不足之处。在欣赏一些作品时, 只能是惊叹, 那些前辈的表现真的是精到。

这幅画表现的许多东西都很特别, 梧桐树很有意思, 所以, 这样学习是有好处的。

"艺无止境""学海无涯", 确实是如此呀。

4月6日

追本溯源。何为本何为源？

实际上，在整个学习过程中，越学会越觉得"无知"。"本源"是看不到头的。

临摹老莲的画会让人领会如何用同类之物造境生韵，在陈洪绶的人物绘画作品中，有很多反复出现的"道具"，如枯木古藤桌椅、树根、石榻、古琴、高古金石器、花瓶等。在不同的作品中，这些"道具"会因为人物的不同，或者情节的不同被赋予特别的含义。

前人并不像我们今天一定要表现主题，而是重在表现一种生活情态，在这种情态的表现中让人体悟生活和生命情趣。比如，老莲的画中最常见的是"石"，其"石"往往因不同的人物和不同的情态表现出不同的样态。与庞元济、张伯驹、吴湖帆、张葱玉、张大千并称"民国六大收藏家"的王季迁，其收藏之富，为华人魁首，旅居纽约，在海内外皆有极大的影响，被誉为"20世纪世界上最重要的书画收藏家之一"，对书画自然有极深准的认知。王季迁指出："在陈的画里常常有绝妙的大石头，是一种被遏制的大迸发，其默然地传送一种震耳的信息。"

在查资料的时候，又知道学习传统，力追古法，然后融古开今，融会贯通。既学周昉的人物和李公麟的白描，又能吸取五代贯休之夸张怪诞，且熔于一炉，兼收并蓄，时人"皆有来历"。

所以，从老莲知道：至少要回溯周昉、李公麟、贯休……，故，源又有源，本又有本。

唯有追古深广才能融通！

4月8日

唐代美术理论家张彦远是山西临猗人，著有《历代名画记》，其中记述："昔谢赫云：画有六法：一曰气韵生动，二曰骨法用笔，三曰应物象形，四曰随类赋彩，五曰经营位置，六曰传模移写。"谢赫是南朝齐时人，其提出的"六法"一直为后世画家、批评家、鉴赏家所遵循借鉴。宋代美术史家郭若虚在其《图画见闻志》中说："六法精论，万古不移。"

在"六法"中，后面五法均涉及的是技法层面的问题，但是，这五法其实都是为"气韵生动"而为，如果最后的作品没有"气韵生动"，任何方法达到极致其意义都不大。

我们欣赏传世作品就能体会到这一点。我们今天所强调的"古意"其实说到底还是"气韵生动"。

老莲为明清时的人，其作品总是透着"庄重古朴"之气，一是由其个人的综合素养所决定，一是因为其也一直在追慕前人。

临其《吟梅图》，能感觉到的就是那种"老莲"气韵。这幅画所描绘的是写咏梅赋诗的趣事。但是人物状貌夸张，形象怪异，衣纹线条细劲而简拙，有如刀刻。虽然敷色渲染色调较淡，但依然古意盎然，人物头大身小，完全体现了其"高古奇骇"的人物特征。

该画原作现藏于南京博物院。由北京画院联合故宫博物院、上海博物馆、南京博物院、天津博物馆共同主办的"笔砚写成七尺躯——明清人物画的情与境"于2017年8月25日在北京画院美术馆举行，展览将国内四家重要博物馆收藏的明清时期的人物画精品62件套汇聚一堂进行了展览，其中就有老莲的这幅《吟梅图》。

4月12日

画一幅"琴瑟和鸣"。这样题材是赠新人之佳品。

"琴瑟之意"出自《诗·小雅·棠棣》："棠棣之华，鄂不韡韡。凡今之人，莫如兄弟。死丧之威，兄弟孔怀。原隰裒矣，兄弟求矣。脊令在原，兄弟急难。每有良朋，况也永叹。兄弟阋于墙，外御其务。每有良朋，烝也无戎。丧乱既平，既安且宁。虽有兄弟，不如友生。傧尔笾豆，饮酒之饫。兄弟既具，和乐且孺。妻子好合，如鼓琴瑟。兄弟既翕，和乐且湛。宜尔家室，乐尔妻帑。是究是图，亶其然乎。"

琴，大家均知道，专指古琴。瑟很少见到，有点像现在的古筝，弦乐器，据说古有五十根弦，后为二十五根或十六根弦，平放演奏。在老莲的画中，常见有琴和三弦，我没有见其画过瑟。仇英的人物画中，有古琴和阮，也没有见过瑟。不知道是什么原因，难道是他们那个时候也没有见过瑟？

临前人的画能解决许多问题，比如整个布局，意境的营造，人物的形态，神态的把握，等等。所以，老老实实地临、老老实实地学、老老实实地悟是长久要做的事。

4月15日

前几天临过一幅《听琴图》，当时感觉不太像是老莲风格，但并没有多想，因为对于自己来说，临习应该是种常态。再临另一幅《听琴图》时，高古怪诞，夸张变形的"老莲味"扑面而来。

在这幅画中，老莲惯用的"道具"石榻、枯木、古藤、老瓶等依旧，尤其是人物的形神依然入木。而不是上一幅中有精致雕花的琴桌。

老莲用线设色也极有特点。画风渊静，色彩幽深，构图简古是其最基本的特色，尤其其晚年的线条布置自然、散逸、疏旷，设色也看上去随意，有时觉得他就是将那几种色混搭着用，从不像现在许多人那样，极尽丰富细腻，但缺少神采。

宋代郭若虚所指出用笔有三病：一曰板，二曰刻，三曰结。老莲常常是笔中含有放纵之趣，但三病不生，这就是神逸之品的艺术到表现力。能达到如此境地，不仅仅用时间练习即可，应该是需要天分的。

4月18日

艺术是什么？艺术是情性，不管是哪一种门类的艺术，最后必须表现情性才能延伸出最后的价值，否则，即使有再高的表现技巧都是短暂的。这实际上也可以解释和理解民间艺术经久不衰的原因，因为，所有能够一直流传的民间艺术都是直接表现情性的，是生命百种情态的最直接的呈现。

我们习惯用"匠"作为标准，但是，我以为，"匠"应该是一个多层面的判断，再伟大的艺术都会存在"匠"的问题，无匠心者是无法成就艺术的。

老莲的艺术实际就非常明显，临得越多越能体会到这一点。所以，我们应该体会的是如何化解简单的"匠气"，也就是要学会如何不只停留在技术层面。看老莲的许多画我们会发现，他所表现的题材等都不太复杂，甚至经常会重复，但是，在简单中总会有细微的变化，这种细微的变化实际上才是根本。

我一直都在想，我们能表现的还有什么是古人没有表现过的？不论是事物还是思想，有吗？根本没有！

那么，我们还应该如何表现？就是在细微之处找到变化，找到区别，这是一个容易被忽略的问题，但是应该是一个根本的问题。

就像老莲画的这种"课徒"内容的画就有好多幅，每一幅都有变化，变化不大，但是，却是完全不同的呈现，会让人百看不厌。这才是我们需要去体会和继承的，只有这样，才能从继承中走出来。

4月19日

"鸟儿怎么画？"

"不知道，反正羽毛必须一根一根撕，不能平涂！"

《疏荷沙鸟图》是宋代人的作品，不知道作者为何人。按表现手法分类属于工笔画。我知道工笔在表现技巧上是分层、分染的，但是，我没有学过工笔，就只能按自己的理解画。画之前仔细读原作，然后琢磨如何下笔。临摹的意义在于掌握前人如何处理结构关系，如何布局，如何体现神韵，并不是要像"复印"一样一点儿不差。临得多了，自然就会在心中形成"谱系"。

宋是一个极其特殊的时期，书画艺术在这个时期有着极其高妙的呈现。山水、花鸟、人物，神逸之品极多，即使一刻不停地临习都不可能穷尽。但是，临习又是必需的。

这个过程是一个肯定艺术的过程，因为，凡是流传下来的作品，基本上其艺术价值都是得到恒定评价的，艺术价值弱的作品是不可能历经磨难依然被热爱的。

所以，这就提醒我们自己，要朝着想要的方向前行。尤其是不能被时下极其流行的一些东西左右，这种坚持是艰难的，所以，才会更有意义。

4月20日

老莲的作品总是看着简单，但是，奇拙高古，万分有趣，越看越有味道。

以"炼芝"为表现对象的作品，老莲画过几幅不同构图的。这一幅原作规格为102.5cm×43.5cm。2014年6月3日在春季拍卖会上，由北京匡时国际拍卖有限公司拍卖，最后以13，800，000 元人民币成交。画中还是老莲常用的蕉叶、怪石，石上横陈古琴，包以锦绣。在石几的前方有一铜炉，一扇置于炉侧，无人持扇祝风。说是炼芝，但是，铜炉上煮的却是桃花。与灵芝一样，在历来的记载和传说中，桃实也是长生永年的象征，而且桃花有仙气。《神农本草经》就说桃花"令人好颜色"。可见在古人眼中，桃花亦是驻颜永命的仙家之选了。

关于"桃花"，流传最广的应该是《诗经·周南》之《桃夭》："桃之夭夭，灼灼其华。之子于归，宜其室家。桃之夭夭，有蕡其实。之子于归，宜其家室。桃之夭夭，其叶蓁蓁。之子于归，宜其家人。"

从老莲"咏桃"诗句"何事生多艰，春闲便看桃。繁华如可爱，那得恨常销"或许可以体味此画的意韵。

绘画艺术不能满足于画出某种物事，而是要通过这些物事表达出情趣，否则作品就不会有长久的艺术价值。

4月23日

已经连续参加几次"读书日"活动，每一次都会想一个问题，那就是："读书怎么还需要有人去组织，还需要社会机构推动？"阅读不解决所有问题，但是，可以帮助我们拓宽认知世界的渠道，毕竟以我们有限的生命是无法一一去了解所有的事物的。尤其对于喜欢写作的人来讲，阅读可以帮助我们了解别人是如何思维、如何判断、如何审美、如何表述的。但是，总是发现，我们周围许多喜欢写作的朋友阅读不够，或者阅读的范围太窄，所以，写到一定程度就很难突破。

"闲书"是总能听到的一个概念，此定义是指与专业、职业的关联度较弱的书。实际上，世界上哪有闲书呀！任何书都可能会带我们通向一个世界，所谓"开卷有益"！

就像绘画一样，也不能局限在某一类的表现上。即使是同类的东西也一定要找到细微的不同，同而不同才会有神灵、有生命。

老莲的这幅画，依然画极少的人，极少的物，但是，因为构图、物品、神态的变化，就让作品呈现了完全不同的神韵，这就是我们要不断学习的地方。

4月24日

昨天参加由忻州市委宣传部、忻州市文明办主办、共青团忻州市委、忻州市妇联、忻州市文联、忻州市广播电视台、中共忻府区委宣传部、忻州古城、新华书店协办的"点亮心灵之光，阅享文明生活——忻州市第九届读书月系列活动"之"文明忻州，书香秀容——世界读书日·主题沙龙"活动。我在讲元好问的时候，提到定襄县和平定县，然后讲"这个定字好，定足，定气，定心，定神"。

临老莲的《品茗》，想到"吃茶去"的公案。明·瞿汝稷所集《水月斋指月录》载：有僧到赵州，从谂禅师问："新近曾到此间么？"曰："曾到。"师曰："吃茶去。"后院主问曰："为甚么曾到也云吃茶去，不曾到也云吃茶去？"师召院主，主应诺，师曰："吃茶去。""吃茶去"，是一句极平常的话，但暗含禅机，从谂禅师以"吃茶去"作为悟道的机锋，既平常又深奥，能否觉悟，则靠自己的灵性。对于我们多数人来讲，喝茶是为了解渴，虽然现在喝茶的人讲究多了起来，但是，未必是从谂禅师所言的"吃茶"。如果我们吃茶时能够没有"闲事挂心头",内心一念不生、如如不动,或者通过觉照,深刻明白喝茶的人、喝茶的动作、茶及茶味等不可得,或许就接近了从谂禅师所说的"吃茶去"。也就是不管什么时候,遇到什么事情,如果我们的"眼耳鼻舌身"五根,不引起"意"根的妄动,不要生种种情、想、思、虑,能够保持如如不动、恬静安然,实际上我们就会有"自在"。

"品茗"实际上品的不是茗。

4月25日

一个朋友盖一处院子,想在门上悬匾,咨询用什么内容好。

给其提供几个内容参考,在想的时候想到《易经》里的许多内容。觉得将《易经》"谦"卦中"象"所言"谦谦君子,卑以自牧也"提炼为"君子自牧"做一枚闲章应该很是不错。

随手取一石,结果"沙钉"不少,很小心地挖,感觉还行,是自己要的味道。

《易》之"谦"卦,内艮,外坤。原文讲"亨,君子有终",因何言君子能有终?《易》通过其卦象和每一爻之变化进行了具体的阐述。《象》曰:"地中有山,谦。君子以裒多益寡,称物平施。"也就是君子要懂得"谦让"。就像《道德经》的最后第八十一章中说的:"既以为人,己愈有;既以与人,己愈多。"反过来,一个人要成为"君子"首先就是要能够用谦卑的心态管理好自己,充实自己。"谦"卦初六的卦义为"谦谦君子,用涉大川,吉",只有做到"谦谦君子,卑以自牧也",也就是要自觉地,不断地做好自己的事情,卑以自牧,自畜其德,才可能有力量"涉大川",继续往前走。

对于我们每一个人来讲,生命是有限的,就看将时间花费在什么地方。许多时候，我们习惯于外求，而忽视"自牧"，但是，如果不能内省，不能自牧，恐怕很难自觉，又何谈"涉大川"？

4月26日

从某种角度讲，绘画就是一种构图的艺术，或者说就是如何将各种物事选择并搭配好的艺术。实际上，那些传世的作品均如此，因为，不论岁月如何流逝，其实我们能面对的就是这个世界存在的一切。即使一些东西消失，也还会有另一些东西重新出现。尤其是在一个人有限的生命里，我们能看到的事物实在少之又少，所以，我们能表现的事物永远会在我们认知的范围内，即使是一些看上去很抽象的表现，其实并不会超出我们的认知。

这也是欣赏、学习、临摹前人的作品给我的最大启发。超越实际上是一种妄想，我们只能是做一些改变。

临老莲的这幅画时，因为没有清晰的样本，许多地方只能是判断着进行，在临左侧仕女时，其手中托着的托盘里装着的是什么东西看不出来，查好多资料都是这样，而且有一些更不清楚，后来想到老莲喜欢画灵芝，有几幅《炼芝图》，所以，就在盘中画上了"芝"，觉得应该还可以。这幅画也没有题款，其实老莲的画很少有题款，一般都是只写上自己的号和创作时间。我题为"夜谒"是因为右侧一仕女手中托着一支点燃的蜡烛。

所以，我认为，我们的学习过程其实也必须是一个能够认知如何改变的过程，如果只会临，不敢变，即使临得一模一样，也只是一种时间上的重复。

艺术就在变与不变的关系认识上。

4月28日

书画家在整个学习创作过程中，会慢慢形成一种属于自己的"语言"，这种"语言"有利于使其与同类事物相分别，这也许是一个个体最终必须走的路。但实际上也有一个问题，就是，许多人一旦形成一种"标准"就不再敢变化，因为怕失去这种辨识度。所以，风格实际上是双刃剑，前往止步均是因为这个。所以，在风格中能有变化实际上对于许多人来讲就是突破，或者说，可以看到其更高的东西。

所以，我一直认为，风格不应该是人为的，而应该是由所表现的对象来决定的。不同的表现对象一定具有不同的"质"，风格和价值均应该由这种客观的"质"来决定，主观的认知只是要强化和将这种质从非本质的东西中剥离出来。

老莲的风格是极其有特点的，非常具有辨识度，但是，我们在审视作品时，可以发现，他是非常注意细微变化的，根据不同的表现对象，不同的表现对象所具的"质"他会有非常细微的变化，这一点实际上是极其重要的。

事实上，对于一个艺术家来讲，艺术的"自由"就是这种不变与变的关系处理。

许多时候，我审视老莲的作品，乍看觉得这些作品并不复杂，甚至会觉得有程式化的感觉，但是，他的精彩就是在细微的变化上。其实，我们想一想，世界万物除了一眼能看到的区别之外，更本质的不就是那些细微之处吗？就像我们看同一枝干上的两朵花一样，它们的区别在哪里？也许我们根本就看不出来，但是，它们一定是有区别的，这种区别才是更为重要的一种本质。

就像老莲的这幅《释迦牟尼》一样，我们能从中看到他与其他人物画的不同，也能感觉到他的作品与其他同类题材作品的不同。这才是一个高手所为！

5月1日

作品要契合创作者的内心，同时要契合收藏者的内心。

经常会碰到有的朋友指定要画某种作品，不是不能画，而是觉得没有必要去画，因为没有任何"创造性"，更不要说有"艺术"含量。

但是，到处可见的往往是艺术性不强，或者毫无艺术性的作品。没有否定这种作品的意思，只是从这一现象想到另一个问题，那就是为什么会形成这种现象。吴冠中先生曾讲过"美盲"的问题，我只是在想，在教育手段极其发达的现下，为什么"美盲"现象并没有减少，而且更加普遍。

我以为，这与现代的传播手段发达有关。一种东西可以借助传播迅速普及，如果这种东西本身极具艺术特质还好，那一定可以让更多的人感受到艺术。问题是没有艺术性，或者艺术性不强的东西被当成"艺术"普及和传播，结果一定会造成艺术发展的停滞。

实际上，艺术的东西一定不是被普遍欣赏和认知的，有时候可能只是在极小范围内存在。

所以，艺术往往是寂寞的，能够坚持这种寂寞是需要同样寂寞的。

5月3日

老莲的画题款一般都只是写上自己的号和创作的时间，我们现在看到的关于他的每一幅作品的命名，应该多是后人根据画面内容确定的。

临完这幅画的时候，根据画的内容加了"雅集"这样的题款，后来在看资料的时候，看到这幅画被命名为《对讲图》，这应该根据画面内容而定的，因为这幅画上就是四男一女相对而坐，很像一个小的聚会。

最近一直在看普鲁斯特七卷本的《追忆似水年华》，里面写到最多的就是"沙龙"，这种"沙龙"的性质和"雅集"类似。

"雅集"简单说就是几个人甚至一千人的聚会，这里关键是"雅"，"雅"就是要区别于生活中的日常状态，总要有一点不同的体现。传统的文人雅集，其"雅"主要体现在游山玩水、诗酒唱和、书画遣兴与文艺品鉴上，多是文人墨客们聚在一起吟风弄月、诗文相和，也就是说雅人、雅事和雅兴，常常要琴、棋、书、画作伴，茶、酒、香、花相陪。"集"一定是要几个人才叫集，一般会有主要召集人，我们现在叫主办者，向同好发出邀请，然后相聚一起，有目的性，但更多的是随意性。

"或十日一会，或月一寻盟"，"雅集"是中国文化艺术史上一道独特的景观。有人总结出古人的著名雅集有：王羲之主办，谢安、孙绰、王凝之、王徽之等参加的兰亭雅集，据说著名的传世之作《兰亭序》就是这次雅集的杰作；曹丕、曹植主办，王粲、刘桢、徐干、陈琳、阮瑀、应场、孔融、蔡文姬等参加的邺下雅集；石崇为王翊践行的"金谷宴雅集"；嵇康、阮籍等七人为首的"竹林七贤雅集"；南北朝齐竟陵王萧子良主导的"竟陵八友雅集"；唐王昌龄、李白、高适等的"琉璃堂雅集"；白居易晚年的九长老"香山雅集"；袁枚、吴敬梓、杭世骏、厉鹗、蒋心余、吴锡麟、姚鼐等著名文人在扬州诗文唱和形成的"扬州人雅集"；以苏轼、黄庭坚、秦观、晁无咎等为主的西园雅集；还在元末影响极大的"玉山草堂雅集"，据说玉山草堂雅集不仅是元代历史上规模最大、历时最久、创作最多的诗文雅集，而且放置在中国文学史上亦是最理想、诗文水平最整齐的文人诗社雅集，不但前无古人，后亦无来者可比。清初钱谦益《列朝诗集小传》的甲前集列有"玉山草堂留别寄赠诸诗人"的名单，包括柯九思、黄公望、倪瓒、杨维桢、熊梦祥、顾瑛、袁华、王蒙等三十七人，可见阵营之强大。

老莲这幅画中所画的人物不知为何人，但是，这个并不重要，重要的是画中五人神态各异，整个作品依然看着简单朴实，但仔细看又各有区别。

5月5日

我很少临书法，有时也多是临一临米芾的作品，而且主要就是临其《蜀素诗帖》《虹县诗帖》《研山铭》，就是感觉这些作品非常有性情，看着极其过瘾。

《研山铭》内容不多："五色水，浮昆仑。潭在面，出黑云。挂龙怪、烁电痕。下震霆，泽后坤。极变化，阖道门"，这里所言"研山"是指一块灵璧石。

米芾祖籍山西，后迁湖北。世称"米南宫"，是北宋著名书画家，与蔡襄、苏轼、黄庭坚合称"宋四家"，米芾性癫狂，人们又叫他"米颠"，尤以其"拜石"著名。宋人叶梦得《石林燕语·卷十》记载："（米芾）知无为军，初入川廨，见立石颇奇，喜曰：'此足以当吾拜'。遂命左右取袍笏拜之，每呼曰：'石丈'。言事者闻而论之，朝廷亦传以为笑。"

据说"灵璧研山"最早为南唐后主李煜所有，后传至其孙女李氏之手，李氏嫁给米芾时就将其传家之宝赠送给米芾，并约法三章"不得将此转送于他人"。

宋徽宗赵佶经蔡京介绍召见米芾后，见米芾书画超群，字里行间处处显露出横溢才气，将书法的意趣发挥得淋漓尽致，极为赏识。一君一臣成为挚友，经常彻夜长谈，废寝忘食。宋徽宗还召米芾为书画学博士赐予偏殿，结果，米芾酒后与宋徽宗谈论灵璧石，一时高兴便将"灵璧研山"示于宋徽宗观赏。宋徽宗观后十分激动，米芾看宋徽宗有索石之意，遂装醉卖傻，趁其不注意，突然从徽宗手里夺过来，抱在怀里不放，并哈哈大笑。

宋徽宗为了得到"灵璧研山"让蔡京说服米芾，米芾不从招来牢狱之灾，万般无奈的情况下，米夫人只好将"灵璧研山"献于徽宗皇帝，米芾悲痛欲绝，为再与心爱的"研山石"多亲近一会儿，求宋徽宗开恩让其用"灵璧研山石"写书法一幅。米芾将"研山石"放在供案上对其三叩九拜，然后奋笔疾书，写出了流传千古的《研山铭》！

"米芾拜石"是历代画家经常表现的题材，老莲自然也不会忽视。而且用老莲的笔法画米芾恰好也与米芾的癫狂状相吻合，两位极有性情的人以这样的形式"合作"自然也会为后世留下美谈。

5月6日

我一直在思考一个问题，中国的书画艺术源远流长，但是，我们想一想，不管春秋时期，还是宋元时期，那些留下传世作品的书画艺术家他们所面对的世界和我们今天面对的世界并没有根本的变化，甚至一草一木都相同。也就是说，不管什么时候的艺术，其所面对的表现题材都基本上是一样的，但是，为什么总会有不同的艺术作品？

我认为并不是时代，也不是主题和意义决定着作品，而是创作者能在创作时从同中找到不同，从不变中发现变，而且决定这种因素的是创作者个人的综合素养和审美判断，以及如何表达。

老莲就是一个这样的艺术家。

欣赏和临习他的作品就可以发现，他所表现的均是普通的存在，即使我们把他所表现的人物看成高士高人，但，他在表现的时候也还是表现他们的日常，没有突出某种意义。关键就是他总能把相同的东西用不同的组合表现出完全不同的意趣，就像一棵树一样，只是看让它生在山上还是河畔，是让他在田野还是屋旁，只是因为树木所处的位置的不同，就产生出不同的情境。这个道理实际上极简单，但是，这种变化其实才是难点和高度。

同与不同，变与不变。想一想，许多事情和存在不就是在这一点点上吗？

创作的自由实际上还是思维模式的自由。这一点，必须通过临习古人，然后反观自然来理解和把握。

所以，还是"师古人，师造化"的事。看一看老莲的另一幅米芾拜石图。

5月7日

人生于世究竟欲何？现在用"追求成功"来概括多数人的想法大约不会错。但是，何为成功？答案可能莫衷一是。

我们不可能清楚最早的人的想法，老子在其《道德经》第二十五章讲："有物混成，先天地生。寂兮寥兮，独立不改，周行而不殆，可以为天地母。吾不知其名，字之曰道，强为之名曰大。大曰逝，逝曰远，远曰反。故道大，天大，地大，人亦大。域中有四大，而人居其一焉。人法地，地法天，天法道，道法自然。"这里提出了"人法地，地法天，天法道，道法自然"，那么，人最后也是要"法自然"。

西汉礼学家戴圣所编《礼记大学》中提出："古之欲明明德于天下者，先治其国；欲治其国者，先齐其家；欲齐其家者，先修其身；欲修其身者，先正其心；欲正其心者，先诚其意；欲诚其意者，先致其知，致知在格物。物格而后知至，知至而后意诚，意诚而后心正，心正而后身修，身修而后家齐，家齐而后国治，国治而后天下平。"概括后就是"修身齐家治国平天下"，"修身齐家治国平天下"已经离"法自然"越来越远。但是，这种提法的影响远比"法自然"对中国人的吸引力更大。

老莲早年也曾致力于谋取功名，所以，"晋爵"也是他感兴趣的事。其《晋爵图》纵24.2厘米，横235厘米，现收藏于故宫博物院。此图绘有19位人物，其中的17位面向左侧，或作揖，或执礼，一起恭贺画卷左端的红袍男子加官晋爵。乍看上去，这些人物就是简单地被布置在画面上，但仔细欣赏就会发现，这些人物的聚散组合别具匠心，疏密有致，宾主分明，有起有伏，有开有合。设色和线条均是老莲一贯的风格，匀净淡雅，简练有力，极具个人风格。

多数时候，越简约的东西难度越大。而老莲的作品，基本上都是从简约入手，经常把繁复的内容用简单的形式呈现出来，而且极有情趣。所以，鲁迅先生曾评老莲的画说："老莲的画，一代绝作！"

此非虚言！

5月14日

一直记得曾经看过一册连环画，里面是讲神农尝百草的事，其中讲到有一次因尝了有毒的草，在昏迷中乱抓了草叶吃下去，结果体内的毒被解。书中讲，神农认为这种植物的叶子可以将体内的毒素擦去，所以就将之叫作"擦"，"茶"是后来才由"擦"演变而来。当时对这个说法印象非常深，只是后来再也没有看到这个"擦"的说法。再后来知道了这个故事出自《神农本草经》。

《神农本草经》记载："神农尝百草，一日遇七十二毒，得茶乃解。"关于茶的功效，历来多有记载。一代名医华佗讲："苦茶久食益意。"梁代名医陶弘景说："久喝茶可以轻身换骨。"实际上，许多植物有对人体有益的成分，我们的食物基本上都是取之于植物的。我们熟悉的中药材也均为植物的根茎叶果皮花，或者动物的相关组织。关于食物和中药的区别，我曾经写过一篇文章。

茶被人们接受，并成为日常饮品后，渐渐派生出了众多茶文化。"斗茶"就是其中之一。

斗茶在唐代已经出现。到宋代的时候极为兴盛。上起皇帝，下至士大夫，无不好此。引领并推动中国书画艺术达到空前高峰时代的宋徽宗赵佶就撰写过《大观茶论》，可见宋代斗茶之风之盛。

侄女业余时间经常品茶，所以，我特意为其临仿南宋刘松年的《斗茶图轴》，该画原作现在台北故宫博物院收藏。

刘松年是现在浙江杭州人，因画《耕织图》被朝廷看重，赐金带，是"南宋四大家"之一。其山水、人物、界画，师承李唐，画风笔精墨妙，清丽严谨，设色典雅，界画工致，有极高的艺术性。传世代表作《四景山水图》卷及《天女献花图》卷，现藏北京故宫博物院；《罗汉图》轴和《醉僧图》轴，现藏台北故宫博物院；《雪山行旅图》轴，藏四川省博物馆；《中兴四将图》现藏中国历史博物馆。

其《撵茶图》中的茶具更是令人叫绝。刘松年有一幅《博古图》，画的是古董市场，仔细欣赏极为有趣，可见刘松年也应该是个灵魂有趣的人。

5月15日

裁剩的纸，随手涂抹出来的几幅小画。就是在纸上先用墨随意画出一些形来，然后再仔细琢磨在哪里加什么，在哪里再重点强调一下。这样的尝试挺有意思。

傅抱石先生的夫人曾说抱石先生作画是"鬼画符"，其实他是"笔笔有来历"，这个"来历"不是指某家某派某人在什么画上画过，而是指其每一笔都源于自然，每一笔都有他自己的道理。所以，这也构成了先生自己独特的表现和风格。

无论是强调笔墨，还是强调技法，最终一定要表现出"神韵"，也就是画面层面之外的审美和精神。

南宋宗炳在《画山水序》中讲："圣贤暎于绝代，万趣融其神思。余复何为哉，畅神而已。神之所畅，熟有先焉。"讲的就是山水画要能让精神愉快。

没有精神层面的表现，画面再鲜艳，笔法再娴熟，其实也没有多少价值。

5月16日

绘画最难解决的其实是大众审美和艺术审美的关系。有一些人的传统书法技法已经达到一定的层次，现在他们需要有一种无"标准"，无"约束"的实践，而这样的实践并不是要让多数人去喜欢的。如果我们返回头去欣赏历史上的传世书画作品，也可以发现这一点，不少在现代被推崇的作品，也不是多数人能欣赏的，或者说根本就欣赏不了。而且，有的作品连不少从事书画创作的人也未必能欣赏。

所以，如果随众，如果讨喜就肯定会限制自己的艺术创作。

但是，许多时候，有一些创作又因为一些原因要尽量去接受大众需要和喜好。这就要求在创作的时候要把握好艺术与非艺术的关系，把握好雅与俗的处理方法。

这一点，齐白石先生应该说是典范。白石先生的作品之所以受到追捧就是因为其作品更容易让大众喜欢和接受。

"作画妙在似与不似之间，太似为媚俗，不似为欺。"这是白石先生关于作画的体吾，理解起来并不难，但是，要能做到是并不容易。关键是许多时候，我们可能本身对"雅"与"俗"就缺少理解和认知，更不要说表现。

在画"琴瑟和鸣"时，一是要避免和前一段画的同一题材的作品过分雷同，二是要根据尺幅的不同有所调整，三是要将立意很明确地体现出来，既不能刻板，又要有情趣，所以，还是很费心思的。因为，已经临仿前人一段时间，所以，整体上是有借鉴的。比如，画中抚琴鼓瑟的男女背后所立侍者就是借鉴老莲和元人王振鹏《伯牙鼓琴图》的。

5月17日

程式化绘画是一种大忌。但是，我们欣赏老莲的作品时，会发现其实际上有自己的一种"程式"，但是，他的"程式"却不影响其艺术性的表现，反而有一种极其独特的感染力。不论是人物画、山水画，还是花鸟画，老莲都很注重造型，在造型上形成了自己的"程式"，但是却有古拙之趣，新颖率真。用色雅致，画面清新、娴雅、幽静，给人美的艺术享受。

临仿老莲的作品会有不少的启迪，能够帮助我们清醒地认知艺术审美的独特性。这种独特性正好是艺术必须具有的特质，也是区分审美高下的一种认知。

实际上，多数人只对人物画和花鸟画容易认可，因为人物和花鸟本身的形态和情态明显。尤其是人物，多数人都非常容易有感觉，所以往往会觉得能够理解，也会说出一些评判。恰恰对山水画说不出所以然，尤其是极有个性的表现，人们更是会感觉云里雾里，许多时候只能听别人如何说，自己也就如何说。比如，八大山人的作品，比如黄公望的作品，比如傅抱石的作品，能说出来的也都是别人早已说出来的一些结论和评判，并没有多少自己的艺术理解。

当然，绘画艺术的标准也不应该是固定不变的，机械式的一种解释。

临老莲的四季花鸟四条屏，按其原画的尺幅166.4cm×50.1cm临摹。依然是老莲自己的风格，非常强调型，但是，表现每一种物又很简约，往往是在某一点上进行夸张性地强调，然后让画画因为这种强调产生出一种独特的审美效果。这种表现是老莲的特点，在他的作品中是常见的，但是，他强调什么却往往不是我们能想到的。

这一点也正是其厉害之处。

5月21日

老朋友闫全亮发来一个链接，是谈老莲的，标题是《陈老莲：别叫我天才，叫我少年》。

确实是这样，老莲的作品最大的一点就是看着好玩。一本正经的好玩，有趣。而这种品质是很难学的，即使可以学其用笔，学其构图，学其用色，但是他作品中那种"乐"是其心性的流露，不是技术能解决的。如果不能保持独立心性是很难如此鲜明地呈现的。尤其是，老莲是一个一生并不如意的人，但就是在经历了无数的困苦不幸后，依然保持着赤子心性才让他成为"三百年无此笔墨"的伟大艺术家。

当我们太多地随波逐流，当我们太多地靠近主流，当我们太多地经营组织，当我们太多地看重名誉，很可能失去的恰恰就是我们自己。

老莲的作品表现的基本上都是日常，一眼就明了，但是却可以反复去看，越看越有趣。他总是在简单中传递着高妙，在夸张中渗透出质朴。

就像其《捕蝶》。只是画了二位女性，一位执花垂首，一位执扇捕蝶。简洁却传神。

5月22日

走在五寨的坪上，风起时，土顺着坪梁腾走。因为旱，加上地温尚寒，苗还未发。不过树已绿，春夏之交，也是寒气与暑气转换之际。想一想，不管自然会有如何的现象，不管天地有多大的灾难，最后，万物还终归会按各自的规律生发出强大的生命力。

回到忻州，将前一段画的一幅山水画染色。从五寨沟这边经过时，看到芦芽山的一侧，感觉要比另一侧更有神韵。

《道德经》第五十一章讲："道生之，德畜之，物形之，势成之。是以万物莫不尊道而贵德。道之尊，德之贵，夫莫之爵而常自然。故道生之，德畜之；长之育之；亭之毒之；养之覆之。生而不有，为而不恃，长而不宰。是谓玄德。"大自然给予我们的永远是我们无法超越的，唯有热爱！

在这块土地上，有智而慧远，有花而果实。这应该就是幸福，这也应该是艺术必须关注的！

5月24日

做一个有趣的人，其实很难，因为生活中，往往需自己放弃自己去屈从，去迎合，也就是逼着自己改变，谈何趣味？

但是，有一点，艺术如果没有情趣，也就不能够让人在欣赏的时候有感触，那么这种表现一定是有问题的。

所以，我们可以发现，能够在历史留下传世作品的人一定不是简单盲从的人，一定会有自己的变化，最终成就自己！

仿任颐的一幅花鸟作品认识到以上内容！

5月29日

"汾"为"汾河"古称，乃黄河的第二大支流。汾者，大也。史料记载，其源头传统在宁武县境内管涔山脚下的雷鸣寺泉。出源后，流经忻州市、太原市、吕梁市、晋中市、临汾市、运城市，在万荣县荣河镇庙前村汇入黄河。

《汾河》乃灵石文联所办文学期刊，在王俊才主席的主持下办得颇有品位。俊才邀请我创作两幅画作，选了两幅临仿前人的人物画，尚可入眼。

诗入画，画入诗，实际上，诗画就如汇入汾河汇入黄河，黄河汇入大海一样。在本质上是一样的！

5月30日

要学会将错就错，这同样是一种综合的能力，而且应该是很重要的。

仿老莲的《二老行吟》时，在勾完墨稿的时候不小心将墨泼到画面上，仔细看了一下，感觉是可以处理的，于是仔细审视一下墨迹，想到老莲常常会出其不意，就势将墨迹画成叶子，处理成了挪在禅杖上的一束菊花。感觉这个结果还是可以的，符合老莲的风格。

5月31日

管平湖先生是我国著名古琴演奏家，也是著名画家。先生从小随父学习绘画、弹琴，新中国成立后，管平湖先生被聘为中国民族音乐研究所副研究员，专门从事于古琴研究、整理工作，且成绩卓著，已成绝响的古谱《流水》《广陵散》《胡笳十八拍》《幽兰》经先生打谱后，又重放异彩。此外《大胡笳》《小胡笳》《获麟操》《乌夜啼》《长清》《短清》《离骚》《白雪》等琴曲也是经过管平湖打谱整理的。他还撰有《古指法考》一书。特别值得一提的是，由管平湖先生打谱的古琴代表曲目计有管先生演奏的《流水》被相继载入美国旅行者2号及旅行者1号探测器上的旅行者金唱片，二者均已飞出太阳系，管平湖先生的音乐也成为唯一一首传入宇宙空间的中国音乐。

管平湖先生师从名画家金绍城学花卉、人物，擅长工笔，笔法秀丽新颖，不为成法所拘。为"湖社"画会主要成员之一，后任教于北平京华美术专科学校。我国著名的工笔重彩代表画家刘凌沧先生就曾受教于管平湖先生。

临老莲的《观音像》时，想起管平湖先生也有这样一幅画，找出来看时明白，原来，管平湖先生这幅也是临的老莲的。所以，临习前人作品是一个基本的模式，而且必须认真去临，这就是"走进去"。在临的过程中，去思考，去总结，去实践，然后才能"走出来"，只有这样才能形成自己的表现形式。

6月1日

今天有不少朋友发来节日问候，"六一"了。

也从一些朋友发的内容中看到了小时候的样子，那个时候，我们缺少许多东西，但是，这种缺少，让我们拥有了许多东西。

比如，我们和大自然的关系。我常和一些家长说，你们的孩子实际上没有童年，不知道什么是真正的土，没有吃过真正的黄瓜、西红柿，也没有真三地玩过。

想起前一段时间临的老莲的一幅《斗草图》。这幅画里表现的是女子斗草。实际上，我们小时候也玩过，一般是找杨树叶，相互交叉成"十"字状打弯，并各自用劲拉扯，以不断者为胜。

斗草是一种古老的游戏，有一种说法认为，斗草与"神农尝百草"有关。有人认为《诗经·周南·芣苢》中"采采芣苢，薄言采之"就是描写儿童斗草游戏的。"芣苢"就是我们熟悉的车前草，车前草的茎柔软且韧性强，是斗草材料之首选。"车前草"又叫"打官司草"，这恰好符合这种草用来"斗"的特性。南北朝的《荆楚岁时记》中载："五月五日，四民并踏百草，又有斗草之戏。"可见，斗草的游戏流传极早极广。

我们小时候玩这种游戏倒不是因为有什么传承，好像是不知不觉就玩起来的。所以，人的许多行为，就是在大自然中随自然而成的。我们与自然离得越远，这样的创造就越少。

看老莲的这幅画，似乎不是这样斗。画中五人，神情各异，有的藏着自己带来的花草，有的已经展示出来，应该是比赛花草的品相。这应该是一种文斗。

老莲的《斗草图》现藏于辽宁省博物馆，规格134.3cm×48cm，绢本，设色。

老莲总是能把生活中的一些事用极为简洁，但又极为有趣的形式表现出来，这就是综合艺术性的能力。

6月2日

有人认为老莲是明代唯一一个超越唐伯虎的人。

其实，超越不超越只是一种判断，对于一个艺术家来讲，这不是最重要的，最重要的是其独特的存在。也正是因为老莲的独特，才会有此超越之说吧。

临老莲的作品感悟很多。

《摘梅高士图》，现收藏于天津市博物院，规格为119cm×51cm。还是其一贯的特点，构图看着简单，但是，总是透射出独特、高古、拙奇的吸引力。而这种仅仅凭简单就能表现出独特的艺术魅力才是值得认真去体会的。

有人评论认为，老莲的画线条清圆细劲，有李公麟的笔意。而且他吸取赵孟𫖯的经验，把书法融入画法上，熔铸变化，产生出自己独特的运笔方法，从而使他的线条即使是淡毫轻墨，也具有浓重的金石味。可见，任何一个最后有着独特艺术语言和创作的人都是需要融合许多因素的。不过，在这个过程中，一定不是生搬硬套，而是要能够随心随性，敢于肯定和改变的。

我们现在总强调要有来处，要有传承，这固然没有错，但是，如果忽略了去发现自然存在的过程，如果不能够根据自己的心性和所表现事物的特性来决定如何表现，也就不会有那么多的皴法、染法。所以，我们可以看到，只要是规矩按照既定的形式和方法创作的作品，一定缺乏内在的生命力。

比如，老莲经常喜欢在一些地方非常突显地用白色，一看就是刻意这样表现。如果改在现在，可能就会有人认为这不和谐，但正是这种不和谐，让老莲的画别有风味。

6月4日

人如何过成自己要的模样？其实越来越难，又想起刘亮锃先生在《虚土》中写的"我五岁以后的生活让别人过完了"，反过来，我们许多时候是过着别人的生活，至少是羡慕着别人的生活，模仿着别人的生活过。

临老莲的画时，会经常查老莲及其他前辈的生平经历，可以发现，他们多数都是在一段时间后，按自己要的生活活着，不再理会别人的口舌，也最终活成了自己，故在历史的长河中留了下来。

当然，这很难很难，能在社会中不被改变需要的不只是有一点点才华或者超常的能力，更需要"如如不动"的强大内心。

就像这《饮酒读〈骚〉》中所表现的，独坐天地，品酒品《骚》，足也！

6月5日

万物皆有品，故画定要有画品，无品的画实无生命。

老莲的画就是因为有"品"，所以越品越有味，越品越有趣，越品越有神。

老莲的画表现的都是日常的，但又超然的情境。他的画之所以受人喜欢，就是因为他的画境画品符合无数人内心的世界。

老莲一直追求"立德、立言、立功、立身"，晚年向往解脱超然之境，这就是他的人生气象和精神格局，也是他的"人品"体现。他在画中将"人品"转化为"画品"，所以，他的作品均有高古寂历、磊落超拔的美学特征。

《松下读史》规格为：112.5cm×47cm，绢本，是2019年西泠春拍的佳品之一。临这幅画的时候，就想象着也能像画中人一样，坐在松荫下，与一二朋友小饮读史。有风从身边吹走，或许会有二枚松针落在杯中，掉入发间，或者就飘落在书页上。

时间的快慢已经不再重要。想一想，多好！

6月7日

因为区域的不同，同类的事物会表现出不同的状态和韵味。比如山，东南西北皆有山，但是，山势、山形、山态却会因为东南西北不同的地理特征而有极大的区别。所以，在绘画表现中，相同的山却一定要表现出不同区域的山的特质。这也是为什么会形成不同的皴法的原因。"抱石皴"就是傅抱石先生为表现四川一边的山体山貌而采用的一种独特的方法。

所以，一切方法都要回到万物的存在本身去。然后，在这种存在中将我们的情感陈着其上。每一种不同的事物都有其自身的品性，万物均是按照自身的规律存在着。我们需要的就是去发现、感知，将那些打动我们的，吸引我们的事物通过一定的取舍，重新组成，赋予我们想要的内涵后呈现出来。只有真正认识到万物的规律和各自的特性，才能更好地接近奥妙玄远的本质。

正如《道德经》第五十一章所讲："道生之，德畜之，物形之，势成之。是以万物莫不尊道而贵德。道之尊，德之贵，夫莫之爵而常自然。故道生之，德畜之；长之育之；亭之毒之；养之覆之。生而不有，为而不恃，长而不宰。是谓玄德。"

这幅山水中的山取形于从五寨沟这一侧远眺的芦芽山，从这一面看到的山势是秀美的，别有一番韵味。

6月8日

"蔽而新成"是一和结果，更是方式，也是实现的过程，但归根结底是思维模式。

我们目所能及的事物都是久已存在的，很少能看到从未见过的东西。所以，对于绘画来讲，也同样不会有从未见过的事物。即使是所谓抽象的表现，也不会超出我们的认知，只是一种改变而已。

实际上，我们需要考养的就是如何将相同的事物表现出不同的状态、感觉、韵味。正如《道德经》第十五章所讲："古之善为士者，微妙玄通，深不可识。夫唯不可识，故强为之容：豫兮若冬涉川；犹兮若畏四邻；俨兮其若客；涣兮若冰之将释；敦兮其若朴；旷兮其若谷；混兮其若浊；澹兮其若海；飂兮若无止。孰能浊以静之徐清。孰能安以久动之徐生。保此道者，不欲盈。夫唯不盈，故能蔽而新成。"豫兮，犹兮，俨兮，涣兮，孰兮，旷兮，混兮，既可以是不同事物的不同状态，也可以是同一事物表现出来的不同变化，观察这种不同，认知这些不同，表现这些不同，就是艺术需要做的。

就像同样还是芦芽山的一个侧面，但是可以用其他的一些事物构成不同的情态。比如，树的形态的变化，或者石头的形态的变化，均可以产生不同的意韵。

6月9日

《道德经》第二十五章有言："有物混成，先天地生。寂兮寥兮，独立不改，周行而不殆，可以为天地母。吾不知其名，字之曰道，强为之名曰大。大曰逝，逝曰远，远曰反。故道大，天大，地大，人亦大。域中有四大，而人居其一焉。人法地，地法天，天法道，道法自然。"我们常常也引用"道法自然"之说，但，何谓"自然"？实际上我们讲不清，我们以为"自然"就是我们目所能及的事物。老子其实已经讲了，"有物混成"，浅显地理解，我们可以认为自然就是混成的一个世界，我们能看到，看不到，理解的，不理解的，全部在一起。"不改"，"不殆"。

当我们运用一种手段来表现自然时，我们往往会是有取舍的，但是，这种取舍不能成为机械的选择，不能成为简单的概念式的图解。就像一幅画，画面中显现的和画面中没有显现的是一个统一的整体，一定要能表现出"有物混成"的境界。要有"大""逝""远""反"的意韵，要体现出自然大道的无处不在、无远不至、无穷无尽。"道在物先""物在道中"是比较难理解的，所以，能表现出自然之道的作品也不会是能被多数人理解和接受的。但是，悟道是艺术创作的根本，只有遵循这样的规律，才能使创作具有"独立而不改"的品质。古之传世者莫不如此。

这幅以五寨沟、芦芽山、芦芽松为型的作品，想体现的就是一种"混成"的意韵，只是功力还不够。

6月10日

《古画品录》乃南朝齐谢赫所著，是中国绘画史上第一篇系统的绘画品评专著。首次提出"气韵生动""骨法用笔""应物象形""随类赋彩""经营位置""传移模写"六法，提出"夫画者，盖众画之优劣也"，并且列举一些画家，分别将其归于不同的品位。第一品列5人，第二品列3人，第三品列9人，第四品列5人，第五品列3人，第六品列2人。值得后人思考的是，谢赫将顾恺之只列于第三品。而且，将写过《画山水序》的宋炳列入第六品。

谢赫这样区分自有他的道理，而且均附有评析。许多东西只有反复去学习、思考、实践才可能得其一二精髓。

宋人郭若虚在其《图画见闻志》推尊谢赫六法。

前人在理论实践方面给我们留下的财富是我们用之不竭的。

临倪瓒《雨后空林》，不是完全一模一样地临，只是按其构图和意韵进行。

倪瓒同样是一位有趣的人，关于他的"洁癖"的传说可以是空前绝后的。

倪瓒以自己独创的萧散疏淡、逸笔草草的画风，在元代文人画坛中独树一帜。

倪瓒经常采用独特的一河两岸式布局，笔墨极少，但却可以很生动地描绘出山石远坡、疏林枯木，在简洁疏朗的物象中，透出荒寒寂寥之感。

这应该与其一生漂泊凄冷、过着自我安慰的隐遁生活有关。

画，有品。画，有情。画，也有性！

6月11日

谢赫提出的"六法"广被推崇，不过，不论何种法，作品最后要能有"象外之意"才会有品位。

但是，要能让作品有"象外之意"并非易事，甚至可以说极难，因为，首先需要创作者非常清楚何为"象外之意"，许多时候，"象外之意"是种能意会、无法言传的感觉判断，用绘画表现更难体现。任何一种单一的思维模式、线性的思维模式、解剖式的思维模式、主题性的思维模式、实验型的思维模式、科学性的思维模式都不可能有"象外之意"的境界。

这种思维模式实际上存在于《道德经》中。不受概念约束，不被标准限定，不被高下所困，不为形态所惑。明道，守道，出道。在"恍兮""惚兮"的状态中才能进入"象外之意"。

历史上传世的作品，那些被谢赫认为有"画品"的人不管是不是研究过《道德经》，至少在思维上契合了这样的模式。

倪瓒的简中有意韵就是这种体现。

仿倪瓒的《江亭山色》，依然是取其笔意和构图，在画法上没有刻意照搬，比较随心。我最不喜欢死板的表现，一旦死板自己看着都难受。

"意"就应该是一种变化的、流动的、鲜活的感觉吧。

6月13日

谢赫的《古画品录》对后世影响最大的就是其提出的"六法"。"气韵生动"被他列在首位，可见"气"的重要性。但是，如何理解"气"却不是件简单的事。

"气"的本义是指云起，但是，由此引申出的意思极多。在《内经》里，关于"气"的阐述可以说贯穿始终，也可以说，气关乎生命。《内经·素问》中讲："天气通于肺，地气通于嗌，风气通于肝，雷气通于心，谷气通于脾，雨气通于肾。"这是讲不同的自然现象与人的脏腑的关系。而有一篇中，黄帝问岐伯"夫子言积气盈阔，愿闻何谓气？"时，岐伯回答说"五日谓之候，三候谓之气，六气谓之时，四时谓之岁，而各从其主治焉"，这里的气是指十五天，强调的是不同的时间要有不同的对待。

所以，在不同的传统经典中穿越时，就会得出不同的认知。这些从不同的角度得到的认知，能够给我们更为综合的思维，但是，难的是如何能融会贯通。

回到绘画，如何能做到"气韵生动"？实际上，就是要能将不同的要素运用好。如同"上医"一样，要能把握各种自然之物不同的"气"，并且能调和不同的气，使阴阳之气平衡，要懂得"营卫"之道，"气血"充足了，也就会"生动"了。

所以，画道若医道。

朋友的孩子结婚，希望有一幅作品作为特别送给孩子的祝福，专门求画。所以，寻画"琴瑟和鸣"，这次在构图上做了另一种尝试。朋友非常满意，也衷心祝孩子们幸福！

6月14日

突然觉得有一个问题必须想清楚，那就是"主题先行"。我们在从事文学艺术创作的时候，最需要注意的就是"主题先行"，因为，在这种状态下创作出来的作品，往往会陷入"图解"，或者"说明"，会假大空，会苍白。

但是，我们想一个问题，任何创作，是不是一定是因为有一个想法，然后才有了创作？这个"想法"实际上就是主题。所以，关键我们如何处理好主题和材料之间的关系。如何能够让材料与主题对等。也就是说，如何能做到不露痕迹地表现主题才是真正我们需要注意的。

所以，在表现主题的时候，素材的运用既要看上去恰如其分，又要能够充分表现想要表现的主题这才是我们需要注意和把握的。

艺术的表现就是要有夸张，又要让夸张吸引人。夸张实际上就是一种取舍，去除所有不需要的因素，将必须有的东西强化。

艺术的本质就是"最高"。高就是概括，而不是迎合，所以，艺术是展示给大众的，但不是按照大众的标准的。

6月17日

不知道从什么时候起，有人提出画是"写"出来的，也因此就自然认为书法是绘画的基础，必须练好书法才能画好画。

但是，如果我们大量地欣赏和临习前人作品，而且越往历史的深处走，去逆向地与那些传世的艺术家相遇，就会发现，这并不是一个因果关系。有其自身的规律和特质。在画中，任何表现对象都与汉字不同，汉字不论如何变化，其本身的"形"就决定了其变化的规律，虽然书法出现了不同的体例，但是字的规定性束缚了用笔的变化。但是，画所表现的对象千变万化，有各自的形态和特征，也因此会具有完全不同的品质，所以，表现的时候也一定是千变万化的。有一些物体也许用书写的形式会相对吻合，但是，更多的物体用书写的方式就会问题。有人总会用吴昌硕的作品作为例证，但是，吴昌硕的绘画作品也并非用一个"写"字能概括，只能说，他在一些物体的线条上运用了书写的方法。而且，即使是线条性的表现，也是与书法作品有区别的。

所以，一定是我们要表现的对象和我们想要的结果决定着表现方式。我们在学习和继承时需要反思，而不能盲目地接受。

现在的许多作品失去"古韵"其实就与盲目接受有关。

6月18日

"写意"是国画提得最多的重要概念，关于"写意"的解释实际上好像并不很明晰　多数时候是与"工笔"相区别来讲，也就是主要着眼于表现形式和手法。重点的，核心的内容讲得都很笼统。

实际上，"意"应该是不管采用什么样的表现手法和技巧都应该体现出来的核心和灵魂，即使是"工笔"画，核心的、重点的也应该是其表现来的"意"，而不仅仅指手法工细。如果一幅工笔画画得极其精细，但却没有"意"，这样的画依然是苍白的、没有生命力的。

这种"意"应该是几方面的。一是所表现对象的"意"，这种"意"有物体形态的本身的意，有物体在人的审美意识里的意，有采用国画的表现三法体现出来的意，还有一种物与其他物相互组合构成一幅画体现出来的整体的意。二是表现手法和技巧的"意"，也就是国画常讲的"笔墨"问题。不论何种表现手法本身也是有"意"的，而不能是一种刻板的、机构的、程式化的工艺。不变中变，变中不变，要真正体现如何随形赋意。

所以，国画中的"意"应该是综合的、多层次的、多角度的"意"。有情绪上的"意"，也有手法上的"意"。作画更像是写文章，是有叙述性的。有叙述出来的画面之意，有没有叙述出来的言外之意，必须有一种整体的控制和判断。明代徐渭题画诗谈道："不求形似求生韵，根据皆吾五指裁。"我以为，徐渭这里所讲的"五指"并不是指手指，而是应该讲综合审美判断以后的综合表现，这应该是国画创作的核心，也是难点。

临四幅徐渭的花鸟，正好组成四条屏，目的还是体会"意"

为何！

6月19日

和一位作者谈诗歌创作，再一次强调"我"不等于作者这个问题。就是因为许多作者始终没有悟到这个道理，写出来的东西也就总是停留在表述层面上，经常感动了自己，却感动和影响不了读者。

所以，艺术创作一定要从自我的感觉和认知进入另一个层面，也就是从个体的认知进入群体认知的层面，要懂得找到其中的通道。在艺术里，独特的风格不是简单的自我。

绘画作品也是如此，要永远去感悟独到的表现方式和情趣，但是，这种方式和情趣又是能让其他人感觉到的、触摸到的。比如，老莲在表现上有极强的辨识度，但是，作品却各有意趣。还有傅抱石的表现手法，也一目了然，但是其具体的变化都是随机的，是他自己都不可重复的。

大境界、大气度、大欢喜都是如此。

北京一位朋友几次要定一幅山水，在题款时特别选择了《道德经》第三十四章内容："大道氾兮，其可左右。万物恃之而生而不辞。功成不名有。衣养万物而不为主。常无欲，可名于小。万物归焉而不为主，可名为大。以其终不自为大，故能成其大。"这个内容，倒是也可以帮助我们理解艺术的表现和创作者心境之间的关系。

作品朋友已经收到，说"很喜欢"。

6月23日

"册页"可以说是书画藏品的"手把件"。册页是受书籍装帧影响而产生的一种书画装裱形式，起源于唐代，是为解决长卷翻看不便和散页保藏不便而出现的。唐人把横卷款式的书籍折叠起来，像折扇一样，前后再糊以较厚的纸作封面，起牢固作用。宋明时更加成熟，明清以前的不少小幅书画原作，就是因为被集装成册后，才得以留存至今，可见册页对于小幅书画原作的收藏保护之价值。

因为册页的尺幅极小，所以，在表现时，既要有大尺幅上的气势，又要有小尺幅的匠心独运。要能够利用极小的空间营造出宽阔空灵之感，以及丰富的想象空间，使画面充满丰盈着"一花一叶一世界，一叶一菩提"的美感和情境。

本册页，多为仿前人笔意之作，是一种极好的练习。

6月28日

胸无丘壑，何绘江山。

傅抱石先生曾说："我是没有传统技巧的人，同时也没有擅长之点，我只觉得我要表达某种画面时，尽管冒着较大的危险，还是要斟酌题材需要和工具材料的反应能力，尽量使画面完成其任务。当然，拙作中我不满意的仍占最多数，但我总竭尽了我的可能。"并且还刻制了"我用我法"的印章。

实际上，傅抱石先生对传统的绘画做过系统的研究。在日本留学期间，曾拜于史学泰斗金原省吾的门下，从翻译金原省吾的《唐代之绘画》和《宋代之绘入手》，开始了对中国绘画史的更为专业和系统的研究。傅抱石深入研究东晋顾恺之，针对日本史学界中某一专家的曲解，完成了《论顾恺之至荆浩山水画史问题》。而且，他本人对石涛极其崇拜，曾称赞石涛为"中国画史上永远放着璀璨光辉的画家"，其名改为"抱石"也是因为这个原因。但是傅抱石喜欢的主要是石涛的革新精神，所谓"搜尽奇峰打草稿"。所以，傅抱石先生在学习借鉴前人的时候"学谁不像"，他完全根据自己内心的"江山"下笔。这也是他的皴法极其特别的原因。我们熟知"抱石皴"这个概念，但是，"抱石皴"本身是毫无程式可言的，最后出现什么样的表现可能连抱石先生本人也不是非常清楚，他只有真正停下笔才会看到全貌。

这样的表现是很难学的，只有多去阅读其作品，然后取其意，让自己也随心去画才可能接近其三分。

所以，学别人技法永远不如让丘壑入驻内心！

6月29日

傅抱石先生曾讲过："对我来说，最重要的老师是大自然本身，这个老师教给我的，比古人和洋人都要多。"这实际上就是"师造化"的具体实践和体现。

问题是，作为"自然"的组成，我们很多时候的认知是脱离自然的，尤其是现当代，所谓进步的"科技"让人成了自然的对立面，破坏者，甚至我们想的是如何统治和凌驾自然。至多只是把自然当成一种"观赏物"，而不是当成人类的孕育者和保护者。

傅抱石的成就并不只是"抱石皴"，其将万物视为一个整体，包括人，只是自然中的组成而已，而且，在自然中永远不是主宰，而是欣赏者。

所以，傅抱石先生的作品往往是突破个人情趣的，表现的是天地万物的品性、行为。

很多人是不会一眼就喜欢上傅抱石先生的作品的，即使现在傅抱石先生的作品拍卖价格极高，但许多人是懵懂的、不喜欢的，这里包含了太多艺术综合性的因素。

7月1日

我们常常面对的是同样的事物，但是，不同的人会有不同的认知和审美，并且会有不同的表达，而且必须有不同的表达。这是艺术的一个根本点！

将同一类物，或者司一物做出千变万化，其实就是艺术创作要实现的目标，也是过程。

我们最大的困境是被"知识"和"概念"束缚，进入一个不停解释的过程而失去了认知万物原始本质的智慧。

《道德经》的第一章实际上就是告诉我们如何认知世间万物，但是真正用这些东西来思考还是很难的，如果将之用在艺术创作中则更难。

7月2日

仿吴昌硕先生一幅画，题款时发现好像少个字，于是查了一下，竟然有人将先生一些题款列了出来。真好！

果然少了一字，完整的应该是"花明晚霞烘，干老生铁铸。岁寒有同心，空山赤松树"。只是，我已快题完，最后只好在最后补了一个"劲"字，只是凑字数。结果就变成了"花明晚霞烘，干老生铁铸。岁寒同心空，山赤松树劲"。原画上其实没有"松"，想一想，补了几笔，加了松。梅，松皆实心，这里用"岁寒同心空"倒是有了一些禅意。

所以，"就错"其实也是一种思维模式，尤其是在国画表现中，非常重要，利用好可出另外的效果。故万物万事并不存在对错，只是看如何理解！

7月8日

很认可江苏崔大有讲的"不入秦不古，不入汉不雄，不入唐不正，不入宋不雅，不入明不放，不入清不沉，不入时不我"。这实际上还是讲的"师古人"的问题，但是，崔大有是将书画的特质与时代进行了对应，这样更易让学画的人清楚我们要从前人那里学习什么。这也是1991年出生的崔大有就在书画领域取得不俗成就的原因。

这可以看作是书画艺术的"寻根"之举。

我们知道，近现代在书画艺术上取得不凡成就的人其实都是寻古者，而且浸染极深。比如，张大千和傅抱石先生就对石涛研究颇深。也许对照着傅抱石先生的作品是不容易看出其和石涛直接对应的特点，但是，仔细去欣赏，深入去领悟就可以发现，傅抱石先生作品具有的气质、气韵是与石涛相通的，而其作品不是停留在技法上，这正是应该学习与借鉴的地方。

循着一个后人的脚步，从后往前推，我们可以找到其所师的古人为谁，然后，可以继续往前找，这样，我们就可以有比较明晰的一个方向，这样也才能给我们自己以明晰的认知。

从石涛的人生和他的绘画历程，我们可以得到另一个启示。

石涛是明宗室靖江王赞仪之十世孙，这一点和朱耷相同，所以，他选择了出家。石涛早年临学董其昌，三十多岁就名重当时，因为受到康熙的赏识，石涛曾以为可以因此飞黄腾达，于是北上进京，希望能得到皇帝的青睐。可偏偏康熙不喜欢谄媚之人，他原来喜欢画僧石涛，是因为画僧自带出世的雅致脱俗，而不是这入世的谄媚攀附，结果三年中石涛没等到面圣的机会，却送出不少自己的作品和大把的银子。顿悟的石涛写下一首诗："五十年来大梦春，野心一片白云间。今生老秃原非我，前世衰阳却是身。大涤草堂聊尔尔，苦瓜和尚泪津津。"

好在石涛在赴京途中边走边看边画，也因此有了"搜尽奇峰打草稿"和"游华阳山图"等艺术巅峰之作。

可见要做一个对艺术"谄媚"的人，对其他都不需要低头俯首。

7月14日

八大山人、石涛、扬州八怪，以及吴昌硕、齐白石，这些人中任何一位，拿出来都令后世敬仰，但是，这些人却都敬仰徐渭。郑板桥曾刻有一印，自称"青藤门下走狗"，可见其对徐渭的敬重程度。

徐渭自号"青藤老人"，在诗文、戏剧、书画等各方面都独树一帜，与解缙、杨慎并称"明代三才子"，他自认为"书法第一，诗第二，文第三，画第四"。一个自认为画排在最末的人的画影响了众多后世大家，而且其影响还会一直存在下去。石涛认为，"青藤笔墨人间宝，数十年来无此道"。吴昌硕则以为，"青藤画中圣，书法逾鲁公"。

所以，徐渭是学习绘画者必不能绕开的高峰。

徐渭被认为是中国"泼墨大写意画派"创始人、"青藤画派"鼻祖。一直以来，公论其画吸取前人精华脱胎换骨，不求形似求神似，尤以花卉最为出色，开创一代画风。但是，我认为，并不是徐渭不求形似，恰恰是因为他对形之形、形之神、神之神、神之形有着极其智慧的把握才能任其自由挥洒。这一点很难从技巧上学到，其实，我们可以从那些敬仰他的大家作品中发现这一点，能同时得其神形者鲜见。

但是，有一点，即使不能得其精髓，但还是应该做其"门下狗"，以求沾其一二神韵。

7月16日

吴昌硕是中国书画艺术史上的一座绝对高峰，其作品有着极为鲜明的特征。影响了后世诸多的人，而且这种影响会一直延续。

吴昌硕前期得到过任颐指点，后又参用赵之谦画法，而且博采徐渭、八大山人、石涛和扬州八怪诸家之长，最终形成自己的气象！

吴昌硕绘画题材以花卉为主，而且表现题材非常丰富。其作品喜用浓艳的颜色，尤善用西洋红。这样的色彩是很容易俗气的，但是，吴昌硕的作品最令人佩服的就是完全没有俗气，而是极具奔放气势，笔墨酣畅，浑厚苍劲，生气蓬勃。笔触朴拙、苍茫、老辣，给人以浑圆、雄强的力量感。

我注意过吴昌硕表现梅花时的特点，他很少画正面的梅花，而是喜欢画花的侧面，或者画被枝干遮挡住的花。这样画出来的梅花就有特别的韵味。他在画牡丹、菊花等的时候也会有这样的表现。

"师古人，师造化"，这是书画艺术必须走的路，但是，一定要师最有代表性的"古人"才可。

7月17日

我们可能也知道历代一些大家，也可能看过他们的一些作品，但是，如果认真学习就会知道，我们常常是零星地、表面地、浅显地、片面地接触了前人的一些东西，离他们真正的创作世界还很遥远。越是了解那些留下传世作品的大家，就越会发现他们的博大和浩瀚。比如马远，比如老莲，比如八大山人，比如徐渭，比如吴昌硕，他们创作的各种题材的作品均有惊人的数量。我们能够欣赏的他们的作品只是极少的一部分，而且基本上看不到真迹。所以，如果不深入观察和思考，只是从技巧上寻找是根本行不通的。

石涛创作的作品数量同样惊人，表现手法多样，而且他留下了无比珍贵的创作经验。从中管窥一二就会受益无穷。但需要了解其精神世界，如果不能了解其精神世界也是枉然。

书画艺术有乐趣，但也是苦差事！

7月19日

米芾《自叙帖》中讲："'三'字三画异，故作异。轻重不同，出于天真，自然异。"这里的道理不难理解，但又好像极难理解，尤其是极难实践。万物之间皆有不同之处，即使是同类事物也不相同，因此才会产生美。

米芾就是因为深悟"悟"，所以其表现才异彩纷呈。不仅是米芾，凡艺术上有大成者，无不是在同中求异，异中出异。任何教条的、不变的东西，即使再成熟都是无生命力的，不会有"自然异"。

石涛同样是一个有"自然异"的大家！

7月21日

"师古人，师造化"已是一个最基本的认知，但实际上，这个认知是无数代无数人从未真正明白的问题。

从我们能看到的"历史"来判断，"师承"很多时候是双刃剑。我们一定要清楚，"继承"不是根本，艺术的根本是"创造"，是敢于改变和突破。

如果我们不盲从，不简单接受，我们就会发现，如果只强调"师承"往往会扼杀创造。许多时候，越强调师承越容易形成

"一'承'不变",所以,一个真正的师者,首先是个叛逆者。一定是在"承"的基础上叛逆、改变、创造、寻找自我!我们熟知的傅抱石,因为极推崇石涛而名为"抱石",但我们很难将其作品与石涛直接联系起来,可以说"抱石"非"石"。但是,如果从深层去探究就知道,傅抱石正是从石涛那里领悟到了艺术表现的根,也就是"自我"和艺术表现之间的关系。艺术最终是实现自我对自然存在之间的审美表现,而不是"师者"的认知,否则,永远不可能成"师"!

历代成师者皆然!

7月22日

胡汀鹭讲:"绘画要各不相旧,各不相袭。所谓创作,不是重复别人,也不是重复自己。"对于多数人来讲,终其一生也做不到"各不相旧,各不相袭",因为,已经很难说还有什么"新"的。我们所能掌握的,表现的,在数千年人类史中均已成熟。因此,想不重复别人、不重复自己难上加难。即使,可以不重复别人,但一个人很难不重复自己。即使不重复别人,不重复自己,但我觉得依然是在重复自然世界。所以,重要的是如何在不变中求变,在重复中改变。我们可以表现同类题材,但关键是要千变万化,尤其是要在其中渗透人的情感和审美情趣。否则,单纯复制一些事物是缺少艺术价值的。

所有成为大家的莫不如此。

7月23日

沈周,吴门四家之首。一代大家,对后世影响很大。

史评指出,沈周在画法上开创了以山水画象征人品的表现手法。这实际上就是中国绘画最核心的一点。我们常说的"意境""神韵"均与此密切相关。我在一篇关于书法的评论中指出，书法的高境界应该是书写出汉字的性格，这和以山水画象征人品道理相同。画家笔下的万物均是有生命的、有性格的，将此表现出来才会入"境"。

最近没有条件完成尺幅较大的画，所以，以册页临仿沈周的作品，从中领悟其对山水与人品的表现。这样的临习很有意义！

7月25日

石涛是绘画实践的探索者、革新者，同时也是艺术理论家。虽然石涛说："我之为我，自有我在。古之须眉不能生在我之面目，古代肺腑不能安入我之腹肠。我自收我之肺腑，揭我之须眉。"但是，石涛并不否定传统的继承，正是因为他对传统有着十分清醒和深刻的认识，才能提出自己的艺术认知。在其石涛语录中，他提出："规矩者，方圆之极则也；天地者，规矩之运行也。世知有规矩，而不知夫乾旋坤转之义，此天地之缚人于法，人之役法于蒙，虽攘先天后天之法，终不得其理之所存。所以有是法不能了者，反为法障之也。古今法障不了，由一画之理不明。一画明，则障不在目而画可从心。画从心而障自远矣。夫画者，形天地万物者也。舍笔墨其何以形之哉！墨受于天，浓淡枯润随之；笔操于人，勾皴烘染随之。古之人未尝不以法为也。无法则于世无限焉。是一画者，非无限而限之也，非有法而限之也，法无障，障无法。法自画生，障自画退。法障不参。而乾旋坤转之义得矣，画道彰矣，一画了矣。"在这里，他实际上提出了天地生法，也就是"乾旋坤转之义"，所有的法都出自此。"法无障，障无法，法自画生，障自画退"，这是石涛极其智慧的艺术理论观点，他的所有作品也是建立在此基础上的。

所以，吴冠中讲："中国现代美术始于何时，我认为石涛是起点。西方推崇塞尚为现代艺术之父，塞尚的贡献在于发现了视觉领域中的构成规律。而石涛，明悟了艺术诞生于'感受'，古人虽也曾提及中得心源，但石涛的感受说则是绘画创作的核心与根本，他这一宏观的认识其实涵盖了塞尚之所见，并开创了'直觉说''移情说'等西方美学立论之先河。这个17世纪的中国僧人，应恢复其历史长河中应有的地位——他是世界现代艺术之父。他的艺术观念与创造早于塞尚200年。"

吴冠中先生指出古人的"中得心源"就是石涛的"直觉说"，这一点很重要，但是，"直觉"是很难通过教育手段可以获得的。这也是为什么明其理却难于实现的重要原因。

我们不能被断章取义的"笔墨当随时代"误导，但是，能真正领会石涛的要旨绝非易事，最笨的办法还是通过临摹其作品慢慢体会。

7月28日

艺术一定需要"超常"的思维，很多时候，不是靠教育和训练能完成。我们去看历代著名的书画家，尤其是自成一家，或者开一代先河者，其人生大多"不正常"。这种"不正常"让他们有了"超常"的思维和表现，成就了他们不同一般的艺术表现。

徐渭，就是这样的一位大师。而且，其人生经历可谓至今独一。

徐渭影响极大极深，但他的东西很难从骨子里掌握。不过，学点儿皮毛也行。

7月30日

天赋和思考，对任何人都很重要，但是，对从事艺术的人来讲可能更重要。我们现在总在强调学习和继承，这两点固然也是重要的。但是，许多时候，学习和继承的东西会离原始的、本源的东西较远，甚至会越来越有局限。

天赋和思考又都和观察密切相关，就是那种直接来源于自然的，通过自我观察得出的认知和方式。我们如果往历史深处看，就会发现，历史上那些留下精神财富的无不是这样的人。他们的成就往往更多的是自我对自然与社会观察和思考的结果。

徐渭是这样，八大山人也是这样。

评价八大山人，多联想到他的身世。这固然是没有错的，但是，对于后学者来说，我们需要的是观察其作品的势态，思考其表现出来的物态与自然物态之间的关联和区别。因为我们不会有他的经历和身世，也无法复制他的精神世界，但是，我们可以通过观察，从其作品和自然存在物之间去思考。一是我们自身去观察自然存在之物，一是我们观察八大山人作品中表现的自然之物，在这种观察中，去思考我们自身的精神世界如何可以找到一种很好的表现方式。

临仿其作品实际上也是一种观察方式，这种方式是有形的，而且也可以教会我们如何像这些大师一样，通过观察，在表现的时候进行取舍。

9月1日

罗汉是历代绘画中常见的表现题材，五代时高僧贯休大师所绘的十六罗汉像姿态不拘，形骨奇特，胡貌梵相，曲尽其志，为罗汉画像中之名作。

石涛擅长山水，常体察自然景物，主张作品要"脱胎于山川""搜尽奇峰打草稿"，进而"法自我立"。其作品构图善于变化，笔墨恣肆，意境苍莽新奇，对后世影响颇深。

石涛曾削发为僧，号"苦瓜和尚"。据传是因为他餐餐不离苦瓜，甚至还把苦瓜供奉案头朝拜。

石涛绘有很多罗汉图。

临其罗汉图，原图为42cm×24.5cm的规格，因为是用册页临摹，所以规格要比其原作小得多，有一些细节很难到位，只能尽量按原作临，有时只能自己加以灵活改变。

石涛所绘罗汉在保持"梵貌"的基础上，并不刻意追求造型的古怪，而是使罗汉更加"凡人化"，而且所有罗汉在眼睛、鼻子、胡须等的表现上基本上是一样的，但是，令人叫绝的就是虽然如此，但欣赏其作品的时候却不会有任何"重复""雷同"感。这个是与其整体构图有关，即罗汉与罗汉之间的关系，其他景物与罗汉之间的关系。有时画面中会出现"瑞兽"，这些"瑞兽"的造型与罗汉之间的关系也给画面营造了非常有趣的韵味。

如果一个创作者内心不能有创造力，肯定无法让作品表现得如此具有生命力。

这应该是石涛在艺术上超人的修为的外在表现吧。

9月4日

朋友的孩子结婚，特别吩咐画一幅作品，因为要以"中堂"形式呈现，所以选了四尺整张。

还是选了"琴瑟和鸣"的主题。因为是竖幅，所以想到了之前临摹过的老莲的一幅画的结构。梧桐树占一侧位置，在其原来画仕女的地方，画抚琴鼓瑟的一对男女。

从来没有见过实物的瑟，只能参考现有资料。《礼图》中记载：雅瑟八尺一寸，广一尺八寸，二十三弦，其常用者十九弦。颂瑟七尺二寸，广同二十五弦，尽用。《尔雅·释乐》：大瑟谓之洒。有注说瑟长八尺一寸，广一尺八寸，二十七弦。

我们常用琴瑟和鸣比喻夫妇情笃和好。其义最早见于《诗·小雅·棠棣》："妻子好合，如鼓琴瑟。"《诗·小雅·鹿鸣》还有言："我有嘉宾，鼓瑟吹笙。"均表示美好之意。

民间自古还有"家有梧桐树，招得凤凰来"之说，故以梧桐、琴瑟来表现此类主题应是恰当的。

9月8日

通过那些影响了后世的大师的作品就会发现，"变"与"不变"是一个核心的，也是恒久的问题。

不同时代、不同风格的创作者在描绘同样的题材时会呈现出不一样的效果。这就是"变"，大千世界虽然精彩纷呈，但是，如果所有人表现出的是同一种状态，或者同一个人表现出的东西一成不变，肯定是没有艺术性和艺术价值的。

所以，对于后学者来说，如何理解和掌握这种"变"是一个核心的问题。

从所呈现出的作品来看，"变"首先是一种重新组合。在绘画中，就是物与物之间的重新组合，人与人之间的重新组合。其次是增减，增加某些事物，或者减少某些事物。再次就是造型的变化，每一种事物都可以有型上的变化，包括人。当然，还有情绪、情感、情节等的变化。但是，这些表现出来的形式上的变化，需要的是创作者在意识中的变化，只有在意识上具有了综合性的认知、判断、取舍、审美等，最后的表现才可能有变化，才可能呈现出一种新的意境。

这个是需要长期，不断地思考和练习的。

9月9日

傅抱石原名长生，他在读到陈鼎所著的《瞎尊者传》中讲石涛提出"我用我法"时，有茅塞顿开的感觉，并对石涛"搜尽奇峰打草稿"的思想欣赏不已，故而不仅刻制了"我用我法"的印章，还开始用"抱石斋主人"作为自己的别号，也以"抱石"而鸣世。

经常反复欣赏石涛和抱石先生的作品，说实在的，仅从表面看，很难看到抱石先生与石涛之间的密切联系。抱石先生将"我用我法"体现得淋漓尽致。也正是因为这样，才使他成为一代宗师。还有一点是，抱石先生似乎并不像石涛一样在意"奇峰"，石涛的作品中，经常出现各种奇山怪峰的。但是，在抱石先生的作品，奇峰基本上是被"化"掉的。他的作品更追求整体意韵上的"奇"。这种无奇而奇的表现实际上是另一种高度和难度。

临摹石涛的作品时，因为要思考其整体的表现的本质，突然对石涛和抱石先生之间的关系有了一定领悟。"搜尽奇峰打草稿"和"我用我法"实际上是一个问题，不管有多少奇峰，其实最后必须落在"我法"上。抱石先生在表现时的"淋漓"之势，体现的正是石涛作品的多变、异态。他们的作品之所以能千峰万态，而不是千峰一面，是因为他们均坚持"我用我法"。

实际上，还是要回到《道德经》所讲"万物自化"的大道中去。

《道德经》第三十七章讲："道常无为而无不为。侯王若能守之，万物将自化。化而欲作，吾将镇之以无名之朴。无名之朴，夫亦将不欲。不欲以静，天下将自定。"这里讲的"无为而无不为"不就是一种"我用我法"的大道吗？而且，在绘画中，也需要以一种"不欲以静"的心态来审视、判断、处理，只有这样才能有"天下自定"的结果。

难也，但因为难，才更有价值。

9月10日

陆续以《道德经》的内容，制作了一些闲章。原来是为了在绘画作品上用，近日想到何不再从整部《道德经》中选取一些内容，做一个以此为核心的篆印作品系列。所以，又从第一章选了"道可道非""玄之又玄""无观其妙""有观其徼"；第二章中选了"有无相生""不言之教""为而弗恃""无为之事"制作了八枚。余下的陆续先做。

我做印喜用金文大篆体。与小篆相比，大篆体具古朴之感，雄浑、凝重，质感丰富，随手万变，很适合体现书的质感和刻的质感，而这正是篆印的艺术魅力所在。

《道德经》中充满了对宇宙万物的认知，始终充满无尽的智慧，其思维模式不仅仅是给我们思考万事万物的大"道"，对于绘画艺术同样适用。如果经常借此思考判断和取舍，定能有所得。所以，以其内容制印不仅仅可以用作闲章，本身也可以独立成为作品。因为考虑到印面大小和布局，所选内容有的并非原文，而是做了删减，只留下核心意思。

这种尝试应该是有意义的。

9月13日

想到一个词"合体"。就像自然一样，不是一种物构成的，而是万物构成的。所以，"合体"就是自然的本来状态。

从古至今，诸多的艺术大家形成了自己的艺术风格，但是，实际上，没有一个人的风格是完全不同于别人的，都是在别人的基础上改变。准确地说，就是一种"合体"现象，也就是在别人的表现状态中融入自己的理解和判断，或者是将诸多人的优点融会贯通，形成一种新的"合体"。只是，在这种融合中，自我的艺术判断和审美非常重要，要能够将完全不同的东西非常舒适地整合在一起，没有任何违和感，没有任何突兀，没有任何冲突。这不仅仅需要对不同的风格和表现有清晰的认知，而且尤其重要的是要清楚自己要什么，最后想出现的结果是什么样的。

艺术的判断是至关重要的，许多时候，我们容易被评说、容易被潮流等等左右，失去自我判断。尤其在面对市场时，坚持是很难的。只有不去理会一些东西，坚守内心才可能有结果。正所谓"心无挂碍，无所恐怖"。

艺术同样是需要勇气的。

将傅抱石先生的特点和潘天寿先生的特点"合体"会如何？尝试一下，非常到位，将淋漓尽致中的挥洒和奇崛雄健中的质朴融合一起，形成的正好是"动中有静，静中寓动"的效果。最后实际上就是完全独立的一种表现，这应该就是艺术之道。

9月16日

那日想到学习前人艺术表现时需要"合体"的问题，现在想《道德经》里讲的"万物并作"不就是另一种意义上的"合体"吗？

《道德经》第十六章讲："致虚极，守静笃。万物并作，吾以观复。夫物芸芸，各复归其根。归根曰静，是曰复命。复命曰常。知常曰明。不知常，妄作，凶。知常容，容乃公。公乃王，王乃天，天乃道，道乃久，没身不殆。"这里其实正是我们认知自然万物的一种思维模式和智慧。天下万物各自生长消亡，各自回归根本，虽千姿百态，万千形式，但是各归得道，矛盾着，和谐着，冲突着，统一着，消抵着，扶助着……正是这样，才构成生生不息的万物，才有了周行不殆。

艺术的表现必须遵循这种自然的规律，必须表现这种自然规律。一直以来我们讲"法造化",似乎把自然之物放在我们的作品中就可以,似乎去"写生"就可以。其实,如此做只能停留在表层。我们应该去深刻领悟"万物并作"的本质。也许舍弃一个个体物的具体状态,寻找此物和另外具体物的"并作"才能使我们有更为开阔的思路。

实际上,我们很容易将一座山、一棵树、一只鸟、一朵花很详细地画出来,但是,很多时候这种表现意义不大。如果不能在作品中展现渗透入创作者的情感和审美判断,"像"就会失去艺术意义。所以,哪怕是一只蚂蚱,也一定要让它传达情绪、情感、情节。要让人不仅仅看到一只逼真的蚂蚱,还能看到正在动的、散发着呼吸的蚂蚱。

艺术必须是有生命的。

9月18日

突然想到,石涛大师实际上给我们留下了一个"坑"。"我用我法"是被我们广为接受,也常挂在嘴边的,但是,何为"我法"?石涛并没有做具体的解释,实际上即使解释了也没有用。"我法"就是石涛的法,即使我们找到窍门,学得完全一样,也是石涛的法,和我们关系不太大。做一个石涛第二是意义不大的,何况也不可能做到。从古至今,推崇石涛者甚众,没有哪个人可以成为他。

傅抱石先生应该是真正悟明白"我法"的人,"抱石皴"就是如此,是抱石先生面对自己要的结果而有的"法"。我们去对照抱石先生和石涛的作品时,很难相信傅抱石先生是因为崇拜石涛才将自己的号取为"抱石",因为他们的作品从表现细节看来,很多时候完全不同。

如果大量欣赏石涛大师的作品,我们就可以发现,他自己也从来没有固定的法。他的所有表现、所有法都是根据不同的态势、不同的情趣、不同的韵味而来的。正如此，才有那么丰富的表现。所以，"法"不是指他的具体技巧，实际上是心得，是审美判断，是综合境界的需要。"我法"是一种艺术的思维判断。如果将"法"理解为技术层面，那必定会一无所获。

"我法"实则"无法"，而是综合艺术素养。这是需要坚持下功夫的。

9月24日

"文人画"是一个被大众熟知的概念，但什么是"文人画"实际上一直存疑。

按照惯常的解释，"文人画"是区别于民间和宫廷画院的绘画，泛指社会上的文人和士大夫的绘画。一般认为，"文人画"始于唐代王维。但是，这里有一点很难讲通，如果按照这种解释来讲，民间和宫廷从事绘画创作的人里就没有文人，这显然是有误的。如果说士大夫有相对明确的标准，文人应该是没有明显判断标准的。文人既可以是民间人士，也可以是宫廷画家，既可以是士大夫，也可以是一介布衣。绝不能以创作者自己处于民间还是宫廷来判断。

陈衡恪（即陈师曾）认为"文人画"需要有四个要素："人品、学问、才情和思想。具此四者，乃能完善。"我觉得陈衡恪这种从绘画作品需要具有的品性的判断更准确。或者说，"文人画"这个概念本身就应该摒弃。

实际上，从事绘画创作的人是什么身份并不重要，重要的是创作出什么样的作品。事实上，不管什么样的人，所创作的作品一定要有强烈的个性审美，尤其是要渗透着对所绘事物生命状态的理解和表达，要通过画面反映出自然万物的生命意义和人附之于上的情感。优秀的绘画作品绝不只是画出一个画面，画出一些山石草木、花鸟虫鱼，而是用绘画语言达到文字语言的功能，要像一首诗、一篇散文或者一部小说。也就是要有文学性，文化性，这才是绘画艺术的价值。如果不能够清楚这一点，不强调这一点，不坚持这一点，就必然导致"审美"的缺失。

从这一点来讲，文人未必能画出具有"文学性""文化性"的画，民间画家和院派画家就未必画不出具有"文学性"和"文化性"的画。关键还是创作者本身对绘画艺术的理解！

10月21日

艺术必须是有生命情感和精神的。

就书画艺术而言，永远不会有固定的标准，更不能用时代标准来衡量，我们可以看到，无数上千年甚至更久远流传下来的作品所达到的高度是我们无法超越的。虽然我们有各种手段，也由此派生出各种理论，但隐藏在这些作品中那些艺术魅力根本不是可以通过这些手段和理论说清楚的。对于后学者来说，要从各种层面去理解和学习才可能接近一二，或者可能永远接近不了。

关于书画艺术，"师古人师造化"已经是一种习惯上的讲法，人人都会讲，人人都经常讲，但是，真正理解并融会者可能并不多。我们一般讲"师古人师造化"的时候，"师"的意思是效仿、学习的意思，实际上，"师"同时有"老师"之意。但是，不论是"效仿"还是"学习"都有一个核心，要以"古人"和"造化"为标准。在这里，"古人"和"造化"不应该是并列的，而应该是先以"造化"为主，也就是，要以客观存在的万物为主，我们所要表现的所有蓝本其实都是以自然万物为主。

所以，观察很重要。这也是"写生"被反复强调的原因。但是，有一点更重要，就是在观察万物其形的时候，如何融入创作者个体内心感受和认知，因为艺术必须是有生命情感和精神的，否则表现出来的形再准确也是不够的。那么，在"师古人"的时候，也要意识到，重要的不是去机械地学古人的表现技巧和手法，更为重要的是要学古人在面对不同事物、不同情绪的时候采用的综合表现。

我们知道，宋代是中国工笔花鸟画辉煌灿烂的黄金时期。这一时期的花鸟画家们一方面注重深入生活、强调写生，也就是所谓的"师造化"，但是，他们在表现的时候，在追求精细入微描绘，运用程式化手法布局、造型、上色的同时，更注重将意境和情趣作为绘画的灵魂。其实，宋人的表现手法是从五代南唐艺术家那里"师"来的。

被宋人称为"徐黄二体"的徐是五代的徐熙，黄为五代的黄筌。黄筌的花鸟画妙于赋色，用笔精细，开"富贵"一派；徐熙则以墨笔略施丹粉，创"野逸"一格。他们都有着不凡的表现，但是，进入宋以后，花鸟画家更注重观察花鸟情态，同时强调花鸟画的精神内涵。宁静平和、细腻艳丽的"黄家富贵"成为北宋院体花鸟画的标准。到宋徽宗朝宣和画院时期，花鸟画的技法进一步完善，形态刻画精细，笔法洗练遒美，造型传神生动，设色明艳细腻，形成了精工妍丽、状物传情的"宣和体"风格，并流衍至南宋宫廷画院。南宋时期的花鸟画基本上沿袭北宋。

多少年过去了，我们还很难找出现当代画家超越五代宋人的作品。也许可以做到表现得精细，但是，在精神韵味上却很难与之齐肩。

所以，我们能做的就是以造化为师，以古人为师，反复去体味和欣赏，然后实践。

临仿古人的作品重要的不是技巧，而是体会他们如何传达神韵和情感。这是一个长久的、需要经常反复的过程。迷茫的时候，停滞不前的时候更要如此。

10月29日

艺术是超常规的思维。

裁纸剩下几条，量了一下，99cm×7cm，舍不得扔，想一想就画一幅山水。然后用微信上的小程序"加画框"弄成卷轴，即成如此面貌。

我们汉字中有"俭"字，《说文》解为"约"。《道德经》第六十七章讲："我有三宝，持而保之；一曰慈；二曰俭；三曰不敢为天下先。慈故能勇。俭故能广。不敢为天下先，故能成器长。"生活中我们都希望拥有"广大"，但我们常常认为占有更多即为广，但老子却言"俭故能广"，这才是真正的智慧。同样的意思，老子在《道德经》第三章里讲道："不尚贤，使民不争。不贵难得之货，使民不为盗。不见可欲，使民心不乱。是以圣人之治，虚其心，实其腹，弱其志，强其骨，常使民无知无欲，使夫智者不敢为也。为无为，则无不治。"

20世纪60年代，曾经兴起的一个艺术派系，被称为"Minimal Art"，即"极简主义"，又称"微模主义"，作为对抽象表现主义的反动而走向极致，以最原初的物自身或形式展示于观者面前为表现方式。

极简主义的理念告诉我们，舍弃生活中多余的东西，我们才能够超越物质，追求生命中真正重要的东西：健康、人际关系、热情、成长和奉献。

极简主义并不是我们现代所称的简约主义。极简主义的核心是强调剔除没必要的，留下内心所需，便是极简。

由此，想到历史上的倪瓒。倪瓒不是极简，而是有洁癖，其洁癖行为可谓空前绝后，至今未有人出其右。但是，这种怪癖成就了其独特的表现风格。

"瘦金体"是中国书法史上最为独特的书体,其创造者为宋徽宗赵佶,赵佶是"艺术上的天才、治国上的庸才",其"瘦金书"铁画银钩,历来久负盛名。据说有一天,宋徽宗让宰相李纲欣赏自己的"瘦金书"。李纲言字体太瘦。宋徽宗却说:"朕新创字体,名曰瘦金体,如果推行全国,一年能省很多墨水,如何?朕不愧是有道明君!"此事的真假姑且不论,但是,从此书体看,确实与用笔的"俭"有关。实际上,宋徽宗作为天子,其生活的奢侈自是无法言说的,这不是一个层面上的问题。

可见,许多时候,超常规往往和艺术有关。很大程度上,艺术是常规的思维。

10月30日

气韵永远是中国画的灵魂。

画一幅99cm×70cm的山水。

如果大量欣赏前人的绘画作品,我们可以发现,在历代的绘画作品中,横幅的作品并不多,虽然有几幅传世的横幅名作,比如《清明上河图》《富春山居图》《千里江山图》《江山卧游图》《青绿山水图》《竹溪松柳图》等,但更多的都是竖幅作品。

这实际上与我们中国人传统的居室格局有关。传统的居室并不讲究宽大,而是讲究聚气,讲究正厅。一般来说,家中的正厅都是用来会客的,《仪礼·聘礼》中讲:"公侧袭受玉于中堂与东楹之间。"所以,正厅的布置一般比较讲究。多数人家都会在正厅悬挂字画。这也是后来将悬挂于正厅的字称为"中堂"的原因。因为过去的室高,以及正厅相对要比卧室大,所以,悬挂于正厅的书画一般都是以竖幅为主,而且有的中堂书画尺幅规格很大。

但是，我们现在多数以楼房为主，房室的高度都是统一固定的，如果按传统的四尺整幅为画心，裱成传统卷轴，根本就没有办法悬挂。所以，现在悬挂在客厅的多数反而是以横幅为主。

对于绘画来说，所要表现的题材并不会有太大的变化，但是，横幅和竖幅在整体构图上却有很大区别，物体的所有比例都在随之变化。我们传统绘画讲究的平远、高远、深远虽然从本质上来讲是不能变的，但是，因为整幅画面是向横里展开，在表现平远、高远、深远上必须有十分清晰的认识和把握，否则就可能会极不舒服。尤其是不能造成意韵的分割和零散，整体的气韵一定是相通相连的，而且还不能有强硬拼接的感觉。

所以，变与不变是中国绘画永远需要认真对待的核心。

10月31日

我们常说"神韵"。究竟什么是神韵，实际上很难说清楚。从字面的意思来讲，虽然有很明确的讲法，但是我们面对具体的东西时是很难将神韵说得很清楚的。

不过，对于书画创作来讲，神韵真的要紧得很，是一幅作品能不能传世的一个核心要素，是否具有神韵更是作品区别于庸俗的标准。

举例来说，牡丹是画家们使用较多的题材，我们就以牡丹作品来讲，如果一幅牡丹作品给人以说不出来的感觉，就是觉得好，就可以说这幅牡丹是有神韵的。如果说"画得真像，真鲜艳"，那就要坏了，这样的作品基本上是"俗"的。

吴昌硕的花鸟为大家之作，其牡丹就极具神韵，被公推为清末第一人。吴昌硕曾说："画牡丹易俗，画水仙易琐碎，只有加上石头才能避免这些弊病。"但是，我们欣赏他的牡丹，并不仅仅是因为他加了石头才使牡丹不俗，而是其在形态、色彩、整体构成上的呈现才使其作品充溢着无限生机和活力，充满无限的感染力。

著名画家，杰出艺术教育家诸乐三得父亲启蒙，诵习诗词古文，酷爱金石书画，尤为仰慕吴昌硕的书画篆刻。在上海时曾住在吴昌硕家四年，得其亲授，悉心揣摩。吴昌硕评价其"乐三得我神韵"，观诸乐三作品，果然如此。

我们是永不可能有乐三先生之幸运，而且能观吴昌硕先生真迹的机会也不多，只能间接地欣赏其作品，唯用心揣摩而已。

艺术的境界是没有尽头的。

11月1日

艺术是创作者与世界的精神契合。

我喜欢经常翻看五代宋元明时期的山水画作品，然后就是傅抱石先生的作品，在前人的作品和抱石先生的作品中寻找他们变与不变的本质。

我自己认为，在近现代画家中，从表现来看，变化最大的是抱石先生，但是，在内在的气质继承上，不变的也是抱石先生，也因此，才能有了他独特的艺术成就。

抱石先生1934年在东京留学时，就采集历代先贤名家关于中国绘画精辟论述之精华，间以导师金原省吾和日本东洋画学名家关于中国绘画的相关论述，编成了《中国绘画理论》，内容为三部三十六论三百余则，泛论部分包含有一般论、修养论、造意论、神韵论、俗病论；总论部分有：造景论、布置论、笔墨论、设色论、临摹论、款题论；分论部分有：林木论、山石论、皴擦论、点法论、装饰论。可见其对中国的传统绘画是进行过深入研究的。

　　抱石先生提出："分析见到的客观景物，何者是美，何者是丑，需靠眼睛去搜索，靠思维去分析，还会受画家本身文化素养、审美情趣的制约。美的东西触动了感情，想把它表现出来，这就是创作激情——创作激情是我们赖以搞好创作的契机。对眼前的景物无动于衷，恐怕是很难画好创作的！"

　　抱石先生提出的"文化素养，审美情趣"是极其重要的，是决定绘画作品最后的品质的关键。

　　许多关于绘画的理念、技法的说明等并不难理解，但是，好的作品并不是靠绘画理论和技法的，而是要靠创作者贯注其内的一种气息，这是艺术理念与自然世界契合的结果。

11月2日

　　和好友聊天，说到正在画的一套四条屏，然后将画好的三幅发过去，好友过一会儿回复说"好像我已在大山里"。我回复说："好多人说人不懂画，你感觉到已在山里，这就是懂。"

　　实际上这里有一个对中国画欣赏的问题。

　　前几天读贾平凹先生的《暂坐》，里面谈到了书法的事。在书中，贾平凹先生借书中主人公羿光的话讲："古时候能书法的人都是文人，哪有专门书法家。"这实在是个简单的存在和道理！

　　中国的书画其实都是这样，开始出现和存在都不是因为技术的问题，而是因为必须如此表现。可以说，从一开始就是内心里生发出来的。我曾经讲过，中国的书法要写出字的性格。中国画必须有文学性、文化性。中国画是要有情节、情绪、情感的。有了这样的因素在里面，一幅画就必然会有神韵、有气息、有灵魂、有情感、有美感，自然就会让人产生入画的感觉。

　　中国画不是为画而画，中国的山水画绝不是风景画！

11月12日

美好和邪恶是什么？

其实，除了人有意为之，任何存在均没有美好和邪恶之分。许多时候，美好和邪恶是共体的。甚至我们自己都是如此。

临摹戴敦邦先主一幅画，《钟馗引福驱邪图》。祝所有朋友能远离邪恶，拥有美好！

11月13日

从某种程度来讲，人类的文字、语言，以及艺术等都是从最初的纪事开始的，其实质主要是实用性。只是当文字、语言、艺术等的功能越来越开始细分的时候，这种纪事的功能才被淡化。

绘画也是如此。越到后来，我们越强调艺术性。但是，我们可以看到，强调"艺术性"并不能解决绘画的艺术问题，或者说不可能解决所有问题。绘画的实用性不管任何时候都依然应该是其核心的组成部分，这种实用性实际上与绘画的文学性是密不可分的，因为只有这样才能将人的情感、情节、情绪、情理传达出来。

从历代优秀的传世作品来看，无不是这样的。中国绘画史中占有最重比例的宋画尤其是如此。我们之所以能够瞬间被这些作品吸引和感动，就是因为这些作品不仅仅是一幅画，而是纪录和表述着人类内心的记忆和情感。

为一朋友的宠物狗作画，背景是老莲风格。

11月14日

很早就看到个小学生指出齐白石《耕牛图》中错误的新闻，所谓的"错误"就是齐白石画面里的牛在水中无倒影，所以被指为漏洞。这件事引起了网上关于"对与错"的争论。

这是中国画的最基本的一种表现，根本就没有什么对与错的说法。在中国画里，画山不画云、画山不画水是一种最平常的艺术表现手法，体现的恰恰就是中国画表现的创造神韵，可以通过这种表现引发欣赏者无尽的联想和补充，正好是"天马行空"的艺术自由状态。

这和齐白石先生另一幅名画《蛙声十里出山泉》有异曲同工之妙。这样的表现在中国历代传世的优秀作品中都存在。

万物有灵，万物不同。艺术更不存在对错！

11月16日

"画气不画形"，这是中国画的至高境界。

吴昌硕常讲"作画须凭一口气"，这也是他的作品为什么总有极强的生命冲击力的根本原因。实际上，古人早就对此有精辟的论述。南齐画家谢赫在其《画品》中提出的著名的"六法论"中就将"气韵生动"列在第一位。被誉为北派山水画鼻祖的五代后梁的荆浩在其《笔法论》中讲"夫画有六要：一曰气，二曰韵，三曰思，四曰景，五曰笔，六曰墨"，同样是将"气"放在首位。

但是，要理解"气"并不是件容易的事。书画艺术中的"气"，并不是指气体。准确讲更符合"炁"的概念。中国传统的哲学中常讲"元炁"，"炁"是指产生和构成天地万物的原始物质，其运动变化反映的是宇宙万物的生成、发展、变化、消亡等现象。

中国书画中的"气"只能感知，不是刻意用一些形式能表现出来的。经常有人讲画面不能满，以为画满了不好，其实一幅画的满与不满并不重要，重要的是画中有没有"气"，如果没有

"气"，故意留白并没有意义，反而可能会僵化缺少生机。从历代的传世作品中我们可以看到，如果有"气"，即使画面全部占满，依然让人感觉到生气扑面。我们欣赏一下傅抱石先生的作品也可以发现，他的画多数都是满面占尽，但是却气息十足。

中国画绝不是画出一幅画面就可以，而是要表现出万物的生命状态。

11月18日

画者，从于心者也。

石涛《画语录·画章》讲："太古无法，太朴不散，太朴一散而法立矣，法于何立，立于一画。一画者，众有之本，万象之根；见用于神，藏用于人，而世人不知所以，一画之法，乃自我立。立一画之法者，盖以无法生有法，以有法贯众法也。夫画者，从于心者也。山川人物之秀错，鸟兽草木之性情，池榭楼台之矩度，未能深入其理，曲尽其态，终未得一画之洪规也。行远登高，悉起肤寸。此一画收尽鸿蒙之外，即亿万万笔墨，未有不始于此而终于此，唯听人之握取之耳。人能以一画具体而微，意明笔透，腕不虚则画非是，画非是则腕不灵。动之以旋，润之以转，居之以旷。出如截，入如揭。能圆能方，能直能曲，能上能下。左右均齐，凸凹突兀，断截横斜，如水之就深，如水之炎上，自然而不容毫发强也。用无不神而法无不贯也，理无不入，而态无不尽也。信手一挥，山川、人物、鸟兽、草木、池榭、楼台，取形用势，写生揣意，运情摹景，显露隐含，人不见其画之成，画不违其心之用。盖自太朴散而一画之法立矣。一画之法立而万物著矣。我故曰：吾道一以贯之。"

石涛在这里很具体地讲了"一画论"，可以说是真正将"画道"讲得很透彻的。但是，好像真正理解透彻并付诸实践者并不多，而且多数时候不少人总是喜欢探讨什么是具体的"一"，以为"一画"是画法、笔法。其实，石涛已经在后面具体讲了，"一画者，众有之本，万象之根"，只有真正去观察和领悟万物的根本，才可得其神、入其理，得其神、入其理自然可以得"一画之洪规"。

经常有朋友问我那么大的纸上从哪儿开始画，我说哪儿都可以开始，只要一落笔，就应该知道下面跟着应该如何继续，笔笔相连，自然出法。即使中间有的地方和原本想的不一样，也可以根据已经出现的笔迹进行调整，也就是随形就赋。这也正是石涛说的"以无法生有法，以有法贯众法也""一画之法立而万物著矣"。

石涛的"一画论"正吻合了《道德经》中第四十二章所讲的："道生一，一生二，二生三，三生万物。万物负阴而抱阳，冲气以为和。人之所恶，唯孤、寡、不谷，而王公以为称。故物或损之而益，或益之而损。人之所教，我亦教之：强梁者不得其死。吾将以为教父。"在这里，老子也讲了"一"，此"一"生于"道"，然后生二生三生万物，也就是"一画之法立而万物著矣"。所以，这"一"并不是具体的画法、笔法，而是一种规律。

画者从于心者也，一出皆出！

11月19日

书画艺术满足的是内心的感受。

书画是一种满足自己内心感受的存在。

在传世的宋人花鸟画中，许多作品的创作者都没有留下名字。我们已经无法知道真正的原因。但是，有一点是可以肯定的，他们的创作与市场无关。事实上，只有不关注市场，只关注内心的人才能得其神。

宋人花鸟即此。

北宋画论家郭若虚在对宋代和宋以前的绘画进行比较时，讲道："若论佛道人物仕女牛马，则近不及古；若论山水林石花鸟禽鱼，则古不及近。"可谓切中宋人花鸟的本质。

宋画崇尚"笔墨简洁处，用意最微。运其神气于人所不见之地，尤为惨淡。此惟玄解能得之"。如果从表现题材来看，从古到今就没有什么本质上的变化，宋人表现的题材，我们今天还在表现。尽管过去上千年的时间，但是，我们欣赏宋人那些传世作品，依然只能惊叹。"凡一景之画，不以大小多少，必须注精以一之。"宋人就是这样以尚"理"、尚"法"的虔诚严谨态度贯穿绘画始终，使作品产生了高度，产生了深度。他们的一笔一墨均与真性情相结合，既求花鸟之真，更求画面之神，以达到形神兼备，这正是宋代绘画的精髓，也是后世创作必须遵循之道。

"神"与采用何种表现手法关系不大，重要的是创作者对生命、对艺术、对精神的综合性认知和取舍。历史上每个时期出现的大家无不如此，以市场为目标的创作终难抵岁月的淘汰。

11月22日

朱耷是中国画一代宗师，将中国水墨写意画艺术推向高峰，对后世影响极大。这是历史给其最恰当的评价。但是，纵观后人作品，在创作上真正入其道、得其髓者并不多。原因固然可以找出诸多，但核心的还是后人对"意"为何不能深入领悟。

讲朱耷，一般都说他因痛遭社稷颠覆、国土沦亡之变，悲愤慷慨，汩淳郁结而形成其独有的艺术语言。这一点是毋庸置疑的，但并不是唯一的原因。其因为不再对物质世界有太多需求形成的艺术审美意识决定着其表现时的取舍和意韵。他的作品表现出的"看似随意实则法度森严"是一般人很难达到的。

"意"确实是一种"只可意会不可言传"的境界，如果能讲得很清楚，如果能像教科书一样复制那就不能叫"意"。我们没有可能进入朱耷的精神世界，但是至少可以从其因为"舍弃"了"物质世界"的困扰这一点来体会其艺术境界。

11月23日

和一个朋友探讨"三焦"的问题，突然觉得中医中讲的"营卫"之道实则与中国书画艺术中的"气"完全是一个道理。

优秀的书画作品都是具有生命力的，并不只是呈现一个画面，而是贯穿着"营卫"之气。在创作作品之时，就是要让"三焦"运行起来，要让对身体有用的水气贯通而运行，要让对身体无用的糟粕渗而俱下，也就是在创作时需要懂得取舍。如果没有这样的取舍，作品就一定会出现"病症"。

《内经·营卫生会第十八》中有关于"三焦"的详细讲解，上焦、中焦、下焦各具功能，正是因为这些功能保证了人体的正常运化和健康状态。"黄帝曰：善。余闻上焦如雾，中焦如沤，下焦如渎，此之谓也。"

书画艺术的表现也应该有此体会才好。

说到底，书画是生命状态的表现！

11月24日

万物本无俗。

国画最忌艳俗。当然，这种艳俗很多时候是整体性的，构图、选材、造型、用色等都可能让作品艳俗。

如何避免艳俗不是解决哪一个环节或者表现技巧的事，关键还是整体审美趣味决定的。但有一点总是肯定的，那就是要反复欣赏感悟前人的优秀作品是如何避免这一问题的。比如五代，宋元诸多作品，比如徐渭、朱耷、老莲、石涛、吴昌硕等人的作品。在这些大家的作品中，有的用色很艳，比如老莲和吴昌硕，但却没有俗气，并表现出勃勃生机和特别的意蕴。

我以为，他们均不只是为了画一幅画而画，而是要通过画表达内心的情怀，表达他们笔下之物的生命哲学。

艳俗实际上是我们的认知和审美出了问题。万物本无俗！

11月25日

从于心才能脱胎换骨。

从自然真实到艺术真实实际上是一种脱胎换骨的变化。

从历代传世的绘画作品中，我们可以发现，虽然有不少的作品也标有明确的地名，但是，没有哪一幅作品是完全写实的，而更多的作品是完全找不到现实中的对应物的，那些大家们笔下的山水都是自己内心中的山水意境、意趣，而非实际存在的山水。比如著名的《富春山居图》，明确标明画的是"富春山"，但是，画中所表现的山水和现实中的富春山没有任何可对应的山水。

要观察和关注那些极具特色的要素，在创作的时候要思考如何艺术性地安排这些要素。

朱耷、石涛和傅抱石的作品中，这一点体现得尤其突出。不论是朱耷的"孤寂苍凉"，还是石涛的"苍古奇峰"，还是傅抱石的"翁郁淋漓"，都脱胎于自然真实的山水而呈现出艺术山水。

《石涛画语录》的"画章第一"中讲的"夫画者，从于心者也"实际上讲的也是这个道理。

11月27日

从本质上来，世界就是各种事物的组合，包括人也是其中的元素。我们无法搞清六自然这种"组合"的规律，但是，"自然"的形成总是没有违和感，总是呈现各种美，但有一种现象需要我们思考，那就是如果我们从其中选取一部分的时候，就可能出现"违和感"，而且会缺少"美感"。

所以，对于文艺创作者来说，取舍，审美和表现就是创作必须解决的问题，而且是长久的。尤其是绘画创作，在有限的空间里表现某种需要，处理不好就会有一种"拼凑"的感觉，就会有违和感。特别是当面对"命题"创作时，这一点尤为重要。

老朋友宋耀珍希望为其创作一幅"剑胆琴心"的作品。这里实际上存在着一个"气质"的问题，一剑一琴，一文一武，一刚一柔，一动一静，要将这些特质表现出来，而且还不仅仅是"剑胆琴心"，同时，要有相应的"场"来承载和支撑这一"主题"，而且要自然、要美并不容易。

现在这幅作品未必就好，但是，至少还算自然。

创作实际上永远是一种尝试！

11月30日

在不断地学习和感悟中，越来越感觉到，前人留下来的文字我们是能认识的；前人说的话我们也是能读明白的。但是，这并不能说已经理解，理解是一个自己去实践的过程，这本来就是学习的本义。只是，可能我们永远也不能完全理解。如果突然能有所悟，就可能会很有收获。

清代沈宗骞在《芥舟学画编》中讲："通体大局，当顷刻便定。安排布局，须动笔寸细细斟酌。"这也是傅抱石先生经常提到的绘画要"大胆落笔细心收拾"的道理。傅抱石先生讲"画画要会加，会加才叫画。那个地方你看见有东西了才能加，看不见就不能加，不是随便加的，我就是要看出来这张画怎么加。"

"通体大局"应该是一幅画的整体韵势，也是一幅画的气质。"安顿节目"应该是一些具体的"情节"，就像文学作品的故事一样，是一幅画吸引人的地方。但是，这些"节目"还需要与"大局"融为一体，不能是松散的、游离的。只有将"大局"和"节目"统一起来，才会具有同一的气质。比如要画树，在落笔后，画面中必然有了一些"表现"，这个时候，就要"会加"，要在已有的"形"上认真地观察，去看出哪些地方要强化"树枝"的走向，哪些地方要有"树叶"的叠加和疏密配合，让树的形和神得以强化。这样，才能让一幅画神形合一，让一幅画具有品格，具有生命感染力。这样，才能让一幅画充满"意韵"，中国画的核心和灵魂就是"意韵"。

没有"意韵"的作品就没生命！

12月1日

很多道理需要反复体悟理解，或许在某一天会有更充分的认知。尤其是对前人的智慧认知，《道德经》第三十七章讲："道常无为而无不为。侯王若能守之，万物将自化。化而欲作，吾将镇之以无名之朴。无名之朴，夫亦将不欲。不欲以静，天下将自定。"

这短短的一段话，实际上包含了极为丰富的"智慧"。如果不反复体悟，可能只会是表面的理解。以前，一直理解"自化"的重要性，对"自化"与"自定"的深层关系想得不多，但是，近来在实践的过程中，突然对这一段话又有了一些认知。

"夫亦将不欲，不欲以静，天下将自定"，实际上，天下万事万物及其表现均为"欲"，但是，因为这是自然而为，所以本质上就是"不欲"，只有这样的"不欲"，就是"静"，这就是"无为而无不为"的大"道"，所以，如果是这样的"不欲"，则自然可"自定"。

"无名之朴"就是不强调"意义""主题""名分"，而是表现"混而为一"的真"朴"。不显刻意，不露雕凿，一切以"自然"为主，一切以"静"为主，从而实现"无为而无不为"的"自化"到"不欲以静"的"自定"。

在绘画创作中，把握"不为"和"不欲"极为重要，把一切表现在"自化"中，通过整体的呈现让"自定"在画面中渗透出来，这才能让作品自然而沉稳。

12月2日

"山水画"主体是山水草木，也就是自然之物。但是，我们在画面中表现出来的"山水"却是人为的"自然"。

所以，处理好"人为自然"和"自然之自然"就是艺术审美的体现，也是艺术之"道"的要求。

我们留心自然，可以发现数不清的存在。有许多事物是肯定可以作为绘画题材的，但是，有时候表现不好，在自然中看着很独特的事物放在画面中可能并不和谐，显得不自然。

这实际上是因为大自然的整体存在和我们画面的局部表现体现出一种矛盾关系。在创作时，我们必须重新来认识"自然"。

《道德经》第二十五章讲："有物混成，先天地生。寂兮寥兮，独立不改，周行而不殆，可以为天地母。吾不知其名，字之曰道，强为之名曰大。大曰逝，逝曰远，远曰反。故道大，天大，地大，人亦大。域中有四大，而人居其一焉。人法地，地法天，天法道，道法自然。"在这里，老子先讲，"道先于天地生，是天地母"。我们一般的认知中，天地万物即"自然"，但是，老子后面又讲"道法自然"，显然，"自然"应该不是我们认识的天、地、人这些东西。

冯友兰先生讲："'自然'只是形容道生万物的无目的、无意识的程序。'自然'是一个形容词，并不是另外一种东西。"我觉得，这个"程序"似乎更接近于老子"道"的意思。我们看到的"自然之自然"确实应该是无目的、无意识形成的，但是，我们将这些表现在画面中时，肯定是有目的、有意识的，这首先是有违"自然"的，所以，如果我们能在绘画创作中有目的、有意识地表现出"无目的""无意识"的存在，应该就是符合"道法自然"的。

这不也就是"心中山水"的核心吗？

12月4日

很多东西，尤其是优秀的作品，需要"硬看"！

实际上，欣赏其实也是一个"取舍"的过程。这个"取舍"就是结合自身的综合审美来判断，这也是一种"自定"。"自定"就是要敢于肯定自我判断，当然，自我判断和自我审美必须不断提高。否则，"自定"就会成为"自大"，所以，艺术修复是一个需要终身去提升的过程。

历代传世的书画作品每一幅都一定具有其绝对的价值和意义，每一个传世的作者都有其自身的高度和风格。但是，他们也经历了一个不断提升的过程，而且也不可能每一幅作品都达到无可挑剔的程度，有时候一件享有盛誉的作品也可能有不尽如人意的地方。

所以，"硬看"就是要反复去欣赏，从反复地欣赏中去发现那些能够流传千古的表现究竟是什么，这些表现为什么会让一幅作品具有极强的艺术生命力。同时，要发现那些不尽如人意的地方，而且要敢于下结论去否定，这就是"取舍"。

当然，所有"硬看"的作品一定是那些历代流传，已经可以肯定是绝世传承的作品 而不是那些"行画"。所谓"眼高""手高"都需要在高的作品中才能得到，如果接触的本来就是"低"的作品，又何能抵达高之境界，又何能得到提升。

所以，需要在"硬看"上下功夫。

12月5日

如果反复欣赏和领悟，我们可以将倪瓒、朱耷、石涛、傅抱石几个人归于一类。并且可以从他们的作品中感悟到很多终生受用的东西。

我们知道，无论是山水、人物还是花鸟，在宋朝时均有着极高的艺术成就。宋人山水构图大势逼人，笔墨法度严谨，意境清远高旷。这种风格实际上一直影响着后世的山水画创作。

元代画家曹知白的山水画相对宋人山水，表现出笔墨疏秀清润，尤其是其后期作品，用干笔皴擦，情味变为苍秀简逸。其作品多以柔细之笔勾皴山石，极少渲染。但是，整体欣赏还是能看到其精心布置和用心刻画的特点的。到倪瓒时，在简约的同时更多的是表现出随意，所以，史称其开创了水墨山水的一代画风。倪瓒的山水画画法疏简，格调天真幽淡。其作品多构图平远，景物极简，多作疏林坡岸，浅水遥岑。他的用笔变中锋为侧锋，折带皴画山石，枯笔干墨，淡雅松秀，意境荒寒空寂，风格萧散超逸，简中寓繁，小中见大，外落寞而内蕴激情。与其性洁癖一样，其作品也用心表现出"洁癖"的特点。他的作品中那些看着随性的笔墨实际上还是有着极强的主观性的。

到了朱耷，其作品体现出的"随意""率性"才更加突出和明显。许多人都知道八大山人的作品是传世之作，但是，真能欣赏其作品内在精髓的并不见得多。因为他那些山、石、树、草，以及茅亭、房舍等，逸笔草草，看上去完全就是漫不经心、随手拾掇的。但是，如果反复去欣赏，去揣摩，就会发现其作品用笔的干湿浓淡、疏密虚实、远近高低，笔笔无出法度之外，意境全在法度之中。这种无法而法的境界，是情感与技巧的高度结合，他的作品完全是在自己的自由王国之中进行的。

石涛著有《苦瓜和尚画语录》，阐述了他对山水画的认识。其中最著名的，影响后人颇深的就是他提出的"一画说"。他主张"借古以开今""我用我法""搜尽奇峰打草稿"。石涛的作品很多，欣赏其作品，会感觉到他的恣意纵横，淋漓洒脱。他的不拘小处瑕疵，具有一种豪放郁勃的气势，以奔放之势见胜。尤其是其构图新奇。无论是黄山云烟，江南水墨，还是悬崖峭壁，枯树寒鸦，或平远、深远、高远之景，都力求布局新奇，意境翻新。但是，总体来讲，可以让人感觉到的就是随意中的法度森严。

傅抱石先生的作品可以说真正欣赏的人并不多。近年来是因为其作品在拍卖中屡创新高，才让许多人趋之若鹜。抱石先生的作品一看就是"随性随意"的，没有一点儿细致的东西。而且，不少人认为这些画没有色彩，黑乎乎的没有什么看头。而且有一极为重要的现象就是，用传统的皴法已经不能来评判抱石先生的作品。虽然现在我们将抱石先生的表现概括为"抱石皴"，但是，这种"皴法"是很难找到规律的。抱石先生讲，要学会"看得出来"，这一点极为重要，在随意涂刷出的画面痕迹中能够看得出需要增加什么、调整什么，这是需要具有综合而深厚的审美能力的。恰恰是这一点，才是考验和成就一个人的关键。

循道难也！

12月6日

宋欧阳修著有《卖油翁》。文中讲陈康肃公善射，他自己也很得意，有一次在自己家的场院里射箭时，有一个卖油的老头看半天不走。当康肃问他"我射得好不好"时，卖油老头说："也没什么，就是手熟罢了。"康肃很生气。卖油老头就取一葫芦放在地上，用一铜钱盖住葫芦口，用木勺往葫芦里倒油，油从铜钱孔流进葫芦，但钱一点儿也没有湿。

同样的故事我们还可以看《庖丁解牛》，"游刃有余"讲的其实也是"手熟"。

书画艺术也一样，"手熟"很重要。但是，书画艺术又忌讳"手熟"，因为，一"手熟"就容易让书画作品"甜腻"。

创作者更应该重视"心熟"，"心熟"不是熟悉技巧，而应该是对天地万物气韵、气势、气节、气氛的领悟把握。不论是什么样的构图，表现什么样的事物，要迅速切合的是内心！

心中有"眼"才能看到，心中有"熟"才可手熟。

书画艺术熟中忌熟，唯心尔！

12月14日

绘画是一件能让人身心愉悦，忘记其他繁杂琐事的事。

但是，首先就是要让自己"入静"工作之余，画册页。因为所住的地方条件有限，只能画册页。分别临石涛大师和泓一法师的罗汉图。

石涛大师的罗汉图实际上集人物、山水、花鸟之大成，而且其罗汉造型生动、神态各异、笔墨洗练，每一幅都有极强的叙事性，饱含人文情怀。

据说，石涛大师的《石涛罗汉百开册页》估价30亿。只是不知道，如果石大师当时知道会有这样的价，他会如何创作。不过，我是相信，他根本就不可能考虑过这个，如果他是带着"画银子"这样的想法，恐怕作品就会是另一种状态。

泓一法师的罗汉图基本上没有背景，但其人物造型同样本身就充满情趣。

所临《罗汉长卷》为弘一大师在伏龙寺绘就，共绘有57位罗汉。或立或坐或卧，或嬉戏或书写或沉思，形态、表情、动作各异，人人皆神采奕奕，精神抖擞，虽然每一个罗汉都是独立的姿势，但是，在长卷中，相互之间也有情节性的表述。

因为自己学习国画时间不长，功力太差，又只带着一支时时开衩的笔，所以，只能作为练习来临。尽量体悟的是两位大师在造型和情趣的统一，表现手法和整体意韵营造上的独到之处。

也许，穷尽一生也不可能达到他们的艺术创作境界。但是，但这也是一件快乐的事情！

12月18日

读黄宾虹先生一画，上有题款为："宋院体画多用细绢，米南宫山水画专以楮素擅长，笔墨变化贵于自然，称为雅格习士，夫画者，董巨二米是一家法，而不重院体。此优拙之分不可不严辨别之也。"仔细体会，黄宾虹是显然认为董巨之法优于宋院体画的。实际上，黄宾虹自己的话也可以印证这一点，宾虹先生的画看上去就是随心所欲的，但是，却有自己的"法"。

故可知，学与习必须是相互配合的。只学不习，只习不学都会有问题。

我们知道，中国画在两宋的时候达到了极高的高度，许多方面至今都难以超越。

宋朝在开国之初就建立了翰林图画院，相当于现在的国家画院。翰林图画院有完备的制度，有一大批的宫廷画师，院画作家的作品多数是按最高统治者的审美标准来创作的，所以称这为院体画。院体画风格多以工整细腻、细节繁复而写实逼真为主。但是，院体画并非皆优，也存在着需要摒弃的东西。

鲁迅先生在《且介亭杂文，论"旧形式的采用"》曾说："宋的院画，萎靡柔媚之处当舍，周密不苟之处是可取的。"可见鲁迅先生与黄宾虹先生所见一致。

凡传世作品必有其道理，但是，并不是所有传世作品我们都要去盲目喜欢。画中"生气"极强的作品肯定是优秀作品，所以吴昌硕先生也说过，画气不画形。

所以，如何让有形的事物表现出无形的气是极为核心的要素。

12月20日

《论语·为政》言："七十而从心所欲，不逾矩。"这里言"从心所欲"，又言"不逾矩"，这种"道"看似矛盾，实则是种至高的"规律"，"几于道"也。

从隋五代，到唐宋，到明清，所有传世作品及其创作者皆因"几于道"，在某些方面表现出了"从心所欲"，又"不逾矩"的特点。倪瓒的"洁"，朱耷的"寂"，石涛的"幽"，傅抱石的"豪"等，都是将自然之状态的某种特点表现到了某种极致。

"欲"与"矩"既是矛盾，又是统一，这是艺术表现必须清楚的核心之一！

12月25日

黄宾虹先生有言："山水乃图自然之性，非剽窃其形，不写万物之貌，乃传其内涵之神。"这实际上就是《道德经》第二十一章所说的："孔德之容，惟道是从。道之为物，惟恍惟惚。惚兮恍兮，其中有象。恍兮惚兮，其中有物。窈兮冥兮，其中有精。其精甚真，其中有信。自今及古，其名不去，以阅众甫。吾何以知众甫之状哉？以此。"

宾虹先生强调讲"图自然之性""内涵之神"，但同时又说"非剽窃其形""不写万物之貌"，这实际上谈到的是"艺术"的"本质"。我们都知道，"性"也好，"神"也好，需要有附着物，也就是要通过"形""貌"来表现，如果没有"形"与"貌"，实际上我们也无法体味"性"与"神"。所以，如何理解"自然之性"和"内涵之神"就成为根本。我们需要形和貌，但不是把自然存在照搬来就行，照搬就是"剽窃"。所以，在"恍兮惚兮"中把握"象"，把握"物"，体现出"精真信"才是根本，才能表现出"自然之性"，才能有"内涵之神"。

能入"艺术"之境真的不易！

12月31日

朋友张晓鹏（大鸟）策展"书声琴韵·春启秀容"——忻州古城书法迎新展，邀请我写一前言，故有以下文字。

有种境界叫"恍惚"！

其实，"恍惚"的意思并不只是指神志不清，精神不集中，也不是指不真切。《道德经》第二十一章讲："孔德之容，惟道是从。道之为物，惟恍惟惚。惚兮恍兮，其中有象。恍兮惚兮，其中有物。窈兮冥兮，其中有精。其精甚真，其中有信。自今及古，其名不去，以阅众甫。吾何以知众甫之状哉？以此。"

"书声琴韵·春启秀容"——忻州古城书法迎新展展示的两种艺术恰恰暗合了老子所言的"惟恍惟惚"之态。

一琴一书，均出于"线"。

琴七弦出五音十二律，合于风，合于云，有花开鸟鸣，有山涛水吟，可闻天地之籁，可见日月盈昃。故《太古遗音》形容琴"形象天地，气包阴阳。神思幽深，声韵清越，雅而能畅，乐而不淫，扶正国风，翼赞王化。善听者，知吉凶休咎，国家存亡。善鼓者，变动阴阳，聚散鬼神。是以古人左琴右书，无故则不辍。琴之为义大矣哉"。

书法一线出五体篆隶草行楷，观物寓书，写天记地，描情摹性，实为"无声的画"。马宗霍所辑《书林藻鉴》中讲："声不能传于异地，留于异时，于是乎文字生。文字者，所以为意与声之迹。"说的是文字，却正合书法之价值和意义。

不论琴，不论书，均需能入"恍惚"之态，才可至至高境界。

"书声琴韵"一则展现音中见画，书中闻音。二则也让琴者书者才能相互借鉴，互通有无。若可从中窥"道"，想来一定会受益匪浅。

2021年

1月4日

日本作者紫式部的《源氏物语》里，当源氏公子和头中将在评世间女子的时候，有一位左马头参与进来，讲了许多对女子的看法。有几段话很有意思，其实正好值得学习书画者借鉴。

左马头是这样讲的："且将别的事情来比拟吧：譬如细木工人，凭自己的匠心造出种种器物来。如果是临时用的玩赏之物，其式样没有定规，那么随你造成奇形怪状，见者都认为这是时势风尚，有意改变式样以符合流行作风，是富有趣味的。但倘是重要高贵的器物，是庄严堂皇的装饰设备，有一定的格式的，那么倘要造得尽善尽美，非请教真正高明的巨匠不可，他们的作品、式样毕竟和普通工人不同。又如宫廷画院里有许多名画家。选出他们的水墨画稿来，一一比较研究，则孰优孰劣，一时实难区别。可是有个道理：画的倘是人目所不曾见过的蓬莱山，或是大海怒涛中的怪鱼的姿态，或是中国深山猛兽的形状，又或是眼所不能见的鬼神的相貌等，这些都是荒唐无稽的捏造之物，尽可全凭作者想象画出，但求惊心骇目，不须肖似实物，则观者亦无甚说得。但倘画的是世间常见的山容水态、目前的寻常巷陌，附加以熟悉可亲、生动活现的点景；或者是平淡的远山景象，佳木葱茏，峰峦重叠，前景中还有篱落花卉，巧妙配合。这等时候，名家之笔自然特别优秀，普通画师就望尘莫及了。又如写字，并无精深修养，只是挥毫泼墨，装点得锋芒毕露，神气活现；约略看来，这真是才气横溢、风韵潇洒的墨宝。反之，真才实学之书家，着墨不多，外表并不触目；但倘将两者共陈并列，再度比较观看，则后者自属优胜。"

他提出的从表现世间常见水态、寻常巷陌、平淡远山等的高下判断名家之笔和普通画师，从着墨不多、外表并不触目来判断是否有真才实学的书家的观点其实很是精到。

世间的美千奇百态，但是，美的意韵、品质却在某一个层面上是特定的。这种特定的意韵和品质很难被概括出来，只能自行体味和判断。

所以，对于创作者来说，培养自己的综合审美和判断能力才是根本。

1月12日

中国画的"灵魂"是"自我"，而不是写实。但是，这里的"自我"却并非"自己"，这个"自我"在很大程度上又是"非自我"的。因为，在艺术中的"自我"应该是"综合"的。所谓综合是指一个人从自然、社会获得的整体认知、取舍、审美，以及表现。数千年的文化、历史，数千年的艺术传承表现，数千年的生活习俗、人情世理等，可以说，任何事物均可能影响到"自我"。即使局限在绘画领域，"自我"对绘画本身的接受、表现也不可能是凭空而现的，而会受到无数人的影响和左右。

一个想在书画艺术中获得"自我"的人，必须耐得住寂寞，同时，必须在历史传承与自然存在中去寻找能够"自定""自化"的大道。只有这样，才可能有自己的"语言"！

1月13日

在艺术表达上形成"自己的语言"并不是件容易的事。就中国画艺术来讲，我们知道，历史上有许多大家都有自己的语言特色，我们通过一件作品很容易就判断出其创作者是谁，这些艺术大家也一直影响着后世的创作者。但是，有一个问题就是，我们即使能够很容易地就判断出这些艺术家，而且也可以用心临习他们的作品，可是，如果我们仅仅掌握了他们的"语言"特色又能如何？即使可以学到以假乱真又能如何？这终归不是自己的语言。而且，我一直认为即使是自己也不能将自己的表现方式固定下来。我以为，"风格"和"特色"很重要，但是，还不是最重要的。

艺术的语言不应该是固化的，不变的，而应该随时都要变，都由实际情况决定。文学因为体裁不同，小说、诗歌、散文、评论都有明显的语言特质，不是说一个人掌握了语言就能够创作文学作品，而且即使是文学创作者，也不能够不加区别只用一种体裁的语言进行所有文体的创作。我们知道，在小说和散文中可以有诗意，有诗歌语言的质感，但是，如果完全用诗歌语言来创作小说和散文肯定是有问题的。同样的，在诗歌中如何掌握好小说和散文语言的化用更是必须认真对待的。现在有的人提出诗歌语言"口语化"的观念，其实这是一种错觉，从古至今，诗歌语言就是以口语化为主的，只是并不是直接将口语搬出来，而是要找到口语的诗意性，找到口语的诗歌性。现在许多人所谓的"口语诗"其实只能说是"口水语言"，离诗歌的特质相距甚远。

中国画的语言也一样，前人已经总结出了各种表现的形式和方法，比如，"十八描"，比如各种"皴擦""渲染"，包括各种构图方式。但是，如果不对所表现的事物加以审美判断，不能够将自己的情感融入画面，不能够根据不同的意韵加以改变，最后创作出来的作品肯定是没有生命力，没有情感审美感染力的。

所以，艺术语言应该是多样性的。

1月15日

靳尚谊先生曾经将所收藏的各个时期主要画家的重要作品看了个遍，在欣赏这些作品时他体会到一种现象：现代派的作品，一看就知道怎么画出来的，但是对它背后的想法不一定清楚；而古典作品一看就知道它是怎么想的，能理解它要表达的情感，但对它是怎么画出来的有时搞不清楚。

靳尚谊先生是从西方绘画作品及角度来思考这个问题的，但是，这个现象拿来思考中国画同样很有意义。我们常常讲"传统"，但是，我们讲的"传统"往往是指"过去"的存在，恰恰忽视或者说根本没有想到"中国画"本身就是"传统"，不管现在还是将来，我们都必须用"传统"来思考"中国画"。这样思考和继承的时候，我们就必须清楚，一幅画最核心、最重要、最具灵魂的就是创作时必须清楚要表达什么情感，要清楚自己想什么，要清楚自己传达什么样的审美。如何画、怎么画都由实际情况决定。很多时候，可能自己也不清楚最后是怎么表现出来的，有一些方法就是瞬间产生的，再画其他事物时可能就根本不需要。

所以，很多时候，"搞不清"未必是坏事！艺术很多时候就是因为"搞不清"才产生魅力！

1月16日

我们应该知道，大千世界万物缤纷，所有的事物都不会相同，要观察事物之间细微的区别。

懂得这一点非常重要！

我们学习书画创作也是这样，不管我们是师造化，还是师古人，我们要掌握的除了大的规律外，更需要注意的是细微的区别。而且，我们本身在创作的时候也不可能创作出完全不同的作品，一定在许多方面是类似的。所以，处理好细节，在细微处有不同，有区别才是重要的。实际上我们所看到的传世作品无不如此，每个人和其他人的区别也都不是所表现的事物不同，而是在表现事物的时候有不同的处理方式。每个人自己的作品也都是在不断地调整细微处上下功夫，这既是一种积累的过程，也是一种提升的过程。说到底，还是在"变"与"不变"中找到艺术的表现。如果不清楚这一点，就只能陷在"匠"的层面。

1月17日

有一个非常需要我们思考的现象。中国的书画艺术存在数千年，传世作品、历代大家均不少，但是，无论是书法还是绘画均没有非常系统完整的理论著作。就中国画而言，虽然很早就有人对绘画的表现提出各自的看法，而且，这样的论述不断出现，南朝宗炳的《画山水序》，后梁画家荆浩的《笔法记》，南齐谢赫的《古画品录》，唐代张彦远的《历代名画记》、王维的《山水画论》，一直到清代石涛的《画语录》等，均有真知灼见，但仔细读起来，会有"碎片化"的感觉。

实际上，这正是几千年形成的中国文化的独特思维。不固定，不形式，不机械，不教条，重视的是创作者个人的感知。这样的理论，从字面理解并不难，也可以从那些传世的作品中找到对应，但是，如果要将之变成自己的东西却非常不易。说到底我们多数时候还是很难将自然状态与内心精神做到非常契合的"自化"。找不到"精神"的归宿，就不可能将内心融合于创作。有意义固然重要，但是，有意思在艺术中更重要。一定要先有意思再有意义，或者说要将有意思和有意义融合一体才能有好的作品。《道德经》中讲"有物混成"，又讲"混而为一"，但是，先得入"道"，循"德"，才能入"品"。

艺术无品位则无意义！

1月18日

创作一幅作品需要一定的过程，不说平时观察自然之物，学习积累文化艺术审美的相关知识、经验等，即使是动手创作也不是一蹴而就的。但是，最后留在画面上的一定是大自然的一个瞬间，是创作者内心情感的一个瞬间。

不过，我们需要清楚地认识到的是，我们留下来的这个固定的"瞬间"一定要与我们生命的感悟有种契合。

《道德经》第二十三章讲："希言自然。故飘风不终朝，骤雨不终日。孰为此者？天地。天地尚不能久，而况于人乎？故从事于道者，同于道；德者，同于德；失者，同于失。同于道者，道亦乐得之。同于德者，德亦乐得之。同于失者，失亦乐得之。信不足焉，有不信焉。"

"同于道""同于德"均是一种方向的选择，只有合于"道"、合于"德"才可能让艺术长久一点儿。

1月21日

朋友问"恍兮惚兮"的感觉是不是"除了轻如鸿羽，亦有风驰电掣，是一种随感随应的状态，有吸引，有召唤，有回归，或飘散，或凝聚……"。我说"差不多吧，就像脉象"。

因为朋友学的是中医，所以，我觉得用"脉象"来对应，比较容易理解。我又讲："《内经》里最多的内容是什么？是脏腑，是经络的论述，是气血的说明，这恰恰是西医弄不清的东西。西医多讲具体器官，也就只懂实器，不懂虚物，所以，根本不明白什么是恍惚。"

中国画最本质的审美表现是要表现看不见、摸不着的"气"。也就是通过画面中能看到的东西要延伸出看不见的东西，要让人能感受到"情绪"。只有具有了看不见的"气血"，作品才能具有长久的审美生命。

石涛所谓的"夫画者，从于心者也"讲的也是这个道理。

1月23日

说到"污染"，我们都知道首先是指"环境"问题，虽然我们也讲"精神污染"，但却并不好界定。我想到的是另一种现象，我们在某一些认知方面是片面的、无效的，甚至被错误的东西"误导"，这种影响是一种被忽视的"污染"，会让我们在不知不觉中受到伤害！

这种现象在艺术领域尤其值得重视。就拿文学创作、书画创作来讲，现在每天都可以看到海量的作品，但是，真正带有"创造性"的作品极少。其实有一个核心原因就是多数人的"思想"是别人的，缺少"自己"的"观"！

《道德经》第十六章讲："致虚极，守静笃。万物并作，吾以观复。夫物芸芸，各复归其根。归根曰静，是曰复命。复命曰常。知常曰明。不知常，妄作，凶。知常容，容乃公。公乃王，王乃天，天乃道，道乃久，没身不殆。"在这里，老子早就告诉我们，万物芸芸是因为"致虚极，守静笃"，是因为"复归其根"。我们要想认识万物，怎么办？就是要去观察，而不是把我们的一些想法强加于万物。

人是什么？人是万物中一物，融于万物才可久，才可"没身不殆"。

艺术最终还是要表现这样的"自然"!

1月24日

不可否认，绘画最早只是以简单的图案形式出现的，而其最早的作用应该是纪事。但是，当纪事的图案慢慢发展成为一种综合艺术形式后，其纪事功能不再是核心，甚至完全被弱化，绘画的精神审美意义成了主导价值。但是，又不知道从什么时候开始，绘画的"纪事性"又被强调，甚至带有了极强的"新闻性"，这样的结果就是让大量绘画作品只有一幅空壳，而失去了生命。

实际上，我们一定要清楚，恒久的自然存在，万物的生命才是引导我们开悟的"本源"。《道德经》第四十章早就讲："反者道之动。弱者道之用。天下万物生于有，有生于无。"

靳尚谊先生曾在教学的时候伸出右手，对学生讲："你们看，手！皮下面是肉，肉里面是筋，筋里面是脉络，是骨头。你画这只手，就要画出皮、肉、筋、脉、骨！"靳先生在这里同样只强调了一个道理，即"生命"。艺术首先是要表现生命的!

1月25日

仔细思考，我们可能忽视，或者从来没有想过一个问题。那就是我们从一开始就是被已知的"知识"和"经验"所左右，如果我们自己不自知，可能永远只会是这种已知"知识"和"经验"的实践者。

学习书画艺术也是一样的，虽然我们常讲"师造化"，但是，我们在实践"师造化"的时候，也实际上是在已经存在的"审美"和"判断"经验基础上去认知。那么，"师古人"就更是这样了，我们所"师"的就是前人的经验。也就是说，我们的所有努力可能都是在早已"存在"的情况下的自以为是。如果能够大量地阅读到前人的东西，或者说读的前人的东西越多，这一点认知会越明显。

所以，我们应该尝试如何能够实现"自师"！

《道德经》里常提到"自定""自化"，这里的"自化"应该就是一种"自师"的途径和大道。《道德经》第一章讲："道可道，非常道；名可名，非常名。无名天地之始；有名万物之母。故常无欲以观其妙；常有欲以观其徼。此两者，同出而异名，同谓之玄。玄之又玄，众妙之门。"实际上就是这个道理。我们已经习惯了"有"，习惯了从"有"，也就是从概念、知识、经验等来认识世界，但我们不习惯从"无"去认知，或者说我们从来就不能明确什么是"无"。其实，这里已经讲得很清楚，"无名天地之始也"，也就是说，最开始是没有概念、没有知识、没有经验这些东西的。也正是因为这样，所以，我们才能观察到万物的"妙"。

那么，对于我们来说，任何前人的知识和经验都很重要。但是，我们应该学会回到原点，从没有"知识"和"经验"的角度去思考，至少我们要学会如何在前人的知识和经验的基础上思考那些不明确的，甚至没有的东西。

1月27日

小的时候，很喜欢看庙里的壁画或者一些老旧房子上的彩绘，此外，就是炕围画。应该是初中的时候，忘了是在什么地方看到范宽的《溪山行旅图》，当时的感觉就是"真好"！那时候对国画没有任何概念，说不清的喜欢。上了高中，从同学手里看到一册残破的线装书，里面全是花鸟，也是莫名的喜欢。因为喜欢，借来无师自通地临摹过十几幅。

从2015年决定学习国画，并开始行动后，基本上没有停过。因为要学，而且现在能得到资料的途径很多。所以，大量阅读，更主要的是思考。

这个过程，实际上就是一个"自化"的过程。但是有一点越来越明确，那就是每一位历史上的书画大家的作品对于我们来讲，未必会都欣赏，或者有一些作品我们会随着时间的变化和自己的认知和积累，原来的评判也会发生改变。但是，只要是其作品中渗透了生命情趣，就会具有恒久的艺术感染力和生命力。

所以，艺术无定式，但需要不断调整，重要的是要坚守自己的内心，然后去寻找与世间万物的契合！以内到外，从外归内，内外合一，最终归一。一生二，二生三，三生万物，万物归一……

1月29日

和朋友聊天，说到书法作品，朋友说"有的人写出来的字，清秀好看，但是没有力道"，然后补充说"不懂书法，瞎说的"，我说"问题是你说对了"。

实际上，这是一个长期存在的问题。经常听到有的人说，要如何如何执笔，要如何如何运腕，要如何如何用锋，这些都没有错！问题是，不管如何运用这些技巧，最终写出有生命力、感染力、艺术力均饱满的作品才是根本。如果，写出来只是个字，没有任何艺术生命力，方法再正确有什么用？

拿历代传世的书法大家来讲，我们一是已经很难知道他们每个人如何执笔，如何运腕，如何用锋，只能从他们的作品中去感悟。二是，我们即使知道他们的方法技巧又如何能保证我们就能达到他们的水准和高度。其实关键的还是要自己去开悟，实践！

《道德经》第四十二章讲："道生一，一生二，二生三，三生万物。万物负阴而抱阳，冲气以为和。人之所恶，唯孤、寡、不谷，而王公以为称。故物或损之而益，或益之而损。人之所教，我亦教之：强梁者不得其死。吾将以为教父。"有生命力表现的作品一定是"负阴而抱阳，冲气以为和"的，艺术表现就是要清楚"损之"与"益之"的规律！只有这样，才能一而再，再而三！

2月1日

石涛在《画语录》"山川章"中讲："得乾坤之理者，山川之质也。得笔墨之法者，山川之饰也。知其饰而非理，其理危矣。知其质而非法，其法微矣。是故古人知其微危，必获于一，一有不明则万物障，一无不明则万物齐。画之理，笔之法，不过天地之质与饰也。山川，天地之形势也。"这里所讲的"理"和"法"与"质"和"饰"的关系对于后学者很有意义，但是，需要我们经历反复的实践，并且在实践中去思考才可能慢慢领悟。

山川是体现的是天地之形势，山川其实又得于天地。绘画说到底就是体现其"质"和"饰"的，画之理，笔之法即为此。

但是，明白这样的道理未必真的能得到"质"与"饰"，原因就是不得乾坤之理，不明笔墨之法。我们一般都知道，乾坤指天地，但实际上，在中国传统文化里，乾坤并不单指天地，而是指一切具有天地之性的事物。所以，对于我们来说，绝对不能机械地、概念去理解乾坤。也就是说，我们要表现的山川草木等，都不应该是有具体指向性的实山实水，而是要摆脱"实山实水"，根据我们表现的需要来设形造质，根据我们的心境来铺纹布饰。"乾坤"的实际存在实际上要对应于我们内心的理解，"笔墨"的实际运用是这种理解的具体体现。

只有这样，才能创作出属于自己的山水！

2月2日

我们必须观察，必须思考，必须实践，才可能接近点儿自然万物的本质，但是，真正能够接近自然很难。虽然有时候我们很努力，也好像有所表现，但却可能有"失"！

石涛《画语录》之"境界章"就讲了这种现象："分疆三叠两段，似乎山水之失，然有不失之者，如自然。分疆者：'到江吴地尽，隔岸越山多'是也。每每写山水，如开辟分破，毫无生活，见之即知。分疆三叠者：一层山，二层树，三层山，望之何分远近？写此三叠奚音印刻？两段者：景在下，山在上，俗以云在中，分明隔作两段。为此三者，先要贯通一气，不可拘泥。分疆三叠两段，偏要空手作用，才见笔力，即入千峰万壑，俱无俗迹。为此三者入神，则于细碎有失，亦不疑矣。"这里讲的"三叠""两段"现象就是因为对自然之"自然"缺少认识，硬性地，强行地加以表现，而不能"贯通一气"，所以造成画面生硬切割现象。

避免"俗迹"首先是意识深处的东西，要去深入理解自然大道。正如《道德经》第四章所讲："反者道之动。弱者道之用。天下万物生于有，有生于无。"其中所讲的"挫其锐，解其纷，和其光，同其尘"既是万物存在的本质，也是万物归一的方法和途径，运用在书画表现上同为大道！

2月3日

"三远法"是中国山水画表现时的透视法。所谓"三远"即指高远、深远和平远。这是我国北宋画家郭熙在他的著名山水画论著《林泉高致》中提出的："自山下而仰山巅谓之高远；自山前而窥山后谓之深远；自近山而望远山谓之平远。"实际上就是指在仰视、俯视、平视时我们应该看到的事物的状态。即使是面对同一事物，如果从这三种角度来审视就会出现三种不同的状态，而这正是创作山水画时要遵循的规律。

范宽的传世之作《溪山行旅图》就是以高远法的视角构图方法创作的，正是因为以仰视的角度来表现，所以使其笔下的山势有"逼人"之态。

对于我们多数人来讲，无论是发现自然奥秘，还是领悟艺术之道都很难，因为这些东西常处于"惚恍"状态。正如《道德经》第十四章所讲："视之不见，名曰夷；听之不闻，名曰希；搏之不得，名曰微。此三者不可致诘，故混而为一。其上不皦，其下不昧。绳绳不可名，复归于无物。是谓无状之状，无物之象，是谓惚恍。迎之不见其首，随之不见其后。执古之道，以御今之有。能知古始，是谓道纪。"

但是，可悲的是，我们经常可能视都未视，听都未听，搏都未搏，所以也谈不上"致诘"，我们的认知不是"惚恍"，而是糊涂，我们根本不能理解何谓"无状之状，无物之象"。而且还有一大悲哀，我们正在快速地远离"古之道"，或者，根本不清楚什么是"古"，又何谈"执古御今"，又如何能清楚"道纪"？

回到原点几不可能，只能不停地去思考"古"！

2月5日

什么是大自然？大自然就是生生不息的万千事物，变化无穷的万千事物，层出不穷的万千事物。不断有灭绝的事物，不断有新生的事物，无可穷尽。

所以，《道德经》第六章讲："谷神不死，是谓玄牝。玄牝之门，是谓天地根。绵绵若存，用之不勤。"

那么，我们认知自然、表现自然的思维、手段也需要不断变化。

艺术手法也一样！

石涛《画语录》的"变化章"讲道："古者，识之具也。化者，识其具而弗为也。具古以化，未见夫人也。尝憾其泥古不化者，是识拘之也。识拘于似则不广，故君子惟借古以开今也。又曰：'至人无法'，非无法也，无法而法，乃为至法。凡事有经必有权，有法必有化。一知其经，即变其权；一知其法，即功于化。夫画，天下变通之大法也，山川形势之精英也，古今造物之陶冶也，阴阳气度之流行也，借笔墨以写天地万物而陶泳乎我也。今人不明乎此，动则曰：某家皴点，可以立脚，非似某家山水，不能传久。某家清淡，可以立品。非似某家工巧，只足娱人。是我为某役，非某家为我用也。纵逼似某家，亦食某家残羹耳。于我何有哉！或有谓余曰：'某家博我也，某家约我也。我将于何门户？于何阶级？于何比拟？于何效验？于何点染？于可鞟皴？于何形势？能使我即古而古即我？'如是者知有古而不知有我者也。我之为我，自有我在。古之须眉，不能生在我之面目；古之肺腑，不能安入我之腹肠。我自发我之肺腑，揭我之须眉。纵有时触着某家，是某家就我也，非我故为某家也。天然授之也。我于古何师而不化之有？"

这里，石涛首先认为不能只懂得表现事物的具体形状，而且是要懂得"化"。然后指出，善于创造者是能够无定法而用一切法，在懂得遵循常规，但更要懂得变化。自然万物的变化，就是绘画艺术的学问。因此，石涛提出不能依傍任何"一家"。"我之为我，自有我在"这才是根本，如同自然之万千事物一样，每一种事物就是其本身，只有这样才形成大千世界。

万千事物本身就在那里存在着，它们的精气神也在那里存在着。如果能懂得"我之为我"就可依万物出万千变化。

艺术的魅力正是这种变与不变形成的审美！

2月6日

有一个事实，前人和当下的积淀越多，我们接受的这些积淀也就越多，如果不懂得"自化"，"创作趋同"就会越来越严重，尤其再看重市场、看重别人的评说，想要保持个性、保持"纯而又纯的绘画意识"几乎是不可能的。

要让自己的创作"脱俗"谈何容易？

石涛在《画语录》"脱俗章"中讲得清楚："愚者与俗同讥。愚不蒙则智，俗不溅则清。俗因愚受，愚因蒙昧。故至人不能不达，不能不明。达则变，明则化。受事则无形，治形则无迹。运墨如已成，操笔如无为。尺幅管天地山川万物而心淡若无者，愚去智生，俗除清至也。"所以，我们要时刻清醒地去触摸"达则明，明则化"的境界，否则就会陷入"愚"和"俗"之中，最后只能是被"讥"。

傅抱石先生是深谙石涛之"受事则无形，治形则无迹"意的，所以才有了自己独特的表现方式。不仅仅是他独有的"抱石皴"，包括其整体构图、意韵的渗透、情怀的体现等均是脱俗的，真正若"心淡若无"，但又尽显"天地山川万物"。

2月7日

"学习"乃"学"与"习"两个层面，"学"是对前人所传承下来的东西的理解和借鉴，"习"是通过这种理解和借鉴进行的实践。但很多时候，我们并不能做到完全对应。有许多东西，理解起来并不算难，或者通过反复地思考可以慢慢理解，但是，理解了在实践中也未必能够完全将前人所说的东西贯通。尤其是最怕"教条"！

艺术最忌的就是"教条"，艺术表现需要"程式"，但是，艺术的"程式"不能是不变的，而是要在变与不变中寻找灵魂。

"反者道之动，弱者道之用。天下万物生于有，有生于无。"《道德经》第四十章讲的就是这种智慧。

石涛在《画语录》"氤氲章"中讲的："笔与墨会，是为氤氲，氤氲不分，是为浑沌，辟混沌者，舍一画而谁耶？画于山则灵之，画于水则动之，画于林则生之，画于人则逸之。得笔墨之会，解氤氲之分，作辟浑沌手，传诸古今，自成一家，是皆智得之也。不可雕凿，不可板腐，不可沉泥，不可牵连，不可脱节，不可无理。在于墨海中立定精神，笔锋下决出生活，尺幅上换去毛骨，混沌里放出光明。纵使笔不笔，墨不墨，画不画，自有我在。盖以运夫墨，非墨运也；操夫笔，非笔操也；脱夫胎，非胎脱也。自一以分万，自万以治一。化一而成氤氲，天下之能事毕矣。"实际上与"万物生于有，有生于无"是同样的道理，只是具体到了画的表现上。"不可雕凿，不可板腐，不可沉泥，不可牵连，不可脱节，不可无理"也是一种变与不变，有与无的关系和呈现。在创作的时候，要让作品具有感染力，具有生命力，就必须考虑这些问题并处理好。也只有理解和运用好这个道理，才能实现"自一以分万，自万以治一。化一而成氤氲，天下之能事毕矣"。

当然，实现这样的境界必须进行的就是反复学习！

2月8日

应老朋友黄文进斤约，为其画一幅《五台山朝山图》。文进近年来一直在做与佛教文化有关的事，而且研究佛学，故特别嘱我以此为主题画一幅作品。

五台山去过几次，而且也欣赏过不少人以此为主题画的作品。但是，多数作品均以五台山的特色景物为创作对象。这样的表现并没有什么对错，但是，我以为，还可以有另外的呈现。

《楞严经》有言："一迷为心，决定惑为色身之内。不知色身外泊山河虚空大地，咸是妙明真心中物。"实际上就是告诉我们不能"着相"，万法唯心造。是的，在五台山，我们可以看到具体的山形，可以看到实在庙宇山寺，所有的东西都是具体的。但是，我们真正在那里应该感受到的却不应该只是目所能及的具体物象，或者说，我们还应该在内心中去感应"虚空大地"般的存在。

石涛《画语录》"尊守章"讲："受与识，先受而后识也。识然后受，非受也。古今至明之士，借其识而发其所受，知其受而发其所识。不过一事之能，其小受小识也。未能识一画之权，扩而大之也。夫一画含万物于中。画受墨，墨受笔，笔受腕，腕受心。如天之造生，地之造成，此其所以受也。然贵乎人能尊，得其受而不尊，自弃也；得其画而不化，自缚也。夫受：画者必尊而守之，强而用之，无间于外，无息于内。《易》曰：'天行健，君子以自强不息。'此乃所以尊受之也。"这里所阐述的是画理，但与佛理是相通的。我们在进行创作的时候，也应该清楚"受与识"的区别。"天之造生，地之造成。"这是客观存在的，不可能改变，但是，我们要能"化"，做到"无间于外，无息于内"。

归根到底，艺术既不能困于"色身之内"，也不能惑于"色身外"，得彻悟"妙明真心中物"！

也因此，故有此幅作品。未必尽妙，但终是属于自己内心的！

2月10日

大千世界，万物缤纷，美不胜数，为什么还要有绘画？盖由画来描述内心对自然的感悟而已。石涛讲"夫画者，形天地万物者也"，这里石涛讲的是法。实际上，"形天地万物"是为了契合内心的感动，所以"法"无不为此！

这种契合本身又对如何入"形"提出了"规矩"，越接近自己的内心所感，创作出来的作品越具有感染力。只是，我们现在所看到的许多作品，往往陷入一种固定的表达。不变，不会变，不敢变，为"法"所缚，为"法"所障，终不能成大气象。

石涛《画语录》"了法章"讲："规矩者，方圆之极则也；天地者，规矩之运行也。世知有规矩，而不知夫乾旋坤转之义，此天地之缚人于法，人之役法于蒙，虽攘先天后天之法，终不得其理之所存。所以有法不能了者，反为法障之也。古今法障不了，由一画之理不明。一画明，则障不在目而画可从心。画从心而障自远矣。夫画者，形天地万物者也。舍笔墨其何以形之哉！墨受于天，浓淡枯润随之；笔操于人，勾皴烘染随之。古之人未尝不以法为也。无法则于世无限焉。是一画者，非无限而限之也，非有法而限之也，法无障，障无法。法自画生，障自画退。法障不参。而乾旋坤转之义得矣，画道彰矣，一画了矣。"

在这里，石涛从几个方面剖析得非常清楚，他提出"画从心而障自远矣"，所以，重要的是认识我们自己的内心，要清楚我们自己的内心与万物的对应频率和节拍。山为山也，但山无定形。树为树也，但树亦无定形。所以，我们"形天地万物"又怎么能死守一种规矩？

《道德经》第三十二章讲："道常无名，朴。虽小，天下莫能臣也。侯王若能守之，万物将自宾。天地相合，以降甘露，民莫之令而自均。始制有名。名亦既有，夫亦将知止。知止可以不殆。譬道之在天下，犹川谷之于江海。"这是一种让我们内心开悟的思维模式。

2月11日

今天是除夕，送大家一幅"葫芦"！

中国文化中有许多极为朴素的内容，用最直接、最贴切的元素表达美好。比如"葫芦"和"福禄"谐音，所以它有着长寿和富贵的寓意。在神话传说中，好多神仙都常佩戴葫芦，神仙佩戴的葫芦都很神奇。《西游记》中就有可以装天地的葫芦。所以，在民间很多人都喜欢将葫芦放在家门口，起驱避灾的作用。

葫芦是一种藤蔓类植物，枝蔓密集，寓意子女兴旺发达，所以葫芦也一直被视为求子的吉祥物，在家里摆放一个葫芦，带有子孙满堂、家人幸福健康的意思。曾经很红火一阵儿的动画片《葫芦娃》就表现了诸多美好的寓意！

实际上，我们赋予许多事物特殊的意义均是寄托了我们的愿望。不论何时，我们不仅仅应该有愿望，更应该如万物一样顺应自然，顺应天道。《道德经》第十六章讲："致虚极，守静笃。万物并作，吾以观复。夫物芸芸，各复归其根。归根曰静，是曰复命。复命曰常。知常曰明。不知常，妄作，凶。知常容，容乃公。公乃王，王乃天，天乃道，道乃久，没身不殆。"

让美好恒久！

2月15日

如果简单来看，"山水画"里主要出现的就是山石、树木、湖瀑、人物、房宇。不管如何变化，都是这些物事的变化。但是，就是这些物事的变化却可以创造出与自然，甚至超出自然的无穷境界。这也正是绘画艺术的魅力和价值。

《道德经》第二十二章讲："曲则全，枉则直，洼则盈，敝则新，少则得，多则惑。是以圣人抱一为天下式。不自见，故明；不自是，故彰；不自伐，故有功；不自矜，故长。夫唯不争，故天下莫能与之争。古之所谓'曲则全'者，岂虚言哉！诚全而归之。"老子在这里讲的是万事万物存在的本质和规律，强调了变与不变的重要性，同时，也用"不自见，故明；不自是，故彰，自伐，故有功；不自矜，故长"强调了不能抱守己见，也不能自以为是，不能自己夸耀，不能自我矜持，唯此才能"长久"。

所以，用相同的物事表现不同的境界、意韵、势态是山水画的核心。

石涛《画语录》在"林木章"中阐述树木的表现时，讲的其实也是这个道理。"古人写树，或三株、五株、九株、十株，令其反正阴阳，各自面目，参差高下，生动有致。吾写松柏，古槐，古桧之法，如三五株，其势似英雄起舞，俯仰蹲立，踯跚排宕。或硬或软，运笔运腕，大都多以写石之法写之。五指、四指、三指，皆随其腕转，与肘伸去缩来，齐并一力，其运笔极重处，却须飞提纸上，滋去猛气。所以或浓或淡，虚而灵，空而妙。大山亦如此法，余者不足用。生辣中求破碎之相，此不说之说矣。"石涛不仅讲了要表现出的树的态势，还具体地讲到如何运笔。但是，如何能将其讲的具体方法运用到自己的创作中其实是另一回事，如果不能真正体会到为什么要这样运笔是不可能做到心手合一的。

绘画实在是件苦差事，但也是件其乐无穷的事！

2月16日

万物枯枯荣荣，皆与能量有关，我们的生命也如此。实际上，能量无所谓正负，即使有，也是正负在相互转化，相互作用下对万物起作用。艾青先生在他的《光的赞歌》中有这样的诗句："每一个人都是一个生命，人是银河星云中的一粒微尘，每一粒微尘都有自己的能量，无数的微尘汇集成一片光明。"是的，我们向往光明，我们需要光明；我们向往春天，需要春天，但是，试想一下，这个世界如果没有了黑夜，没有了冬天将会如何？

世间每一种存在都有其存在的规律，也有其消亡的理由。许多时候，人为的"能量"未必会有想象中的结果。

正像《道德经》二十一章所讲："孔德之容，惟道是从。道之为物，惟恍惟惚。惚兮恍兮，其中有象；恍兮惚兮，其中有物；窈兮冥兮，其中有精，其精甚真，其中有信。自今及古，其名不去以阅众甫。吾何以知众甫之状哉？以此。"自然的规律，本来就没有清楚固定的解释和实体。只有在"恍惚"中去领悟"象"，印证"物"，思考"精"，把握"真"，遵循"真"，才能接近万物的初始。

对于一个创作者来说，既不能封闭内心，也不能随波而动。要远离一些听上去很"有意义"的观念！

石涛《画语录》"远尘章"章说得好："人为物蔽，则与尘交。人为物使，则心受劳，劳心于刻画而自毁，蔽尘于笔墨而自拘，此局隘人也，但损无益，终不快其心也。我则物随物蔽，尘随尘交，则心不劳，心不劳则有画矣。画乃人之所有，一画人所未有。夫画贵乎思，思其一，则心有所著而快，所以画则精微之，入不可测矣。想古人未必言此，特深发之。"

"心不劳则有画矣"，此语精辟！

2月17日

"蹊径"意指小路：门径、路子。我们知道，做任何事均需要能够"上路"，而且最好能够"独辟蹊径"。"独辟蹊径"对于艺术表现来说，尤其重要。但是，谈何容易！

鲁迅先生曾在《故乡》里讲过这样的意思"希望是本无所谓有，无所谓无的。这正如地上的路；其实地上本没有路，走的人多了，也便成了路"。由此来看，"上路"还是要去行动，去不断实践，不断探索，不断求错，不断纠正。"独辟蹊径"更需如此，要在无数已有的路中去奔突方可。这需要时间、毅力、耐性，需要耐得了寂寞，拒绝诱惑……而且需要不断回头看。因为也许前面理解的可能需要重新理解，前面肯定的也可能需要重新审视，这个过程应该是反复的、持续的。

万事万物的规律存在于事物本身，每位创作者都必须认识到这一点。

《道德经》第六章讲："谷神不死，是谓玄牝。玄牝之门，是谓天地根。绵绵若存，用之不勤。"

现在，我们可以看到汗牛充栋的资料，但是，有相当多的东西可能会误导。只有从创作者留下的文字里才可以发现一些奥秘。纯粹的理论性论述往往是一些人自说自话，对创作本身来说并非"蹊径"。

石涛《画语录》"蹊径章"讲："写画有蹊径六则：对景不对山，对山不对景，倒景，借景，截断，险峻。此六则者，须辨明之。对景不对山者，山之古貌如冬，景界如春，此对景不对山也。树木古朴如冬，其山如春，此对山不对景也。如树木正，山石倒；山石正，树木倒，皆倒景也。如空山杳冥，无物生态，借以疏柳嫩竹，桥梁草阁，此借景也。截断者，无尘俗之境，山水树水，减头去尾，笔笔处处，皆以截断，而截断之法，非至松之笔莫能入也。险峻者人迹不能到，无路可入也，如岛山，渤海，蓬莱，方壶，非仙人莫居，非世人可测，此山海之险峻也，若以画图险峻，只在峭峰悬崖栈道崎岖之险耳。须见笔力是妙。"对于我们后学者来讲，这确实是"蹊径"，可以帮助我们少走弯路，但是，真正能将这里的道理和规律运用自如，不教条，不固守，不死板，并非易事。

2月19日

从一开始就不断有朋友说，要学"皴法"。其实，这一点本来也知道。但是，任何"皴法"都不应该去生搬硬套，更不应该不论任何时候都只会用一些固定的"皴法"，即使在同一幅画中，也不应该只使用一种"皴法"。归根到底，不是因为"皴法"决定所要表现之物，而是因为所要表现之物决定需要使用不同的"皴法"。

这一点石涛在其《画语录》"皴法章"中早有精辟的论述。"笔之于皴也，开生面也。山之为形万状，则其开面非一端。世人知其皴，失却生面。纵使皴也，于山乎何有？或石或土，徒写其石与土，此方隅之皴也，非山川自具之皴也。如山川自具之皴，则有峰名各异，体奇面生，具状不等，故皴法自别。有卷云皴、劈斧皴、披麻皴、解索皴、鬼面皴、骷髅皴、乱柴皴、芝麻皴、金碧皴、玉屑皴、弹窝皴、矾头皴、没骨皴，皆是皴也。必因峰之体异，峰之面生，峰与皴合，皴自峰生。峰不能变皴之体用，皴却能资峰之形声。不得其峰何以变，不得其皴何以现？峰之变与不变，在于皴之现与不现。皴有是名，峰亦有是形。如天柱峰、明星峰、莲花峰、仙人峰、五老峰、七贤峰、云台峰、天马峰、狮子峰、峨眉峰、琅琊峰、金轮峰、香炉峰、小华峰、匹练峰、回雁峰。是峰也居其形，是皴也开其面。然于运墨操笔之时，又何待有峰皴之见，一画落纸，众画随之，一理才具，众理附之。审一画之来去，达众理之范围。山川之形势得定，古今之皴法不殊。山川之形势在画，画之蒙养在墨，墨之生活在操，操之作用在持。善操运者，内实而外空，因受一画之理而应诸万方，所以毫无悖谬。亦有内空外实者，因法之化，不假思索，外形已具而内不载也。是故古之人，虚实中度，内外合操，画法变备，无疵无病。得蒙养之灵，运用之神。正则正，仄则仄，偏侧则偏侧。若夫面墙尘蔽而物障，有不生憎于造化者乎？"石涛首先指出"皴"是要表达"开生面"的效果和作用。但又强调"山之形万状，则其开面非一端也"！这已经讲得非常明白，"皴"也应该有"万状"才行。如果不能做到这一点，"皴"也没有存在的必要。

事实上，在现实存在中，我们只要观察就可以发现，不同区域内的山石给人的质感是不同的，即使是同一区域内的山石也不会完全一样。

2月20日

如果我们将中国传世的山水画作品集中起来欣赏，就会发现，这些作品之所以能够传数千年，并不只是画出了什么事物，用了什么样的手法，有着什么样的构图，最为核心的是作品表达了某种"生活方式"。这些生活方式传达出了足够吸引人的意境，足够吸收人的气息。

在中国人，尤其是午多文人传统意识里，美好的生活应该是"复归于婴儿""复归于无极""复归于朴"的。不是灯红酒绿，不是熙熙攘攘，不是富贵荣华。听得到瀑流虫鸣，看得到月明星稀，闻得到草香雨湿，"明月松间照，清泉石上流"。独处可耐寂寞，来友可读史听琴。有酒亦可，有茶亦可。披蓑钓鱼，持斧砍柴。任岁月流逝，看白云苍狗。

正如《道德经》第二十八章所讲："知其雄，守其雌，为天下溪。为天下溪，常德不离，复归于婴儿。知其白，守其黑，为天下式。为天下式，常德不忒，复归于无极。知其荣，守其辱，为天下谷。为天下谷，常德乃足，复归于朴。朴散则为器，圣人用之，则为官长。故大制不割。"

人本来就是大自然的一物，而非大自然的主宰。所以，回到自然状态才是永久之道。

2月21日

实际上，我们这一代人是缺少艺术素养的。在我们的成长过程中，我们对许多东西的接受都是缺失的。无书可看，不论是传统的经典还是中外名著，都很难接触到。即使能见到的一些书都是破烂不堪、无头无尾。一直到有幸上了大学，才稍微有条件读书了，但因为这之前的缺失，我们根本不懂得选择，也没有太多的意识去恶补，即使真的恶补，之前的"空白"，使得我们无从下手。

在我们的意识里，很多东西是零散的、片段的、机械的。多数时候，我们只会欣赏表面的热闹和鲜艳。再加上我们对文言文的陌生，读不懂数千年中国的智慧经典，又如何能去审视那些让西方人都叹服的传统文化！

应该说，审美无绝对标准，但是，每个人实际上都有"心理标准"，这种"心理标准"来自"文化标准"。这种标准可能是多样的，甚至是分裂的，或者矛盾的。形成这种现象与我们接受的文化、我们身处的环境、我们自身的领悟能力等有关。

从我们许多人，许多时候对书画作品的态度差异就可以看出这一点。能够真正具有自己独特审美认知的人并不多，而随大众趋向的人却很多。

许多时候，这种"夹生"的意识和认知是一种障碍。如果我们没有足够的时间去将所缺失的东西补充起来，倒不如回到原点去思考。

老子在《道德经》第二十五章里讲："有物混成，先天地生。寂兮寥兮，独立不改，周行而不殆，可以为天地母。吾不知其名，字之曰道，强为之名曰大。大曰逝，逝曰远，远曰反。故道大，天大，地大，人亦大。域中有四大，而人居其一焉。人法地，地法天，天法道，道法自然。"

苏轼对此的理解是："夫道，非清非浊，非高非下，非去非来，非善非恶，混然而成体，其于人为性，故曰有物混成。"苏轼用了八个"非"来界定"道"，很值得我们思考。放弃所有我们强加的意义，放弃我们界定的是非，放弃我们认为的高下等也许更能让我们看到万物的本质。"有物混成""独立不改""周行不殆"，这是道，也是万物恒久的根本。

艺术是什么？艺术其实也是"混成"的表现！

2月23日

我们应该承认，万物只是存在，本来没有显现什么意义，是人类赋予它们意义。这种认识自然也涉及绘画艺术。

一幅画的功能分为描绘功能和欣赏功能构成。前者是从创作者的角度来讲，后者是从观赏者的角度来讲，许多时候这是完全不同的两个层面。创作者在创作的时候固然有其诸多考虑，但是，一旦作品完成并进入展示后，这些考虑可能就与创作者无关了，因为观赏者的想法可能完全与他考虑的不同，这时候的作品可能会引发出各种情绪和标准，也会因为不同的观赏者出现不同的意义，这取决于观赏者自身对作品认知的诸多因素。

我们在学习和实践中，要始终有"冬涉川""畏四邻""若客""若冰之将释""若朴""若谷""若浊"的态度和行为，唯此，才可能"蔽而新成"。

许多时候，我们需要放弃固有的意义去寻求意义才能接近本质意义，或者才能真正懂得万物根本没有意义。这不是悖论，而是本真。真正明白这个道理，也才可能在创作中"自然"生发出万物的意义。

从这一点讲，绘画并不仅仅是要画出一幅画！

2月24日

大约是2015年吧，编辑之余开始画画。没有想着当画家，就是觉得这事好玩，也确实是这样。画画是一件自己可以把握的事，虽然是自己在画，但实际上却和好多事情始终融合。其一，需要有所画之物，只要动手就一定会和自然之物有沟通。不是哪座具体的山，不是哪条具体的河，也不是哪棵具体的树，但一定离不了这些物事。其二，要想入境，必须回头学习历代前辈的传世之作，这岂不是在百年、千年，甚至数千年后还和他们在对话吗？其三，创作实际上需要调动自己诸多的积累，而且逼着自己去思考，实则开通了一条通向自己内心的通道。当然了，还会接受一些朋友的评说等，这实在是件可神游、可驰骋的事，可矛盾、可反复的事。

也有朋友问，你画那么多画干什么？只能回答，不为什么。反正时间要过去，做点儿好玩的事肯定不会错。也有问，你是准备销售吗？也回答不了，一是不知道如何销售，如果天天想着销售还如何画画？倒是也陆续有朋友花银子要画，当然不是坏事。

至少说明作品入了朋友的"法眼"。有朋友挂起来欣赏总归是件不错的事。

现在我们还说不来自然界其他生物哪些有思想，反正人是有"思想"的。有思想是种烦恼，也是件快乐的事。画画是件需要思想的事，所以，同时需要解决烦恼和享受快乐。如果只有技术没有思想，那肯定完蛋。但是，最大的烦恼恐怕还是能不能成为"画家"，画好的作品能卖多少钱。要是天天思考这个肯定有更大的烦恼。

《道德经》第七章讲："天长地久。天地所以能长且久者，以其不自生，故能长生。是以圣人后其身而身先，外其身而身存。非以其无私邪！故能成其私。"老子实在是智慧呀，万事皆如此，所以画画也如此。

娱己就是最好的事！

2月25日

和一个朋友聊天，说到了"自卑"。实际上人的自卑并非来自自己，而是一些莫名其妙的原因。然后，这种"自卑"感就可能会跟随自己一辈子，从而也左右着自己的人生。

"自己"实在是矛盾极了！

多数时候，我们是不清楚自己的。用别人的脑袋想问题，用别人的方法处理问题，用别人的人生规划自己，唯独不知道自己要什么。

如何能有一种自己感觉舒适的生活呢？

老子在《道德经》中讲，天地因为不自生而长生。这里的"不自生"是一种大智慧，是自然大道，与"用别人"的方式生存是完全不同的。

3月1日

雨而雪，只因"九九"之日刚始，寒气未消，但雪消得快，又知地气日暖，可见大自然规律的恒久性。我国先辈很早就观天察地。商朝的四个节气，到周朝时发展到了八个，再到秦汉，已完全确立了二十四节气，这是何等的智慧。

《道德经》第五十一章早就讲得清楚："道生之，德畜之，物形之，势成之。是以万物莫不尊道而贵德。道之尊，德之贵，夫莫之爵而常自然。故道生之，德畜之；长之育之；亭之毒之；养之覆之。生而不有，为而不恃，长而不宰。是谓玄德。"是啊，道生育万物却从不干涉万物的生长，所以，才有了恒久的自然，才有了生生不息的生命。如果只知"有"，只知"恃"，只知"宰"，我们只会离"玄德"越来越远。

绘画也一样，过分的设计就会失去"自然"。所有的呈现都要让视觉很舒服，这应该是一个最低，也是最高的标准吧？

3月5日

很早以前读鲁迅先生的《中国小说史略》，有一个简单的感觉，那就是鲁迅先生这是读了多少书呀。实际上，直到现在，先生提到的多数书都根本没读过。只能汗颜。

前几年偶然看到杭辛斋先生的《学易笔谈》又吃一惊，同样是"这人得读多少书呀"，而且一看就不是泛泛读一下。他提到的许多人和书更是听也没听过。

近日，宝灯兄赠一册傅抱石先生的《中国绘画史纲》，阅其目录同样敬佩。在"画史"里走过的人，不成大家说不通呀！

可见，厚积必薄发。任何事不做大量的"功课"，不把时间用足恐怕难以有所成。

《道德经》第四十章所言"反者道之动。弱者道之用。天下万物生于有，有生于无"正是这个道理。老子在数千年前就清清楚楚了，这是何等的智慧呀！

时间不动，唯我们自己变成时间方可！

3月7日

自然的美在于有阳刚之物定会有阴柔之物，有强必有弱，有实必有虚。"和而不同"才有美，任何事情一旦强定"标准"必然失去美！

所以，"审美"实际上是种思维模式，是思想！

《道德经》第四十二章讲的"道生一，一生二，二生三，三生万物。万物负阴而抱阳，冲气以为和。人之所恶，唯孤、寡、不谷，而王公以为称。故物或损之而益，或益之而损。人之所教，我亦教之：强梁者不得其死。吾将以为教父"极其精辟，并阐述了这一规律。"损之而益，益之而损"正是所有生命存在的大"道"！

3月11日

人类极尽手段想要搞清万物，但实际上一直所知甚少。在生命的规律上，我们并不比一棵草更恒久，也不比一只鸟更坚强。

没有任何事物是完全独立存在的，所以，表达任何事物也不可能只有一种方式，只有一个角度。中国的传统文化最智慧的就是在"不分"中去观察和体悟最本真的存在。

也正是这样，越是接触和了解前人留存下来的东西，越是会感觉到我们的"无力"，因为那里沉淀着太多的智慧，或者说，前人早把我们现在想到的事情做过了。许多事情我们只不过是重头又做了一遍。当然，对于我们这样的个体生命来讲，这也没有什么不对。

一棵树看上去什么也没有改变，但是，叶生叶落就是它的存在。足够也！

《道德经》第六章："谷神不死，是谓玄牝。玄牝之门，是谓天地根。绵绵若存，用之不勤。"

苏大学士有解："玄牝之门，言万物自是出也。天地根，言天地自是生也。"

我们要如何？其实最好是不考虑如何，去思去想去做则可。

3月14日

读到一篇关于史国良先生谈"山水画"的文章，史先生认为"山水画迷失了方向"。他谈道："在近现代的山水画家中也有一些名家、大家，如张大千、黄宾虹、陆俨少等，从保持传统、维护传统的纯正性来讲，他们作出了很大贡献，取得了令人瞩目的成就。但我觉得，在技法、形式、理论上，并未突破前人。"深以为然。如果我们去深入地，仔细地，全面地审视，就会理解这一点。张大千、黄宾虹、陆俨少最突出的是他们的"技法"，技法不是不重要，但绝对不是最重要的。我们再往前看，即使去看清代的画家的作品，就会发现更多技法之外的东西。即使一个石涛，就足以让人吃惊。石涛的作品哪怕只是"册页"，哪怕只是带有"写生"性质的作品都完全可以看作是"创作"，但是，黄宾虹先生的"创作"却总感觉像"写生"。

《道德经》第六十六章讲："江海之所以能为百谷王者，以其善下之，故能为百谷王。是以欲上民，必以言下之；欲先民，必以身后之。是以圣人处上而民不重，处前而民不害。是以天下乐推而不厌。以其不争，故天下莫能与之争。"这也是"上善若水"的道理，我们做不了江海，先试着做条小河吧！

3月17日

作为万物的一类，人类一直对自己的生命进行着不断地探究，希望能让生命存在得更长久。古今中外，关于"长生"的神话传说都有不少。

其实，我们的先辈已经对人类的生命与大自然的关系有着极为智慧的认知和阐述。

《内经》讲述了人应该如何顺应自然变化而注意改变生活习性，如何让生命也"生长收藏"。四时阴阳的变化是万物生命的根本，所以人在春夏季节保养阳气以适应生长的需要，在秋冬季节保养阴气以适应收藏的需要，顺从了生命发展的根本规律，就能与万物一样，在生、长、收、藏的生命过程中运动发展。

大自然的许多动植物有着自己的生命规律，但也是人类生存的必须。

画四种"秋物"，向大自然致敬。

3月18日

画四种藤蔓植物，我戏称为"四缠物"。因为它们都有着同样的习性，在生长的过程需要藤蔓缠绕其他物体上。

大自然就是这样，万千事物，往往不是我们能想象出来的。我们常常为追求"成功"，追求"价值"，追求"永生"，想出各种方法，而且无所不用其极。但无数自然之物的生存"智慧"却依然让人类感到绝望。或者许多自然之物的生命状态需要我们去思考。《庄子·逍遥游》里讲："朝菌不知晦朔，蟪蛄不知春秋。"

存在是什么？存在就是存在过！时间的长短并不是终极的意义。

实际上，我们用艺术形式来表现的各种事物，也都是因为这些事物之中有我们人类情感的对应意义，我们常常是借它们的特征、习性、形态等来寄托我们的情感世界。

这也正是艺术的一种本质。所以，在表现这些事物的时候，绝不只是将它们很客观地画出来，而是一定要经过我们自己的审美判断和取舍。

无"神"则无意义，如何在作品中折射出"神韵"也正是我们需要不断思考和学习的。

3月19日

如果穿越历史，我们反复和认真欣赏和理解那些传世书画艺术家的作品，就可以找到他们作品传世的原因，那就是这些作品在有着强烈的艺术客观表现外，都同时具有他们自己非常强烈的个性特征。这些个性特征往往与他们独特的精神世界关系密切，而且往往会与大众的精神世界、审美意趣有冲突。但正是因为这样，才让他们的作品具有了非常的意义和价值。

我们不清楚在他们的时代，他们的作品会不会被很多人接受并且悬挂或者把玩。但是，按我们现在的普遍标准，多数人是不大会这样的。因为，太过强烈的艺术个性被普遍接受可能需要很漫长的时间，或者可能在这些作者有生之年也未必会被接受。比如，八大山人的作品、倪瓒的作品。他们的作品里有着强烈的"寂寥""孤冷"和"萧瑟"感觉，虽然后人评价倪瓒的作品"平淡天真。疏林坡岸，幽秀旷逸，笔简意远"。现在，他们的作品是"无价之宝"，其实根源还是因为它们已成为"古董"。

所以，迎合大众，还是坚持个性是一个恒久的话题。也是每个从事书画艺术的人必须清楚的问题。

曾经有人对我讲，"山水画"里不要画人，我问为什么，回答说那代表"小人",这理由让人哭笑不得。更多从事"书画"的人不是按大众的要求创作,就是要去表现"积极"的主题或者所谓的"正能量",岂不知,这样往往是"短暂"的。

石涛先生提出的"笔墨当随时代"里的"时代"并不只是一个简单的"时间"问题,他的真正本义还是涉及精神层面的问题,"犹诗文风气所转"才是核心。

其实,想一想,我们能形成自己极具个性的思想吗?能有我们极具个性的艺术特质吗?好像越来越难!

3月26日

一直也经常欣赏青绿山水画,尤其是仇英、蓝瑛等人的作品,但总是喜欢不起来。或者说不敢尝试。

实际上,不论是山水、人物还是花鸟,如果掌握不好用色,哪怕一个局部就会让整幅作品"艳俗"起来。在传统的绘画表现中,那些传世的作品在这一点上是非常注意的。我们可以从二宋时期的众多色彩鲜活的作品中体会到这一点。在青绿山水画中,即使是树叶也是慎用绿色的,因为如果运用不好就会不舒服。在中国山水画并不是要按照现实中物态的真实客观来创作。这实际上也正是"艺术真实"的一种特征。

因为在画人物和花鸟的时候必须使用各种色彩,所以,慢慢注意留意各种色彩之间搭配产生的效果。

所以,尝试着仿仇英的作品,感受如何将色彩运用舒服。

在之前仿老莲的作品时,发现如果用花青调赭石或者藤黄出现的绿色就会非常舒服。虽然仇英的色彩要相对明艳一些,但是,如此搭配来仿仇英的作品还是很妥帖的。

学习就是反复尝试,反复思考,反复实践。在规律中调整规律,在模式中破坏模式。

3月31日

再临陈洪绶的《晋爵图》。

老莲作品中的人物形象都奇特、怪异、夸张，充满了"怪诞"的感觉。但仔细去品，非常有趣。而且，反复去临习他的表现，可以从构图、造型、色彩、细节，意趣等诸多方面得到启发。

《晋爵图》构图极朴素，但实际上有许多考量。每一个人的神态、姿势、方位、相互之间的呼应都是很讲究的。也因此，才在没有任何背景的画面中，十九位人物在二米多的尺幅中，散而有序，简单却不空乏。如果没有深厚的艺术掌控力是很难有此表现的。

4月1日

老朋友云飞策划一活动，希望我能用抄写的形式发送邀请函。其用意是要展现我们传统的书信，也就是想让活动多一点儿生机，少一点儿机械。

我没有专门练书法，只是为画落款时会写。我的字不能与"书法家"们相比。好在，这不是比赛，也不是展览，就答应了。正好，我手里有另一老友文川早期专门用宣纸给我做的一批书信签，一直没有舍得用，这次倒觉得正合适。

其实，想到了另一问题。关于"书法"的！

一直以为，汉字书写形式从出现到被普遍运用，其根本作用就是记录、交流，也就是说其工具性才是其存在的根本。只是因为汉字特有的"形"，在书写过程中，因人而异出现了审美上的差异，慢慢地，这种审美性又自然而然延伸出"书法"这一独特的艺术形式的产生。但是，即使有了区别，在数千年的历史中，

"书法"作为艺术品的这种功用并不是唯一的，或者说，其最基本的功用还是工具性。我们现在能看到的那些历代传世的书法作品，并不像我们现在这样，专门去写一些特定的内容，或者书写一些经典的诗文。那些作品多数都是日常时的记录或者即兴而为的作品。

觉得这种书写形式很有感觉。凝神静气，闻着墨香，纸香。

4月2日

当我们意识到可以做很多事的时候，我们就会感觉到缺少时间。所以，像电脑一样，要学会给大脑分区，同时处理不同的事是一种很好的思维模式和方法。

除此外，在进行一件事的时候，也可以将综合因素加进来，在一件事中兼顾不同的事。

比如，山水画，花鸟画，人物画在早期的时候，并没有像现在这样划分，而是融为一体的。还有画中题款，加印也是融合不同艺术元素的体现。

其实，这也是艺术品吸引人的重要原因。

画观音，抄《心经》，就是一举多得的事。

"观自在菩萨，行深般若波罗蜜多时，照见五蕴皆空，度一切苦厄。舍利子，色不异空，空不异色，色即是空，空即是色，受想行识，亦复如是。舍利子，是诸法空相，不生不灭，不垢不净，不增不减。是故空中无色，无受想行识，无眼耳鼻舌身意，无色声香味触法，无眼界，乃至无意识界，无无明，亦无无明尽，乃至无老死，亦无老死尽。无苦集灭道，无智亦无得。以无所得故。菩提萨埵，依般若波罗蜜多故，心无挂碍。无挂碍故，无有恐怖，远离颠倒梦想，究竟涅槃。三世诸佛，依般若波罗蜜多故，得阿耨多罗三藐三菩提。故知般若波罗蜜多，是大神咒，是大明咒，是无上咒，是无等等咒，能除一切苦，真实不虚。故说般若波罗蜜多咒，即说咒曰：揭谛揭谛，波罗揭谛，波罗僧揭谛，菩提萨婆诃。"

4月4日

在北京的时候，应当时席殊书屋内刊《好书》主编焦国武先生之邀，写过几篇书评。其中有一篇是关于海南出版社推出的一本关于野生动物被"灭绝"的书，现在怎么也想不起书名，只记得我写的书评标题为《兽皮下的哲学》。

老朋友蒋蓝在2015年、2016年连续推出《极端动物笔记——动物哲学卷》和《极端动物笔记——动物美学卷》，2016年还推出了《豹典》。这部书蒋蓝写了十年。关于《豹典》，蒋蓝说，20世纪80年代初期，他曾有很长一段时间处于人生的低谷，于是他开始研究和书写动物。他讲道："从豹子身上，我发现了它谨慎、独立、深沉的气质，这种气质颇具东方哲学中'极静而动'的意味。后来，有朋友提议我写一本关于豹子的书，于是，从动笔到完成，我用10年时间写出了《豹典》。"蒋蓝从豹子独有的气质里感受到了自己多年写作历程中的孤独感。领悟到了只有像豹子那样强大和能力高超，才敢于孤独，才能够承受孤独。这也让他更加清楚，只有一个孤独的作家，才能在这个充满各种诱惑的社会中保持独立思想和创新能力。

2019年，蒋蓝希望我为其画一幅豹子的作品。试了几次国画都感觉难以达意，最后改画了一幅油画作品。但是，我知道蒋蓝还是希望用国画的形式。后来，经常有意通过电脑查看一些豹子的照片，尤其是反复欣赏刘继卣先生画的虎和豹，从中领悟先生的表现，特别是先生那种对所表现对象神韵的把握。刘继卣先生的表现看上去似乎不难，但是，其准确的造型能力，形神皆具的表现能力实在是高妙，实则极难。

《易·革卦》中有"大人虎变"和"君子豹变"之说，是借虎豹之特质讲人处世的哲学。一个人的"蜕变"如果能似虎若豹将一定是美丽的！

4月5日

有一种乐趣叫手工的乐趣。

我们这一代人生于20世纪60年代初，从我们出生的成长过程中，我们对历史、对传统文化等等的接触和了解甚少。如果说能沾点边的文化就是生活中那些民俗和民间艺术。正月里的红火，平时节日里母亲们的手艺，比如剪纸，捏面人等等，再就是上小学时，寺庙改为教室那墙壁上的壁画。还有就是零星能找到的没有头也没有尾的一些书。

那时候，很多东西都需要自己动手做。就像晚上用的油灯，就是自己用墨水瓶装一个棉花搓成的芯弄好的。

印象很深的是，每当新的课本发下来，我们总是想办法找各种比较厚实的纸细心地将书包一个封面。这样的纸一般是过年时贴过的年画，或者是不知道怎么来的一些牛皮纸。年画相对脆，但是光亮、白洁。牛皮纸厚实，色调深沉。也就是那时候，学着写宋体字、黑体字，有时候还有弄出字的倒影。写在书的包装纸上，那也是很有乐趣的。

后来，后来，再后来，能见到、摸到、用到的东西越来越多，反而倒是只有"用"这一说，没有了多少乐趣。尤其是电脑的普遍运用，替代了许许多多原来需要手工制作的事情，乐趣便也消失了。

所以，从学习绘画开始，又体会到了手工的乐趣。但是，绘画和经过几道工序制作一件东西还是有区别的。

因此，从裁纸，画边框，画人物，抄写相应内容，制作封面，然后手工缝好，将封面上再弄上书名，一本书完成。肯定没有机器制作得整齐、精细，也没有雕版后印制的精到，但是这个过程中的乐趣还是很让自己满足的。

动手动脑，一直讲"手心相连"。这样的事应该多做！

4月8日

这几天在参与遗山书局试营业的事，书局的宗旨是：在忙碌的尘世中寻找有趣的灵魂。

"有趣的灵魂"，这个提法很打动人。想到历代书画作品中很多作品中的"趣"，就能想到那些创作者灵魂中的情趣！

前天看到明代周颠的《神仙十六图》，立刻被其夸张、但有趣的画面吸引。这幅白描作品长280厘米，宽30.1厘米，上面画了十六个"神仙"，如果仔细看，每个人物的脸部画法基本一致，但脸部细微的变化，身体姿态的变化，神情的变化，使十六个人有着迥异的特点。整个画面看似简单，但情趣十足。

所以，决定临仿。有了此幅《神仙十六》！

要有趣，需要先让灵魂有趣！

4月11日

早上无意间看了一眼1995年画的一幅油画，看着上面的那半把椅子突然想到一个问题：质感！油画与国画的一个重要区别其实就是，油画重在表现物的质感，国画重在表现物的意韵。这也是为什么油画基本上什么东西都可以入画，因为可以通过色彩、明暗关系等将物的质感表现出来。但是，国画在一些事物的表现方面就很难呈现。

记得还是在忻州一中任教的时候，偶然在杂志上看到一幅表现女排队员训练时的油画，被上面的排球和那位队员手上缠着的胶布的质感所吸引，突然就想自己动手试画。因为没有学过，所以，实际上不知道如何入手，只是凭印象购买了油画颜料和一套油画笔。也不知道如何购买专业的画布，就找来纤维板，想着板应该会很吸颜料，太费了，就在上面先用白色的油漆过几遍。因为纤维板有纹路，感觉和油画布效果差不多。看着杂志上的画凭自己的想象临出了这幅画。然后，又临了一幅在湖边拉小提琴的少女，但后一幅画还有好多细节没有处理就扔下了。1995 年，因为想给家里装饰一下，又画了两幅画，其中就有坐在椅子上的舞蹈演员，当然都是临摹别人的。

当时，就是看着人家的作品临着画。对色彩、明暗等关系的处理并没有具体的认识，更没有思考过"质感"的问题。

后来，北漂十七年。做过许多事，基本上远离了文学圈，很长时间也不接触书画。后来，是因为给晁谷先生写评论，接着又在杂志上陆续介绍一些书画家，开始参加了不少书画活动，认识了不少书画圈的朋友。但是，也没有想过自己动手。

近年来，开始学习国画，自然要大量欣赏前人作品，而且要深入思考。所以，这又与过去写评论不大一样。

4月13日

《九歌图》藏于黑龙江省博物馆。

《九歌》是战国时期楚国大夫屈原根据民间流传的祭神乐歌改编创作而成的诗歌作品，共十一篇。据文献记载和现存作品可知，李公麟、赵孟頫、张渥、文徵明、陈洪绶、姚文瀚等人均曾创作过相关题材的绘画。

该《九歌图》共九段，分别绘"东君""河伯""湘夫人""大司命""少司令""云中君""湘君""山鬼""国荡",缺少原诗中的"东皇太一"和"礼魂"。图中人物均以白描绘成,部分背景略施淡墨渲染。每段右侧均写有对应的《九歌》原文。

据说本图明初原藏于内府,后为明代收藏家项元汴所得。清初入藏清内府,画上钤有清内府诸收藏玺,约在宣统年间流出宫外。1964年2月,黑龙江省博物馆从民间购得。

按其原作规格33cm×743cm临。但因功夫不到,不能尽肖。不过可以体会前人之风韵和表现形式。这也正是要临习前人作品的要旨,能够时刻提醒自己需要注意什么,也是必须要下的功夫。

4月18日

整理《道德经》印文,突然想李骳老先生早就说过"道可道非。常道",自己似乎也觉得明白,但为什么又会"着相"呢,看来还差得远呀。

为什么先前要纠结印面的尺寸统一。统一岂不少了趣味,倒不如大小不一,形状各异更符合《道德经》的特质。而且,之前因为刻了不少以《道德经》为内容的闲章在画上用,何不将这些加进去。一是省了石料,二是省了工夫,三是可少磨几个泡,四是刚才说的,可以让印文有了变化。好几得呀,何乐不为?

有二方印在设计时借了偏旁。很有意思。一是第十章中的"天门开阖"。"开"与"阖"印大篆体"门"是一致的,只是"门"里内容不同,所以,就只用了一个"门",将"开"和"阖"里面的内容放在一起,这样看着像是一个字,其实是两个字的组合。还有一个是根据第十二章中"难得之货,令人行妨"简缩成的"得货行妨"。这里的"得"和"货"在大篆中也很有意思。"货"上面的"化"和"得"的大篆体下面的笔画就差一点点儿不同，所以，就借此将"得"与"货"合为一个形体的字。当然，如果按标准来讲，这是有问题的，但是，这恰恰是篆文中可以如此表现的。

何况，这只是做给自己瞧的。自己心里有数不是就可以吗？

果然好玩！

4月19日

有一些相遇会是隔着世纪，甚至数千年的！

这种遇见是灵魂里的。就是突然的，像光一样的。可能那一刻大脑会"空白"，呼吸会"急促"，心跳会"加快"……

也许只能说出"天呐"。

前几天在遗山书屋开业的活动中，聊到"画"，一个朋友就讲："看过不少画，也包括宋画，但是就是当看到《红白芙蓉》时，一下子喜欢上了，怎么看都喜欢，具体也不清，但就是喜欢！"当然，我们都知道，对于我们喜欢的事物，亲近，欣赏，热爱是自然的，更希望拥有！

于是就答应实现朋友的愿望，临摹《红白芙蓉》。

《红白芙蓉》是两幅，原尺寸是25.2厘米见方，因手边正好在30厘米见方的纸，就决定用这个。这两幅画像许多国画珍品一样不在国内，现藏于东京国立博物馆，是南宋画家李迪创作的。有介绍文字讲："韵味若泡露疏风，光色艳发，晔晔灼灼，使人目眩神驰。这份感觉，也是促使作品高雅的气息所在。这正是北宋、南宋并无改变的写实法，更是一流画院制度下的共同特色。"

功夫不到，只能尽力去临。临仿是必须长期做的功课。实际上也是一种"相遇"。灵魂的相遇总归是温暖的！

4月30日

按计划，进行到了《道德经》第二十章，算是完成了四分之一。

《道德经》的八十一章中，第二十章很特别。这一章里，讲到了"我独异人"的几种表现，而且指出了"独异于人"的原因，那就是"贵食母"，也就是懂得了万物之道。

第二十章讲："唯之与阿，相去几何？善之与恶，相去若何？人之所畏，不可不畏。荒兮，其未央哉！众人熙熙，如享太牢，如春登台。我独泊兮，其未兆；沌沌兮，如婴儿之未孩；儽儽兮，若无所归。众人皆有余，而我独若遗。我愚人之心也哉！俗人昭昭，我独昏昏。众人察察，我独闷闷。澹兮其若海，飂兮若无止。众人皆有以，而我独顽似鄙。我独异于人，而贵食母。"

从此章中归纳出"不可不畏""荒其未央""我独泊兮""沌沌兮""婴之未孩""若无所归""我独若遗""愚人之心""俗人昭昭""众人察察""昏昏闷闷""澹兮若海""独顽且鄙""独异于人""贵食母"。

可以说，这一章的核心就是"沌沌兮"。

生活中做一个"沌沌"的人挺好！

5月12日

真的需要献出膝盖！

再读大先生的《热风》，该书收录的皆是大先生的随笔。第四十二章是大先生对美术的认知。在那个时候，大先生就是直达本质的！虽然大先生是讲"讽刺画"，也就是"漫画"的，但是，大先生在一开始讲的恰恰是绘画的本质。现将大先生的全文引发如下：

"进步的美术家，——这是我对于中国美术界的要求。

"美术家固然须有精熟的技工，但尤须有进步的思想与高尚的人格。他的制作，表面上是一张画或一个雕像，其实是他的思想与人格的表现。令我们看了，不但欢喜赏玩，尤能发生感动，造成精神上的影响。

"我们所要求的美术家，是能引路的先觉，不是公民团的首领。我们所要求的美术品，是表记中国民族知能最高点的标本，不是水平线以下的思想的平均分数。

"近来看见上海什么报的增刊《泼克》上，有几张讽刺画。他的画法，倒也模仿西洋；可是我很疑惑，何以思想如此顽固，人格如此卑劣，竟同没有教育的孩子只会在好好的白粉墙上写几个'某某是我儿子'一样。可怜外国事物，一到中国，便如落在黑色染缸里似的，无不失了颜色。美术也是其一：学了体格还未匀称的裸体画，便画猥亵画；学了明暗还未分明的静物画，只能画招牌。皮毛改新，心思仍旧，结果便是如此。至于讽刺画之变为人身攻击的器具，更是无足深怪了。

"说起讽刺画，不禁想到美国画家勃拉特来　（L.D.Br-adley 1853—1917）了。他专画讽刺画，关于欧战的画，尤为有名；只可惜前年死掉了。我见过他一张《秋收时之月》（*The Harvest Moon*）的画。上面是一个形如骷髅的月亮，照着荒田；田里一排一排的都是兵的死尸。唉唉，这才算得真的进步的美术家的讽刺画。我希望将来中国也能有一日，出这样一个进步的讽刺画家。"

5月16日

唐代画家张璪关于画学的不朽名言。《历代名画记》记载说："初，毕庶子宏擅名于代，一见惊叹之，异其唯副县长秃笔，或以手摸绢素，因问璪所受。璪曰：'外师造化，中得心源。'毕宏于是阁笔。""外师造化，中得心源"是中国美学史理论的代表性言论，一直影响着后人。

"外师造化"之"造化"概括讲就是"自然存在"。但是，如果我们仅仅将"造化"理解为自然中事物的具体存在、具体形象可能是会有问题的。尤其是在绘画中，应该更重视事物的细微变化以及这种变化所带给人的不同感觉，尤其是同类事物的那些差别所呈现出来的"状态"。或者说，应该重视的是"自然"之物的"境界"，特别是这些状态折射出的虚无、淡泊、寂寞、清静、精诚、中和等"气质"，只有这样，才能将那些看似并不奇特，也没有特别变化的事物表现出不同凡响的艺术感染力。就像我们常常讲吴昌硕的作品具有浓郁的"金石味"，惯常的说法是认为，这是因为吴昌硕将石鼓文融入了绘画中，实际上，倒不如说是他擅长从"造化"之物中发现"金石"气质。

所以，"外师造化"不能仅仅停留在事物的"形"上！

5月23日

我们都熟知"外师造化，中得心源"，但是，未必能透彻地理解其本质。

傅抱石先生之所以成为大家，就是因为其早已深悟其中的精髓。

傅抱石先生在他的文章《山水画意境，全靠一个"悟"字》中讲道："山水画主要是抒写山水之神情。这'神情'出之于作者主观的思想感情，是作者受到大自然风景的启发，用笔墨抒写发出自己内心的感受。山水写生中的'悟'是走向'中得心源'的必要过程。但是在山水画写生过程中，'悟'往往被人忽略，把客观景物如实地搬上画面，或仅仅做简单的构图上的剪裁、章法上的安排，这对山水画家来说是很不够的，缺乏隽永的意境，缺乏感人的魅力，只能是风景说明图。画的意境是画家精神领域的开拓，是从最深的'心源'与'造化'接触时，逐渐产生的一种领悟，再以笔墨形式表现出来，微妙地把作者的感受传达给观者。"

从这里我们可以清楚，"造化"和"心源"是统一在一起的，既不并列，也不对立，也不分先后，而且是相互作用的。

而且，我们从抱石先生的作品中可也可以感悟到，他笔下的"造化"都是经历其"心源"之"悟"后的表现，也正是这样，他的表现总是像曾巩在《祭王平甫文》中所言："至若操纸为文，落笔千字，徜徉恣肆，如不可穷，祕怪恍惚，亦莫之系，皆足以高视古今，桀出伦类。"

6月2日

阅读叔本华的《作为意志和表象的世界》很吃力，并不是理解上的吃力，而是翻译带来的吃力。

不过，总是有很多东西能带来启迪。

在第三章"世界作为表象再论"中，很多关于"艺术"的论述很有意思。其中有一段话是这样的："我们能够从艺术品比直接从自然和现实更容易看到理念，那是由于艺术家只认识理念而不再认识现实，他在自己的作品中也仅仅复制了理念，把理念从现实中剥出来，排除了一切起干扰作用的偶然性。艺术家让我们通过他的眼睛看世界。"叔本华在这里强调的"理念"是和"概念"对立的，显然，他是将"概念式"的表述排除在艺术之外的。这里提到的"偶然性"更值得思考。他指的"偶然性"应该是不具有普遍意义和恒久价值的那些因素。

6月3日

很多认知如果想要明晰、清楚起来，我们常常必须借助别人的智慧，或者至少它们在关键的某处会给我们以引导和确认，就像对"艺术"的本质的认知一样。我们知道艺术之所以成为艺术是区别于我们所接触到的日常存在和现象的，但是，对这种"区别"在本质上如何表述可能会束手无策，有时会言不达意。但是，说不定什么时候，就会在别人那里找到与自己的认知相吻合的阐述。

叔本华的《作为意志和表象的世界》里阐述了许多问题。关于"艺术"有一处他是这样讲的："艺术在任何地方都到了'它的'目的地。这是因为艺术已把它观审的对象从世界历程的洪流中拔出来了，这对象孤立在它面前了。而这一个别的东西，在那洪流中本只是微不足道的一涓滴，在艺术上却是总体的一个代表，是空间时间中无穷'多'的一个对等物。因此，艺术就在这儿停下来了，守着这个个别的东西，艺术使时间的齿轮停顿了。"

这一处对艺术的阐述非常值得思考，尤其是他所言的"艺术使时间的齿轮停顿了"这一认知对于书画艺术和文学作品来讲非常重要。对于书画作品和文学作品都需要考虑"停顿"，即使是小说中的"情节"也需要认识到"停顿"这一特质。

6月5日

没有人会不犯错误，所以，犯错不代表品行有问题，但是，对于一个人自己来说，犯错可能要付出很大的代价，即使不是极大的代价也会走弯路，浪费时间。

曾经专门刻了一枚"慎终如始"的印，《道德经》第六十四章里有言"慎终如始，则无败事"，希望用"慎终如始"来提醒自己。但实际上，很多时候还是起不到作用。原因很多，不过，经常的"自以为是"应该是一个很重要的原因。

刻《道德经》印文第四十三章，在设计"道生一一生二二生三""强梁者不得其死"这两枚时，将左右顺序顺手就写成了我们现在从左到右的排法，在刻完印到宣纸上要写注文时，才发现不对劲，而且这两枚都是字数最多的。在设计"冲气为和"时将"冲"在印面上写成了正字，也是在要写注文时怎么看怎么觉得"冲"字别扭，再看时才发现印出来的字成了反的。只好将这三枚重新磨掉再刻。

又想到古人所言的"言易缓，行易慢"实则是为人为事的智慧。

纠错可能会带来不一样的效果，也就是说在重新完成的过程中，可能出现其他的调整，最后的结果除了纠正了原来明显的错误外，还会有其他新的效果。

所以，不可能不犯错，但还要学会利用纠错。这应该是对"慎终如始"的另一层智慧的体现。

6月7日

刻一方"大巧若拙"。

许多时候，许多事情就是在"计划"中"浪费"掉的。我们总是想得多，行动得少。

所以，要学会把好多看上去可做可不做的事安排成"必须"做的事，在所有看得到、摸得到的地方，都布置上这些事，就会不由自主地去做，然后就会发现，许多觉得不大可能的事变成了可能。时间不再只是个概念，而是变成了具体的过程。

这应该也是一种"大巧若拙"！

6月8日

东晋陶公渊明性本爱"丘山""琴书",为生计谋,曾入仕为官,但终在任彭泽县令八十多天后,写下《归去来兮辞》,解印辞官归隐田园,直至生命结束。

陶公被看作中国第一位田园诗人,被称为"古今隐逸诗人之宗"。其《饮酒(其五)》广被后世传诵:"结庐在人境,而无车马喧。问君何能尔?心远地自偏。采菊东篱下,悠然见南山。山气日夕佳,飞鸟相与还。此中有真意,欲辨已忘言。"

世人常将陶公爱菊和王羲之爱兰、周敦颐爱莲、林和靖爱梅并称。其实,米芾爱石,苏东坡砚也极为有名。

"菊"常常与梅兰竹并称为花中"四君子",实则是人根据它们的不同气质,赋予它们傲、幽、坚、淡的品质。

6月9日

老友张羽先生要一对印,内容分别是"观山""如涛"。

我一直认为,篆刻作品最后呈现出来应该兼具几方面的特质。金石味一是指印所用材质,一是指成印的手段。但是,最重要的还应该是呈现出来的"印文"的气质,必须有书写的韵味,也就是要体现出书法艺术的质感,如果仅仅将字非常规矩地描写在印面上,而且非常细致规矩地刻出来,但是没有书法艺术的特质,那是没有生命力的。

另外就是在有限的印面上如何布局是极重要的,可以说前期的整体设计更为重要。虽然要以书法为基础,但是又无法像在宣纸上书写一样可以有诸多变化,一切都是在"限制"中完成的,许多时候,"灵机一动"很重要,也就是说,那种一闪而出的灵感要抓住。

"山"的笔画少，这也规定了其变化少，只能在"空白"上考虑。如果将"山"占满印面也可以，那就是在三条竖线之间形成较大空白，这样的结果缺少韵味。所以，有意识地将"山"写得小了许多，将"观"撑满上下，这样倒好像真的是人在远处观山。而且也恰好和另一印面上的"如涛"呼应，在现实中，也只有在远处观山才能看到一层层的山如波涛一样。"如涛"一印的"涛"略比"如"大一些，可以让"涛"那曲回的线条醒目一些，传达出"声音"的感觉。

"观山如涛"是一种奇妙的境界。

6月21日

永远差一点儿和清楚自己永远差一点儿是不同的，清楚这点"不同"很重要！

我们总说"艺无止境"，也似乎清楚"艺无止境"，但很多时候，我们的创作却在一个层面上停滞不前。我知道我们很多人很勤奋，很用功，平时也很注意学习，甚至到处拜师。也在践行"外师造化，中得心源"，但呈现出来的作品依然"差一点儿"。

为什么？说到底应该是没有想清楚，"艺术"是需要脱离"时间"概念的，也就是说，一件称得上是"艺术品"的作品是具有恒久性的，不论时代发生什么变化，其承载的艺术光芒依然灿烂。

6月25日

《道德经》第六十章言："治大国，若烹小鲜。以道莅天下，其鬼不神；非其鬼不神，其神不伤人；非其神不伤人，圣人亦不伤人。夫两不相伤，故德交归焉。"

从突然动意，到动手设计、挖石，其间不断购买石料，前几天一直用着的印床彻底累坏，另买一铜印床。前天又购买的石料还在路上。第六十章内容完成，"治大国，若烹小鲜"，完成一套《道德经》的印文又何尝不是如此。

还剩二十一章，离完成目标越来越近。看着时间变成作品，这岂不也是一种"道"！

6月26日

这两天脑袋里总出现"局限性"这个问题！这真是个大问题！

在一些讲座上，谈到一些内容，提到一些书籍时，好多朋友都一脸茫然。一些自以为应该阅读的东西大家可能都没有读过，或者说读过却没有思考过。何况数千年的历史文化，不断更替的时代。

"局限性"？我们有限的生命和有限的智慧又如何能克服"局限性"？而且我们本身在自己的时代又留下了多少"局限性"的东西。所以，可以说，"局限"本身就是时代的特征。

就像我们好多人也喜欢书画，或者总会接触到书画，但大多数人接触到的多数都是周围一些书画创作者的作品，这些作品都是"当下"的，必然受当下各种因素的影响。更值得思考的是，许多书画创作者本身也很少返回到历史中去研究那些穿越时代留下来的作品，或者有这样的行动也是"蜻蜓点水"，可能还根本没有深入进去，就想"超越"。

这实际上也是为什么在各种展览中只看到作品，很少感受到艺术。

所以，我们要想突破局限，恐怕首先得回到我们认为有"局限性"的历史中去寻找根本！

6月29日

"一山生万象"，这是周如璧先生给一幅画的评语，颇合我意。

石涛广为人知的一句话是"搜尽奇峰打草稿"，如果单从字面来看，似乎不难理解，但实际上，如果仅是理解字面意思可能就会走偏。我自己以为这句话里有几层意思，其一，也是最为重要的是"奇"。大自然鬼斧神工，变幻莫测，确实有数不尽的"奇迹"，绘画艺术当然要关注这些"奇"。其二，是"尽"。我们自然不可能把天下奇景看遍，但是要尽可能多地去看、去记忆。其三，是"草稿"。这是前二者的结果，面对不同的"奇峰"需要去比较，需要去审美，需要去取舍。大自然中许多"奇峰"是不适合进入国画的，或者说不好处理，并不是说越奇越好。所以，"打草稿"的过程其实就是"心源"的事，是创作者对大自然的重新改造，不是照搬。也许是取许多"奇峰"不同之处的一种组合，也许是一处奇峰经过取舍后的新面貌。

石涛的作品中，奇峰无数，但很少是自然中某处峰的对应，而是"一山生万象"！

从一座山峰看到天下无数的山峰，这也正是中国"写意"之意趣！

6月30日

突然对一个问题有所悟，那就是"有程式但不囿于己"。

在书画艺术领域，无论有无师承，许多人都很重视"风格"，所以，很在意坚持某种特点，这本来是没有什么问题的，而且也是应该坚持的。但是，我们可以看到很多人，很多作品近乎自我"复制"，这种"复制"式的创作其实已经与"风格"无关，更近于僵化。

反观历代书画大家，他们也有明确的"程式"，这种明确的程式构成了他们的风格。比如马远、夏圭、徐渭、朱耷、陈洪绶、仇英，石涛、吴昌硕，乃至潘天寿、傅抱石等，都是这样。他们都有自己表现事物所特有的手法和方式，但是，他们在创作每一幅作品时所要表现出来的东西却是气象万千，他们"程式"只是为了表现万物的神韵、气质和精神。

这种"不囿于己"是他们胸怀大千世界、心有无限美好的体现。

艺术必须是脱离时间、脱离概念、脱离解释而存在的。

7月4日

黄宾虹先生说"画不师古，未有能成家者"。这个道理不难理解，但是，如何理解"古"却是个大问题！

我们不可能穿越到古代，我们所能做的也就是从历代传留下来的典籍、物事等来了解"古"。这种了解也只能是零星、片段，甚至可能和古人原本的东西相差甚远，或者完全相反。所以，"师古"实在是个难题！

好在书画作品除了损毁部分，我们能看到的内容是不变的，我们可以从中尽可能地去理解古人的思想意趣或风范，这即是"古意"。重要的不是方法，而是通过这样的方法究竟表现出了什么样的"内心"。

艺术的恒久性是和时间、空间无关的。越是穿越了时间的东西，越具有"古意"！"古意"不是形式的，而是内涵。画一个穿长袍的人代表不了"古意"，同样，画一列高速列车也代表不了"时代"。"古意"和"时代"在心念中均是瞬间的事。

"瞬间"迸发，但是恒久吸引，这就是艺术性！

7月6日

石涛、黄宾虹、傅抱石的作品很显然是不同的，但是，他们却有一个共同的特点：率性却法度森严。

这也恰恰是他们的作品极具感染力和生命力的核心。

他们的作品无论构图，无论表现对象，还是落在纸上的痕迹都极为率性，用许多人的话说，就是乱糟糟的。但是，如果用心去欣赏就会发现，在看着"乱糟糟"的率性下，他们都很在意细节的法度森严。这也就是傅抱石先生所谓的"大胆落墨，小心收拾"。

石涛《画语录》"章法"中讲："太古无法，太朴不散，太朴一散，而法立矣。法于何立？立于一画。一画者，众有之本，万象之根；见用于神，藏用于人，而世人不知，所以一画之法，乃自我立。立一画之法者，盖以无法生有法，以有法贯众法也。夫画者，从于心者也。山川人物之秀错，鸟兽草木之性情，池榭楼台之矩度，未能深入其理，曲尽其态，终未得一画之洪规也。行远登高，悉起肤寸。"

黄宾虹在《艺谈》中讲："画有笔墨章法三者，实处也；气韵生动，出于三者之中，虚处也；虚实兼美，美在其中，不重外观。艺合于道，是为精神。实者可言而喻，虚者由悟而通。实处易虚处难。苟非致力于笔墨章法之实处，则虚处之气韵生动不易明。故浅人观画，往往误以设色细谨为气韵，落纸浮滑为生动；不于笔墨章法先明实处之美，安能明晓画中之内美尤在虚处乎？"

"山水画"最见性情，所以，如不能率性而为，作品一定会呆板、教条，但是，如果率性而无法度，一定会涣散、虚无。所以，率性而有法度是一种综合审美和控制。

其实，我们回到自然中，哪一处的山水不是如此！自然本身就是率性而法度森严！

7月11日

一个朋友问我一个问题："梁老师，你在我这个年龄的时候，有没有迷茫的时候，不知道希望在何处？"而且，还接着提出，"不过我更担忧的是未来。"

这实在是最常见，但也最不知道如何回答的问题。

如果说没有，那肯定是胡说，是不负责任。如果说有，那肯定还有接下来的问题。也就是如何克服这迷茫，如何指出希望，如何能让人不担忧未来？

手头上正有事，也就是要刻《道德经》的印文最后一章的几枚印。看着工作案上几百块石头，我拿起手机拍了一段小视频发给朋友，就是这数百枚的印和一叠绘画作品。

然后，我说："每个人都会有迷茫的时候，看上去做的事都重要，但实际上最后会发现，好多事不是自己要的，所以就会迷茫。不管如何明天都要来，所以担忧未来也得活呀。"我也清楚，这实在是一种圆滑的回答，但是，又觉得只能这样回答。

再然后，又重复了一个已经和许多人讲过的问题。那就是一定要清楚自己需要什么，而不是想要什么。

无数的人总是设计将来，想着将来，但是，我们忽视了一个本质的东西，那就是将来就是每一天，所以，不是要想将来，而是要搞清楚每天要做什么，然后天天去做。每一天都做好了，未来就自然来了。

必须如此！

不过，我强调了一点：不是事业，不是意义，而是自己要做的事，如果有意义，也是对自己有意义的事，让自己愉悦的事！

想一想，人不在绝境里是永远不会逼自己的。

但是，只有自己永远是自己的。因为，自己不用嫌弃自己，也不必为难自己，更不用为自己害羞。真正自由、自在地活就是做自己，做自己可以控制的事。

不要羡慕别人的生活和人生，也不要信别人给你规划的生活和人生！我们太多的人就是在羡慕别人的生活和人生中永远失去了自己。

在这个世界上，每个人都是自己人生的编剧、导演，而且是唯一的演员。没有人可以替换！

所以，我告诉朋友，你一定要确定一件事去做，不要去想有什么结果，等做到一定时候，结果就自然显现。

就像一幅画是慢慢画出来的一样。第一笔落在纸上就是一道看着没有意义的痕迹，但是，那些单独没有意义的痕迹连起来就出现了意义。

时间是虚无的，只能是我们自己用所做的事将之填满！

7月14日

宋代的郭熙在《林泉高致》中，对三远法下过这样的定义："山有三远：自山下而仰山巅谓之高远；自山前而窥山后谓之深远；自近山而望远山谓之平远。"

如果只是从字面来理解似乎并不存在问题，但是我们知道，绘画是在平面的纸上来体现这"三远"，要想很艺术地将"高远、深远，平远"表现出来并非易事。所以，又有"深而不远则浅，平而不远则近，高而不远则下"的说法。这样看，高远、深远、平远不是一种概念，而是关系。也就是既要有高、深、平，同时，要有远。而且，"远"在这三种关系里更重要。

除了要理解和掌握"自山下而仰山巅""自山前而窥山后""自近山而望远山"这基本特征的表现方法，还要能利用其他元素，比如草木、云烟、瀑泉、亭舍、人物等来加以强调，尤其是在这些事物相互之间形成的"意"上做文章，从而使整体意蕴和势态与"三远"吻合。

7月16日

《道德经》第六十四章对我们做人做事有着一种终极性的提醒："其安易持，其未兆易谋。其脆易泮，其微易散。为之于未有，治之于未乱。合抱之木，生于毫末；九层之台，起于累土；千里之行，始于足下。为者败之，执者失之。是以圣人无为故无败。无执故无失。民之从事，常于几成而败之。不慎终也。慎终如始，则无败事。是以圣人欲不欲，不贵难得之货；学不学，复众人之所过。以辅万物之自然而不敢为。"

但实际上，我们永远不可能按道理和规划活着。那样活着，也就失去了许多乐趣，失去了许多自省的机会和过程。

一个人成了"机械"肯定是悲剧！

所以，很多时候，明白和清楚道理是一回事，做事又是一回事，千万不能苛刻自己！

"慎终如始"，这是一个极为重要的道理，是让一个人少走弯路，少犯错误的道理。这个道理很容易明白，也很容易认可，也很想做到。

但是，实际上，没有一个人可以真正做到"慎终如始"，如果有这种意识，让自己少走点弯路就是很不错的了。

在刻《道德经》印文的时候，因为清楚重新刻一枚印比较费劲，所以就比较在意，所以，尽量做到不做重复工作，但是，还是重新刻了不少。最无语的是，在钤印的时候居然经常将印文印反，或者顺序印错，所以，就只好重新再印，废了好多手绘的纸。最哭笑不得的是，在整理第四十一到八十一章的印文时，居然发现其中有三章的纸上下放错了，只好将这几章重新制作再印。这种事就是有一个环节错了，相关的环节全得重来。可见，"慎终如始"的重要性！

在做这些本来可以避免的事时，一是想到了我们的人生不可能"慎终如始"，只能将"慎终如始"作为一种提醒。另外是想到实际上我们的人生、我们的时间有许多就是由"错误"构成的。

没有错误的人生是不存在的。

7月21日

一提中国画，就必提"笔墨"；一欣赏中国画，也必提"笔墨"。但是，究竟什么是笔墨，问及中国画的创作者，多语焉不详。

如果我们将笔墨分开来看，笔是指作画用的毛笔，墨即作画用的墨及色。这很显然是指工具，但是，我们常说的"笔墨"很显然不是指工具，而是指用这些工具留在纸上的痕迹，而且也不是简单的痕迹，而是具有品质和品位的痕迹，是独特的，显现艺术性的痕迹，否则就不需要特别如此强调它，因为任何一个人都可以用这些工具在纸上留下痕迹。

唐代时，我们的山西老乡张彦远在《历代名画记》中讲："骨气形似本于立意，而归乎用笔。""运墨而五色具，是为得意。"这实际上就是讲如何运用"笔墨"这些工具来"立意"和"得意"的。

石涛在《石涛画语录》中所讲的："笔与墨会，是为氤氲，氤氲不分，是为混沌。辟混沌者，舍一画而谁耶？画于山则灵之，画于水则动之，画于林则生之，画于人则逸之。得笔墨之会，解氤氲之分，作辟混沌乎，传诸古今，自成一家，是皆智者得之也。"实际上也是从工具的运用和出现的效果这层关系来谈"笔墨"的。"山灵之""水动之""林生之""人逸之"都是指"笔墨"呈现的品质,也就是艺术特质。

所以,只有痕迹,没有品质,就无所谓"笔墨",更不是说用了如何高品质的笔和墨画出来的作品就有"笔墨"。

"笔墨"实际上就是指一幅作品体现出来的综合的艺术高度。

7月24日

前几天曾看到一个观点,认为绘画一直都是一种"抄袭",他后来者都是从临摹前人而来的。

艺术和任何人类的其他行为一样,都离不开传承和创新,无传承就无所谓创新,无创新也无所谓传承。只有在传承中创新,在创新时传承才能在根本上不离艺术之本质。

吴昌硕先生讲"画当出己意",他曾多次提出:"画之所贵,贵存我""今人但侈摹占昔,古昔以上谁所宗?"。但是,吴昌硕先生恰恰是在继承传统上下足了功夫。在他的作品上,常题"拟青藤用笔""略仿白阳山人""拟八大山人大意""拟唐解元本""拟张孟皋笔意,形似而神通矣"等,可见,他并不是用"己意"来否定继承,更没有将"拟"当成简单的抄袭。反而说明他学习前人的深入和勤奋,并且在这种传承中不断探索追求,去探寻前人在笔墨上、气势上、神韵上、章法结构上、设色上的妙处,然后化而为己所用。只不过,在化用的时候,他很注意表达自己的艺术审美,所以,才在他的作品中找不到刻意摹仿的痕迹。

"不知何者为正变,自我作古空群雄",吴昌硕先生这种认识和骄傲正是以传统和突破双重力量形成的。

7月25日

这一年竟然又进入下半年了。涂了松、竹、梅、兰四条屏，特意题上"冲气为和""虚极静笃""万物自化""负阴抱阳"。

心若如此，自可自化而自定！

7月31日

有一种思维叫"习惯"。很多时候，我们自己的思维是在不自觉中形成的，"知识""教育""培训""经验"等，很多都是在"被动"中进行的。对于已有的，尤其是被当成"教材"的，我们很少去怀疑，更不敢去否定。所以，也很难形成自己！

终于将叔本华的《作为意志和表象的世界》看完。没想到书后又附着他的另一部著作《康德哲学批判》，在这部书里，叔本华肯定了康德的贡献，但对其很多哲学观点进行了质疑和否定。让我们明白了哲学家的思维特征，那就是要怀疑、要否定！

在传统的花鸟画中，四条屏最常表现的就是"梅兰竹菊"，这实际上也是一种习惯性的思维和传承。不过，欣赏一些大家的作品，经常会看到有其他题材的组合。比如吴昌硕先生就经常变化。

所以，变与不变就是艺术表现最基本的思维。

8月2日

大西克礼被奉为日本现代美学史上学院派美学的确立者和代表人物，其所著的"日本美学三部曲"分别是《幽玄》《物哀》《侘寂》。在这三交响曲中，大西克礼分别对"幽玄""物哀""侘寂"分别进行了系统深入地剖析和阐释，梳理了每一个概念的历史演变过程，并分析了其审美内涵和价值意义，系统介绍了日本民族的美学观念与审美趣味，构建出独特而系统的日本美学体系。

在《幽玄》中，大西克礼讲到："就审美意识这一方面而言，在东方人的审美观中，早在艺术品产生之前艺术美就已然存在了。若是用这种方式来思考艺术的本意，那么所谓艺术，便是对蕴藏在艺术美之中的自然美的催熟，是对自然美的感受的直接表达，还是在艺术技能的修行之中发挥其全人格的道德和精神的意义，这便是艺术本质所在。"在这里，大西克礼提的"东方人的审美观"，实际上就包括了我们中国人的传统审美。去梳理中国的传统艺术和文学，不难发现这一点，只是我们可能没有如此明确地认识到大西克礼提出的"早在艺术品产生之前艺术美就已然存在了"的观点。不过，在《道德经》里，这样的观点其实一直就存在，只是老子不是单独讲艺术及艺术美！

另外，大西克礼讲的"自然美的催熟"的观点对我们认知艺术美和自然存在极有帮助。"艺术技能的修行"，需要发挥"全人格的道德和精神"，只有这样，才能接近艺术本质。这样的认知足以提醒每一个从事艺术创作的人。他在后面提出："也就是说，像这样的艺术形式（顺便一提这种说法不仅限于和歌和俳句，像文人画或者茶道和花道这样的艺术形式也通用），门槛很低允许各种各样的人参与，但真正能达到一定境界的只有极少数的人而已。"

事实上也确实如此。

8月4日

大西克礼在《幽玄》中主要是讲"和诗"创作所表现的艺术特质，但是，有一段讲到"书道"，也就是我们说的书法。"大凡书体都可分为'皮骨肉'三体。从这个角度来看'古来三迹'

的话，那么，'道风'就是'弃皮而写肉'，'佐理'就是什么高弃骨而写皮鞋，'行成'就是'写肉而弃皮骨骼'。这里的三迹各有取舍，'道风'不借笔势而是强劲，无亲切之感；'行成'温柔有余而强劲不足；'佐理'只知温柔却强劲与亲切。'强劲为骨，柔婉为皮，亲切为肉'……"

"道风""佐理""行成"，这应该是指书法的三种表现，书中虽然没有附具体的作品为例，但是，从上面的分析我们可以大致清楚它们每一种的特点。而且，我们也清楚，只有将"皮肉骨"三者融为一体的作品才是更好的！

诗道也好，书道也好，画道也好，均如此！任何优秀的艺术品都应该"强劲为骨，柔婉为皮，亲切为肉"，正如，大西克礼讲的"'有心'的概念作为一种艺术理想，相较于幽玄概念则占据了更高层次的位置"。

"有心"，这实际上也是人类艺术区别于自然美的一个根本点。我们知道，大自然本身就存在着极致的美，但是，只有用心去体会才能真正感受，表现出美！

8月7日

我们都知道日本的文化受中国文化影响很深。从《源氏物语》中就可以看到这一点，大西克礼的《幽玄》中阐述的观点就与老庄思想相通，而且大西克礼在书中也多次提到老庄思想。实际上，大西克礼分析的"幽玄"与《道德经》中的"恍惚"基本上是一致的。《道德经》第二十一章讲："孔德之容，惟道是从。道之为物，惟恍惟惚。惚兮恍兮，其中有象。恍兮惚兮，其中有物。窈兮冥兮，其中有精。其精甚真，其中有信。自今及古，其名不去，以阅众甫。吾何以知众甫之状哉？以此。"只是，因为文言文的关系，我们很多人很难一下子明白老子所讲的

"思想"。

《幽玄》中，大西克礼讲道："我认为应该在自然静观中的审美意识之中，去考虑纯粹的全相的'存在'和其包含的理念，在其审美对象的象征之中寻找其终极的价值根据。"大西克礼所讲的"终极的价值根据"实际上就是文学、书画等艺术形式的存在根本和自身价值，也是判断和衡量一件艺术品的基本标准。

任何优秀的艺术品，都是自然美与艺术美的统一，如何达到这种统一是一个从事艺术创作的人终身需要思考和实践的事。这一点，我觉得和大西克礼提出的"'精神'创造性方面有极度昂扬"类似。他提出，"将'自然'所有的赐予都归于'我'本身，到达沉潜下来的纯粹静观，或者'止观'的境界。这时自然和精神，或者说作为对象的我就都融为一体了，'存在'本身毫无保留地在一刹那间表现出来。同时，'个'的存在向着'全'的存在，小宇宙向着大宇宙发展扩充，这就是审美体验的特殊之处。"在这里，大西克礼很清楚地讲出了创作者整合"自然"与"艺术"的途径以及特征。

从"个"向"全"，从"小"向"大"，这实际上就是老子所讲的"恍惚"与"窈冥"！艺术作品必须要表现出"象"和"物"，必须表现出"精""真""信"！

8月18日

大西克礼在《物哀》中讲道："人们对于自然美的感受，并不仅仅局限于花鸟的色彩和山水的形态这样的表层的、感性的、静的方面，还有随着时间的变化，自然所产生的种种微妙的变化，换句话说就是对自然的'时间'感觉比较敏锐，这本身就是有一种深层化和精神化的倾向。"

在这里，大西克礼很显然讲的就是我们在生活中对花鸟和山水的感受，但是，如果我们用来思考绘画艺术，恰恰可以给我们同样的"一种深层化"的思考。

我们知道，完成后的一幅作品，不管是"花鸟"还是"山水"，或者"人物"，所有表现出来的内容都是"静止"在纸面上的，是停顿的，不变的。不管过多久，这些画面还是如此——除非是有损伤。如果我们以为反正画面是"静止的""停顿的""不变的"，在创作和表现时不去思考所表现事物的"生命状态"，也就是大西克礼讲的"自然的时间"，所创作出来的作品就一定是缺少"深层化和精神化"的，也就是缺少艺术感染力和艺术价值的。

任何优秀的艺术作品都一定是创作者对自然万物生命形态的审视和表现。

在书中，大西克礼用西方的"死亡的警告"加以阐述。"'死亡的警告'最直接的效果，就是用律动的、周期性的自然变化在骄傲的人类面前，仿若神之手一般放置了一个巨大的沙漏，让人们能痛切地感受到时光的流逝，并对此进行一定的反省。"

艺术的呈现难道不正是对"时光的流逝"的记录和"一定的反省"形式吗？

8月19日

看到一篇短文讲"临创转换"，大意是讲一些人在创作绘画作品时，缺少自己的东西，原因就是不懂得"临创转换"。

这一提法很有道理，为了理解得更清楚一些，查了一下资料。"临创转换"这一提法在书法、篆刻学习中提得相对多，比如，提到了过去的书家用集字的方法先临后创。代表人物就是米芾、王铎。

　　有意思的是在查资料的时候，看到"转化"和"转化医学"两个条目，其解释虽然与书画没有直接关系，但是，如果认真思考却关系极大。

　　"转化"现象首先发现于细菌。正规解释是这样的："转化（transformation）是某一基因型的细胞从周围介质中吸收来自另一基因型的细胞的DNA而使它的基因型和表现型发生相应变化的现象。"

　　仔细思考，书画不也是"某一基因型"细胞吸引"另一基因型"的细胞而成的艺术吗？问题的核心就是如何吸收，吸收什么。

　　"转化医学"的解释是这样的："转化或转换医学（Translational Medicine）是将基础医学研究和临床治疗连接起来的一种新的思维方式。建立在基因组遗传学、组学芯片等基础上的生物信息学，同系统医学理论与自动化通信技术之间的互动密切，加快了科学研究向工程应用转变的产业化过程，应用于医药学也将导致基础与临床之间的距离迅速缩短。"这讲的不就是学习和实践的关系问题吗？

　　在书画学习和创作过程中，最大的问题其实不是"临床"，即技术展现，而是对古往今来的那些优秀作品的学习领悟，而且更重要的其实是对超出书画本身的更大范围的文化领域。只有更大范围地去提升自己的文化素养和对自然万物生命的认知，才可能更好地实现"连接"，从而实现"转化"，否则就只能停在某一个层面无法前进。

　　"临创转换"说来容易，实际上并不容易。如果不从整体上懂得如何才能转换，可能就会是一种机械式的表现，最后可能还是惨不忍睹。

8月20日

石涛在感悟画道时讲"意在笔前，景生意外"，这是他从董源和巨然的作品中得出的感悟。

史上，关仝与荆浩、董源、巨然被并称为五代、北宋时四大山水画家，其画称为"关家山水"。实际上是讲，以关仝为核心的这几人所画山水具有共同的特质，他们的作品多表现关陕一带山川的特点和雄伟气势。"关家山水"与李成、范宽形成五代、北宋间北方山水画三个主要流派，在中国绘画史上颇有影响。

一幅作品最终一定是"笔"落纸上后形成的，人们最后看到的也都是留在纸上的画面。我们可以在画面上看到"景"，但是，石涛所讲的"意在笔前"是很难体会到的，尤其是创作者的"意"。而且，他讲的"意外"也并不好解释。

我们知道，人的情绪意趣是在瞬间变化中的。许多时候可能只是一个模糊的东西。就像老子在《道德经》所讲的"恍惚"之态。创作者必须能对这种"恍惚"有掌控能力。清楚其中的"道"，也就是老子具体所讲的"道之为物，惟恍惟惚，惚兮恍兮，其中有象；恍兮惚兮，其中有物；窈兮冥兮，其中有精。其精甚真，其中有信……"。只有清楚这样的本质，创作出来的作品才能具有"意在笔前，景生意外"的表现。

实际上，这个道理强调的是轻"构思"，重"意外"，石涛注重的是作品内在的气韵和活力。

8月23日

关于《道德经》应该是有许多谜，从古至今，关于老子，关于《道德经》就一直是谜一样的存在。《道德经》存在很多版本。马王堆出土的"帛书"让世人重新认识它，但是，因为"语言"的障碍，还是存在着莫衷一是的现象。

不少人以研究《道德经》为切入点，希望自己能有所"建树"，这不能说是什么坏事。

但是，我个人认为，我们实际上很难彻底走进老子的世界，我们无法回到原点。

所以，重要的不是将《道德经》当成知识，当成学问，当成研究对象，而是应该从中学习和领会那种智慧的思维模式。如果我们能从中领悟一二将受用无穷。

近世以来，西方各国译介和研究老子思想已经成为国际汉学界的一种风尚，学术界甚至把《道德经》翻译和研究成果的多寡看作是衡量一个国家汉学研究是否发达的重要标准之一。《道德经》是被译介得最多的中国典籍，据统计，已经被译为73种语言文字，凡数千种，其在英语世界的发行量仅次于《圣经》和《薄伽梵歌》。对孔夫子旧书网、亚马逊图书网和中国国家图书馆、中国国家数字图书馆文献联合检索确认后发现，截至2020年4月，共有各类《道德经》英译本（全译本、节译本、改写本以及借《道德经》之名进行的创作本）562种。可见其巨大的影响。

可惜的是在我们周围，鲜有人将《道德经》作为案头书，更没有认为其有多么智慧和重要。

将《道德经》八十一章进行概括，将每一章中自己认为核心的内容用大篆体刻成印文，这是一件不小的工程。在这个过程中，实际上是一次次对原文的思索，这个过程很有意义和价值。

现在将《道德经》印文分成上下册，完全用手工完成，是一件很快乐的事！

8月25日

大西克礼在其《侘寂》中主要是通过分析俳谐和茶道来讲

"寂"的。在书中他提出一个问题："怎样才能从总体上把握这些艺术观呢？那就必须要抓住两个堪称基石的问题，那就是'不易''流行'问题和'虚实'问题。"

所谓"不易"就是"万代不变"，所谓"流行"就是"一时变化"，这实际上就是"不变"和"变"的关系问题，不仅仅是"俳"的创作，任何艺术创作都必须面对这一核心。

就像我们所熟悉的"水"一样，因为不同的自然条件，水的形态会有千变万化，但是，其本质始终如一。《道德经》第八章讲："上善若水。水善利万物而不争，处众人之所恶，故几于道。居善地，心善渊，与善仁，言善信，正善治，事善能，动善时。夫唯不争，故无尤。"在这里，老子讲到的就是"不易"与"流行"之"道"，而这种"道"是适应于万物的，但是，关键是我们能否意识到，并且可以"化用"。

《侘寂》中还有一个非常值得我们注意、重视和思考的问题就是，日本对传统文化不打折扣的坚守和传承。

8月26日

汉代刘向在《新序·杂事五》里有一文："叶公子高好龙，钩以写龙，凿以写龙，屋室雕文以写龙。于是天龙闻而下之，窥头于牖，施尾于堂。叶公见之，弃而还走，失其魂魄，五色无主。是叶公非好龙也，好夫似龙而非龙者也。"该文即成语"叶公好龙"的出处，常被我们用来指口头上说爱好某事物，实际上并不真爱好。其实还可以引申为对某事物只是停在表面现象，并没有真正从本质上认知。

现在，这种现象在艺术领域其实极为普遍。而且随着发布和传播手段的高度发展，无数不具备艺术性的东西很容易就被推出，原本就争论不休的一些标准溃不成军。这里，自然还有大量艺术领域"叶公好龙"者所起到的作用。有不少人从事着与艺术有关的工作，或者本身就是艺术从业者，因为各种原因并没有能深入领悟到艺术的本质，但是，却像叶公一样，常常做些"钩以写龙，凿以写龙，屋室雕文以写龙"的事情。不过，真正接触的时候会发现，不少这样的人对自己所宣传和吹捧的作品的艺术性并没有涉及本质的认知。虽然不少人也会从各种渠道掌握一些相关的"艺术"理论，但是，往往是风马牛不相及。而且，他们自己"拥有"的作品往往都不是"真龙"，有时候当"真龙"到眼前的时候，却毫无感觉。

比如，我们都知道，黄宾虹先生、傅抱石先生的作品现在动辄一幅作品的拍卖价都上千万、上亿，但是，真有这样品质的作品时，人们却可能"弃而还走"，因为会被黄宾虹先生的"墨色"和傅抱石先生的"乱皴"吓走。

叶公是个人的事，但是，整个人群出现"叶公好龙"的现象就会是一种悲剧。

8月28日

读到大先生的《而已集》，其中有一篇《革命时候的文学》，是大先生1927年4月8日在黄埔军官学校的演讲稿。94年过去了，现在读来，感觉大先生还像是在讲当下的"文学"。

大先生在演讲的开始讲到自己被当成"文学家"请来，他说道："其实我并不是的，并不懂什么。我首先正经学习的是开矿，叫我讲掘煤，也许比讲文学要好一些。自然，因为自己的嗜好，文学书是也时常看看的，不过并无心得，能说出于诸君有用的东西来。"想一想，这实在是比我们现在不少人动不动就自封自己是什么什么的带头人，什么什么体的创始人要低调到极端了。

大先生被请去是讲"革命时候的文学"的，那么，这样的文学究竟是什么样的？

他认为："但在这革命地方的文学家，恐怕总喜欢说文学和革命是大有关系的，例如可以用这来宣传、鼓吹、煽动、促进革命和完成革命。不过我想，这样的文章是无力的，因为好的文艺作品，向来多是不受别人命令，不顾利害，自然而然地从心中流露的东西；如果先挂起一个题目，做起文章来，那又何异于八股，在文学中并无价值，更说不到能否感动人了。"

仅这一观点实在是值得和需要我们现在许多所谓"文学家"认真思考的！

关于"革命与文学有什么影响"，大先生是从"革命之前的文学""革命时代的文学""革命成功的文学"三个方面来讲的，具体的内容感兴趣的人不妨自己找来一读。

就时下，我们许多人的文学创作现状，我觉得大先生在演讲最后讲的这段话同样值得认真思考："诸君是实际的战争者，是革命的战士，我以为现在还是不要佩服文学的好。学文学对于战争，没有益处，最好不过作一篇战歌，或者写得美的，便可于战余休憩时看看，倒也有趣。要讲得堂皇点，则譬如种柳树，待到柳树长大，浓荫蔽日，农夫耕作到正午，或者可以坐在柳树底下吃饭，休息休息。中国现在的社会情状，只有实地的革命战争，一首诗吓不走孙传芳，一炮就把孙传芳轰走了。自然也有人以为文学于革命是有伟力的，但我个人总觉得怀疑，文学总是一种余裕的产物，可以表示一民族的文化，倒是真的。"

大先生的许多作品集的封面是请陶元庆设计的，《而已集》的封面是大先生自己设计的，简洁、朴素。他曾对陶元庆说："过去所出的书，书面上或者找名人题字，或者采用铅字排印，这些都是老套，我想把它改一改，所以自己来设计。"

《而已集》封面上的字也是鲁迅自己设计的自由美术体，充满趣味性。

某画家曾说："鲁迅是一位最懂绘画、最有洞察力、最有说服力的议论家，是一位真正前卫的实践者，同时，是精于选择的赏鉴家。"

所以，全方位阅读和了解大先生是一件很应该做的事。

8月31日

其实，一直在思考石涛说的"搜尽奇峰打草稿"的深意。

按我们惯常的思维，按照创作一幅画的规律来说，应该是"搜尽草稿出奇峰"，我们很多人动不动就去写生，就临摹，其实都是希望能创作出有"惊人"效果的作品，要让人对作品惊叹，画面中就要有"奇峰"。但是，大涤子先生偏偏反着说，至少，他没有强调"搜尽奇峰出奇峰"，而且，我们从所能见到的作品来看，石涛的作品产生的神韵并不是靠"奇峰"，而且是靠一幅画的整体神韵。

如果我们在自己的创作中多思考，其实会慢慢对此有所感悟。

结合傅抱石先生所讲的"大胆落笔，细心收拾"这一点，我们应该清楚，真正重要的是实际上是领导和掌握"随物赋形，随形赋意"的意识和能力。当我们的笔在纸面上行走时，所留下的任何痕迹都是有意义的，都可以由此产生新的"形"和"意"，我们要善于捕捉这些痕迹，随时调整局面，而不是生硬地去实现构思！许多作品有痕迹无活力的原因就是此。

让一幅作品整体安静，但在安静中能感受到勃勃生机，这才是"奇"，也是艺术所在。

9月3日

读书的重点不是"求知"而应该是"开悟"！

大西克礼的《侘寂》引了好多别人的观点来分析"寂"。其中"审美意识的第三个层面"的观点和后面的分析很值得思考。"审美意识的第三个层面就是整体的价值内部构造——自然感和艺术感的关系"，"自然感"和"艺术感"，以及它们的关系很像是我们总讲的"造化"和"心源"。

在读他后面的诸多分析时，突然更清楚地悟到一点。

比如，我们看到的某一物，在我们第一眼看到它时，它呈现给我们的是形、色等客观的整体状态就是那样，但是，这种整体状态实际上包含了许多的因素，比如"时间性""空间性"。简单说，"时间性"就是我们看到其陈旧或者崭新的状态。"空间性"就是其与周围环境的关系。这些在我们看到的时候暂时是不变的，这就是事物给我们的"自然感"。

但是，如果我们将该事物用艺术的形式再现出来，在作品中的"时间性"和"空间性"实际上已经不完全是原来客观的"时间"和"空间"，比如，我们对事物的呈现的"陈旧"或者"崭新"是我们主观上的"陈旧"和"崭新"，而已经不是事物在自然状态中的"陈旧"和"崭新"，这一点实际上非常重要！尤其是在绘画艺术中。

在绘画作品中，创作者传达出的不应该只是一个物体本身，而应该是这个物体在"时间"和"空间"中的生命状态，是和人内心对生命的审视吻合的。

9月4日

特质就是指事物的根本、特性，本体，本性而言。实际上，当我们去判断和表达某事物的"特质"的时候，这里面其实已经有了一种审美意识。

就像大西克礼的《侘寂》分析"侘寂"一样，是将其作为一种美学理念的。在我们的字典里，"侘"的第一种意思是"古通'诧'，意思是夸耀自己"。很显然，大西克礼要分析的"侘"不是这个意思。那么，我们的字典里有另一种解释："见'侘傺'，失意而神情恍惚的样子"。这个意思与大西克礼著作中的"侘"有关联，但也并不完全一样。"寂"，《说文》解为"无人声"，故其本意是静默，没有声响，也指孤单，冷冷清清。在大西克礼的著作中，"寂"更接近于我们的延伸义："安详娴静，心志淡泊。"在分析"侘寂"时，大西克礼主要是从俳谐和茶道切入的，实际上就是着重于俳谐和茶道中所具有的"特质"。"侘"源于日本茶道鼻祖千利休的侘茶之道：黯然枯寂，岁月洗练后的古雅、简朴、收敛与粗糙；"寂"见于日本俳圣松尾芭蕉的妙趣作品：吟咏苍古，带着"余裕"的态度自由游走于日常生活间。"侘寂"，正是从俳句到茶道，从艺术理念到生命意识的独特日本美学。

其实，《道德经》第二十五章里所讲早就已经涉及这种本质："有物混成，先天地生。寂兮寥兮，独立不改，周行而不殆，可以为天地母。吾不知其名，字之曰道，强为之名曰大。大曰逝，逝曰远，远曰反。故道大，天大，地大，人亦大。域中有四大，而人居其一焉。人法地，地法天，天法道，道法自然。"

所以，我们在做任何事情的时候，都要清楚"特质"，只有让事物相互之间的"质"相近、贴合，才会具有美感，才会显现意义。

9月7日

我一向对关于"艺术"如何表现的纯"理论"不感兴趣，实际上，任何艺术家的创作都基本上不是在"理论家"及其"理论"的指导下进行的，反而，多数理论都是从已经出现的"创作"中总结、归纳出来的，而且多数是"理论家"自说自话，很多时候和创作者的创作关系不大。

有一个比较绝对的实例，我们现在的孩子从小学就开始学写作文，这种实践至少要延续到高中毕业，但实际上，接受这种教育的孩子即使大学毕了业还是进入不了真正的"创作"，尽管他们掌握了很多很多的"写作技巧"。

当然，并不是说"理论"就没有任何作用和价值，关键是要看每个人自己如何领悟。

大西克礼的三部曲《幽玄》《物哀》《侘寂》是关于日本美学的理论性著作，其三部作品都是以俳谐与茶道为核心来分析的。我不知道这种美学理论究竟能指导多少人去实践，但是大西克礼的诸多认知是值得我们去思考和借鉴的。

他在《侘寂》中讲：

"自然世界只有时间的变化而没有时间的累积，而'宿''老''古'等意味只有在时间的累积中才能得以实现，换言之，它只有在生命与精神的世界中才可以成立。"

"变化是同一性和异他性的一种综合……变化就产生在'自然'与'体验'相接的刃面上，离开了'自然'，时间的变化便也失去了意义。"

"在俳谐的初始形态连句中，前句和附句之间始终保持着一种不即不离的关系。《去来抄》中说'句子之间要附着声与气'，说的就是两句之间虽然在表面上没什么直接联系，但在气与声上要保持一种微妙的联系。"

"在选择事物的时候，一定会避开普通人习以为常的联想，因此会令两个事物之间欠缺一些表面上的明确性。"

…………

要理解上面这些论述，自然需要通读大西克礼的全文。但是，如果是我们对艺术创作有自身的感悟，还是可以从这些论述中感悟到一定的规律。

比如，他提出的某种"特质"只有在"生命与精神的世界才可以成立"。我们对生命的诸多现象的认知和感悟正是这样，而我们在艺术的表现中也必须是这样，如果一件艺术作品没有呈现出"生命与精神"，那其艺术价值就肯定苍白，甚至等于零。

还有他关于"变化"的看法更值得我们去思考，"同一性"和"导他性"是什么？它们如何"综合"？这一点恰恰是所有艺术创作必须始终思考和践行的根本。尤其在谈俳谐的创作时，讲到的"句子之间要附着声与气"这一点。"声与气"是什么？如何体现？什么就是声与气的微妙联系？这其实不仅是俳谐创作需要注意的，而是所有艺术创作都必须注意的。

中国历代的很多书画艺术家都强调"气"，比如吴昌硕就强调"画气不画形"！

"避开普通人习以为常的联想"，这一点就更值得艺术创作者思考。我们现在的许多创作者往往是生怕脱离"普通人习以为常的联想"，甚至去刻意迎合这种"联想"，所以创作出来的作品往往与艺术关系不大。

读文或者著作最忌讳"断章取义"，但实际上"断章取义"也是一种阅读方式，关键是要看自己如何领悟。实际上，阅读最怕的是毫无自我思考的阅读，阅读很多时候其实就是一种思考的借鉴！

9月9日

大西克礼是日本现代美学史上有重要贡献的、具有自己独特而系统的美学理论体系的美学家，是日本现代美学由明治、大正时期向昭和前期以及由昭和前期向昭和后期即战后的过渡和转型过程的重要中介。

在其美学三部曲《幽玄》《物哀》《侘寂》中，他认为"幽玄""物哀""侘寂"等是日本特有的美学范畴，是各种艺术的母胎乃至基础，是"日本精神""日本性格"重要特质。他主要是联系"俳谐""茶道"等的审美与艺术进行分析的。从其作品中，我们可以看出，大西认为日本的审美意识更多地来源于老庄思想与佛教禅学。他对东方艺术精神的思考，代表着一种相当典型的研究范式，不仅对于东方美学、艺术精神的研究意义重大，而且对于整个东方文化、东方精神、东方思维的研究，均有分析、批判、借鉴、启发的意义。

当然，要想对其观念有深入的了解，需要阅读其著作。

我在阅读其作品时，总是联系我们的文学创作现象与书画创作现象来思考的。这样的思考就是一种借鉴式的思考，能够从其作品中找到相应的印证。

在《侘寂》中，他讲到"在'寂'的情况中，精神通过对自然深刻的爱，在某种意义上完成了自我否定和自我超越，最终归入了自然。因此，即使同样是对自然的皈依和沉潜，'寂'中也保留了精神的终极形式——'自由性'。虽然精神在自身的体验中尽可能清除了自己的特质，归入自然，但最终还是未能完全地归入自然之中，残留了一些精神的最高的终极形式——'自由性'。于是从客观来看，精神和自然之间的关系最终还是会存在着一种对立性，但若是从主观来看，它们都被'美的爱'所包括、融合，共同组成了‘寂’的特殊审美内容。"

大西克礼所讲的"寂"不只是情感上的，还是一种艺术表现状态。更多的是强调如何能够在作品中显现出"寂"。所以，从这一点看，他分析的精神和自然的关系，尤其是他提出的"自由性"与"寂"的关系都值得我们思考。因为，在文学创作也好，书画创作也好，都需要处理好精神与自然的关系，需要思考"自由性"和"对立性"的本质。

"若是我们将‘寂静’‘古老’等意味内容的色彩象征单独抽象出来，那么它们就只能是一个单纯的心理学现象。不论是从内容的单面性还是从象征化形式的单纯性来看，它们都不能直接成为‘寂’的特殊审美介质的表现，而只是一个‘单纯的素材性的分子’，大西克礼提出的‘单纯的素材性的分子’尤其值得注意。因为，在书画作品中，如果我们不能够进入艺术的综合表现时，所有的内容都可能只是‘单纯的素材性的分子’，即使是一幅看上去已经完整的作品。"

大西克礼总结说："若是将‘幽玄’和‘寂’的审美本质加以区分，那么，就像‘幽玄’隶属于‘崇高’，‘物哀’隶属于‘美’，那样，‘寂’是从‘幽默’派生出来的特殊审美范畴。这三个基本审美范畴都是从审美体验的一般本质构造中发展而来的，因此我们就可以尝试在这些美学范畴之间建立一种有体系的联系。"在这里，大西克礼指出的"崇高""美""幽默"实际上还是他指出的心理现象，如果是审美因素，如果变成作品，或者说在作品如何呈现出"崇高""美""幽默"才能实现"幽玄""物哀""侘寂"。

对于多数人来说，最大的障碍其实就是如何实现从心理审美到创作呈现的问题，这个障碍可能终生都无法超越。

9月13日

读一部以《虚与实》为名的小说集，很有意思。想到前几天和一老友聊天，聊到另一老友时，他说"怎么也不明白哪儿那么多正能量"，只能苦笑。

如果我们不去从所谓"科学"的角度讲正负能量的话，我们平时说的"正负能量"只是人为划分的人的某种行为或情绪。实际上，对于万物来讲，只有正负能量共同作用才能保障万物的正常生命状态。就像我们需要白天，但同样需要黑夜一样。只有正能量或者只有负能量都是"危险"的！

老子在其《道德经》第十六章里早已讲清了这个道理："致虚极，守静笃。万物并作，吾以观复。夫物芸芸，各复归其根。归根曰静，是曰复命。复命曰常。知常曰明。不知常，妄作，凶。知常容，容乃公。公乃王，王乃天，天乃道，道乃久，没身不殆。"

按我们对"正能量"的机械理解，"虚"和"静"显然属于"负能量"，但是，老子却明确讲，万物若要并作，需要"致虚极，守静笃"，恰恰讲的就是这种"负"的力量！

文学艺术也好，书画艺术也好，如何处理和表现"虚"是一种智慧，这也是历代大家强调的"气"的核心。

艺术作品有"气"才会有生命。也就是必须虚实相生相合！

9月15日

梅墨先生谈中国画精神时说道："不要被一些现在所谓的名家带入了歧途！"这是一个很值得思考的问题！

我们应该清楚，在历史上，艺术的交流与传承实际上一直是"小范围"的事，即使在宋代设立了"画院"，同样也是局限在

"小范围"的。绝对不会像现在这样，足不出户，通过互联网就可以找到各种所需资讯、专著、作品。

梅墨生先生指出："搞艺术的人，做中国画，实际做的是精神，而绝非职业。画画，是精神之事，是思想情感之事，是文化修养之事，是一个人的生命品格。"

将艺术当成"生命品格"谈何容易！但这却真的是"必须"！

9月18日

由原《大家》杂志主编，大益文学院院长陈鹏主编的《虚与实》中收有云南摄影家杜天荣的一组照片，并附有杜天荣之子杜江写的一篇文章，其中引了于坚先生《看杜天荣作品有感》中的一段话："在杜天荣先生看来，昆明只是家乡。没有任何悲天悯人的东西，只是看见存在本身……"

这段话似乎不难理解，但是，在作品中表现"看见存在本身"并不是说起来这样简单的。问题的关键和核心是"如何看""如何用镜头看"。看是我们的基本生理功能，只要我们眼着眼就是看，想不看都不行，但是，很多时候，那些闪现着"存在本身"的事物往往被我们忽视，对于身边的事物我们往往"熟视无睹"。身边到处是美的存在，但是，我们却总是以为"美"在"远方"，美在"景区"，美是"景点"，实际上，如果我们用心去看，身边的任何事物都存在着极致的"美"，隐含着朴素的艺术。

和一位正在学书法和篆刻的朋友聊到如何学习时，我说，"书画的核心不是形"，朋友问"怎样才能做到神似？"，我说，"不是神似，是有神。要把一个字写出神来，而不是神似哪个人写的"。

所有流传下来的优秀艺术作品都是这样，都是在表现"存在本身"，但都不是简单的"存在本身"，有借鉴学习别人的因素，但是，更重要的是在借鉴学习的基础上，有自己的"审美"方式，有自己审视"存在本身"，表现"存在本身"的视角和方式。在这些优秀的艺术家那里，"存在"已经不再是简单的"存在本身"，而是对"存在"取舍后留下来的恒久感动！

10月27日

很多时候随意而为的东西可以产生一种意趣，一旦刻意反而会发"紧"。

陈子庄先生的作品有趣味，他认为："构图最重要，要有能组织成有诗意、画意。音乐节奏感的画面的能力。否则就算写生材料一大堆，临纸画画时仍得过去翻资料。"

在朋友的办公室看到裱好的二幅小画，觉得还是有点儿意思的。当时是裁剩下的小条，扔了觉得可惜，就随手涂了几笔。涂的时候就是想了想这么小的幅面上如何可以好看。这实际上是陈子庄先生所言的"构图"。要"好看"，就有了"诗意，画意，节奏感"的问题。当时，未必如此清楚，但结合陈先生之言，这应该就是一种思考和学习。

11月8日

吴昌硕先生讲"画气不画形"，但从深层思考，我们应该明白，这只是先生刻意强调"气"的重要性，并非真的不重视"形"。事实上，先生的创作是既重气又重形的，他重视的是如何以形驭气！

"气"是中国传统书画的核心，再精细、工整的"形"如果没有"气"，就一定是没有生命力的。但是，"气"很难用一种形态、一种标准来衡定，而是需要创作者综合的素养和积累来养成，而且，每个人的领悟和表现也会不同。

这也是"艺无止境"的特征吧！

这二幅小画高35厘米，宽16厘米，是裁下来没舍得扔的边纸上画的，尺幅小，就更需要考虑"气"的表现。

11月20日

从2021年10月9日开始，决定动手制作《三字经》大篆印文，这期间杂七杂八的事情比没有退休前还要多，只是不管有多少事，每天总要拿起石料，拿起篆刀，所以，不觉间完成了最后一块。数一数，总共用了大大小小、形态各异的209块石料，将《三字经》印文刻完。如果要进一步，就是再制作成手工装订的册子。

有朋友问，做这个有什么用？

我说"好像没有什么用"。

是啊，如果要阅读，有各种版本的《三字经》，做成印文，而且是在篆体，能认下来都不错了，而且在刻的时候，有一些字还采用借部首的形式，两个字可能用的是一个部首，如果不理解这种形式，更会是一头雾水。不过，这也可能正是制作和完成这个的乐趣吧。

我们在日常生活中又有多少事是真正能用价值和意义来衡量的。其实，多数的艺术形式和表现都是非实用的，它们给我们的是一种精神上的触动，而这又恰恰是不可或缺的。

对于我而言，一是将《三字经》再从头学一遍，这里每个人都应该了解的常识。一是需要将所有字变成大篆，可以掌握这些字的大篆写法，但也许刻一次后，再过些日子还是会忘记，但至少会有些印象。另外，在石料上给文字布局也是一种修炼，能培养审美感觉。而且，在整个过程中，本身也有说不来的意趣。

世事纷纷扰扰，心静则一切静。

这是一件可以静心的事！

11月30日

石涛是被众人追慕的艺术大家。但是，最得其精髓的要数黄宾虹先生和傅抱石先生。如果再苛刻来讲，黄宾虹和傅抱石也没有完全进入石涛先生的世界。

为何如此讲？

我们看黄宾虹先生和傅抱石先生的作品，总是辨识度极高，不论他们表现什么形态的山水，表现哪一类题材，其呈现出来的风貌一目了然，风格毕现。

但是，如果我们欣赏石涛先生的作品，却会发现千变万化，他笔下经常出现迥异的表现和风貌的作品，许多作品，如果没有标注是石涛，可能很难一下判断出是其作品。这一点，其实才是其作为艺术大家的根本。

石涛先生在其《画语录》中讲："太古无法，太朴不散；太朴一散，而法立矣。法于何立？立于一画。一画者，众有之本，万象之根；见用于神，藏用于人，而世人不知。所以一画之法，乃自我立。"这也是中国传统绘画理论中常被提到的著名的"一画论"，也是人们评述石涛先生时最常引用的观点。何为"一画"，历来也有众多不同的解释。

其实，关于"一画"，石涛先生自己明确讲到"众有之本，万象之根"就是"一画"，这种"众有之本，万象之根"的特性是"见用于神，藏用于人"。石涛先生其实压根也没有讲画的方法和技巧，而是讲"画"的状态，那就是"众有"和"万象"，因为，这是世间万物的特质，所以，表现这些事物也必须是"众有"和"万象"，也就是他作品呈现出来的"千变万化"，也就是他所谓的"搜尽奇峰"。至于，如何表现，用什么样的方法，那就是他说的"夫画者，从于心也"。如何才能从于心？他也早给出了答案"乃自我立"，这是何其大胆的认知呀。

2022年

1月1日

再读郭熙的《林泉高致》时，照例先读其子郭思写的序："《语》曰：'志于道，据于德，依于仁，游于艺'。谓礼、乐、射、御、书、数。书，画之流也。《易》之《山坟》《气坟》《形坟》，出于三气。山如山，气如气，形如形，皆画之椎轮。黄帝制衣裳有章数或绘，皆画之本也。故舜十二章，山、龙、华虫，曰：'观古人象。'《尔雅》曰：'画，象也。'言象之所以为画尔。《易》卦说观象系辞谓此。《语》：'绘事后素。'《周礼》：'绘画之事后素功。'画之本甚大且远。自古说伏羲画八卦，读为今攵画之画。画文训为止，不知画八卦为何等义。故画当为画，但今画出于后世，其实止用画字尔。又今之古文篆籀禽鱼，皆有象形之体，即象形画之法也。思卯角时，侍先子游泉石，每落笔，必曰：'画山水有法，岂得草草？'思闻一说，旋即笔记。今收拾纂集，殆数十百条，不敢失坠，用贻同好。噫！先子少从道家之学，吐故纳新，本游方外，家世无画学，盖天性得之，遂游艺于此以成名。然于潜德懿行，孝友仁施为深。则游焉息焉。此志子孙当晓之也。"

从中想到几点。

其一是郭思讲郭熙学画时，乃"家世无画学，盖天性得之"，也就是说，郭熙于绘画属于无师自通，但有一点，他从"道家之学"，而且"潜德懿行，孝友仁施为深"，这实际上道出了郭熙为何成为大家的核心。"道家之学"乃重"天人合一"，尤重观天察地。而且，郭熙又重"德行"，极重自我修养，所以才成就了其高超的绘画艺术。

其二是关于"书"与"画"的关系。在郭思的序里，其实明确指出，"画"于"书"前。"今之古文篆籀禽鱼，皆有象形之体，即象形画之法也"讲的就是所有的书体其实都是从画而来，而不是现在我们所说的，先要书法，然后绘画，甚至都不是"书画同源"，如果非要讲其关系，也是书即画！其实，我们想一想，古往今来，书家颇多，但是，并不是书家就可以成为画家。如果非要说，必须学好书法才能画好画，那岂不是只要是一个书法家就必然成为画家吗？显然这是不通的！所以，只能说书画有关系，但不是因果关系！

1月3日

因为条件限制，很少能看到那些传世的书画作品真迹。但是，看资料可以知道，大多数传世作品都是在丝、绢一类的材料上创作的，而不是后来的"宣纸"，如果要从那些作品中学技法可能就会有问题。

所以，大量"读"传世书画作品首要和基本的是欣赏和思考他们作品中真正具有生命力的"表现"，也许我们很难与他们达到"心灵感应"，但这不重要，重要的是究竟什么让我们"魂不守舍"。

《道德经》第二十五章讲："有物混成，先天地生。寂兮寥兮，独立不改，周行而不殆，可以为天地母。吾不知其名，字之曰道，强为之名曰大。大曰逝，逝曰远，远曰反。故道大，天

大，地大，人亦大。域中有四大，而人居其一焉。人法地，地法
天，天法道，道法自然。"

"先天地生"之"物"，则具有"独立不改""周行不殆"
的特性，接近之"物"则可接近"生命力"，"道法自然"？
难也！

1月9日

艺术要有趣。

这是读大先生和阿城先生作品的感觉和认知。《阿城文集之
四》为《常识与通识》，读其《思乡与蛋白酶》时就是这样的感
觉，极好的文字中透射出有趣，睿智的叙述中充满幽默。

于是想到了书画艺术。

前几天，宝灯兄送《中国书画论丛书》中的几卷，读《宋人
画论》，首篇当然提郭熙、郭思父子的《林泉高致》。记得在初
中的时候，不知道从哪里得到一本至今也不知道总名称何的书
卷，上面就有《林泉高致》，那时不甚理解，但是，对其中的
"山以水为血脉，以草木为毛发，以烟云为神采，故山得水而
活，得草木而华，得烟云而秀媚。水以山为面，以亭榭为眉目，
以渔钓为精神，故水得山而媚，得亭榭而明快，得渔钓而旷落，
此山水之布置也"，印象很深。现在重新读来，认知当然又是
不同。

我们都知道，郭熙在其"山水训"中提出了著名的"三远"
论，"三远"论也成为后来山水画家所遵循的表现之道。现在
读，感觉其"世之笃论，谓山水有可行者，有可望者，有可游
者，有可居者。画凡至此，皆入妙品。但可行、可望不如可居、
可游之为得。何者？观今山川，地占数百里，可游可居之处，十
无三四，而必取可居、可游之品。君子之所以渴慕林泉者，正谓

此佳处故也。故画者当以此意造，而鉴者又当以此意穷之。此之谓不失其本意"实在是另一极其重要的论述。在这里，郭熙指出山水画如果表现了"可行，可望，可游，可居"之意趣就为妙品，但是，他又特别指出"但可行、可望不如可居、可游之为得"，而且在后面紧跟着用自问自答讲出了原因。实在是妙论！

3月4日

以前曾讲过"《道德经》的思维模式"，并不是去解释《道德经》，因为，自认为没有那个能力，很清楚自己讲不清，如果去解释会不自量力，会漏洞百出，贻笑大方。但是，意识到《道德经》是一种至高的思维模式，而不是知识。而且，这种认知越来越强烈。

不知道从什么时候起，书画作品上要配"诗"才行，好像以此才能体现创作者的综合修养。其实，这关系并不大。书画作品必须还是从书画本身的表现来看，并不是加了"诗"就提升了审美和价值。

《道德经》第三十七章讲："道常无为而无不为。侯王若能守之，万物将自化。化而欲作，吾将镇之以无名之朴。无名之朴，夫亦将不欲。不欲以静，天下将自定。"

万千世界，万象丛生。只是一物，也变化万千。如果不是机械式复印，同一片叶子再画一次注定会不同。而且，即使复印也会有极细微的区别！所以，需要的是自己清楚。

"不欲以静，天下将自定！"

3月9日

阿城先生在《脱腔》一卷的《与孙良对话》中提出"绘画最先是匠作"，当然，对话还涉及诸多方面，读来自有启发。

阿城先生所言"匠作"很有意义。我以为，绘画者应该有"匠心"，但作品不能有"匠气"。

《昙曜五窟——文明的造型探微》讲"山水画的含义"，认为王希孟的《千里江山图》："这幅画在艺术上并无特殊，墨滞，造成与青绿不属，纤毫并不入微，月屋人桥水树模式化。尤其通卷的树几乎是同种类，我们现在称为次生林人工栽种，非自然原有。"

阿城先生认为，这幅画未必是王希孟一人所为，而是有特定意义的。"他画的是宋时江山对应着太一及星宿与河汉，也就是银河，表达宋家江山的合法性。"这个分析极其独特，但，我觉得极有道理。

《千里江山图》看过几次，虽然不是原作，但也可看个大概，一直没有觉得有多少"艺术感染力"，自己认为是个人的审美差异吧。读到阿城先生的分析时，找到了答案。这幅画就是有"匠心"，但"匠气"更重。

绘画一定要有"气韵"，但"气"一旦"匠"，则僵死无韵。

3月11日

学书画，甚至文学创作，基本上均是从临学开始的。

但如何"临"，其实本身就值得思考。

近来读张大春所著《认得几个字》，其中正好有他关于"临"字的一篇文章，很有意思。

"临（臨），是一个从来不曾出现于甲骨文中的字，这意味它出现得较晚，所以字义的形成也比较复杂。左边的'臣'，过去一向被解释成'臣，屈服也、临（臨）下必屈其体'。这样的说明委实过于迂曲，还不如索性将'臣'看着像监（監）字、鉴

（鑒）字里'臣'，那样，就是一只表情夸张的大眼睛，这只大眼睛的主子（也就是右边上方象征着人的形符）正弯着腰，直愣愣瞪目下视。"

这一解释很形象，也让人开悟。我感兴趣的是张大春对儿子张容讲的："所以临帖的学习不单单是让你对照着一笔一画地写，更是让你仔仔细细地看。"

"仔仔细细地看"这才是"临"的要义！实际上，书画临学时，反复"看"，仔细"看"比动手更重要，当然，"看"中包含了诸多因素，简单地讲，就是不仅要看原作品的形，更要看其意、韵、神、气等可以赋予作品以生命的东西，如果只临到"形"，即使临得分毫不差，意义也不大！

"仔仔细细看"，看，不易！

3月21日

《道德经》第十二章言："五色令人目盲，五音令人耳聋，五味令人口爽，驰骋畋猎，令人心发狂，难得之货，令人行妨。是以圣人为腹不为目。故去彼取此。"

何为本质？不论任何事情，不论任何事物，我们都想搞清本质，但是，可能永远都搞不清。不过，如果能领悟"去彼取此"，可能会接近一些"本质"。

3月28日

画一幅227cm×25cm的长卷，想表现没有被"异化"的自然山水。

"扬州从隋炀帝以来，是诗人文士所称道的地方……特别是没去过扬州而念过些唐诗的人，在他心里，扬州真像蜃楼海市一般美丽；他若念过《扬州画舫录》一类书，那更了不得了。"这是朱自清《扬州的夏日》中的文字。

《扬州画舫录》乃清代李斗所著，读其《东园瀑布》颇觉有趣，可让人思考画与景、景与画之关系。

"东园墙外东北角，置木柜于墙上，凿深池，驱水工开闸注水为瀑布，人俯鉴室。太湖石鳞八九折，折处多为深潭，雪溅雷怒，破崖而下，委曲蔓延，与石争道，胜者冒出石上，澎湃有声，不胜者凸凹相受，旋获萦洄，或伏流尾下，乍隐乍现，至池口乃喷薄直泻于其中。此善学倪云林笔意者之作也。门外双柏，立如人，盘如石，垂如柳，游人谓水树以是园为最。"

这里设计"东园"的人是"善学"元代画家倪云林。实际上，倪云林在后来二十多年里，行踪漂泊无定，足迹遍及江阴、宜兴、常州、吴江、湖州、嘉兴、松江一带，尤其是对太湖清幽秀丽的山光水色十分倾心，常细心观察领会其特点，加以提炼、概括，形成自己的构图形式及笔墨技法。他晚年作品笔墨奇峭简拔，常常表现近景一脉土坡，傍植树木三五株，茅屋草亭一两座，中间有淼淼的湖波、明朗的天宇，远处有淡淡山脉，整个画面静谧恬淡，境界旷远。

可见，创造者与身外万物常常"互创"方可获取新的生命。

7月23日

一直以来，以为做事应该"胸有成竹"，这是长期以来我们被"教育"的观念。但是，在作"书画"时总觉得不对劲。因为，一旦"胸有成竹""意在笔先"时，出来的东西就会少几许"生机"。

读林鹏先生所著《丹崖书论》时，看到其引的傅山《霜红龛记》中所言之观点，才认识到，"意在笔先""胸有成竹"对于书画艺术表现而言是一种桎梏。"吾极知书法佳境。第始欲如此而不得如此者，心手纸笔主客互有乖左之故也。期于如此而能如此者，工也。不期如此而能如此者，天也。一行有一行之天，一字有一字之天。神至而笔至，天也。笔不至而神至，天也。至与不至，莫非天也。"

"天"乃指"自然"之状态。书画创作要想达到"天"之状态，应该是"以其作字时无作字意在中"的这一点是核心，也是灵魂，不深悟不得其要旨也。

傅山先生虽然论的是"书法"，但实际上同样适用于国画。仔细想，傅山先生所言的"天"与石涛在其《画语录》中阐述的是同样的道理！

8月5日

杨文成先生提出合作完成扇面，一人一把。我觉得作画是件有趣的事，共同完成扇面肯定是件有趣的事，所以，就应了下来。

文成先生在扇面题写的是元好问先生的《冠氏赵庄赋杏花》之二、三。

其二为：

> 文杏堂前千树红，
> 云舒霞卷涨春风。
> 荒村此日肠堪断，
> 回首梁园是梦中。

其三为：

> 锦树烘春烂不收，
> 看花人自为花愁。
> 荒蹊明日知谁到？
> 凭仗诗翁为少留。

其实，这有点儿命题作文的意思。因为先有了诗的内容，也就对画面有了一定的规定。如果完全不去管诗的内容随心去完成画面也未尝不可，但，一定会有离题万里之嫌。如果机械地按照诗的内容去表现，就可能会成为图解，文成的书法也就会成为注解，这都是有问题的。

书法和绘画是相关艺术。长期以来，有一种说法，学中国画必须先学书法。这是因为中国画也以线为主，但是，我一直认为它们有关系，但并非因果关系。我们去认真观赏和研究传世书画作品就可以知道，虽然书法和绘画都必须注意被表现对象的"形"，在完成"形"的同时，同时必须注重"神"，这也是历代优秀的书画家及其作品的核心。

但是，如果我们从本质上思考就应该发现和认识到，书法注重的形和绘画注意的形是不同的。书法因为书写对象是已经规定好的"字"，每一个汉字不管如何变化，但其形是规定好的，约定俗成的，即使是最杰出的书法家也不能离开规定好的字形去"天马行空"。这一点，我们从"六体"的演变中可以清楚地认识到。所以，优秀的书法就是体悟如何将规定好的形表现出神韵。绘画要表现的形则有所区别。不管是山水、人物还是花鸟，虽然被表现的物均有各自的形，但是，在创作中许多时候不能完全按照物实际存在的形来表现。即使是工笔画，在注重形的准确性之外，最重要的还是要表现出这些事物的"神"，否则作品就会缺少艺术生命力。

既不能成为"图解"，也不能成为"注解"，这就是创作扇面时，一面书法作品，一面绘画作品必须思考的问题。这种形式比自己去创作一件作品有挑战性，当然也就更有乐趣。

不管怎样，完成了两把扇面的创作。

文成先生一定是有意选择了"回首梁园是梦中"这一首，所以，我自己留下了题有《冠氏赵庄赋杏花》之二的这把，另一把由文成留念。

闲时把玩确有快乐。

10月17日

扇面画由来已久。盖因扇子过去本为日常必备之物，自然会有"好事者"不放过这手中常执之物，在其上或书或画点缀一二，自然渐成风气。如果下笔者是书画大家，扇子就不再是扇子，而变成了艺术品。

扇面尺幅有限，而且形状也不同于专门创作书画作品时的纸的尺幅，所以，要在有限而异形的扇面上创作书画作品，尤其是能够有意韵并不易。

张彦远《历代名画记》中讲南北朝时期的画家肖贲"曾于扇上画山水，咫尺内万里可知"。这里实际上讲了一个标准"咫尺内万里可知"。

所以，在扇面上作画其实不失为一种提升构图、表现意韵的好办法。近日余时画了诸多扇面。

文成先生在其中一幅上题写了《古诗十九首》中的《庭中有奇树》，此诗大约作于东汉，但不知作者为何人。

诗为："庭中有奇树，绿叶发华滋。攀条折其荣，将以遗所思。馨香盈怀袖，路远莫致之。此物何足贵？但感别经时。"这"缘"还得续！